La canción de los misioneros

Biblioteca John le Carré

Biografía

John le Carré nació en 1931 y estudió en las universidades de Berna y Oxford. Impartió clases en Eton y sirvió brevemente en el servicio de inteligencia británico durante la guerra fría. Los últimos cincuenta años ha vivido de su pluma. Divide su tiempo entre Londres y Cornualles.

John le Carré
La canción de los misioneros

Traducción de Carlos Milla Soler

 Planeta

Obra editada en colaboración con Editorial Planeta – España

Título original: *The Mission Song*

© 2006, David Cornwell
© 2006, Traducción: Carlos Milla Soler

© 2019, Editorial Planeta S.A. – Barcelona, España

Derechos reservados

© 2022, Editorial Planeta Mexicana, S.A. de C.V.
Bajo el sello editorial BOOKET M.R.
Avenida Presidente Masarik núm. 111,
Piso 2, Polanco V Sección, Miguel Hidalgo
C.P. 11560, Ciudad de México
www.planetadelibros.com.mx

Diseño de portada: Booket / Área Editorial Grupo Planeta
Ilustración de portada: Shutterstock

Primera edición impresa en España en Booket: octubre de 2019
ISBN: 978-84-08-21657-5

Primera edición impresa en México en Booket: febrero de 2022
ISBN: 978-607-07-6951-1

Impreso en los talleres de Impresora Tauro, S.A. de C.V.
Av. Año de Juárez 343, Col. Granjas San Antonio,
Iztapalapa, C.P. 09070, Ciudad de México
Impreso y hecho en México / *Printed in Mexico*

La conquista de la tierra, que en esencia consiste en arrebatársela a quienes tienen una piel distinta o la nariz un poco más chata que la nuestra, no es un hecho agradable cuando se lo examina con atención. (Marlow.)

JOSEPH CONRAD,
El corazón de las tinieblas

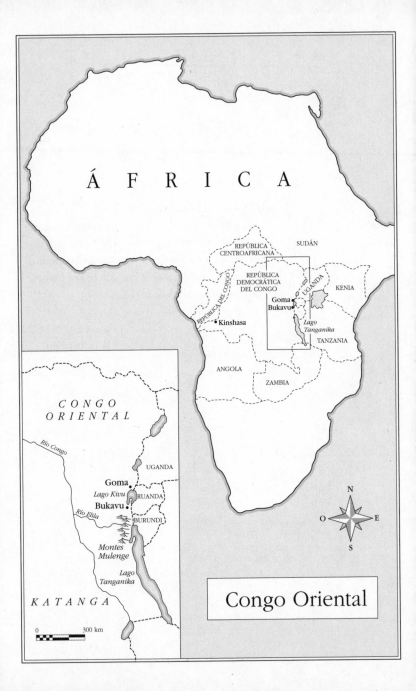

ÁFRICA

REPÚBLICA
CENTROAFRICANA

SUDÁN

REPÚBLICA DEL CONGO

REPÚBLICA
DEMOCRÁTICA
DEL CONGO

UGANDA

KENIA

Goma
Bukavu

Kinshasa

Lago
Tanganika

TANZANIA

ANGOLA

ZAMBIA

CONGO
ORIENTAL

Río Congo

UGANDA

Goma

Lago Kivu

RUANDA

Bukavu

Río Elila

BURUNDI

Montes
Mulenge

Lago
Tanganika

KATANGA

0   300 km

N

O   E

S

Congo Oriental

1

Me llamo Bruno Salvador. Mis amigos me llaman Salvo, y mis enemigos también. Soy un ciudadano solvente del Reino Unido e Irlanda del Norte, de profesión intérprete acreditado de suajili y lenguas menos conocidas pero habladas en una extensa zona del Congo oriental, antes colonia belga, de ahí mi dominio del francés, otro as en la manga para el ejercicio de mi actividad profesional. Soy una cara conocida en los juzgados londinenses, tanto de lo civil como de lo penal, y se reclama mi presencia con regularidad en los congresos sobre asuntos del Tercer Mundo; véanse mis elogiosas referencias de muchas de las más selectas razones sociales de nuestra nación. Por mis singulares aptitudes, una agencia gubernamental cuya existencia se niega rutinariamente me ha exigido asimismo que cumpla con mi deber patriótico. Nunca me he visto en un aprieto, pago mis impuestos, gozo de una saneada calificación crediticia y tengo una cuenta bancaria bien administrada. Esos son datos fehacientes que, por más que se empeñen, ninguna manipulación burocrática puede alterar.

Durante seis años de trabajo honrado en el mundo del comercio, he aplicado mis servicios —ya sea en teleconferencias con las palabras muy medidas, o bien en discretas reuniones en ciudades neutrales del continente europeo— al ajuste de los precios del petróleo, el oro, los diamantes, ciertos minerales y otras materias primas, así como al desvío de muchos millones de dólares para apartarlos de las miradas inconvenientes de los accionistas de todo el mundo y llevarlos a lugares tan recónditos como Panamá, Budapest y Singapur. Pregúntenme si, al facilitar estas transacciones, me he visto obligado a consultar con mi conciencia y recibirán en respuesta un rotundo «No». El intérprete acreditado tiene una norma sacrosanta: no lo contratan para recrearse en sus escrúpulos. Contrae con su patrón el mismo compromiso que un soldado contrae con la bandera. Ahora bien, yo personalmente, en atención a los desventurados de este mundo, tengo por costumbre ponerme a disposición de los hospitales, las cárceles y los organismos de inmigración londinenses en concepto de prestación sin ánimo de lucro, pese al hecho de que en tales casos la remuneración es calderilla.

Estoy empadronado en el número 17, Norfolk Mansions, Prince of Wales Drive, Battersea, South London, un deseable bien raíz, casa y terreno, del que soy copropietario con participación minoritaria junto con mi esposa legal, Penelope –cuidado con llamarla «Penny»–, una periodista de alta jerarquía, perteneciente a la élite de licenciados de Oxford y Cambridge, cuatro años mayor que yo y, a sus treinta y dos, una firme promesa en el ámbito de un periódico de masas británico capaz de incidir en la opinión de millones de personas. El padre de Penelope es el socio mayoritario de un prestigioso bufete de la City, y su madre, un destacado elemento del Partido Conservador en el plano local. Contrajimos matrimonio hace cinco años en virtud de una mutua atracción física, amén del pacto de que ella quedaría embarazada en cuanto se lo permitiese su vida profesional, debido a mi deseo de fundar una familia nuclear estable, con una madre convencional según el modelo británico. Sin embargo, el momento oportuno no se ha presentado, a causa de su rápida ascensión dentro del periódico y otros factores.

Nuestra unión no fue ortodoxa en toda la extensión de la palabra. Penelope era la primogénita de una familia de Surrey blanca hasta la médula y tenía una elevada posición profesional, mientras que Bruno Salvador, alias Salvo, era el hijo natural de un misionero católico irlandés y una aldeana congoleña cuyo nombre se ha perdido para siempre entre los estragos de la guerra y el tiempo. Para ser exactos, nací tras las puertas bien cerradas de un convento carmelita en la localidad de Kisangani, antiguamente Stanleyville, traído al mundo por unas monjas que habían jurado no despegar los labios, cosa que a todo el mundo, excepto a mí, le parece rara, surrealista o pura invención. Para mí, en cambio, es una realidad biológica, como lo sería para cualquiera que a los diez años se sentase junto al lecho de su santo padre en una casa de misión de la verde y exuberante región montañosa de Kivu del Sur, en el Congo oriental, y lo escuchase deshacerse en llanto medio en normando y medio en inglés del Ulster, con la lluvia ecuatorial resonando como pasos de elefante en el tejado de hojalata verde y las lágrimas derramándose por sus mejillas hundidas a causa de la fiebre con tal rapidez que uno habría pensado que la naturaleza en su totalidad había entrado para sumarse a la diversión. Preguntémosle a un occidental dónde está Kivu, y él, sonriendo, negará con la cabeza en señal de ignorancia. Preguntémosle a un africano, y dirá «el Paraíso», pues eso es: un territorio centroafricano de lagos neblinosos y montes volcánicos, praderas de color verde esmeralda, opulentos vergeles y demás.

En el septuagésimo y último año de su vida, la principal preocupación de mi padre era si había esclavizado más almas de las que había liberado. Los misioneros africanos del Vaticano, según él, se veían atrapados en el perpetuo dilema de cuál era su deuda con la vida y cuál era su deuda con Roma, y yo formaba parte de su deuda con la vida, por mucho que mi presencia molestase a sus hermanos espirituales. Lo enterramos en suajili, como él había pedido, pero cuando me llegó a mí el turno de leer «El Señor es mi pastor» junto a su tumba, le ofrecí mi propia versión en shi, su lengua predilecta entre todas las del Congo oriental por su vigor y flexibilidad.

Los yernos ilegítimos y mestizos no se integran con facilidad en el tejido social del pudiente Surrey, y los padres de Penelope no eran una excepción a este tópico de honda raigambre. En la adolescencia, yo acostumbraba decirme que, bajo una luz propicia, parecía un irlandés bronceado más que un africano medio moreno, y además tengo el pelo lacio, no crespo, rasgo que da mucho de sí cuando uno está en fase de integración. Pero eso no engañó a la madre de Penelope ni a sus compañeras del club de golf, cuya peor pesadilla era que su hija trajese al mundo a un niño totalmente negro, lo que acaso explicara la renuencia de Penelope a poner el asunto a prueba, aunque en retrospectiva no estoy del todo convencido de esto, ya que uno de los motivos por los que se casó conmigo fue escandalizar a su madre y eclipsar a su hermana menor.

No quedarán aquí fuera de lugar unas palabras referentes a la lucha por la vida de mi querido y difunto padre. Su llegada al mundo, como me contó en confianza, no había sido más llevadera que la mía. Nacido en 1917 e hijo de un cabo de los Fusileros Reales del Ulster y una campesina de catorce años natural de Normandía que casualmente estaba de paso por esas fechas, vivió la niñez en un continuo ir y venir entre un cuchitril en el macizo de Sperrin y otro en el norte de Francia, hasta que a fuerza de estudio, y gracias en parte a su bilingüismo heredado, se abrió camino con uñas y dientes hasta un seminario en las agrestes tierras del condado de Donegal y dirigió así sus pasos, sin pensarlo, por la senda del Señor.

Enviado a Francia para mayor refinamiento de su fe, sobrellevó sin rechistar interminables años de ardua instrucción en teología católica, pero nada más estallar la Segunda Guerra Mundial cogió la primera bicicleta que encontró, asegurándome con ingenio irlandés que era propiedad de un protestante descreído, y a pedaladas, como alma que lleva el diablo, cruzó los Pirineos y llegó hasta Lisboa. Viajando de polizón a bordo de un mercante con destino a Leopoldville, como entonces se llamaba dicha ciudad, eludió las atenciones de un gobierno colonial reacio a los misioneros blancos extraviados y se unió a una remota comunidad de frailes dedicados a llevar la Única Fe Verdadera a las doscientas y pico tribus del Congo oriental, un cometido ambicioso en cualquier época. Aquellos que alguna vez me han tachado de impulsivo no tienen más que pensar en mi querido y difunto padre sobre su bici de hereje.

Con la ayuda de conversos nativos cuyos idiomas él, lingüista nato, hizo suyos sin tardanza, coció ladrillos y los revistió de barro rojo que él había amasado con sus propios pies, cavó zanjas en la ladera e instaló letrinas en medio de los platanares. A eso siguió la edificación: primero la iglesia, luego la escuela con un campanario idéntico, luego el dispensario de Nuestra Madre María, luego los estanques y las plantaciones de árboles frutales y hortalizas para abastecerse; esa era su verdadera vocación: la de campesino en una región ubérrima en riquezas naturales, ya fueran la mandioca, la papaya, el maíz, la soja, la quinina, o las fresas silvestres de Kivu, que son las mejores del mundo sin excepción. Después de todo esto vino la casa de misión propiamente dicha, y detrás de la casa, un barracón bajo de ladrillo con ventanas pequeñas en lo alto de las paredes para los sirvientes de la misión.

En nombre de Dios, recorrió cientos de kilómetros hasta remotos *patelins* y poblados mineros; añadía sin falta una lengua más a su creciente colección siempre que surgía la oportunidad, hasta que un día, al regresar a su misión, se encontró a sus compañeros sacerdotes huidos, las vacas, cabras y pollos robados, la escuela y la casa de misión reducidas a escombros, el hospital saqueado, las enfermeras maniatadas, violadas y sin vida, y él mismo prisionero de los últimos y andrajosos elementos de los temibles simba, una chusma asesina de revolucionarios mal encaminados cuyo único objetivo, hasta su extinción oficial unos años antes, había sido infligir el caos y la muerte a todos aquellos a quienes consideraban agentes de la colonización, que podía ser cualquiera designado por ellos, o por los espíritus guías de sus antepasados guerreros, fallecidos hacía mucho tiempo.

En principio, cierto es, los simba nunca llegaban a causar daño a los sacerdotes blancos, por miedo a perder el *dawa* que los hacía inmunes a las balas voladoras. Aun así, en el caso de mi querido y difunto padre, sus captores enseguida dejaron de lado esas reservas, aduciendo que, como él hablaba su lengua tan bien como ellos, era sin duda un demonio negro disfrazado. Acerca de la fortaleza de mi padre en su cautiverio, corrieron después numerosas anécdotas aleccionadoras. Azotado repetidas veces a fin de revelar el auténtico color de su piel de demonio, torturado y obligado a presenciar la tortura de otros, proclamó el Evangelio y rogó a Dios el perdón para sus verdugos. Siempre que las fuerzas se lo permitían, administraba el Santísimo Sacramento entre los demás prisioneros. Pero ni la Santa Madre Iglesia con toda su sabiduría podía estar preparada para el efecto acumulativo que tales privaciones ejercieron en él. La mortificación de la carne, nos han enseñado, favorece el triunfo del espíritu. No fue ese, sin embargo, el caso de mi querido y difunto padre, quien a los pocos meses de su liberación había demostrado el error de esta oportuna teoría, y no solo con mi querida y difunta madre.

«Si existe un designio divino en tu concepción, hijo —me confió en su lecho de muerte, recurriendo a su encantador acento irlandés por si los otros sacerdotes escuchaban a través de las tablas del suelo—, debe de encontrarse en aquella apestosa choza de prisioneros y en el poste de los azotes. La idea de que pudiese morir sin conocer el consuelo del cuerpo de una mujer era la única tortura que no podía soportar.»

Para ella, la recompensa por traerme al mundo fue tan cruel como injusta. A instancias de mi padre, partió hacia su aldea natal con el propósito de dar a luz entre las gentes de su clan y su tribu. Pero corrían tiempos turbulentos para el Congo o, como el general Mobutu insistía en darlo a conocer, Zaire. En nombre de la «autenticidad», se había expulsado a los sacerdotes extranjeros por el delito de bautizar a los recién nacidos con nombres occidentales, se había prohibido a las escuelas enseñar la vida de Jesús y se había declarado la fiesta de Navidad un día laborable como otro cualquiera. No fue raro, por tanto, que los ancianos de la aldea de mi madre mostrasen reticencias ante la perspectiva de criar al hijo natural de un misionero blanco cuya presencia entre ellos podía acarrear el castigo inmediato y, por consiguiente, mandaron el problema de vuelta al lugar de donde había llegado.

Pero los padres de la misión, tan reacios a recibirnos como los ancianos, enviaron a mi madre a un convento remoto, donde llegó solo unas horas antes de mi nacimiento. Tres meses de amor extremo a manos de las carmelitas fueron más que suficientes para ella. Habiendo llegado a la conclusión de que las monjas estaban más capacitadas que ella para procurarme un futuro, me encomendó a su misericordia y, escapando en plena noche por el tejado de los baños, regresó sigilosamente junto a sus familiares, quienes semanas después fueron aniquilados en su totalidad por una tribu aberrante, todos hasta mi último abuelo, tío, primo, tía lejana y hermanastro.

«La hija del cacique de una aldea, hijo –susurró mi padre llorando cuando le exigí detalles que me ayudaran a formarme una representación mental de ella en la que sostenerme durante mis años posteriores–. Yo había encontrado refugio bajo el techo de su padre. Ella nos guisó la comida y me trajo el agua con que lavarme. Fue su generosidad lo que me abrumó.» Para entonces, rehuía el púlpito y no le apetecía la pirotecnia verbal. No obstante, el recuerdo avivó las brasas humeantes del fuego retórico del irlandés que llevaba dentro: «¡Con lo alto que serás algún día, hijo! ¡Hermoso como toda la creación! Por Dios, ¿cómo pueden decir que naciste del pecado? ¡Naciste del amor, hijo mío! ¡No hay más pecado que el odio!».

El castigo impuesto a mi padre por la Santa Madre Iglesia fue menos draconiano que el de mi madre, pero, aun así, severo. Un año en una casa de penitencia y rehabilitación jesuita en los aledaños de Madrid, dos más como sacerdote obrero en un barrio suburbial de Marsella, y solo después de ese período se le permitió volver al Congo por el que tan irreflexivo amor sentía. Cómo se las arregló, no lo sé, seguramente tampoco Dios lo sabe, pero en algún punto de su pedregoso camino persuadió al orfanato católico bajo cuya custodia yo había quedado para que me entregasen a él. A partir de ese momento, el mestizo bastardo que era Salvo fue tras sus pasos al cuidado de criadas elegidas por sus años y su fealdad, presentándome inicialmente como vástago de un tío fallecido y después como acólito y monaguillo, hasta la funesta noche de mi décimo aniversario cuando, consciente tanto de su mortalidad como de mi maduración, me abrió su muy humano pecho tal como se ha descrito antes, cosa que yo consideré, y todavía considero, el mayor cumplido que un padre puede hacer a su hijo accidental.

Los años posteriores a la muerte de mi querido y difunto padre no fueron coser y cantar para el huérfano Salvo, debido a que los misioneros blancos veían mi permanente presencia entre ellos como una fuerza corruptora; de ahí mi apodo en suajili: *mtoto wa siri* o niño secreto. Los africanos sostienen que nuestro espíritu proviene del padre y nuestra sangre de la madre, y ese era en resumidas cuentas mi problema. Si mi querido y difunto padre hubiese sido negro, tal vez me habrían tolerado como exceso de equipaje. Pero era blanco hasta los tuétanos, aunque los simba opinaran lo contrario, y encima irlandés, y los misioneros blancos, como es de sobra conocido, no van por ahí engendrando criaturas bajo mano. El niño secreto podía servir a los sacerdotes en la mesa, ayudar en misa, asistir a sus escuelas, pero, a la que aparecía un dignatario eclesiástico del color que fuese, lo arrumbaban en el barracón de los trabajadores de la misión para quitarlo de la vista hasta disipada la amenaza; esto no es despreciar a los religiosos por su fatuidad ni culparlos por el cariño en ocasiones un tanto excesivo con que manifestaban su consideración. A diferencia de mi querido y difunto padre, se habían limitado a su propio sexo a la hora de hacer frente a su carnalidad: sirvan como prueba de ello el padre André, el gran orador de nuestra misión, que me prodigaba más atenciones de las que yo podía aceptar cómodamente, o el padre François, quien se complacía en tener a André por su amigo predilecto y tomó como una ofensa este principio de afecto hacia mí. En la escuela de nuestra misión, entretanto, no disfruté de la deferencia mostrada al puñado de niños blancos ni de la camaradería con que deberían haberme tratado mis iguales nativos. No es raro, pues, que paulatinamente me dejase arrastrar de manera natural hacia el barracón bajo de ladrillo, alojamiento de los sirvientes de la misión, que, sin saberlo los religiosos, era el auténtico núcleo de nuestra comunidad, el refugio natural de todo viajero de paso y el único centro de intercambio de información oral en kilómetros a la redonda.

Y fue allí donde, hecho un ovillo en un camastro de madera junto a la campana de la chimenea, invisible a todos, escuché embelesado los relatos de cazadores nómadas, hechiceros, ensalmadores, guerreros y ancianos sin atreverme apenas a pronunciar palabra por miedo a que me mandasen a la cama. También fue allí donde arraigó mi creciente pasión por las muchas lenguas y dialectos del Congo oriental. Atesoradas como el precioso legado de mi padre, las depuré y perfeccioné, guardándolas en mi cabeza a modo de protección contra no sabía qué peligros, asaeteando a nativos y misioneros por igual con preguntas en busca de una perla de habla local o una frase hecha. En la intimidad de mi reducida celda, compuse mis propios diccionarios infantiles a la luz de las velas. Pronto, las mágicas piezas de estos rompecabezas se convirtieron en mi identidad y refugio, la esfera íntima que nadie podía arrebatarme y a la que muy pocos tenían acceso.

Y me he preguntado a menudo, como ahora me pregunto, qué rumbo habría tomado la vida del niño secreto si se me hubiera permitido continuar por este camino solitario y ambivalente, y si el tirón de la sangre de mi madre hubiera llegado a ser más fuerte que el del espíritu de mi padre. La pregunta, no obstante, ha quedado en el campo de la pura teoría, ya que los antiguos hermanos de mi padre conspiraban enérgicamente para deshacerse de mí. El acusador color de mi piel, mi gran versatilidad con los idiomas, mi achulada actitud irlandesa y, lo peor de todo, mi buena presencia, que, según los sirvientes de la misión, le debía a mi madre, eran un recordatorio cotidiano del descarrío de mi padre.

Después de muchas intrigas, resultó que, contra toda probabilidad, mi nacimiento se había registrado ante el cónsul británico de Kampala, y según este, Bruno de apellidos desconocidos era un expósito adoptado por la Santa Sede. El presunto padre, un marino de Irlanda del Norte, había plantado al recién nacido en los brazos de la madre superiora de las carmelitas con el ruego de que se me inculcase la Fe Verdadera. Acto seguido, desapareció sin dejar sus señas. O eso contaba el inverosímil relato escrito de su puño y letra por el buen cónsul, que era a su vez un leal hijo de Roma. El apellido Salvador, explicó, había sido una decisión de la propia madre superiora, por ser ella de origen español.

Pero ¿por qué quejarse? Yo era un punto oficial en el mapa demográfico del mundo, siempre agradecido a la larga mano izquierda de Roma por acudir en mi ayuda.

Dirigido también por esa larga mano hacia mi Inglaterra no natal, me pusieron bajo la protección del Santuario del Sagrado Corazón, un sempiterno internado para huérfanos católicos ambiguos de sexo masculino enclavado en el sinuoso paisaje de las Sussex Downs. Una vez que hube cruzado la verja de estilo carcelario una tarde glacial de finales de noviembre, despertó en mí un espíritu de rebelión para el que ni mis anfitriones ni yo estábamos preparados. En el transcurso de unas semanas, había prendido fuego a mis sábanas, pintarrajeado el libro de latín, faltado a misa sin autorización y tratado de huir escondido en la camioneta de la lavandería; fui sorprendido en el intento. Si los simba habían azotado a mi querido y difunto padre a fin de demostrar que era negro, el padre custodio concentró sus energías en demostrar que yo era blanco. Como irlandés que era también él, lo vivió como un reto personal. Los salvajes, me decía con voz atronadora mientras se aplicaba con afán a su labor, son irreflexivos por naturaleza. No tienen término medio. El término medio de cualquier hombre es la autodisciplina, y al flagelarme, rezando por mí ya de paso, albergaba la esperanza de compensar mis carencias. Poco sabía él, sin embargo, que se acercaba ya mi rescate de la mano de un fraile entrecano pero rebosante de energía que había dado la espalda a la alcurnia y la riqueza.

El hermano Michael, mi nuevo protector y confesor designado, descendía de la nobleza católica inglesa. Toda una vida de andanzas lo había llevado a los lugares más recónditos de la tierra. En cuanto me acostumbré a sus caricias, nos hicimos buenos amigos y aliados, y las atenciones del padre custodio disminuyeron de manera acorde, aunque nunca supe, ni me importó, si eso fue consecuencia de mi comportamiento reformado o, como ahora sospecho, de un pacto entre ellos. Durante un tonificante paseo por las Downs bajo la lluvia, e intercalando muestras de afecto, el hermano Michael me convenció de que mi mezcla de razas, lejos de ser una mácula que limpiar, era un regalo precioso de Dios, punto de vista con el que coincidí agradecido. Lo que más apreciaba era mi capacidad de saltar sin pausas de una lengua a otra, como yo tuve la osadía de demostrar. En la casa de misión, había pagado caro el lucimiento de mis dotes, pero bajo la mirada adoradora del hermano Michael adquirieron un rango casi divino: «¿Qué mayor bendición, querido Salvo, que ser el puente, el vínculo indispensable, entre las almas en pugna del Señor? —exclamó mientras un puño nervudo asomaba como un rayo de su hábito para golpear el aire y la otra mano hurgaba bajo mi ropa con manifiesta culpabilidad–. ¿Hermanar a sus hijos en la comprensión mutua y armoniosa?».

Aquello que Michael desconocía aún de mi vida, no tardé en contárselo durante nuestras excursiones. Le hablé de mis noches mágicas al amor de la lumbre en el barracón de los sirvientes. Le describí cómo, en los últimos años de mi padre, él y yo viajábamos hasta un lejano poblado, y mientras él entablaba conversación con los ancianos, yo bajaba a la orilla del río con los niños, y allí trocaba las palabras y expresiones que eran mi única preocupación noche y día. Acaso otros se habrían fijado en los juegos bruscos, los animales salvajes, las plantas o las danzas indígenas, pero Salvo, el niño secreto, había optado por las cadenciosas intimidades de la voz africana en sus millares de matices y variaciones.

Y fue mientras recordaba estas aventuras y otras similares cuando el hermano Michael experimentó su revelación paulina.

«¡Como el Señor tuvo a bien sembrar en ti, Salvo, cosechemos nosotros ahora el fruto!», exclamó.

Y en efecto cosechamos. En un despliegue de aptitudes más propias de un comandante militar que de un monje, el aristocrático Michael examinó prospectos, comparó precios, me llevó a entrevistas, investigó a posibles tutores, hombres o mujeres, y me vigiló mientras yo me inscribía. Sus propósitos, inflamados por la adoración, eran tan implacables como su fe. Yo debía recibir instrucción formal en todas y cada una de mis lenguas, y debía redescubrir aquellas que en el transcurso de mi errante infancia se habían quedado por el camino.

¿Y cómo se pagaría todo eso? Mediante cierto ángel que se nos apareció en forma de la hermana rica de Michael, Imelda, cuya casa de arenisca con columnata, de color dorado como la miel, enclavada en los pliegues de Somerset, se convirtió en mi santuario fuera del Santuario. En Willowbrook, donde ponis mineros rescatados de su dura labor pacían en el prado y cada perro tenía su propio sillón, vivían tres efusivas hermanas, de las que Imelda era la mayor. Teníamos una capilla privada y una campana del Ángelus, una cerca hundida y depósito de hielo y campo de cróquet y tilos llorones que derribaban los vendavales. Teníamos la Habitación del Tío Henry, porque la tía Imelda era viuda de un héroe de guerra llamado Henry, que sin ayuda de nadie había hecho de Inglaterra un lugar seguro para nosotros, y allí estaba, desde el primer osito de peluche colocado sobre su almohada hasta su Última Carta desde el frente en un atril chapado en oro. Pero ninguna fotografía, gracias a Dios. La tía Imelda, que era tan brusca de modales como tierna de corazón, recordaba «perfectamente» a Henry «sin fotografías», y así se lo guardaba solo para ella.

Pero el hermano Michael conocía también mis puntos flacos. Sabía que los niños prodigio —ya que como tal me veía— debían refrenarse y a la vez estimularse. Sabía que yo era aplicado pero demasiado impetuoso: estaba en exceso dispuesto a entregarme a cualquiera que me tratase con amabilidad; temía en exceso que me rechazasen, que no me tuviesen en cuenta o, peor aún, que se riesen de mí; me apresuraba en exceso a aceptar todo lo que se me ofrecía por miedo a no disponer de otra oportunidad. Valoraba tanto como yo mi oído de miná y mi memoria de grajilla, pero insistía en que los ejercitase con la misma dedicación que un músico su instrumento, o un sacerdote su fe. Sabía que para mí toda lengua era preciosa, no solo los pesos pesados sino también las insignificantes que estaban condenadas a fenecer por falta de forma escrita; que el hijo del misionero se sentía obligado a correr detrás de estas ovejas descarriadas y guiarlas al redil; que yo oía en ellas leyendas, historia, fábulas y poesía, así como oía la voz de mi madre imaginada obsequiándome con relatos de espíritus. Sabía que un joven con el oído abierto a todo matiz e inflexión humanos es muy influenciable, muy maleable, muy inocente y fácil de engañar. Salvo, me decía, anda con cuidado. Ronda por ahí cierta gente a la que solo Dios puede amar.

Asimismo, fue Michael quien, impulsándome por el duro camino de la disciplina, convirtió mis insólitas dotes en una máquina versátil. Nada en su Salvo debía desperdiciarse, insistía, no podía permitirse que algo se oxidara por falta de uso. Cada músculo y fibra de mi don divino tenía que recibir su sesión diaria de ejercicio en el gimnasio de la mente, primero mediante profesores particulares, después en la Escuela de Estudios Orientales y Africanos de Londres, donde obtuve matrícula de honor en Lengua y Cultura Africanas, y me especialicé en suajili, con el francés sobreentendido. Y por último en Edimburgo, donde alcancé el súmmum de la gloria: un doctorado en traducción e interpretación.

Así, al concluir mis estudios, contaba con más títulos y diplomas de intérprete que la mitad de las agencias de traducción de tres al cuarto que pregonan sus miserables servicios de una punta a otra de Chancery Lane. Y el hermano Michael, mientras agonizaba en su catre de hierro, pudo acariciarme las manos y asegurarme que yo era su mejor creación, en reconocimiento de lo cual me obligó a aceptar un reloj de oro, un regalo para él de Imelda, a quien Dios amparase, rogándome que le diera cuerda a diario como símbolo de nuestros lazos más allá de la tumba.

No confundamos, por favor, al simple traductor con el intérprete acreditado. Un intérprete es un traductor, cierto, pero no así a la inversa. Un traductor puede ser cualquiera que conozca a medias una lengua y tenga un diccionario y una mesa a la que sentarse mientras se quema las pestañas: oficiales de caballería polacos retirados, estudiantes extranjeros mal pagados, taxistas, camareros a tiempo parcial, profesores suplentes... cualquiera dispuesto a vender su alma por setenta libras las mil palabras. No tiene ni punto de comparación con el intérprete simultáneo que se deja la piel durante seis horas de negociaciones complejas. El intérprete acreditado debe pensar con la rapidez de uno de esos genios de los números que, con chaquetas de colores vivos, compran futuros financieros. Aunque a veces le conviene más no pensar en absoluto, sino ordenar a las ruedas dentadas de ambos lados de su cabeza que engranen y, a continuación, cruzarse de brazos y esperar a ver qué sale de su boca.

A veces durante los congresos se me acerca alguien, por lo general al terminar el día, en ese rato de exasperación entre el final de la jornada de trabajo y el frenesí del cóctel.

—Eh, Salvo, ayúdanos a zanjar una discusión, ¿quieres? ¿Cuál es tu lengua materna?

Y si considero que se están dando aires, como así suele ocurrir, puesto que a estas alturas se han convencido ya de que son las personas más importantes del planeta, les devuelvo la pelota.

—Dependerá de quién fuese mi madre, ¿no? —contesto, con esta enigmática sonrisa mía.

Y a partir de ese momento me dejan con mi libro.

Aun así, me complace que sientan curiosidad. Demuestra que he encontrado la voz idónea. La voz inglesa, quiero decir. No es de clase alta, ni media, ni baja. No es *faux royale*, ni la pronunciación estándar ridiculizada por la izquierda británica. Es, si de algún modo puede calificarse, agresivamente neutra, situada en el extremo centro de la sociedad anglófona. No es la clase de inglés que lleva a la gente a decir: «Ah, ahí es donde se crió, ese es quien pretende ser, eso es lo que eran sus padres, pobre hombre, y ese es el colegio donde estudió». A diferencia de mi francés que, por más que me esfuerce, nunca se librará por completo de su carga africana, mi inglés no delata mi origen mixto. No es regional, no es ese hablar arrastrado blairita, presuntamente ajeno a toda clase social, ni ese cockney condensado de la derecha, ni esa melodía caribeña. Y no conserva la menor huella de esas vocales elípticas propias del dejo irlandés de mi querido y difunto padre. Yo adoraba su voz, y la adoro aún, pero era la suya, jamás la mía.

No. Mi inglés hablado es indefinido, limpio como una patena y sin marcas, a excepción de algún que otro lunar: una intencionada cadencia subsahariana, a la que llamo en broma mi gota de leche en el café. A mí me gusta, a mis clientes les gusta. Les produce la sensación de que me siento a gusto conmigo mismo. No estoy en su bando, pero tampoco en el bando contrario. Estoy anclado en medio del mar y soy lo que el hermano Michael siempre dijo que sería: el puente, el vínculo indispensable entre las almas en pugna del Señor. Todo hombre tiene su vanidad, y la mía consiste en ser la única persona en la sala de la que nadie puede prescindir.

Y esa era la persona que yo deseaba ser para mi deslumbrante esposa Penelope cuando, casi dejándome la piel, subí a todo correr los dos tramos de una escalera con peldaños de piedra, en mi desesperado esfuerzo para no llegar con retraso a la fiesta celebrada en su honor en el salón del primer piso de una elegante bodega sita en el Canary Wharf de Londres, núcleo de nuestra gran industria periodística británica, antes de una cena formal para un selecto grupo en la exclusiva residencia de Kensington del nuevo propietario multimillonario de su periódico.

Solo doce minutos de retraso según el reloj de oro de la tía Imelda, diría uno, y como recién salido de la peluquería en apariencia, lo que en el Londres atemorizado por los atentados terroristas con la mitad de las estaciones de metro fuera de servicio podría considerarse una hazaña; en cambio para Salvo, el marido hipercumplidor, igual habrían sido doce horas. La gran noche de Penelope, la más grande en su meteórica carrera hasta la fecha, y yo, su marido, aparezco cuando todos los invitados han llegado ya desde la redacción del periódico, en la acera de enfrente. En el hospital del Distrito Norte de Londres, donde me había visto retenido ineludiblemente desde la noche anterior por circunstancias que escapaban a mi control, me había permitido el lujo de coger un taxi para ir a casa, en Battersea, y allí lo hice esperar mientras, con la rapidez de un transformista, me ponía mi flamante esmoquin, indumentaria de rigor a la mesa del propietario, sin tiempo para afeitarme, ducharme o lavarme los dientes. Cuando llegué a mi destino, debidamente ataviado, sudaba a mares, pero de algún modo lo había conseguido y allí estaba; allí estaban también ellos, un centenar o más de los heterogéneos colegas de Penelope, la minoría selecta con esmoquin y traje de noche, los demás en la línea de la elegancia informal, todos apiñados en un salón de actos de la primera planta con vigas bajas en el techo y armaduras de plástico en las paredes, bebiendo vino blanco tibio codos en alto, y yo, el último en llegar, arrinconado entre los camareros, negros en su mayor parte.

En un primer momento no la vi. Pensé que, al igual que su marido, se había ausentado sin permiso. Luego albergué la fugaz esperanza de que hubiese decidido retrasar su entrada para mayor efecto, hasta que la localicé en la otra punta del salón de actos, apretujada y en animada conversación con la plana mayor del periódico, vestida con lo último en traje pantalón de dúctil satén que debía de haberse regalado ella misma y haberse puesto en la oficina o en el último sitio donde hubiese estado. ¿Por qué, ay, por qué —clamó una parte de mi cabeza— no se lo había regalado yo? ¿Por qué no le había dicho una semana antes durante el desayuno o en la cama, en el caso hipotético de que ella hubiese estado presente para decírselo: Penelope, cariño, he tenido una idea magnífica; vayamos los dos juntos a Knightsbridge y elijamos ropa para tu gran noche, todo corre de mi cuenta? Nada le gusta tanto como las compras. Podría haberlo convertido en una de esas grandes ocasiones, haber representado el papel de caballero admirador, haberla invitado a cenar en uno de sus restaurantes preferidos, ¡qué más da si ella gana el doble que yo, aparte de unos pluses que quitan el hipo!

Sin embargo, por razones que dejaremos para un momento de mayor sosiego, otro lado de mi cabeza se alegraba de no haber hecho esa propuesta, lo cual no tiene nada que ver con el dinero pero dice mucho acerca de las corrientes contrarias del espíritu humano bajo tensión.

Una mano desconocida me pellizcó el trasero. Giré en redondo y me encontré con la mirada beatífica de Jellicoe, alias Jelly, la ultimísima Joven Promesa Blanca del periódico, de quien recientemente se había apropiado un diario de la competencia. Desgalichado, borracho y díscolo como siempre, sostenía un cigarrillo liado a mano entre el largo dedo índice y el pulgar como si fuese su bien más preciado.

—¡Penelope, soy yo! ¡He llegado! —exclamé, sin prestar atención a Jelly—. Lo del hospital ha sido un tormento. ¡Lo siento muchísimo!

¿Qué siento tanto? ¿El tormento en el hospital? Se volvieron un par de cabezas. «Ah, es él. El lancero de Penelope.» Probé a levantar más la voz y de paso hacer uso de mi ingenio.

—¡Eh, Penelope! ¿Te acuerdas de mí? Soy yo, tu difunto esposo.

Y me preparé para desarrollar toda una crónica punto por punto sobre cómo uno de mis hospitales —por razones de seguridad, no mencionaría cuál— me había emplazado junto al lecho de un ruandés moribundo con antecedentes penales que recobraba a rachas el conocimiento y me había exigido que hiciese de intérprete no solo para las enfermeras sino también para dos inspectores de Scotland Yard, difícil lance que esperaba que ella se tomase en serio: pobre Salvo. Vi aflorar a su cara una tierna sonrisa y pensé que había conseguido establecer contacto con ella, hasta que caí en la cuenta de que se la dedicaba a un hombre de cuello grueso que, subido a una silla, vociferaba con marcado acento escocés:

—¡Silencio, maldita sea! ¿Os queréis callar todos de una puta vez?

Su alborotado público enmudeció al instante y se congregó en torno a él con mansa obediencia. Ya que aquel no era otro que el omnipotente director del periódico, Fergus Thorne, conocido en los círculos de la prensa como Thorne el Sátiro, y anunciaba su propósito de pronunciar unas graciosas palabras sobre mi mujer. Brincando, hice lo imposible por atraer la mirada de ella, pero el rostro cuya absolución yo anhelaba permanecía vuelto hacia su jefe como una flor hacia los rayos del sol, portadores de vida.

—Todos conocemos ya de sobra a Penelope —decía Thorne el Sátiro, comentario recibido con unas aduladoras carcajadas que me molestaron— y todos queremos a Penelope —una pausa elocuente—, cada cual desde su respectiva posición.

Intentaba abrirme paso hacia ella, pero los asistentes habían cerrado filas y Penelope fue conducida hacia el frente como la novia ruborizada hasta quedar sumisamente a los pies del señor Thorne, quien de paso disfrutó de una vista a vuelo de pájaro de su revelador escote. Yo empezaba a concebir la posibilidad de que ella acaso no hubiera advertido mi ausencia, y menos aún mi presencia, cuando me distraje a causa de lo que diagnostiqué como el juicio de Dios sobre mí en forma de infarto de fuerza doce. Me temblaba el pecho, sentía un hormigueo que se extendía desde el pezón izquierdo en rítmicas ondas; pensé que había llegado mi hora y que me lo tenía bien merecido. Solo cuando me llevé la mano a la zona afectada, caí en la cuenta de que el teléfono móvil reclamaba mi atención en el modo vibración, que había puesto al salir del hospital una hora y treinta y cinco minutos antes y con el que aún no estaba familiarizado.

Mi exclusión de la multitud se convirtió de pronto en ventaja. Mientras el señor Thorne elaboraba sus equívocas alusiones a mi mujer, tuve ocasión de alejarme de puntillas, agradecido, hacia una puerta con el rótulo SERVICIOS. Ya a punto de salir, miré atrás otra vez y vi la cabeza recién peinada de Penelope levantada hacia su superior, sus labios separados en una expresión de grata sorpresa y sus pechos bien visibles bajo la exigua parte superior del traje pantalón. Dejé temblar el teléfono mientras descendía tres peldaños hasta un pasillo tranquilo, apreté por fin el botón verde y contuve el aliento. Pero en lugar de la voz que temía y ansiaba oír por encima de todas, me llegaron el tono paternal y las vibrantes erres norteñas del señor Anderson, del Ministerio de Defensa, que deseaba saber si yo estaba en disposición de ocuparme a corto plazo de un trabajo de interpretación vital para mi país, y que esperaba sinceramente que en efecto lo estuviera.

El hecho de que el señor Anderson telefonease en persona a un simple colaborador a tiempo parcial daba un indicio de la magnitud de la crisis ante la que nos encontrábamos. Mi contacto habitual era Barney, su pomposo supervisor. En los últimos diez días, Barney me había tenido ya dos veces en estado de alerta para un asunto que «está que arde», como él decía, y todo para acabar desconvocándome.

—¿Ahora, señor Anderson?

—En este mismo momento. Antes, a ser posible y si no hay inconveniente. Perdona por echarte a perder el cóctel y demás, pero te necesitamos a toda prisa —prosiguió, y supongo que debería haberme sorprendido que estuviese al tanto de la fiesta de Penelope, pero no fue así. El señor Anderson era un hombre que se preocupaba por saber cosas inaccesibles a los más humildes mortales—. Es tu territorio, Salvo, el corazón mismo.

—Pero señor Anderson...

—¿Qué problema tienes, hijo?

—No es solo el cóctel de mi mujer. Luego viene la cena con el nuevo propietario. Rigurosa etiqueta —añadí, para impresionar—. Es un hecho sin precedentes. Con un propietario, quiero decir. Con un director, sí; pero con un propietario... —Llamémoslo culpabilidad, o llamémoslo sentimentalismo, el caso es que en consideración a Penelope me sentía obligado a aparentar cierta resistencia.

Siguió un silencio, como si lo hubiese cogido a contrapié, pero nadie le hace eso al señor Anderson, él es la piedra sobre la que se edifica su propia iglesia.

—¿Así es como vas vestido, hijo? ¿Con un esmoquin?

—Pues sí, señor Anderson, así es.

—¿Ahora? ¿Mientras hablamos? ¿Lo llevas puesto?

—Sí. —¿Qué se imaginaba? ¿Que asistía a una bacanal?—. En todo caso, ¿cuánto tiempo sería? —pregunté en el posterior silencio, más profundo, sospecho, porque él había tapado el micrófono con su descomunal mano.

—Cuánto tiempo sería ¿qué, hijo? —respondió, como si hubiese perdido el hilo.

—La misión. El trabajo urgente para el que me necesita. ¿Cuánto tiempo?

—Dos días. Digamos tres, para curarnos en salud. Pagarán bien, lo tienen previsto. Cinco mil, en dólares, no se consideraría excesivo. —Y después de otra consulta a micrófono cerrado, añadió con manifiesto tono de alivio—: Puede encontrarse ropa, Salvo. Se me ha comunicado que la ropa no será problema.

Alertado por este uso de la pasiva refleja, habría deseado indagar quiénes eran los que me ofrecían esta inaudita gratificación en lugar de la modesta iguala más horas extra que normalmente es lo único que se recibe por el honor de proteger a la patria, pero me contuve por mi natural deferencia, como solía ocurrirme siempre con el señor Anderson.

—Debo estar en el Tribunal Supremo el lunes, señor Anderson. Se trata de un caso importante —supliqué. Y revistiéndome de devoción conyugal por tercera y última vez—: En serio, ¿qué voy a decirle a mi mujer?

—Ya te hemos encontrado sustituto, Salvo, y el Tribunal Supremo ha dado su beneplácito al cambio de planes, afortunadamente. —Guardó silencio por unos segundos, y cuando el señor Anderson calla, uno calla también—. Por lo que se refiere a tu esposa, puedes decirle que una empresa que es cliente tuyo desde hace largo tiempo requiere tus servicios con carácter de urgencia, y no puedes permitirte decepcionarlos.

—De acuerdo, señor Anderson. Entendido.

—Si entras en mayores explicaciones, te armarás un lío, así que ni lo intentes bajo ningún concepto. Vas, pues, de tiros largos, ¿no es así? ¿Zapatos relucientes, camisa de etiqueta, todo?

En la arremolinada bruma de mi perplejidad, admití que en efecto iba de tiros largos.

—¿Por qué no oigo de fondo el vacuo parloteo propio de las fiestas?

Expliqué que me había retirado a un pasillo a fin de atender su llamada.

—¿Tienes a mano alguna salida secundaria?

A mis pies se abría una escalera descendente, y en medio de mi confusión debí de informar al respecto.

—En tal caso, no vuelvas a la fiesta. Cuando salgas a la calle, mira a tu izquierda y verás un Mondeo azul aparcado frente a una agencia de apuestas. Las tres últimas letras de la matrícula son LTU; el conductor es blanco y se llama Fred. ¿Qué número calzas?

Si bien nadie en este mundo olvida su número de zapato, yo tuve que ahondar en mi memoria para rescatarlo: el cuarenta y tres.

—¿Horma ancha o estrecha?

Ancha, señor Anderson, dije. Podría haber añadido que, según decía el hermano Michael, yo tenía pies de africano, pero me abstuve. No tenía la cabeza puesta en el hermano Michael ni en mis pies, africanos o no. Tampoco la tenía en la misión de vital importancia nacional del señor Anderson, pese a mi interés, tan entusiasta como siempre, por servir a mi reina y a mi patria. La cabeza me decía que, como caída del cielo, se me ofrecía la llave para huir, junto con una muy necesaria cámara de descompresión que me proporcionaba dos días de trabajo remunerado y dos noches de meditación solitaria en un hotel de lujo mientras recomponía mi universo desplazado. En tanto, con ciertos apuros, extraía el teléfono móvil del bolsillo interior del esmoquin y me lo llevaba a la oreja, había inhalado los olores corporales recalentados de una enfermera negra africana llamada Hannah con quien había hecho el amor desenfrenadamente desde poco después de las once de la noche anterior, hora de verano en Gran Bretaña, hasta el momento de marcharme hacía una hora y treinta y cinco minutos, olores que con las prisas por llegar puntualmente a la fiesta de Penelope me había olvidado de enjuagar.

2

No soy de esos que creen en presagios, augurios o fetiches, ni en magia blanca ni negra, aunque pueden apostar su último dólar a que todo eso lo llevo dentro en algún sitio junto con la sangre de mi madre. Pero el hecho es que si yo hubiese tenido ojos en la cara, habría visto venir lo de Hannah a la legua.

La primera señal de la que hay constancia se produjo la noche del lunes anterior al fatídico viernes en cuestión, en la Trattoria Bella Vista de Battersea Park Road, el fonducho del barrio, donde no disfrutaba de una cena a base de canelones reciclados y el chianti altamente enriquecido de Giancarlo. Con miras al automejoramiento, llevaba conmigo un ejemplar de bolsillo del *Cromwell, Our Chief of Men,* de Antonia Fraser, habida cuenta de que la historia es un punto débil en mi arsenal, carencia que me afanaba en remediar con la solícita orientación del señor Anderson, él mismo voraz estudioso del pasado de nuestra isla. El restaurante estaba vacío excepto por otras dos mesas: una grande junto a la ventana, que estaba ocupada por un vocinglero grupo de fuera de la ciudad, y una pequeña reservada para corazones solitarios y ocupada esa noche por un peripuesto caballero con aire de profesional, tal vez jubilado, y de minúscula estatura. Reparé en sus zapatos, en extremo lustrados. Desde mis tiempos en el Santuario he dado mucha importancia al lustre de los zapatos.

No tenía previsto comer canelones reciclados. Dado que en esa fecha se cumplía el quinto aniversario de mi boda con Penelope, yo había vuelto temprano a casa para preparar su cena preferida, *coq au vin* acompañado de una botella del mejor borgoña, más un pedazo de Brie bien curado y vendido a peso en la charcutería del barrio. A esas alturas, ya debería haberme acostumbrado a las veleidades del mundo periodístico, pero cuando me telefoneó *in flagrante* —era yo quien estaba *in flagrante*: acababa de flambear las piezas de pollo— para comunicarme que se había desencadenado una crisis en la vida privada de un famoso futbolista y no llegaría a casa antes de las doce, me sorprendió mi propia reacción.

No vociferé, no soy de esos. Soy un súbdito británico mestizo, integrado e imperturbable. Poseo dominio de mí mismo, a menudo más que aquellos entre quienes me he integrado. Dejé el auricular con delicadeza. Acto seguido, sin reflexión ni plan alguno, confié el pollo, el Brie y las patatas peladas a la trituradora de basura, y pulsé el botón y lo mantuve apretado, no sé cuánto tiempo, pero mucho más del estrictamente necesario, pues era un pollo joven y ofreció escasa resistencia. Al despertar, por así decirlo, descubrí que avanzaba con brío por Prince of Wales Drive en dirección oeste con el *Cromwell* embutido en el bolsillo de la americana.

En torno a la mesa oval del Bella Vista había seis comensales, tres hombres robustos con chaquetas blazer y sus mujeres, voluminosas por igual, todos ellos visiblemente habituados a las cosas buenas de la vida. Procedían de Rickmansworth, como no tardé en saber, lo deseara o no, y empleaban la abreviatura «Ricky» para aludir a su pueblo. Por la tarde habían asistido a una representación al aire libre de *El Mikado* en Battersea Park. La voz dominante, la de una mujer, criticaba el espectáculo. A ella nunca le habían gustado los japoneses —¿a que no, querido?— y, a su modo de ver, en nada mejoraban cuando los hacían cantar. En su monólogo no se advertía diferenciación alguna entre los sucesivos temas, sino que saltaba de uno a otro en el mismo tono. En ocasiones, introduciendo una pausa en un simulacro de reflexión, titubeaba antes de continuar, pero no tenía por qué molestarse, pues nadie osaba interrumpirla. De *El Mikado* pasó sin tregua ni cambio de entonación a su reciente intervención quirúrgica. El ginecólogo la había pifiado de mala manera, pero daba igual, era un amigo y ella había decidido no demandarlo. De ahí saltó sin interrupción al insatisfactorio marido artista de su hija, un holgazán donde los hubiese. Tenía otras opiniones, todas categóricas, todas curiosamente familiares para mí, y las expresaba a pleno volumen cuando el diminuto caballero de los zapatos lustrosos cerró de un manotazo las dos mitades de su *Daily Telegraph* y, tras plegar el periódico resultante a lo largo, golpeó la mesa con él: zas, paf, zas, y uno más de propina.

–Hablaré –anunció al aire con tono desafiante–. Me lo debo. Por tanto, estoy obligado. –Una declaración de principios dirigida a él mismo y a nadie más.

Dicho esto, puso rumbo hacia el más corpulento de los tres hombres robustos. El Bella Vista, como restaurante italiano que es, tiene suelo de terrazo y carece de cortinas. El techo de escayola es bajo y raso como la palma de la mano. Si no habían oído su declaración de intenciones, deberían haber oído como mínimo el vibrante taconeo de sus lustrosos zapatos mientras avanzaba, pero la esposa dominante nos deleitaba con sus impresiones sobre la escultura moderna, que eran inmisericordes. El diminuto caballero necesitó repetir «Caballero» a pleno pulmón varias veces para hacer notar su presencia.

–Caballero –reiteró, hablando única y exclusivamente al hombre que ocupaba la cabecera de la mesa por pura cuestión de protocolo–. He venido aquí a disfrutar de mi cena y leer mi periódico. –Sostuvo en alto lo que quedaba de este, como un mordedor para perro, a modo de prueba judicial–. Y en lugar de eso, me veo sometido a un verdadero aluvión de diálogo tan sonoro, tan trivial, tan estridente que... sí... –El «sí» para dejar constancia de que había captado la atención de la mesa–. Y hay una voz en particular, caballero, una voz por encima de todas las demás…, y como soy un hombre educado, no señalaré con el dedo…, una voz, caballero, a la que le ruego que imponga moderación.

Pero, después de esta alocución, el diminuto caballero no abandonó el campo de batalla ni mucho menos. Muy al contrario, aguantó a pie firme ante ellos como un valeroso guerrillero frente al pelotón de fusilamiento, sacando pecho, juntos los lustrosos zapatos, el mordedor para perro bien sujeto a un costado, mientras los tres hombres robustos lo miraban con incredulidad y la mujer ofendida miraba a su esposo.

—Querido —musitó ella—. Haz algo.

Hacer ¿qué? ¿Y qué haré yo si ellos lo hacen? Los grandullones de Ricky eran antiguos atletas, a la vista estaba. Las divisas de sus chaquetas blazer emanaban un empaque heráldico. No costaba imaginar que eran ex jugadores de algún equipo de rugby de la policía. Si decidían moler a palos al diminuto caballero, ¿qué podía hacer un espectador mestizo, además de acabar aún más molido a palos y, por si con eso no bastara, detenido con arreglo a la ley antiterrorista?

Al final, los hombres no hicieron nada. En lugar de molerlo a palos y arrojar a la calle lo que quedase de él, y a mí detrás, empezaron a examinarse las manos musculosas y comentar, en audibles apartes, que obviamente el pobre individuo necesitaba ayuda. Era un desequilibrado. Podía ser un peligro público. O serlo para él mismo. Que alguien llame una ambulancia.

En cuanto al diminuto caballero, regresó a su mesa, dejó en ella un billete de veinte libras y, tras dirigir un circunspecto «Buenas noches tenga, caballero» hacia la ventana y ni una sola palabra a mí, salió a la calle en dos zancadas como un coloso en miniatura, con lo que me dejó allí planteándome comparaciones entre un hombre que dice «Sí, cariño, me hago cargo» y echa su *coq au vin* a la trituradora de basura y el hombre que se adentra intrépidamente en la guarida del león mientras yo me quedo ahí cruzado de brazos haciendo ver que leo mi *Cromwell, Our Chief of Men*.

La segunda señal de la que hay constancia se percibió la noche siguiente, el martes. Cuando regresaba a Battersea después de cuatro horas en la Chat Room dedicado a proteger a nuestra gran nación, para mi asombro, salté del autobús en movimiento tres paradas antes de la mía y apreté a correr, no a través del parque hacia Prince of Wales Drive, que habría sido la dirección lógica, sino de vuelta atrás por el puente hacia Chelsea, de donde venía.

¿Por qué demonios? Sí, soy impulsivo, de acuerdo. Pero ¿qué me impelió? Era plena hora punta. Detesto, en cualquier momento, caminar junto a los coches en circulación lenta, y más aún de un tiempo a esta parte. No me hace ninguna gracia que los ocupantes de los vehículos me miren mal. Pero correr —correr desalado con mi mejor calzado de calle, unos zapatos con suela y tacones de cuero y cañetas de goma, correr si uno es de mi complexión, color y edad, y cargado con un maletín, correr a toda pastilla en el Londres sacudido por los atentados, con la mirada al frente, como enajenado, sin pedir ayuda a nadie y tropezando con la gente de pura precipitación—, correr de esa manera, en cualquier momento del día, es francamente un disparate, y a hora punta, una locura.

¿Necesitaba ejercicio? No. Penelope tiene su entrenador personal; yo salgo a trotar por el parque cada mañana. Lo único en el mundo que podía explicarme a mí mismo ese comportamiento mientras me precipitaba por la acera atestada y a través del puente era el niño paralizado que había visto desde lo alto del autobús. Tenía seis o siete años y estaba inmovilizado contra un muro de granito que separaba la calzada del río, a medio subir, los talones en contacto con el muro y los brazos extendidos, y la cabeza vuelta a un lado porque le daba miedo mirar arriba y abajo. Por debajo de él, el tráfico fluía a toda velocidad y por encima se veía un estrecho parapeto que podría haberse concebido para fanfarrones mayores que él, y en ese momento había dos de ellos allí arriba, mofándose del pequeño, brincando y rechiflando, retándolo a subir. Pero él no es capaz, porque las alturas lo aterrorizan aún más que el tráfico, y sabe que al otro lado del parapeto, si logra alcanzarlo, le espera una caída de veinte metros, al camino de sirga y al río, y él tiene vértigo y no sabe nadar, razones por la que yo estoy corriendo a más no poder.

Y sin embargo cuando llego, sin aliento, bañado en sudor, ¿qué veo? Ningún niño, ni paralizado ni en movimiento. Y la topografía ha experimentado una transformación. No hay parapeto de granito. No hay vertiginoso ascenso con el tráfico a toda velocidad a un lado y las impetuosas aguas del Támesis al otro. Y en la mediana, una benévola mujer policía dirige el tráfico.

—No debes hablar conmigo, encanto —dice mientras controla la circulación con los brazos.

—¿Ha visto a tres niños tontear aquí hace un momento? Podrían haber muerto.

—Aquí no, encanto.

—¡Los he visto, lo juro! Había uno pequeño inmovilizado contra la pared.

—Dentro de un momento voy a tener que ponerte una multa, encanto. Lárgate.

Y eso hice. Retrocedí por el puente que de entrada no debería haber cruzado; durante toda la noche, mientras esperaba a que Penelope volviese a casa, pensé en aquel niño paralizado en su infierno imaginario. Y por la mañana, cuando fui al baño de puntillas para no despertarla, seguía inquietándome aquel niño que no estaba. A lo largo del día, mientras interpretaba para un consorcio holandés de la industria del diamante, lo tuve metido en la cabeza, donde había tantas cosas en marcha sin yo saberlo. Y continuaba ahí la noche siguiente, con los brazos extendidos y los nudillos apretados contra el muro de granito, cuando, en respuesta a una petición urgente del hospital del Distrito Norte de Londres, me presenté a las ocho menos cuarto de la tarde en la sala de enfermedades tropicales con el cometido de interpretar para un africano moribundo de edad indeterminada que se niega a decir ni una sola palabra en cualquier idioma conocido salvo en kinyarwanda, su lengua materna.

Lamparillas nocturnas azules me han señalado el camino a lo largo de interminables pasillos. Originales indicadores me han hecho saber por dónde doblar. Ciertas camas se encuentran aisladas con biombos, lo cual denota casos más graves. La nuestra es una de esas camas. A un lado está Salvo en cuclillas; al otro, sin nada más que las rodillas del moribundo para separarnos, esa enfermera diplomada. Y esa enfermera diplomada, que es, deduzco, de origen centroafricano, tiene conocimientos y responsabilidades superiores a los de muchos médicos, aunque no es así como se revela a la vista: una mujer de porte grácil e imponente, con el insólito nombre de HANNAH sobre el pecho izquierdo y una cruz de oro en la garganta, por no hablar ya del cuerpo largo y esbelto austeramente oculto bajo un uniforme blanco y azul abotonado de arriba abajo, que cuando se yergue y va de un lado a otro de la sala, lo hace con la soltura de una bailarina. Eso aparte de un pelo minuciosamente trenzado que se aleja de la frente en surcos hasta el punto donde se le permite crecer de manera natural, si bien corto por razones prácticas.

Lo único que estamos haciendo esta enfermera diplomada, Hannah, y yo es mirarnos a los ojos durante períodos de tiempo exponencialmente más largos en tanto ella dirige sus preguntas a nuestro paciente con lo que percibo como una severidad protectora y yo las vierto debidamente al kinyarwanda, y los dos aguardamos —a veces durante inacabables minutos, o eso se me antoja a mí— las respuestas del pobre hombre expresadas entre dientes en el habla de la infancia africana que quiere que sea el último recuerdo de su vida.

Pero esto no tiene en cuenta otros actos piadosos que la enfermera diplomada Hannah lleva a cabo para él con la ayuda de una segunda enfermera, Grace, a quien, por sus cadencias, identifico como jamaicana, y que, de pie junto a la cabecera, le enjuga el vómito, comprueba el gota a gota y cosas peores; Grace es también buena mujer y, a juzgar por su interacción y las miradas que cruzan, buena compañera de Hannah.

Deben ustedes saber que soy un hombre que aborrece, aborrece de verdad, los hospitales y es por principio alérgico a la industria sanitaria. La sangre, las agujas, las cuñas, los carritos con tijeras encima, los olores quirúrgicos, los enfermos, los perros muertos y los tejones atropellados en la cuneta... ante la sola presencia de esas cosas me desquicio, que no es ni más ni menos lo que le ocurriría a cualquier otro hombre normal que se hubiera despojado de las amígdalas, el apéndice y el prepucio en sucesivos e insalubres dispensarios de las montañas africanas.

Y ya había coincidido antes con ella, con esta enfermera diplomada. Una vez. Sin embargo durante las tres últimas semanas, ahora me doy cuenta, ha sido una huella inconsciente en mi memoria, y no solo como el ángel reinante en este infausto lugar. He hablado con ella, aunque probablemente no me recuerda. En mi primera visita, le pedí que firmase el impreso donde se certificaba que yo había realizado a su entera satisfacción los servicios para los que se me había contratado. Ella había sonreído, ladeado la cabeza como planteándose si en conciencia podía darse por satisfecha y sacado después despreocupadamente un rotulador de detrás de la oreja. Ese gesto, aunque sin duda inocente por su parte, me había afectado. En mi prolífica imaginación, era el preludio de desnudarse.

Pero esta noche no albergo fantasías tan impúdicas. Esta noche todo es trabajo, y estamos sentados en la cama de un moribundo. Y Hannah, la profesional de la sanidad, quien, por lo que yo sé, hace esto tres veces al día antes de la hora de comer, ha apretado la mandíbula para alejar sentimientos superfluos, así que yo he hecho lo mismo.

—Pregúntale cómo se llama, por favor —me ordena con un inglés impregnado de aroma francés.

Se llama Jean-Pierre, nos informa él tras prolongadas reflexiones. Y por si las dudas añade, con toda la hostilidad de que puede hacer acopio en su difícil trance, que es tutsi y se enorgullece de ello, un dato gratuito que Hannah y yo decidimos tácitamente pasar por alto, entre otras cosas porque salta a la vista, pues Jean-Pierre, pese a los tubos, tiene el clásico aspecto tutsi, con pómulos y mandíbula prominentes y la cabeza alargada por detrás, exactamente como deben ser los tutsi según la imaginación popular africana, si bien muchos no son así.

—Jean-Pierre ¿qué más? —insiste ella con igual severidad, y yo vuelvo a traducirla.

¿Acaso Jean-Pierre no me oye o prefiere, quizá, no tener apellido? El lapso mientras la enfermera diplomada Hannah y yo esperamos la respuesta es la ocasión para la primera larga mirada que cruzamos, o larga en el sentido de que fue más larga de lo necesario si uno simplemente está comprobando que la persona para quien interpreta escucha lo que uno le dice, ya que ni ella ni yo decíamos nada, ni él tampoco.

—Pregúntale dónde vive, por favor —dice, y se aclara con delicadeza la garganta para eliminar una obstrucción similar a la mía; excepto que esta vez, para mi sorpresa y alegría, se dirige a mí como coterránea africana en suajili. ¡Y por si eso fuera poco, emplea el habla de una mujer del Congo oriental!

Pero yo he venido a trabajar. La enfermera diplomada ha hecho otra pregunta a nuestro paciente, y por tanto debo traducirla. Cumplo. Del suajili al kinyarwanda. Luego traduzco la respuesta.

—Vivo en el Heath —le informo, repitiendo las palabras de Jean-Pierre como si fueran nuestras—, debajo de un arbusto. Y allí voy a volver cuando salga de este —pausa— sitio. —Por simple educación, omito el epíteto que el usa para describirlo—. Hannah —prosigo, hablando en inglés, tal vez para aligerar un poco la presión—, por Dios, ¿quién eres?, ¿de dónde?

Ante lo que ella, sin el menor titubeo, me da a conocer su nación de origen:

—Soy de la región de Goma, en Kivu del Norte, de la tribu de los nande —susurra—. Y este pobre ruandés es el enemigo de mi pueblo.

Y para presentar la verdad pura y simple diré que su respiración algo entrecortada, sus ojos más abiertos, la apremiante súplica de comprensión mientras pronuncia esas frases, me dan a conocer en un instante la penosa situación de su amado Congo tal como ella la percibe: los cadáveres esqueléticos de sus parientes y seres queridos, los campos sin sembrar, las reses muertas y los poblados reducidos a cenizas que habían sido su suelo natal, hasta que los ruandeses atravesaron la frontera en tropel y, estableciendo que el Congo oriental sería el campo de batalla de su guerra civil, hicieron caer una avalancha de horrores indescriptibles sobre una tierra que moría ya de abandono.

Al principio, los invasores solo querían dar caza a los *génocidaires* que habían matado con sus propias manos a un millón de paisanos suyos en cien días. Pero lo que empezó como una persecución pronto degeneró en una batalla campal por los recursos mineros de Kivu y, de resultas de ello, un país que estaba al borde de la anarquía cayó al abismo, que es lo que por todos los medios he intentado explicar a Penelope, quien, como diligente periodista corporativa británica, prefería que su información fuese la misma que la de todos los demás. Cariño, dije, atiéndeme, ya sé que estás ocupada. Ya sé que a tu periódico le gusta ceñirse a las directrices de la familia. Pero te lo pido por favor, de rodillas, solo por esta vez: publica algo, lo que sea, para contar al mundo lo que pasa en el Congo oriental. Cuatro millones de muertos, le dije. Tan solo en los últimos cinco años. La gente lo llama la primera guerra mundial de África, y vosotros no lo llamáis de ninguna manera. No es una guerra a tiros, eso lo admito. Las matanzas no son fruto de las balas, los machetes o las granadas de mano. Se deben al cólera, la malaria, la diarrea y la típica y consabida muerte por inanición, y la mayoría de los muertos no ha cumplido aún los cinco años. Y ahora mientras hablamos siguen muriendo, a miles, todos los meses. Debe de haber una noticia en algún sitio, pues, digo yo. Y la hubo. En la página veintinueve, al lado del autodefinido.

¿De dónde había sacado mi incómoda información? Tendido en la cama a altas horas, esperando a que ella llegase. Escuchando el Servicio Internacional de la BBC y remotas emisoras de radio africanas mientras ella cumplía su plazo de entrega en plena noche. Sentado solo en un cibercafé mientras ella llevaba a cenar a sus fuentes. De diarios africanos comprados a escondidas. De pie al fondo de concentraciones al aire libre, abrigado con un grueso anorak y un gorro con borla mientras ella asistía a un cursillo de actualización sobre lo que fuera que necesitaba actualizar.

Sin embargo la lánguida Grace, reprimiendo un bostezo de final de turno, no sabe nada de esto, ¿y por qué habría de saberlo? Ella no hizo el autodefinido. Ignora que Hannah y yo participamos en un acto simbólico de reconciliación humana. Ante nosotros, agoniza un ruandés que se hace llamar Jean-Pierre. Junto a la cama hay una joven congoleña, de nombre Hannah, a quien de niña inculcaron que Jean-Pierre y los de su índole son los únicos causantes de las penalidades de su país. Así y todo, ¿le vuelve la espalda? ¿Hace llamar a una colega o lo confía a los cuidados de Grace, todavía bostezante? No. Lo llama «este pobre ruandés» y lo coge de la mano.

—Salvo, por favor, pregúntale dónde vivía antes —ordena, cumplidora de su deber, con su inglés francófono.

Y volvemos a esperar o, lo que es lo mismo, Hannah y yo nos miramos con una incredulidad incorpórea, aturdida, como dos personas que comparten una visión celestial que los demás no pueden ver porque no tienen ojos. Pero Grace sí lo ha visto. Grace sigue, atenta e indulgente, el desarrollo de nuestra relación.

—Jean-Pierre, ¿dónde vivías antes de trasladarte a Hampstead

Heath? —pregunto con una voz tan resueltamente ecuánime como la de Hannah.

La cárcel.

¿Y antes de la cárcel?

Tarda una eternidad en facilitarme una dirección y un número telefónico de Londres, pero al final lo hace, y yo se los traduzco a Hannah, que de nuevo se busca a tientas el rotulador detrás de la oreja para tomar nota en su cuaderno. Arranca una hoja y se la entrega a Grace, que se aleja en silencio por la sala hacia un teléfono, a su pesar, ya que para entonces no quiere perderse nada. Y a la sazón nuestro paciente, como si despertase de un mal sueño, se incorpora de pronto y, con la espalda muy erguida y todos sus tubos conectados, recurre a una gráfica y soez expresión de su kinyarwanda materno para preguntar «el coño de mi madre, qué me pasa» y por qué la policía lo ha llevado a rastras hasta allí contra su voluntad, y es entonces cuando Hannah, en un inglés mermado por la emoción, me pide que traduzca las «palabras exactas» que se dispone a pronunciar, sin añadir ni suprimir nada, Salvo, por favor, por mucho que personalmente desees hacerlo en consideración a nuestro paciente, siendo «nuestro paciente» a esas alturas un concepto primordial para ambos. Y yo, con voz igual de mermada, afirmo para su tranquilidad que jamás osaría adornar lo que ella diga, por doloroso que sea para mí.

—Hemos mandado a buscar al jefe de ingresos y vendrá en cuanto pueda —empieza Hannah, con pausada pronunciación, y a la vez, para permitirme traducir, introduce pausas de manera más inteligente que la mayoría de mi clientela—. Debo informarte, Jean-Pierre, de que padeces una grave afección sanguínea que, a mi juicio, está demasiado avanzada para poder curarla. Lo siento mucho, pero debemos aceptar la situación.

No obstante, asoma a sus ojos auténtica esperanza mientras habla, centrada gozosa y claramente en la redención. Si Hannah puede afrontar una noticia tan mala como esta, piensa uno, también Jean-

Pierre debería ser capaz de afrontarla, al igual que yo. Y después de traducir su mensaje lo mejor que sé —siendo las «palabras exactas» hasta cierto punto una falsa ilusión de profano en la materia, ya que pocos ruandeses de la posición social de este pobre hombre conocen conceptos como «grave afección sanguínea»—, Hannah le pide que repita, por mediación mía, lo que ella acaba de decir para que ella sepa que él lo sabe, y para que él sepa que él también lo sabe, y para que yo sepa que los dos lo saben y no hay tergiversaciones.

Y cuando Jean-Pierre ha repetido el mensaje con cara de pocos amigos, y yo he vuelto a traducirlo, Hannah me pregunta: ¿Quiere Jean-Pierre expresar algún deseo mientras espera a que venga su familia? Lo cual significa, en clave, como los dos bien sabemos, que muy probablemente morirá antes de que ellos lleguen. Lo que no pregunta, y por tanto yo tampoco, es por qué dormía al sereno en el Heath y no en casa con su mujer y sus hijos. Pero intuyo que, como yo, considera esas preguntas tan personales una intromisión en su vida privada. ¿Por qué iba un ruandés a querer morir en Hampstead Heath si no deseaba preservar su intimidad?

Advierto de pronto que no solo ha cogido de la mano a nuestro paciente, sino también a mí. Y Grace lo advierte y queda impresionada, pero no de una manera lasciva, porque Grace sabe, como lo sé yo, que su amiga Hannah no tiene por costumbre coger de la mano al primer intérprete que se le cruza por delante. Con todo, ahí están, mi mano de color chocolate claro, medio congoleña, y la versión auténtica, totalmente negra, de Hannah, con su palma rosada, entrelazadas ambas sobre la cama de un enemigo ruandés. No tiene nada que ver con el sexo —¿cómo iba a ser algo así, con Jean-Pierre agonizando entre nosotros?—; tiene que ver con una afinidad recién descubierta y con el consuelo mutuo mientras nos entregamos en cuerpo y alma a nuestro común paciente. Ocurre porque ella está profundamente conmovida y también yo. La conmueve el pobre moribundo, a pesar de que ve hombres en ese estado todos los días de la semana. La conmueve la circunstancia de que estemos cuidando de aquel a quien consideramos enemigo, y lo amemos conforme al Evangelio cuya doctrina le inculcaron de niña. La conmueve mi voz. Cada vez que yo interpreto del suajili al kinyarwanda y a la inversa, baja la mirada como si orase. La conmueve el hecho de que, como yo intento decirle con los ojos y ella vería si me atendiese, somos las personas que hemos buscado todas nuestras vidas.

No diré que a partir de ese momento seguimos cogidos de la mano, porque no fue así, pero cada uno tenía puesto su ojo interior en el otro. Ella podía darme su larga espalda, estar encorvada sobre él, levantarlo, acariciarle la mejilla o controlar los aparatos que Grace le había conectado. Pero siempre que se volvía hacia mí, yo estaba allí para ella y sabía que ella estaba allí para mí. Todo lo que sucedió después —yo esperándola junto al poste de la verja iluminada por las luces de neón hasta el final de su turno, ella saliendo a buscarme con la vista baja, y los dos, en nuestra timidez de niños de misión, cogidos de la mano pero sin abrazarnos como dos estudiantes formales cuesta arriba hacia su residencia, luego por un estrecho callejón que olía a comida asiática hasta una puerta con candado del que ella tenía llave—, todo eso nació de las miradas que cruzamos en presencia de nuestro paciente ruandés moribundo y de la mutua responsabilidad que sentimos mientras una vida humana compartida se escapaba ante nosotros.

Por esa razón, entre ráfagas de sexo apasionado, pudimos mantener conversaciones de una índole inasequible para mí desde la muerte del hermano Michael, ya que hasta la fecha no se había presentado en mi vida ningún confidente natural a excepción hecha del señor Anderson, y desde luego no en la forma de una mujer africana hermosa, risueña y rebosante de deseo cuya única vocación es auxiliar a los que sufren, y que no le pide nada a uno, en ninguna lengua, que uno no esté en situación de dar. Para ofrecer información objetiva sobre nosotros mismos, hablamos en inglés. Para hacer el amor, en francés. Y para soñar con África, ¿cómo no íbamos a recuperar el suajili de regusto congoleño de nuestra infancia con su retozona mezcla de alegría e insinuación? En el transcurso de veinte horas insomnes, Hannah se convirtió en la hermana, la amante y la buena amiga que se había negado sistemáticamente a hacerse realidad a lo largo de mi errabunda niñez.

¿Nos sentimos culpables, ambos buenos niños cristianos, educados en la devoción y ahora adúlteros en toda regla? No. Hablamos de mi matrimonio, y yo lo di por muerto, sabiendo con total certeza que así era. Hablamos de Noah, el pequeño hijo de Hannah, que se había quedado con su tía en Uganda, y los dos solidariamente lo echamos de menos. Nos hicimos promesas solemnes, charlamos de política, intercambiamos recuerdos, bebimos zumo de arándano y agua mineral con gas, comimos pizza entregada a domicilio e hicimos el amor justo hasta el momento en que ella, con desgana, se pone el uniforme y, resistiéndose a mis ruegos de un último abrazo, se marcha pendiente abajo camino del hospital para una clase de anestesia a la que asiste antes de empezar el turno de noche con sus pacientes moribundos. Mientras, yo voy en busca de un taxi porque, debido a los atentados, el metro funciona en servicio restringido en el mejor de los casos, el autobús tardará demasiado y, santo cielo, qué tarde se ha hecho. Las palabras de despedida de Hannah, en suajili, resonaban no obstante en mis oídos. Cogiéndome la cara entre las manos, con un leve cabeceo en señal de feliz asombro, dijo:

—Salvo, cuando tu madre y tu padre te hicieron, debían de amarse mucho.

3

Te importa que abra una ventanilla? —pregunté a Fred, mi chófer blanco. Cómodamente instalado en los cojines traseros del Mondeo mientras Fred, con mano experta, zigzagueaba entre el denso tráfico del viernes por la noche, disfruté de una sensación de liberación rayana en la euforia.

—Como te venga en gana, tío —respondió él, campechano, pero, bajo los coloquialismos, mi fino oído detectó de inmediato el dejo residual de los colegios privados ingleses. Fred era de mi edad y conducía con aplomo. Ya me caía bien. Bajando la ventanilla, dejé que el aire templado de la noche me envolviera.

—¿Tienes idea de adónde vamos, Fred?

—Al final de South Audley Street. —Y dando por supuesto, erróneamente, que mi inquietud se debía a la velocidad, añadió—: No te preocupes, llegaremos enteros.

No sentía la menor preocupación, pero sí sorpresa. Hasta el momento mis reuniones con el señor Anderson se habían celebrado en la sede del ministerio en Whitehall, en una mazmorra suntuosamente enmoquetada al fondo de un laberinto de pasillos de obra vista pintados de gris y vigilados por conserjes cetrinos con walkie-talkies. En las paredes colgaban fotografías coloreadas de la esposa, las hijas y los spaniels del señor Anderson, e intercalados entre ellas, en marcos dorados, podían verse los homenajes concedidos a su otro amor, el Orfeón de Sevenoaks. Fue en dicha mazmorra, después de haber sido emplazado mediante cartas confidenciales a una serie de «entrevistas de prueba» realizadas sobre el nivel del suelo por un enigmático órgano que se hacía llamar Comisión de Inspección Lingüística, donde me reveló en todo su esplendor la Ley de Secretos Oficiales, junto con sus muchas amenazas de castigo. Primero me leyó un sermón que debía de haber pronunciado ya un centenar de veces y luego, tras ofrecerme un impreso con mi nombre y fecha y lugar de nacimiento ya introducidos electrónicamente, me habló por encima de sus gafas de lectura mientras yo firmaba.

—Ahora no andes haciendo castillos en el aire, ¿eh, hijo? —advirtió en un tono que me recordaba de manera irresistible el del hermano Michael—. Eres un muchacho brillante, el lápiz más afilado del estuche, si es verdad lo que me cuentan. Tienes en tu haber un puñado de lenguas raras y una reputación profesional de primera que ningún Servicio que se precie, como es el caso, puede pasar por alto.

Yo no sabía bien a qué «Servicio que se precie» se refería, pero ya me había informado de que era un alto funcionario de la Corona, y eso debía bastarme. Tampoco le pregunté cuáles de mis lenguas consideraba «raras», como quizá habría hecho de no haber estado flotando en una nube, ya que a veces mi respeto al prójimo, espontáneamente, sale volando por la ventana.

—Ahora bien, eso no te convierte en el centro del universo, así que ten la bondad de no creértelo —continuó, todavía acerca de mi excelente formación—. Serás un CTP, es decir, un colaborador a tiempo parcial, y por debajo de eso no hay nada. Eres secreto pero eres alternativo, y alternativo seguirás siendo a menos que se te ofrezca la titularidad. No niego que algunos de los mejores espectáculos son alternativos, porque lo son. Las mejores obras y los mejores actores, en opinión de Mary, mi esposa. ¿Entiendes de qué te hablo, Salvo?

—Creo que sí, señor Anderson.

Uso «señor» y «usted» con demasiada frecuencia y soy consciente de ello, del mismo modo que de niño decía demasiado *Mzee*. Pero en el Santuario todo aquel que no era «hermano» era «señor».

—Entonces repíteme, por favor, lo que acabo de decir, para que los dos tengamos las cosas claras —propuso, recurriendo a una técnica que más tarde utilizaría Hannah para comunicar la mala noticia a Jean-Pierre.

—Que no debo dejarme llevar. No debo… —Iba a decir «apasionarme», pero me corregí a tiempo—. Entusiasmarme demasiado.

—Te estoy diciendo que apagues ese brillo de expectación de tu mirada, hijo. En lo sucesivo y para siempre. Porque si vuelvo a verlo, me preocuparás. Somos creyentes pero no fanáticos. Dejando de lado esas aptitudes tuyas tan fuera de lo común, lo que aquí te ofrecemos es la rutina del trabajo diario corriente y moliente, lo mismo que haces para cualquier cliente tuyo cualquier tarde lluviosa, solo que lo harás teniendo en mente a tu reina y tu patria, que es lo que a ti y a mí nos gusta.

Le aseguré —cuidándome de moderar el entusiasmo— que el amor a la patria ocupaba una de las primeras posiciones en mi lista de favoritos.

—Hay un par de diferencias más, debo reconocerlo —prosiguió, contradiciendo una objeción que yo no había formulado—. Una diferencia es que no te proporcionaremos gran información en cuanto a contexto antes de ponerte los auriculares. No sabrás quién habla con quién ni dónde, ni de qué hablan, ni cómo ha llegado eso hasta nosotros. Al menos si podemos evitarlo, no lo sabrás, porque no sería seguro. Y si tú haces alguna suposición por tu cuenta, te aconsejo que te la guardes. A eso te has comprometido al firmar, Salvo, eso significa «secreto», y si te sorprendemos incumpliendo las normas, te irás de patitas a la calle y con una mancha negra en el historial. Y nuestras manchas no se quitan como las de otros —añadió con satisfacción, y no pude por menos de preguntarme si el comentario era una alusión inconsciente al color de mi piel—. ¿Quieres romper ese papel y olvidar que has estado aquí? Porque es tu última oportunidad.

Oído lo cual, tragué saliva y respondí:

—No, señor Anderson. Me apunto, de verdad —con toda la flema de que fui capaz, y él me estrechó la mano y me dio la bienvenida a lo que se complació en llamar la honorable cofradía de ladrones de sonido.

Me apresuro a decir que los esfuerzos del señor Anderson por apagar mi ardor fueron en vano. Encogido en una cabina insonorizada, una de cuarenta, en un búnker subterráneo de máxima seguridad conocido como la Chat Room, bajo la vigilancia de Barney, nuestro relamido supervisor con sus chalecos de colores, en su galería voladiza. ¿A eso lo llama corriente y moliente? ¿Con chicas en vaqueros que vienen a llevarse nuestras cintas y transcripciones y, contrariamente a las conocidas pautas de corrección política en el ámbito laboral, también nuestras tazas de té, mientras de pronto escucho hablar en acholi a un miembro de alto rango del Ejército de Resistencia del Señor ugandés, que conspira por teléfono satélite para establecer una base al otro lado de la frontera en el Congo oriental, y acto seguido estoy sudando la gota gorda en los muelles de Dar es Salaam con el ruido de los barcos de fondo, el griterío de los vendedores ambulantes y el discontinuo zumbido de un inestable ventilador de mesa que ahuyenta las moscas al tiempo que un grupo criminal de integristas islámicos se confabula para importar un arsenal de misiles antiaéreos camuflados como maquinaria pesada? ¿Y esa misma tarde soy único testigo auricular del regateo entre tres oficiales corruptos del ejército ruandés y una delegación china para cerrar la venta de minerales congoleños robados? ¿O avanzo a trompicones entre los bocinazos del tráfico de Nairobi en la limusina con chófer de un jerarca de la política keniata mientras este se embolsa un pingüe soborno por consentir a un contratista indio cubrir ochocientos kilómetros de carretera nueva con una única capa de asfalto fina como el papel, garantizando una duración de dos estaciones de las lluvias como mínimo? Eso no tiene nada de corriente y moliente, señor Anderson. ¡Eso es el sanctasanctórum!

Pero no dejé asomar el brillo, ni siquiera ante Penelope. ¡Si tú supieras!, pensaba yo para mis adentros siempre que ella me ponía en mi sitio delante de su amiga del alma Paula, o se iba a una de esas conferencias de fin de semana a las que, por lo visto, no asistía nadie excepto ella, y volvía muy callada y contenta de tanto conferenciar. ¡Si supieras que tu estancado maridito está a sueldo del Servicio de Inteligencia británico!

Pero nunca flaqueé. No hay que buscar la satisfacción inmediata. Cumplía con mi deber hacia Inglaterra.

Nuestro Ford Mondeo había circundado Berkeley Square y entrado en Curzon Street. Al dejar atrás el cine, Fred se detuvo junto a la acera y se inclinó por encima del respaldo de su asiento para dirigirse a mí de espía a espía.

—Ahí es, tío —musitó, ladeando la cabeza pero sin señalar por si alguien nos observaba—. El número 22B, a la izquierda, la puerta verde a unos cien metros. El timbre del último piso lleva el rótulo HARLOW, como el pueblo. Cuando contesten, di que traes un paquete para Harry.

—¿Estará Barney ahí? —pregunté, experimentando un momentáneo nerviosismo ante la perspectiva de encontrarme a solas con el señor Anderson en un entorno desconocido.

—¿Barney? ¿Quién es Barney?

Amonestándome a mí mismo por hacer preguntas innecesarias, salí a la acera. Una vaharada de calor se elevó hacia mí. Un ciclista, en un brusco viraje, estuvo a punto de arrollarme y solté un juramento. Fred se marchó, y me quedé con la sensación de que no me habría venido mal su compañía un rato más. Crucé la calle y entré en South Audley Street. El número 22B era una de varias mansiones de obra vista con empinadas escalinatas. Tenía seis timbres, exiguamente iluminados. En el último se leía HARLOW, como el pueblo, en tinta desvaída. A punto de pulsarlo, me asaltaron dos imágenes contradictorias. Una era de la cabeza de Penelope a quince centímetros de la bragueta de Thorne el Sátiro mientras lo contemplaba con adoración, sus pechos asomando por el nuevo traje de diseño. La otra era de los ojos grandes de Hannah, sin atreverse a parpadear, y su boca abierta cantando su júbilo en silencio mientras exprimía mis últimas gotas de vida en el sofá cama de su celda monacal.

—Un paquete para Harry —entoné, y vi abrirse la puerta mágica.

No he descrito el aspecto del señor Anderson, aparte del parecido con el hermano Michael. Al igual que Michael, es un hombre de una pieza, alto y tosco a la vez, facciones tan inmutables como la piedra de lava, cada ademán un acontecimiento. Al igual que Michael, es un padre para sus hombres. Ronda los sesenta años o poco menos, cabe suponer, y sin embargo uno no tiene la sensación de que en otro tiempo haya sido un joven galán, ni de que en un futuro vaya a pasar a la reserva. Es la rectitud en persona, es policial, es el roble de Inglaterra. Aunque sea solo para cruzar una sala, carga con la justificación moral de sus actos. Su sonrisa puede hacerse esperar una eternidad, pero cuando asoma, uno se siente más cerca de Dios.

Sin embargo, para mí, el verdadero hombre es, como siempre, la voz: el ritmo estudiado del cantante, las pausas medidas siempre en busca de un efecto, la campechanía de las cadencias del norte rural. En Sevenoaks, me ha contado más de una vez, es el primer barítono. Cuando era más joven, tenía voz de tenor-contralto y estuvo tentado de dedicarse profesionalmente al canto, pero se impuso el amor al Servicio. Y fue una vez más la voz del señor

Anderson lo que prevaleció por encima de cualquier otra impresión en el instante en que me aventuré a cruzar la puerta. Percibí, vagamente, otros sonidos y otros cuerpos en aquel lugar. Vi una ventana de guillotina abierta y unos visillos hinchados, así que obviamente soplaba allí una brisa, cosa que no ocurría en la calle. Pero centré mi interés en la silueta erguida del señor Anderson, recortada contra la ventana, y su llano dejo norteño mientras seguía hablando por el teléfono móvil.

—Llegará de un momento a otro, Jack, gracias —lo oí decir, en apariencia ajeno al hecho de que me hallaba a dos metros de él—. Lo prepararemos y lo mandaremos lo antes posible, Jack... no antes. —Un silencio—. Exacto. Sinclair. —Pero «Sinclair» no era el nombre de la persona con quien hablaba. Estaba confirmando que el hombre en cuestión se llamaba «Sinclair»—. Eso es algo que tiene muy claro, Jack. Y cuando llegue, yo mismo me encargaré de que lo tenga más claro todavía. —Ahora ya me miraba, y aun así se negaba a reconocer mi presencia—. No, no es un novato. Ya ha hecho de todo un poco para nosotros, y créeme si te digo que es el hombre idóneo para el trabajo. Todas las lenguas que quieras, en extremo capaz, leal a más no poder.

¿Podía ser que se refiriese a mí? ¿«En extremo capaz, leal a más no poder»? Pero me contuve. Apagué el brillo de expectación de mi mirada.

—Su seguro corre de vuestra cuenta, no de la nuestra, Jack, recuérdalo. A todo riesgo, por favor, además de enfermedad in situ y repatriación por el medio más rápido posible. Nada debe acabar ante nuestra puerta. Estaremos aquí si nos necesitáis, Jack. Pero recuérdalo: cada vez que llamas, retrasas el proceso. Creo que ya sube por la escalera. ¿No es verdad, Salvo? —Había colgado—. Ahora préstame atención, hijo. Tenemos mucho que madurar en muy poco tiempo. La joven Bridget te proporcionará otra ropa. Un buen esmoquin, el que llevas puesto; lástima que tengas que quitártelo. Han cambiado mucho las cosas desde mis tiempos, o si no, ahí tienes el esmoquin, sin ir más lejos. En el Baile Anual de Cantores tenía que ser negro o negro. El rojo oscuro, como el que tú llevas, era para los directores de orquesta. Así que se lo has contado todo a tu mujer, ¿no? ¿Una misión secreta de importancia nacional que se ha presentado de la noche a la mañana, espero?

–Ni una sola palabra, señor Anderson –contesté con firmeza–. Me pidió usted que no se lo dijese, y no se lo he dicho. Lo compré especialmente para la gran noche de mi mujer –añadí, porque, con o sin Hannah, sentía la necesidad de preservar la fe del señor Anderson en mi fidelidad marital hasta llegado el momento de comunicarle mi cambio de planes.

La mujer a quien llamaba «joven Bridget» se había plantado frente a mí y, con la yema de un dedo en los labios, visible el esmalte de uñas, me miraba de arriba abajo. Lucía pendientes de perlas y vaqueros de diseño muy por encima de las posibilidades de su franja salarial y balanceaba la cadera al ritmo de sus cavilaciones.

–¿Qué talla gastas de cintura, Salv? Te calculábamos una cuarenta y dos.

–Una cuarenta, de hecho. –Hannah me había dicho que estaba muy delgado.

–¿Y la entrepierna?

–Ochenta, la última vez que miré –repuse, en consonancia con su estilo desenfadado.

–¿Cuello?

–Treinta y ocho.

Desapareció por un pasillo, y sorprendido, sentí un deseo abrasador por ella hasta que caí en la cuenta de que era solo el resurgimiento de mi deseo por Hannah.

–Tenemos un poco de acción en directo para ti, hijo –anunció el señor Anderson, con extraordinarios auspicios, mientras se guardaba el teléfono móvil en el bolsillo del pañuelo–. Mucho me temo que se acabó eso de estar sentado en una cómoda y agradable cabina y escuchar el mundo a una distancia prudencial. Estás a punto de conocer a alguno que otro de esos rufianes en carne y hueso y, ya puestos, hacer algo de provecho por tu país. ¿No serás reacio a cambiar de identidad, me figuro? Todo el mundo quiere ser otro en algún momento de su vida, por lo que me han dicho.

—No soy reacio en absoluto, señor Anderson. No si usted lo considera necesario. Estoy más que dispuesto, a decir verdad. —Ya había cambiado de identidad una vez en las últimas veinticuatro horas, así que otra más poco importaba—. ¿De quién vamos a salvar el mundo en esta ocasión? —inquirí, disimulando mi euforia bajo una actitud despreocupada. Pero, para mi sorpresa, el señor Anderson tomó en serio mi pregunta y la meditó antes de plantear él otra.

—Salvo.

—¿Señor Anderson?

—¿Tendrías muchos escrúpulos de conciencia a la hora de ensuciarte las manos por una buena causa?

—Pensaba que ya lo estaba haciendo… bueno, solo en cierto sentido —me apresuré a rectificar.

Ya era tarde. La frente del señor Anderson se encapotó. Concedía mucho valor a la integridad moral de la Chat Room y no le gustaba que se la pusiera en tela de juicio, y menos yo.

—Hasta el momento, Salvo, has desempeñado una función esencial pero defensiva en nombre de nuestra asendereada nación. A partir de esta noche, en cambio, vas a llevar la lucha a territorio enemigo. Abandonarás la postura defensiva y pasarás a ser… —iba a la caza del *mot juste*— proactivo. ¿Percibo cierta reticencia por tu parte a dar ese otro paso?

—Nada más lejos, señor Anderson. No, tratándose de una buena causa, y como usted mismo ha dicho, lo es. Por mí, encantado. Siempre y cuando sean solo dos días —añadí, teniendo presente mi vital decisión respecto a Hannah, que ardía en deseos de llevar a la práctica sin tardanza—. O tres a lo sumo.

—Te advierto, no obstante, que desde el momento en que salgas de este edificio el Gobierno de Su Majestad no sabrá nada de tu existencia. Si por alguna razón te descubren…, quedas con «el culo al aire», como nosotros decimos…, serás abandonado a tu suerte sin el menor miramiento. ¿Se te ha grabado bien en la cabeza, hijo? Perdona que te lo diga, pero te noto un poco en las nubes.

Con unos dedos finos y bien cuidados, Bridget me despojaba pacientemente del esmoquin, sin saber que, solo a un cráneo de distancia de ella, Hannah y yo casi nos caíamos del sofá cama mientras nos arrancábamos la ropa mutuamente y hacíamos el amor por segunda vez.

—Bien grabado y aceptado, señor Anderson —contesté, jovial, aunque un poco tarde—. ¿Qué lenguas necesitan? ¿Se trata de vocabulario especializado? Quizá debería acercarme un momento a Battersea ahora que no hay moros en la costa y coger alguna obra de referencia.

Mi ofrecimiento no fue de su agrado, eso desde luego, ya que frunció los labios.

—Gracias, Salvo, pero eso deberán decidirlo quienes han contratado provisionalmente tus servicios. No tenemos conocimiento de sus planes en detalle, ni deseamos tenerlo.

Bridget me acompañó a un lóbrego dormitorio, pero no entró. Extendidos en la cama deshecha, había dos pantalones usados de franela gris, tres camisas heredadas, una selección de ropa interior de la Organización de Ayuda a la Población Reclusa, calcetines y un cinturón de piel con el cromo de la hebilla descascarillado. Y debajo, en el suelo, tres pares de zapatos, medio gastados. Una raída americana pendía de una percha de alambre en la puerta. Al desprenderme de mi traje de etiqueta, me vi recompensado de nuevo con una bocanada del olor corporal de Hannah. Su pequeña habitación no tenía lavabo. Los cuartos de baño al otro lado del pasillo estaban ocupados por enfermeras a punto de empezar su turno.

Entre los zapatos, los menos ofensivos eran los que más me apretaban. En una errada victoria de la vanidad sobre el sentido común, los elegí a pesar de todo. La cazadora, de resistencia industrial, era de tweed de la isla de Harris con sisa de hierro: si echaba los hombros hacia delante, el cuello me serraba la nuca; hacia atrás, quedaba inmovilizado, víctima de una detención ciudadana. Una corbata de nailon de color verde oliva completaba el vestuario.

En este punto, aunque fuese solo por un momento, se me cayó el alma a los pies, ya que debo admitir sin circunloquios mi afición por la elegancia indumentaria, mi gusto por el impacto, el color y el alarde ornamental que sin duda brota directamente de los genes de mi madre congoleña. Echen un vistazo en mi maletín cualquier día laborable, ¿y qué encontrarán entre declaraciones escritas, informes, documentación contextual y órdenes de deportación? Revistas promocionales con fotografías de la ropa masculina más cara del mundo, prendas que no estarían al alcance de mi bolsillo ni en media docena de vidas. En fin, ¡quién te ha visto y quién te ve!

Al regresar al salón, Bridget consignaba el inventario de mis posesiones en un bloc de papel pautado: un teléfono móvil de última generación −ultraplano, acero mate, tapa plegable y cámara integrada−, un manojo de llaves de casa, un carnet de conducir, un pasaporte británico que, por razones de orgullo o inseguridad, siempre llevo encima, y un delgado billetero de becerro auténtico con cuarenta y cinco libras en efectivo, más las tarjetas de crédito. Obedeciendo a mi sentido del deber, le entregué los últimos vestigios de mi anterior gloria: el pantalón de vestir recién estrenado, la pajarita de Turnbull & Asser a juego, la camisa con jaretas de algodón de Sea Island, los botones de gala y los gemelos de ónice, los calcetines de seda, los zapatos de charol. Sobrellevaba aún esta penosa prueba cuando el señor Anderson volvió a la vida.

−Salvo, ¿por casualidad te suena de algo un tal Brian Sinclair? −preguntó con tono acusador−. Piénsalo bien, por favor. ¿Sinclair? ¿Brian? ¿Sí o no?

Le aseguré que, aparte de haberle oído mencionar el nombre a él momentos antes en su conversación telefónica, no me sonaba de nada.

–Muy bien. A partir de ahora, y durante los dos próximos días y sus noches, Brian Sinclair serás tú. Fíjate, ten la bondad, en la feliz coincidencia de iniciales: B. S. En cuestiones de clandestinidad, la regla de oro es aproximarse a la realidad tanto como lo permitan las necesidades operativas. Ya no eres Bruno Salvador; ahora eres Brian Sinclair, un intérprete autónomo educado en África central, hijo de un ingeniero de minas, y te ha contratado temporalmente un cártel de ámbito internacional con domicilio social en las islas del Canal de la Mancha, dedicado a introducir las más modernas técnicas agrícolas en el Tercer y Cuarto Mundos. Si eso representa algún problema para ti, sea del tipo que sea, te ruego que me lo digas.

Mi ánimo no decayó pero tampoco se reavivó precisamente. Su intranquilidad me hacía mella. Empezaba a preguntarme si debía intranquilizarme yo también.

–¿Los conozco, señor Anderson?

–¿Si conoces a quiénes, hijo?

–A ese cártel agrícola. Si yo soy Sinclair, ¿ellos quiénes son? Quizá he trabajado ya para ellos.

Me era difícil ver la expresión del señor Anderson, porque estaba de espaldas a la luz.

–Salvo, hablamos de un cártel anónimo. No sería lógico, pues, que un cártel así tuviese nombre.

–Los directivos tienen nombres, ¿no?

–Quien te ha contratado temporalmente no tiene nombre, en igual medida que no lo tiene el cártel –replicó el señor Anderson con brusquedad. Luego pareció aplacarse–. Sin embargo, y sospecho que estoy hablando más de la cuenta, quedarás a cargo de un tal Maxie. Por favor, bajo ningún concepto, en ninguna fecha futura, reveles que has oído ese nombre de mí.

–¿El señor Maxie? –pregunté–. Maxie ¿qué más? Si me estoy poniendo la soga al cuello, señor Anderson…

–Gracias, Salvo, pero con «Maxie» tienes ya más que suficiente. Para toda cuestión referente a control y mando, a efectos de esta operación excepcional, rendirás cuentas a Maxie, a menos que se te indique lo contrario.

—¿Debo confiar en él, señor Anderson?

Alzó el mentón en un respingo y su primera reacción, no me cabe duda, fue decir que todo aquel cuyo nombre saliera de su boca era, por definición, de fiar. Después, viéndome, se ablandó.

—En virtud de la información que me ha llegado, tienes buenas razones para depositar tu confianza en Maxie. Es, según me han dicho, un genio en lo suyo. Como lo eres tú, Salvo. Como lo eres tú.

—Gracias, señor Anderson. —Pero el ladrón de sonido que llevo dentro captó cierto indicio de reserva en su voz, y por eso insistí—. ¿A quién rinde cuentas Maxie a efectos de esta operación excepcional a menos que se le indique lo contrario? —Amedrentado por la severidad de su mirada, me apresuré a modificar la pregunta a fin de presentarla de manera aceptable para él—. O dicho de otro modo, todos rendimos cuentas a alguien, ¿no, señor Anderson? Incluso usted.

Acosado hasta tales límites, el señor Anderson tiene la costumbre de respirar hondo y agachar la cabeza como un animal grande presto a embestir.

—Tengo entendido que hay un tal Philip —concedió de mala gana— o cuando le conviene, según me han dicho —un gesto de desdén—, Philippe, a la francesa. —Pese a su vocación políglota, el señor Anderson siempre ha considerado que el inglés es más que suficiente para cualquiera—. Del mismo modo que tú estás en manos de Maxie, Maxie está en las de Philip. ¿Te das por satisfecho con eso?

—¿Tiene Philip un rango, señor Anderson?

Teniendo en cuenta su anterior vacilación, esta vez la respuesta fue rápida y contundente:

—No, Philip no. Philip es asesor. No tiene rango; no es miembro de ninguna agencia oficial. Bridget, las tarjetas de visita del señor Sinclair, si eres tan amable, recién salidas de la imprenta.

Con una burlona reverencia, Bridget me ofreció un monedero de plástico. Introduciendo los dedos para abrirlo, extraje una finísima tarjeta que presentaba a Brian S. Sinclair, intérprete acreditado, vecino de un apartado de correos de Brixton. Los números de teléfono y fax y la dirección de correo electrónico me eran desconocidos. No constaba ninguno de mis diplomas, ninguno de mis títulos.

—¿De qué es la S?

—De lo que tú gustes —contestó el señor Anderson, magnánimo—. Solo tienes que elegir un nombre y mantenerlo.

—¿Y si resulta que alguien intenta telefonearme? —pregunté mientras mis pensamientos volaban de nuevo hacia Hannah.

—Una cortés grabación los informará de que estarás disponible dentro de unos días. Si alguien opta por el correo electrónico, cosa que consideramos improbable, el mensaje será recibido y atendido debidamente.

—Pero, por lo demás, ¿soy la misma persona?

Mi perseverancia estaba colmando la paciencia del señor Anderson.

—Eres la misma persona, Salvo, y se te ha reasignado un papel con circunstancias análogas a las tuyas. Si estás casado, sigue casado. Si tienes a tu querida abuela en Bournemouth, puedes conservarla con nuestro beneplácito. El señor Sinclair en particular será ilocalizable, y cuando la operación concluya, no habrá existido. Ya no puedo hablar más claro, ¿no crees? —Y en un tono más conciliador—: Es una situación muy normal en el mundo en el que estás a punto de entrar, hijo. Tu único problema es que para ti es nuevo.

—¿Y el dinero? ¿Por qué han de quedarse mi dinero?

—Mis órdenes son que…

Se interrumpió. Cuando me miró a los ojos, comprendí que no examinaba a Salvo, el refinado asistente a una fiesta, sino a un muchacho de color café, criado en casa de misión y vestido con una chaqueta, un pantalón de franela deformado y unos zapatos del

Ejército de Salvación cada vez más incómodos. Obviamente la imagen le tocó la fibra sensible.

—Salvo.

—Sí, señor Anderson.

—Vas a tener que curtirte, hijo. Ahí fuera vas a vivir una mentira.

—Ya me lo ha dicho. No me importa. Estoy preparado. Me ha prevenido. Necesito llamar a mi mujer, solo eso. —Por «mujer», entiéndase Hannah, pero no lo dije.

—Tratarás con otros que viven mentiras. Lo entiendes, ¿no? Esas personas no son como nosotros. Para ellos, la verdad no es un absoluto. No es la verdad de la Biblia en la que tú y yo nos educamos, por mucho que ese fuera nuestro deseo.

No había logrado identificar, e incluso a día de hoy sigo sin conocerla, la adscripción religiosa del señor Anderson, que, sospecho, era en gran medida masónica. Pero siempre insistía en recordarme que éramos compañeros en la fe que ambos practicábamos, cualquiera que fuese. Después de entregarme mi teléfono móvil para una última llamada, Bridget se había retirado al dormitorio, a no más de dos metros de donde yo estaba. El señor Anderson permanecía anclado en el salón y escuchaba cada palabra. Encorvado en el pequeño recibidor, me sometí a un curso intensivo sobre las complejidades de la infidelidad conyugal. Mi único deseo era transmitirle a Hannah mi amor imperecedero y avisarla de que, contrariamente a mi anterior certidumbre, no podría hablar con ella durante dos días. Pero separado de mi público solo por una puerta delgada como el papel, no tenía más alternativa que telefonear a mi legítima esposa y escuchar el mensaje de su contestador:

«Ha accedido al buzón de voz de Penelope Randall. En este momento no estoy disponible. Si desea dejar un mensaje, hágalo después de oír la señal. Para hablar con mi ayudante, pregunte por Emma en la extensión 9124».

Tomé aliento.

–Hola, cielo. Soy yo. Oye, lo siento muchísimo, pero una vez más me han llamado para un trabajo importante. Una empresa, uno de mis clientes mejores y más antiguos. Dicen que es una cuestión de vida o muerte. Podrían ser dos o tres días. Intentaré llamarte pero no va a ser fácil.

¿Como quién hablaba? Como nadie que yo conociese. Como nadie a quien hubiese escuchado nunca. Como nadie a quien desease volver a encontrar. Me esforcé más:

–Oye, te llamaré en cuanto me den un respiro. Cariño, estoy desolado, de verdad. Ah, y tu fiesta fue fantástica. El traje era fabuloso. Todos lo comentaban. No sabes cuánto siento haber tenido que dejaros plantados. Cuando vuelva, tendremos muchas cosas de que hablar, ¿vale? Nos vemos, cariño. Adiós.

Bridget cogió el móvil, me dio la bolsa de mano y me observó mientras yo comprobaba el contenido: calcetines, pañuelos, camisas, calzoncillos, un neceser, un jersey gris con el cuello de pico.

–¿Tomas algún medicamento, quizá? –musitó con tono insinuante–. ¿Usas lentes de contacto? ¿Lubrificantes, cajitas?

Negué con la cabeza.

–Bien, pues en marcha, los dos –declaró el señor Anderson, y si hubiese levantado la mano y nos hubiese impartido una de las desmayadas bendiciones del hermano Michael, no me habría sorprendido.

4

E s un enigma para mí, y lo digo con toda
sinceridad, al observar estos aconteci-
mientos desde donde ahora me hallo, el hecho de que esa noche,
mientras seguía a Bridget escalera abajo hasta la acera de South Audley Street, ataviado como iba con el atuendo de un profesor de secundaria recién llegado de provincias, y sin ningún lazo con el
mundo aparte de unas cuantas tarjetas de visita falsas y la certidumbre de que estaba a punto de arrostrar peligros desconocidos, me
considerase el hombre más afortunado de Londres, si no de toda
Inglaterra, el patriota y servidor secreto más intrépido. Pero ese
era el caso.

Fram es el nombre del barco concebido por el famoso explorador
noruego Nansen, uno de los principales miembros del panteón de
hombres de acción del hermano Michael. *Fram,* en noruego, significa
«adelante», y *Fram* fue lo que inspiró a mi querido y difunto padre
a cruzar los Pirineos montado en su bicicleta de hereje. Y *Fram* había
sido, mal que bien, mi ánimo desde que recibí lo que el hermano
Michael en un contexto distinto había bautizado con el nombre de
la Gran Llamada. *Adelante* mientras reunía la fortaleza de espíritu
necesaria para la decisión que me aguardaba; *Adelante* mientras de-
mostraba mi valía en la guerra silenciosa de mi país contra los rufianes de carne y hueso; *Adelante,* y alejándome de Penelope, quien
desde hacía mucho era una desconocida para mí; *Adelante* mientras

trazaba mi blanco y resplandeciente camino de regreso a la vida con Hannah. *Adelante*, por último, hacia mi misterioso nuevo amo, Maxie, y el asesor aún más misterioso, Philip.

Dada la extrema urgencia de la operación y su importancia, esperaba encontrar a Fred, nuestro chófer blanco, calentando impaciente el motor de su Mondeo junto a la acera, pero con el cordón policial de Marble Arch y los atascos, me aseguró Bridget, llegaríamos antes a pie.

—No te importa, ¿verdad que no, Salv? —preguntó, agarrándome firmemente del brazo, bien porque pensaba que podía darme a la fuga (nada más lejos de mis intenciones), o bien porque era una de esas sobonas que te dan palmadas en la mejilla o te dibujan círculos con la palma de la mano en la espalda, y uno nunca sabe, o al menos yo no lo sé, si están repartiendo la leche de la bondad humana o invitándote a la cama.

—¿Importarme? —repetí—. ¡Hace una noche magnífica! ¿No podrías prestarme el teléfono un momento? Puede que Penelope no escuche sus mensajes.

—Lo siento, cariño. Mucho me temo que va contra las reglas.

¿Sabía yo acaso adónde nos dirigíamos? ¿Lo pregunté? No. La vida de un agente secreto no es otra cosa que un viaje a lo desconocido, y no menos la vida de un amante secreto. Así nos alejamos, Bridget marcando el paso y yo con aquellos zapatos de segunda mano hincándoseme en los huesos de los tobillos. Bajo la luz crepuscular, mi ánimo se elevó más aún, tal vez con la ayuda inconsciente de Bridget, que me tenía sujeto el antebrazo derecho contra su cuerpo muy arriba, al amparo de su pecho izquierdo, que, a juzgar por el tacto de la curva inferior, se autosostenía. Cuando Hannah te ha encendido su lámpara, es natural ver bajo sus rayos a otras mujeres.

—La quieres de verdad, ¿no? —dijo, maravillada, mientras me guiaba entre una panda de juerguistas de viernes por la noche—. La de matrimonios que conozco que echan pestes el uno del otro.

A mí eso me cabrea. Pero Penelope y tú no sois así, ¿verdad que no? Debe de ser maravilloso.

Bridget tenía la oreja a treinta centímetros de mi boca y llevaba un perfume llamado Je Reviens, que es el arma elegida por Gail, la hermana menor de Penelope. Gail, la niña de los ojos de su padre, se había casado con el dueño de un aparcamiento, miembro de una rama segundona de la aristocracia. Penelope, en represalia, se había casado conmigo. Así y todo, incluso hoy se necesitaría un consejo de jesuitas del más alto nivel para explicar lo que hice a continuación.

Pues ¿por qué un adúltero recién ungido, que horas antes se ha abandonado en cuerpo, alma y orígenes a otra mujer por primera vez en sus cinco años de matrimonio, siente el impulso irresistible de poner a su esposa engañada en un pedestal? ¿Intenta recrear la imagen de ella que ha profanado? ¿Recrea la imagen de sí mismo antes de la caída? ¿Estaba pasándome factura mi culpabilidad católica, siempre presente, en medio de mi euforia? ¿Era ensalzar a Penelope lo más parecido que podía hacer a ensalzar a Hannah sin delatarme?

Poco antes abrigaba la firme intención de sonsacar a Bridget en lo referente a mis nuevos contratantes y, por medio de sagaces preguntas, averiguar algo más acerca de la composición del cártel anónimo y su relación con los muchos organismos secretos del Estado británico que se afanan día y noche para protegernos, lejos de la mirada del espectador medio. Sin embargo, mientras nos abríamos paso entre el tráfico casi detenido, acometí un aria a pleno pulmón en loa de mi esposa Penelope, proclamándola la compañera más fiel, refinada, fascinante y atractiva que podía tener un intérprete acreditado y soldado secreto de la Corona, amén de brillante periodista, que combinaba tenacidad y compasión, y fantástica cocinera, cosa que, como deduciría cualquiera teniendo en cuenta quién guisaba, rayaba en la fantasía. No todo lo que dije era totalmente positivo, claro, no podía serlo. Si hablas a otra mujer sobre tu esposa en plena hora punta, tienes que sincerarte un poco acerca de sus aspectos negativos, so pena de quedarte sin público.

—Pero ¿cómo demonios llegaron a conocerse el señor y la señora Perfectos? Eso quiero yo saber —protestó Bridget con el tono ofendido de quien ha seguido las instrucciones del envoltorio, sin éxito.

—Bridget —contestó una voz desconocida dentro de mí—, así fue cómo ocurrió.

Son las ocho de la noche en el triste estudio de soltero de Salvo en Ealing, le cuento mientras, cogidos del brazo, esperamos a que cambie el semáforo. El señor Amadeus Osman, de la Agencia de Traducción Jurídica Internacional, me llama desde su maloliente oficina de Tottenham Court Road. Debo ir derecho al Canary Wharf, donde un gran periódico nacional ofrece una fortuna por mis servicios. Corren todavía mis días de esfuerzos ímprobos, y el señor Osman es mi dueño a medias.

En menos de una hora me hallo sentado en las lujosas oficinas del periódico con el director a un lado y su escultural periodista estrella —¿adivinan quién?— al otro. Ante nosotros, en cuclillas, está su supersoplón, un marino mercante afroárabe, barbudo, que, por el dinero que yo gano en un año, difundirá un rumor acerca de una red de agentes de aduanas y policías corruptos que opera en los muelles de Liverpool. Habla un inglés macarrónico, pues su lengua materna es un clásico suajili con dejo tanzano. Nuestra estrella de la crónica negra y su director se encuentran en el proverbial brete del periodismo sensacionalista: si verificas la fiabilidad de tu fuente con las autoridades, pones en peligro el notición; si depositas tu confianza en la fuente, te demandan por difamación y los abogados te dejan hasta sin camisa.

Con el consentimiento de Penelope, asumo el control del interrogatorio. Mientras las preguntas van y vienen, nuestro supersoplón modifica y depura la historia, añade nuevos elementos, retira otros anteriores. Exijo al sinvergüenza que lo repita todo. Señalo sus numerosas incongruencias hasta que, bajo mi persistente contrainterrogatorio, confiesa. Es un timador, un fabulador. Por cincuenta pavos, se marchará. El director está exultante de gratitud. De un plumazo, dice, les he ahorrado el bochorno y el dinero. Penelope, vencida la inicial humillación, declara que me debe una buena copa.

—La gente espera que los intérpretes sean menudos y estudiosos y lleven gafas —expliqué a Bridget con modestia, quité importancia con una carcajada al arrobo de Penelope y, en retrospectiva, su interés un tanto descarado en mí desde el principio—. Supongo que sencillamente no cumplí las expectativas.

—O ella perdió la cabeza por completo —sugirió Bridget, apretándome aún más la mano.

¿Me fui de la lengua y, atropelladamente, conté a Bridget también todo lo demás? ¿La designé mi confesora sustituta en ausencia de Hannah? ¿Le desvelé que, antes de conocer a Penelope, era un virgen encubierto de veintitrés años, un dandi en mi aspecto personal pero, bajo mi fachada meticulosamente construida, atenazado por complejos suficientes para llenar un cuarto ropero? ¿O que las atenciones del hermano Michael, y las del padre André antes que él, me habían dejado en una nebulosa sexual de la que me daba miedo salir? ¿O que la culpabilidad de mi querido y difunto padre respecto a su explosión de los sentidos se había transmitido íntegramente y sin salvedades a su hijo? ¿O que mientras nuestro taxi se dirigía a toda marcha hacia el piso de Penelope temía el momento en que ella descubriese literalmente mi ineptitud, tal era mi timidez ante el sexo opuesto? ¿O que gracias a sus buenas artes y su microgestión todo acabó bien; en extremo bien, mucho mejor de lo que ella habría imaginado, me aseguró, pues Salvo era el mustang de sus sueños —el mejor de la cuadra, podría haber añadido—, su supermacho estelar? ¿O, como más tarde diría a su amiga Paula pensando que yo no la oía, su «soldado de chocolate» siempre en posición de firmes? ¿Y que exactamente una semana después, tan impulsivo e ingenuo como de costumbre, Salvo —tal era su delirio en todos los sentidos por esta recién hallada e insaciable destreza en el dormitorio, tan abrumadora su gratitud, y tan predispuesto estaba a confundir el rendimiento sexual con el gran amor— propuso matrimonio a Penelope, quien lo aceptó en el acto? No. Por suerte, al menos en eso supe contenerme. Tampoco llegué a contarle a Bridget el precio que había tenido que pagar hasta entonces, año tras año, por esta muy necesaria terapia, pero solo porque acabábamos de dejar atrás el hotel Connaught y entrar en la parte alta de Berkeley Square.

En mi efusividad suponía, sin más razón que las expectativas generadas por la gravedad natural, que el camino nos llevaría cuesta abajo hacia Piccadilly. Pero de pronto Bridget me apretó más el brazo y me obligó a doblar a la izquierda y subir por una escalinata hasta una suntuosa puerta cuyo número no alcancé a ver. La puerta se cerró a nuestras espaldas y allí estábamos, en un vestíbulo con cortinajes de terciopelo ocupado por dos chicos rubios idénticos con chaquetas blazer. No recuerdo que ella llamase a ningún timbre, ni con los nudillos, así que los chicos debían de estar pendientes de nuestra llegada a través de su pantalla del circuito cerrado. Sí recuerdo que los dos vestían pantalones de franela gris como los míos, y llevaban abrochados los tres botones de la chaqueta. Y recuerdo que me pregunté si, en el mundo que habitaban, aquello era lo reglamentario y yo debía abotonarme mi americana de tweed de Harris.

—El patrón se ha retrasado —dijo a Bridget el chico sentado sin apartar la mirada de la imagen en blanco y negro de la puerta que acabábamos de cruzar—. Ya viene hacia aquí, a su paso, como de costumbre, ¿vale? Entre diez y quince minutos. ¿Quieres esperar o nos lo dejas a nosotros?

—Esperaremos —contestó Bridget.

El chico tendió el brazo para pedirme la bolsa. A un gesto de asentimiento de Bridget, se la entregué.

El magnífico salón en el que entramos tenía por techo una bóveda pintada —ninfas blancas y bebés blancos tocando trompetas— y una regia escalera bifurcada en mitad de su ascenso en otras dos escaleras, que subían en curva hacia una galería con una hilera de puertas, todas cerradas. Al pie de la escalera, a cada lado, dos puertas más, magníficas, coronadas por águilas de oro con las alas extendidas. Ante la puerta de la derecha, impedía el paso un cordón de seda roja prendido de unos apliques de latón. En ningún momento vi a nadie salir o entrar. En la puerta de la izquierda, un letrero luminoso rojo, encendido, rezaba SILENCIO EN NEGOCIACIÓN, sin signos de puntuación, ya que siempre me fijo en la puntuación. Así que si uno se ponía pedante, podía interpretarlo en el sentido de que allí se celebraba una negociación sobre el silencio, lo que solo viene a demostrar que mi estado de ánimo alternaba entre poscoital, veleidoso, en la inopia y eufórico. Nunca me he drogado, pero si alguna vez lo hubiera hecho, imagino que me habría sentido así, y por eso tenía la necesidad de identificar todo lo que me rodeaba antes de que se metamorfosease en otra cosa.

De vigilancia ante la magnífica puerta había un gorila canoso que bien podía ser árabe y debía de tener más años que los dos chicos rubios juntos, pero seguía siendo en gran medida miembro de las clases pugilísticas, con la nariz achatada, los hombros caídos y las manos ahuecadas ante los huevos. No recuerdo haber subido la regia escalera. Si Bridget hubiese ido delante de mí con sus vaqueros ceñidos me habría acordado, así que debimos de subir codo con codo. Bridget ya había estado antes en la casa: conocía su disposición y conocía a los chicos. Conocía asimismo al gorila árabe, porque le sonrió y él le devolvió la sonrisa con una tierna expresión de adoración antes de adoptar de nuevo el ceño pugilístico. Supo sin que se lo dijeran dónde había que esperar, que era a medio subir la escalera, antes de bifurcarse, cosa que habría sido imposible adivinar desde abajo.

Había dos butacas, un sofá de piel sin brazos, y revistas ilustradas que ofrecían islas privadas en el Caribe y yates de alquiler provistos de tripulación y helicóptero, consulte nuestros precios. Bridget cogió una y la hojeó, invitándome a hacer lo propio. Sin embargo, incluso mientras fantaseaba sobre en qué *Fram* zarparíamos Hannah y yo, tenía el oído instintivamente sintonizado en las voces atronadoras procedentes de la sala de reuniones, porque soy un oyente por naturaleza y además estoy adiestrado para ello, no solo por la Chat Room. Por confuso que esté, escucho y recuerdo: ese es mi trabajo. A lo cual se añade el hecho de que los niños secretos en remotas casas de misión aprenden a vivir con el oído aguzado si quieren saber cuál puede ser la siguiente calamidad que les espera.

Y mientras escuchaba, empecé a oír el oscilante zumbido de faxes que trabajaban a destajo en las salas encima de nosotros y el gorjeo de teléfonos ahogado con excesiva premura, y los silencios tensos cuando no ocurría nada pero todo el edificio contenía el aliento. Cada dos minutos o menos, una joven ayudante correteaba escalera abajo por delante de nosotros para entregar un mensaje al gorila, que entreabría su puerta un palmo y pasaba el mensaje a alguien de dentro antes de cerrar y colocarse otra vez las manos delante de los huevos.

Entretanto, seguían llegando voces de la sala de reuniones. Eran voces masculinas, y todas importantes en el sentido de que aquella era una reunión de hombres en plano de igualdad, en contraposición a lo que sería un jefe supremo hablando a sus subalternos. También advertí que, si bien el sonido de las palabras era inglés, las voces que las pronunciaban eran de diversas nacionalidades y cadencias, unas del subcontinente indio, otras euroamericanas o del África colonial blanca, como en las conferencias de alto nivel a las que de vez en cuando tengo el privilegio de asistir, y en las que los discursos desde el estrado son en inglés, pero las conversaciones entre bastidores se desarrollan en las lenguas de los distintos delegados, y los intérpretes actúan como el puente esencial entre las almas en pugna del Señor.

Sin embargo, había una voz que parecía dirigirse a mí personalmente. Era de origen inglés, de clase alta, imperiosa en su oscilación tonal. Tan bien sintonizadas tenía las antenas que, tras un par de minutos de lo que llamo mi tercer oído, me había convencido de que era la voz de un caballero al que yo conocía y respetaba, pese a que no había entendido ni una sola palabra de lo que decía. Y aún buscaba en mi memoria a su dueño cuando atrajo mi atención un estruendo procedente de abajo al abrirse de pronto la puerta del vestíbulo de par en par para dar paso a la figura cadavérica y sin aliento del señor Julius Bogarde, alias Bogey, mi difunto profesor de matemáticas y principal artífice del aciago Club de Excursionismo del Santuario. El hecho de que Bogey hubiera perecido hacía diez años mientras guiaba a un grupo de colegiales aterrorizados en su ascenso por el lado equivocado de una montaña en los Cairngorms no hizo más que aumentar mi sorpresa ante su reencarnación.

—Maxie —oí susurrar a Bridget con un respeto impregnado de reproche a la vez que se ponía en pie de un salto—. Pedazo de cabrón. ¿Quién es esta vez la afortunada?

No era Bogey, estaba claro.

Y dudo que las chicas de Bogey, si las hubo, se consideraran afortunadas, más bien todo lo contrario. Pero él tenía las muñecas huesudas de Bogey, el andar enloquecido de Bogey, su expresión resuelta, su mata alborotada de pelo rubio rojizo echada a un lado por el viento imperante e inmovilizada ahí, y las llamaradas de rubor en los pómulos. Y la bolsa de lona de color caqui desvaído de Bogey, como una funda de máscara de gas en una película de guerra antigua, balanceándose colgada del hombro. Sus gafas, como las de Bogey, duplicaban la circunferencia de sus ojos azules de mirada distante y titilaban mientras avanzaba a paso largo hacia nosotros bajo la araña de luces. Si Bogey hubiese venido alguna vez a Londres, lo cual iba contra sus principios, ese sería sin duda el uniforme elegido: un raído traje tropical de color beis, lavable, de todo uso, con chaleco de la isla de Fair y zapatos de gamuza con la pelusa desgastada. Y si Bogey hubiese tenido que subir a zancadas por la regia escalera hasta nuestra zona de espera, así es como lo habría hecho: tres ágiles brincos con la funda de máscara de gas golpeándole el costado.

—La puta bici —protestó, furioso, dando a Bridget un expeditivo beso que pareció significar más para ella que para él—. Justo en pleno Hyde Park. La rueda de atrás hecha trizas. Un par de putas se han partido de risa. ¿Tú eres el de las lenguas?

Se había vuelto de pronto hacia mí. No estoy acostumbrado a un vocabulario de semejante intensidad por parte de los clientes, ni a repetirlo en presencia de damas, pero diré sin titubeos que el hombre descrito por el señor Anderson como un genio en lo suyo, igual que yo en lo mío, no se parecía a ninguno de mis otros clientes, cosa que supe incluso antes de que fijase en mí la diluida mirada de Bogey.

—Se llama Brian, querido —se apresuró a decir Bridget, temiendo quizá que yo dijese algo distinto—. Brian Sinclair. Jack lo sabe todo acerca de él.

La voz de un hombre nos gritaba, la misma que yo había intentado identificar.

—¡Maxie! ¿Dónde coño te has metido? Aquí la cosa está que arde.

Pero Maxie no prestó atención a la voz, y cuando miré hacia abajo, su dueño había vuelto a desaparecer.

—¿Sabes de qué va esto, Sinclair?

—Todavía no, señor Maxie.

—¿No te lo ha contado ese viejo chocho de Anderson?

—Pero, querido… —protestó Bridget.

—Me ha dicho que él tampoco lo sabía, señor Maxie.

—Y son el francés, el lingala y el suajili a alto nivel, ¿no?

—Exacto, señor Maxie.

—¿Y bembe?

—Ningún problema, señor Maxie.

—¿Shi?

—También hablo shi.

—¿Kinyarwanda?

—Pregúntale qué no habla, querido —aconsejó Bridget—. Acabarás antes.

—Ayer precisamente estuve interpretando del kinyarwanda —contesté, mandando mensajes de amor a Hannah.

—De puta madre —dijo él, pensando en voz alta, y siguió mirándome como si fuera una nueva y apasionante especie—. ¿Y de dónde has sacado todo eso?

—Mi padre era un misionero africano —expliqué, acordándome demasiado tarde de que el señor Anderson me había dicho que era hijo de un ingeniero de minas. Estaba a punto de añadir «católico» para darle a conocer la historia completa, pero Bridget me fulminó con la mirada y decidí guardármelo para más tarde.

—Y dominas el francés al cien por cien, ¿no?

Pese a lo halagado que me sentía por el talante positivo del interrogatorio, tuve que poner una pega.

—Nunca presumo de dominar una lengua al cien por cien. Aspiro a la perfección, pero siempre hay espacio para mejorar —que es lo que digo a todos mis clientes, desde el más poderoso hasta el más humilde, pero al decírselo a Maxie, adquirió resonancias heroicas para mí.

—Pues yo no pasé ni del primer nivel de francés —replicó. Su mirada flotante no se había apartado de la mía ni por un segundo—. ¿Y ya te has armado de valor? ¿Estás dispuesto a partirte el pecho? ¿No te importa?

—No si es bueno para el país, señor Maxie —contesté, repitiendo mi respuesta al señor Anderson.

—Es bueno para el país, bueno para el Congo, bueno para África —me aseguró.

Y se fue, pero no antes de que yo tomase nota de otros puntos de interés por lo que se refería a mi nuevo contratante. Llevaba un reloj de buceo en la muñeca izquierda y una pulsera de eslabones de oro en la otra. Su mano derecha, a juzgar por su textura, era a prueba de balas. Los labios de una mujer me rozaron la sien y por un momento estuve convencido de que eran los de Hannah, pero eran los de Bridget, que me daba un beso de despedida. Ignoro cuánto tiempo esperé después de eso. O si centré mis pensamientos en algún tema durante más de dos segundos seguidos. Lógicamente me recreé en mi recién descubierto jefe y en lo que había pasado entre nosotros durante nuestra breve conversación. «Bembe», me repetía una y otra vez. El bembe siempre me arrancaba una sonrisa. Era lo que nos gritábamos los escolares de la misión mientras jugábamos a fútbol acuático en el barro rojo bajo la lluvia torrencial.

Recuerdo asimismo cierta sensación de despecho al verme abandonado por Maxie y Bridget simultáneamente: hubo un momento bajo en que deseé volver a estar en la fiesta de Penelope, que fue lo que me impulsó de pronto a levantarme resuelto a telefonear a Hannah desde el vestíbulo, pasara lo que pasase. Descendía ya por la escalera —tenía un pasamanos de latón muy bruñido y me sentí culpable al apoyar la palma de mi mano sudorosa— y me preparaba para cruzar el salón bajo la mirada del gorila canoso cuando las puertas de la sala de reuniones se separaron a cámara lenta, y los ocupantes salieron de dos en dos y de tres en tres hasta congregarse fuera unos dieciséis.

Aquí debo extremar la cautela. Cuando uno se encuentra con un grupo nutrido y bullicioso del que forman parte algunas caras públicas, toma instantáneas mentales y empieza a atribuirles nombres. Pero ¿son los nombres correctos? De los diez u once hombres blancos, puedo identificar ahora mismo sin la menor duda a dos destacados empresarios de la City londinense, un ex portavoz de Downing Street convertido en asesor por cuenta propia, un tiburón de los negocios, nombrado sir, y una estrella del pop eternamente joven e íntimo amigo de los miembros de menor edad de la familia real contra quien recientemente el gran periódico de Penelope había dirigido acusaciones relacionadas con las drogas y el sexo. Las caras de estos cinco hombres quedaron grabadas en mi memoria para siempre. Los reconocí en cuanto salieron. Permanecieron en corrillo y hablaron en corrillo, a menos de tres metros de donde yo estaba. Llegaron a mí fragmentos de su conversación.

Ninguno de los dos indios me era conocido, aunque tiempo después identifiqué al más vocinglero de los dos como el fundador de un imperio textil multimillonario, con oficinas centrales en Manchester y Madrás. De los tres africanos negros, el único que me resultaba familiar era el antiguo ministro de Economía exiliado de una república del África occidental que, dadas mis actuales circunstancias, no mencionaré más. Al igual que sus dos compañeros, parecía relajado y occidentalizado en su indumentaria y comportamiento.

Por mi experiencia, sé que los delegados que salen de una conferencia tienden a presentar uno de dos estados de ánimo: están resentidos o efervescentes. Estos estaban efervescentes pero belicosos. Tenían excesivas esperanzas, pero también enemigos. Uno de dichos enemigos era Tabby, como un gato tabby, cuyo nombre escupió entre sus dientes amarillentos el tiburón de los negocios setentón. Tabby era un cabrón miserable, incluso para lo que corría en su medio, explicaba a su público indio; sería un verdadero placer jugársela cuando se presentara la ocasión. Sin embargo, tan fugaces impresiones se borraron de mi mente cuando salió, rezagado, Maxie, y a su lado, tan alto como él, pero de vestimenta y porte más elegantes, el dueño de la voz que había parecido hablarme mientras esperaba en la escalera: lord Brinkley of the Sands, amante del arte, empresario, personaje de la alta sociedad, ex ministro del Nuevo Laborismo y –siempre su punto fuerte a mi modo de ver– defensor y paladín de todo lo africano desde hacía muchos años.

Me apresuraré a decir que mi impresión de lord Brinkley en carne y hueso confirmó ampliamente la alta estima en que ya lo tenía de verlo en televisión y oírlo en mi medio preferido, la radio. Los rasgos bien definidos, con la mandíbula firme y la melena suelta, reflejaban fielmente la sensación de elevadas metas que siempre había asociado a él. ¿Cuántas veces lo había ovacionado hasta enronquecer cuando reprochaba al mundo occidental su falta de conciencia africana? Si Maxie y lord Brinkley trabajaban codo con codo en una empresa supersecreta en favor del Congo —y codo con codo estaban ahora, literalmente, mientras venían hacia mí cogidos del brazo—, ¡sin duda era un honor para mí formar parte de ello!

Lord Brinkley contaba también con mi aprecio por un motivo personal, a saber, Penelope. Mientras me mantenía respetuosamente en la periferia de la reunión, recordé con placer que sir Jack, como se lo llamaba entonces, había exigido a su gran periódico una indemnización sin precedentes por acusaciones infundadas acerca de sus actividades financieras, y que su triunfal vindicación había provocado a su vez tensión en nuestra paz doméstica, ya que Penelope, como siempre, defendía la sagrada libertad de la prensa para arrastrar por el lodo a quien se le antojase y Salvo, por su parte, se ponía del lado de sir Jack en consideración a su manifiesta solidaridad con el continente africano y su determinación de liberar a sus pueblos de la triple maldición de la explotación, la corrupción y la enfermedad, devolviéndolo así, económicamente, a la mesa que le corresponde.

A decir verdad, tan grande había sido mi indignación que, sin saberlo Penelope, yo había escrito una carta de apoyo personal y privada a lord Brinkley, a la que tuvo la gentileza de responder con otra carta. Y fue esta sensación de afinidad personal —mezclada, debo admitir, con cierto orgullo posesivo como uno de sus fieles admiradores— lo que me animó a abandonar mi lugar en las sombras y dirigirme a él de hombre a hombre.

—Disculpe, caballero —dije, recordándome primero que esta era una operación sin nombres, y cuidándome por tanto de no decir, como podría haber hecho, «lord Brinkley», «milord» o «Su Excelencia».

Ante esto, se interrumpió en el acto, al igual que Maxie. A juzgar por sus expresiones de perplejidad, deduje que no sabían a qué «caballero» me dirigía, así que cambié de postura hasta situarme directamente frente a lord Brinkley. Me complació advertir que, si bien Maxie parecía reservarse la opinión, lord Brinkley sonreía gentilmente una vez más. Con cierta clase de personas, si uno tiene mi color de piel, recibe una sonrisa doble: primero la de rigor, luego la exageradamente radiante exhibición del progresista blanco. Pero la sonrisa de lord Brinkley era un ejercicio en toda regla de buena voluntad espontánea.

—Caballero, solo deseaba hacerle saber que estoy muy orgulloso —dije.

Me habría gustado añadir que Hannah se sentiría igual de orgullosa si lo supiese, pero me contuve.

—¿Orgulloso? ¿Orgulloso de qué, muchacho?

—De estar a bordo. De trabajar para usted en la función que sea. Me llamo Sinclair. El intérprete que ha enviado el señor Anderson. Francés, suajili, lingala y lenguas africanas minoritarias.

La gentil sonrisa no vaciló.

—¿Anderson? —repitió, rebuscando en su memoria—. No me suena de nada. Lo siento. Debe de ser amigo de Maxie.

Como es lógico, esto me sorprendió, ya que erróneamente había supuesto que se hallaba ante mí el «Jack» de la conversación del señor Anderson, pero a la vista estaba que no era así. Entretanto, lord Brinkley había alzado su noble cabeza leonina, al parecer en respuesta a una llamada del otro lado del salón, aunque yo no la había oído.

—Estaré contigo en un segundo, Marcel. Tengo una teleconferencia prevista para las doce de la noche y os quiero a los tres a mi lado. Pongamos los puntos sobre las íes antes de que ese capullo de Tabby se nos descuelgue con otra de las suyas en el último momento.

Se alejó apresuradamente, dejándome con Maxie, que me observaba con cara de desconcierto. Pero mantuve una mirada afectuosa en lord Brinkley. Con los brazos extendidos en un elegante gesto, reunía a los tres africanos en un solo abrazo: un hombre persuasivo en cualquier idioma, como se vio por las radiantes expresiones de sus rostros.

—¿Te molesta algo, muchacho? —preguntó Maxie, escrutándome con una velada sonrisa en sus ojos de Bogey.

—En realidad, no, señor Maxie. Me preguntaba si había hablado inoportunamente.

Ante lo cual soltó una estridente carcajada y me dio una palmada en el hombro con su mano a prueba de balas.

—Has estado genial. Le has dado un susto de muerte. ¿Has traído una bolsa? ¿Dónde está tu bolsa? En recepción. Marchando.

Sin más que un amago de gesto de despedida a la distinguida compañía, me condujo a toda prisa entre los circunstantes hasta el vestíbulo, donde uno de los chicos rubios me entregó la bolsa de viaje. Había un monovolumen con las lunas tintadas y las puertas abiertas aparcado junto al bordillo, con una luz azul girando en el techo y un chófer de paisano al volante. Un hombre fibroso con el pelo al cepillo rondaba por la acera. Ocupaba ya un rincón de la parte trasera del coche un gigante con coleta gris y cazadora de cuero. El del pelo al cepillo me metió en el asiento de atrás a su lado y, tras entrar también él, cerró de un portazo. Maxie se acomodó delante, junto al chófer. Justo en ese momento, dos motoristas de la policía entraron ruidosamente en la plaza desde Mount Street y nuestro chófer arrancó y los siguió a toda velocidad.

Aun así, conseguí echar un vistazo atrás por encima del hombro. Bajo presión, me comporto así. Si me dicen que mire en una dirección, miro en la otra. Me volví y por la luna trasera, que tenía una transparencia polvorienta, miré detenidamente la casa que acabábamos de abandonar. Vi tres o cuatro escalones que subían a una puerta cerrada, de color azul oscuro o acaso negro. Vi dos cámaras de circuito cerrado encima, de las grandes y a considerable altura. Vi una fachada de obra vista de estilo georgiano con ventanas de guillotina pintadas de blanco y las persianas echadas. Busqué un número en la puerta, y no lo había. La casa desapareció en un abrir y cerrar de ojos, pero que nadie me diga que no estaba allí. Sí estaba y yo la vi. Había cruzado su umbral y estrechado la mano de mi héroe Jack Brinkley, y según Maxie, le había dado un susto de muerte.

Así pues, se preguntarán, ¿no estaba Salvo, nuestro agente secreto neófito, encogido de miedo al avanzar a todo gas por el tráfico congestionado de un viernes en el Londres víctima de atentados en compañía de hombres que no conocía, rumbo a peligros que solo podía adivinar? No lo estaba. Iba a servir a quienes lo habían contratado, a hacer el bien a su país, el Congo, el señor Anderson y Hannah. Vuelvo a acordarme de nuestra vecina Paula, confidente de Penelope y presunta devoradora de hombres, que estudió psicología en una pequeña universidad canadiense. Escasa de clientes de pago, Paula tiene por costumbre ejercer su arte con cualquier incauto que se le ponga a mano, y fue así como acabó informándome, después de beberse casi toda una botella de mi rioja, de que, entre mis numerosas carencias, me faltaba «conciencia de depredador».

Viajábamos cinco en el monovolumen cuando abandonamos Berkeley Square en dirección oeste, persiguiendo a nuestra escolta policial por carriles de autobús, saltándonos semáforos, circulando por rotondas en sentido contrario, y sin embargo dentro reinaba el ambiente tranquilo propio de una excursión por el río. El chófer de paisano, recortada su silueta contra el parabrisas, cambiaba de marchas con tal agilidad que apenas parecía moverse. Maxie, sin cinturón de seguridad, estaba repantingado junto a él. Tenía la funda de máscara de gas en el regazo y consultaba un cuaderno mohoso bajo el resplandor de la luz de cortesía mientras impartía una sarta de órdenes informales por su teléfono móvil:

—¿Dónde carajo está Sven? Dile que mueva el culo y tome el vuelo de esta noche. Quiero sesenta listos para salir a finales de la semana que viene. Si tiene que enviarlos desde Ciudad del Cabo, que se joda. Y en forma, Harry. Maduros pero no pasados, ¿entendido? Bien pagados, seguro a todo riesgo. ¿Qué más quieres? ¿Putas gratis?

Empezaba a conocer a mis dispares compañeros de asiento. El de la coleta canosa a mi derecha era Benny, me dijo a la vez que me estrujaba la mano cuando se presentó, y tenía el cuerpo ancho y la cara marcada de un boxeador en decadencia. Por la voz, adiviné que era un rodesiano blanco. El del pelo al cepillo a mi izquierda era la mitad de grande que Benny, y cockney de pura cepa, pese a que se hacía llamar Anton. Vestía una americana mejor que la mía, pantalón de gabardina impecablemente planchado y zapatos marrones con puntera reforzada. Ya he mencionado antes mi respeto por los zapatos lustrados.

—¿Solo llevamos ese equipaje, artista? —masculló Anton, hincando la puntera del zapato en mi bolsa de viaje de piel sintética.

—Pues sí, Anton, solo llevamos este equipaje.

—¿Y qué hay dentro? —preguntó, separando tan poco los labios que si la distancia hubiese sido mayor habría sido difícil saber siquiera si hablaba.

—Efectos personales, agente —respondí con desenfado.

—¿Personales hasta qué punto, artista? ¿Personales como una grabadora? ¿Personales como una automática de nueve milímetros? ¿O personales como unas bragas de encaje? Hoy en día uno nunca sabe qué es personal, ¿eh, Benj?

—Es siempre un misterio, el aspecto personal —convino Benny, enorme, a mi otro lado.

Maxie proseguía sin desfallecer con su monólogo subido de tono desde el asiento delantero:

—Me da igual qué hora de la noche sea; Corky no ha dormido en la vida. Si no puede estar listo dentro de cinco días contando desde ya, se perderá la fiesta. ¿Qué? ¿Tienes un puto lápiz o eso también lo has perdido?

Atrás quedó Knightsbridge, y después Chelsea, donde observé complacido que no había ningún niño paralizado contra el muro del puente. Nuestra escolta motorizada se dirigía hacia el oeste. Después de saltarse otro semáforo, viraron a la izquierda y enfilaron hacia el sur, provocando una detonación no controlada dentro de mi cabeza. ¡Cruzábamos el puente de Battersea! Estábamos a mil metros del número 17, Norfolk Mansions, Prince of Wales Drive, mi apartamento, su apartamento, nuestro apartamento, y acercándonos a él a marchas forzadas. Una imagen idealizada de nuestra vida matrimonial cobró forma ante mí, similar a la que había impuesto a Bridget. A mi izquierda se extendía nuestro parque, a cuyas atracciones pensaba llevar a nuestro hijo cualquier año de estos. Detrás de mí se extendía nuestro río. ¿Cuántos paseos después de la comida, después del coito, no habíamos compartido Penelope y yo por su camino de sirga? Y aquella era la ventana de nuestra habitación. Con las prisas por ponerme el esmoquin, me había dejado las luces encendidas.

Recobré la serenidad. Los servidores secretos de la Corona no deben excederse en sus reacciones, ni siquiera los colaboradores a tiempo parcial, ni siquiera cuando les cae un rayo. Aun así, ver mi propio Battersea tendiendo los brazos a su hijo descarriado me había reducido a un estado de terror irracional conocido por todos los que cometen adulterio por primera vez: el terror de verse echado a la calle sin más que una maleta; de perder el respeto de la magnífica mujer que recuerdas, demasiado tarde, que adoras y deseas por encima de todas las demás; de perder el derecho a tu colección de discos y tu lugar en la escala de la propiedad, aunque sea solo un mínimo punto de apoyo; de morir una muerte anónima bajo un arbusto en Hampstead Heath.

Cruzamos el puente y estábamos a un paso de la puerta de mi casa cuando nuestra escolta policial se separó, y nuestro chófer dobló a la izquierda una vez más, en esta ocasión para descender por una rampa y atravesar una verja abierta antes de frenar con un chirrido. Las puertas del monovolumen se abrieron de golpe para dejar entrar el rugido ensordecedor de unos motores; en mi confusión no localicé la procedencia del sonido. Entonces vi, a menos de treinta metros de nosotros, reluciendo bajo un círculo de lámparas de sodio, un helicóptero plateado con las hélices en rotación.

—¿Adónde vamos? —pregunté a Anton a gritos cuando él saltó ágilmente al asfalto.

—¡A dar el paseo de tu vida, artista! ¡Londres de noche! ¡Mueve el culo y sal del coche!

Maxie solo había dado tres pasos hacia el helicóptero cuando giró en redondo y la funda de máscara de gas le golpeó la cadera. Apartando a Anton bruscamente, se inclinó junto al monovolumen.

—¿Te pasa algo, muchacho?

—Es mi casa, señor Maxie. Calle arriba. A quinientos metros. Es donde vivo con mi mujer. Esta es su noche —expliqué, olvidando una vez más, en mi estado de alteración, que supuestamente vivía en un apartado de correos.

—¿Cómo que es su noche, muchacho?

—Su fiesta, señor Maxie. La han ascendido. En su trabajo. Es una periodista de primera línea.

—Muy bien. ¿Y ahora qué? ¿Te vienes con nosotros, o te vas a casa con mamá y nos dejas con la mierda al cuello?

La improbable figura de Thorne el Sátiro llegó al galope en mi rescate, acompañada de todos los demás Thornes antes que él, además de todos los pollos de todas las cenas que, metafóricamente, había tirado a la trituradora de basura, o dejado de tirar. En uno de esos vaivenes de ánimo que empezaba a prever en mí mismo, me sentí invadido por la vergüenza ante el hecho de que en un momento de flaqueza mi noción de meta elevada hubiese dado paso a consideraciones tan triviales. Con Maxie a la cabeza y flanqueado por Benny y Anton, corrí hacia el helicóptero que nos esperaba. Benny, el grandullón, me obligó a subir por la escalera y entrar por la escotilla abierta; Anton me instaló junto a una ventanilla y se plantó en el asiento contiguo; Maxie se encajonó al lado del piloto y se puso unos auriculares.

De pronto éramos el *Fram* hecho realidad. La central eléctrica de Battersea se hundió en la tierra bajo nosotros, arrastrando consigo Prince of Wales Drive. Estábamos a doscientos metros por encima de la realidad y virando hacia el norte. Mientras nos deslizábamos sobre el embotellamiento de Park Lane, eché una ojeada al campo de críquet de Lord; no había nadie jugando. A continuación, para dolor y deleite de mi alma, vi el mismísimo hospital donde, junto al lecho de un moribundo, yo había renacido la noche anterior. Alargando el cuello, lo vi perderse en el horizonte. Cerré mis ojos llenos de lágrimas; debí de dormirme unos momentos, porque cuando volví a mirar, las luces del aeropuerto de Luton se acercaban y nos envolvían; mi único deseo fue telefonear a Hannah a toda costa.

Todos los aeropuertos, ahora lo sé, tienen un lado iluminado y un lado oscuro. A lo lejos, aviones normales aterrizaban y despegaban, pero el mayor ruido mientras cruzábamos apresuradamente la zona cercada era el taconeo de mis zapatos prestados contra el cemento. Caía una noche húmeda. Frente a nosotros se alzaba un hangar verde hundido entre terraplenes, con las puertas abiertas para recibirnos. Dentro, el ambiente era el de un pabellón de instrucción militar. Había ocho hombres blancos, sanos y aptos para todo servicio, vestidos de manera informal, con petates a los pies. Maxie se paseó entre ellos, dando una palmada en la espalda aquí, un doble apretón de manos a la africana allá. Recorrí el lugar con la mirada en busca de un teléfono, pero no vi ninguno. Y además, ¿de dónde iba a sacar las monedas?

—¿Dónde está Spider, joder?

—En cualquier momento, patrón —fue la respuesta respetuosa de Anton—. Dice que su furgoneta renquea.

Descubrí una puerta con el rótulo PROHIBIDA LA ENTRADA A TODA PERSONA AJENA AL PERSONAL y entré. Ningún teléfono a la vista. Al salir, vi a Maxie conversar en un rincón con un hombre de apariencia dispéptica que llevaba una boina negra sesgada y una gabardina larga y sostenía un maletín. Los dos intentaban comunicarse en francés. El de Maxie, como correctamente me había informado, era atroz. ¿Sería el otro, quizá, el misterioso Philip o Philippe? No tenía tiempo ni deseos de ahondar en la cuestión. Un chico con chándal recogía móviles, les adhería una etiqueta, los dejaba en una caja de cartón y repartía vales de guardarropa a modo de recibo. A cada aparato que entraba en la caja, veía reducirse mis probabilidades de hablar con Hannah.

Recurrí a Anton:

—Sintiéndolo mucho, tengo que hacer una llamada muy urgente.

—¿Y a quién, artista?

—A mi mujer.

—¿Y por qué necesitamos hablar con la señora, si puede saberse? Yo no hablo con la mía desde hace ocho años.

—Tenemos una pequeña crisis familiar. Un buen amigo nuestro se ha puesto enfermo. Ella está junto a su cama. Mi mujer. En el hospital. Cuidándolo. Se muere.

Maxie había abandonado a su francés a fin de sumarse a nuestra conversación. Por lo visto, no se le escapaba nada.

—¿Dónde se muere, muchacho?

—En el hospital, señor Maxie.

—¿De qué?

—Una grave afección sanguínea. Demasiado avanzada para curarla.

—Vaya una manera chunga de palmarla. ¿Cuál?

—El del Distrito Norte de Londres.

—¿Público o privado?

—Público. Con secciones privadas. Alguna. Tiene una planta dedicada a las enfermedades de la sangre.

—Querrá un año más. Los moribundos siempre creen que quieren un año más. ¿Quiere él un año más?

—No lo ha dicho, señor Maxie. Bueno, al menos de momento. O que yo sepa.

—¿Puede tragar?

Recordé el olor a alcohol de quemar en el aliento de Jean-Pierre. Sí, podía tragar.

—Enchúfale una sobredosis, es mi consejo. Un frasco de aspirinas solubles, no falla. Asegúrate de que no están las huellas dactilares de tu mujer, y se las pones debajo de la almohada. ¿Tienes el móvil, Anton?

—Aquí mismo, patrón.

—Que haga la llamada y que luego se lo dé a los chicos. Ni un solo móvil durante la operación. Y nada de fumar —anunció en voz alta a toda la sala—. Ese es vuestro último pitillo. Va por todos. ¡Fuera pitillos ahora mismo!

—Me gustaría hablar en privado —dije a Anton, en cuanto nos quedamos solos otra vez.

—¿Y a quién no, artista? —contestó sin moverse de donde estaba.

Me quité la americana de tweed de Harris y me subí la manga izquierda de la camisa, dejando a la vista el número de teléfono y la extensión de la sala de Hannah escritos de su puño con el rotulador prendido detrás de la oreja. Marqué, y una melodiosa voz de mujer contestó con un dejo jamaicano:

—Tropicales.

—Sí, hola, Grace —dije, animado—. Llamo por el paciente Jean-Pierre. Creo que Hannah está con él. ¿Puedo hablar con ella, por favor?

—¿Salvo? —El corazón me dio un vuelco, pero seguía siendo Grace—. ¿Eres tú, Salvo? ¿El intérprete?

—Sí, soy yo, y me gustaría hablar con Hannah, por favor. —Mantenía el teléfono muy apretado contra la oreja debido a la presencia de Anton—. Es un asunto personal y un poco urgente. ¿Tendrías la amabilidad de traerla al teléfono? Basta con que le digas que soy… —Estuve a punto de decir Salvo, pero me contuve justo a tiempo—. Yo —dije, con una sonrisa a Anton.

Grace, a diferencia de Hannah, se movía a ritmo africano. Si algo merecía la pena hacerse, merecía la pena hacerse despacio.

—Hannah está ocupada, Salvo —se lamentó finalmente.

¿Ocupada? ¿Ocupada con quién? ¿Ocupada cómo? Adopté un tono militar, al estilo Maxie.

—Así y todo, quizá podría hablar con ella solo un momento, ¿no? Grace, es importante. Ella sabrá perfectamente de qué se trata. Si no te importa, por favor.

Otra dilación monumental, pacientemente compartida por Anton.

—¿Estás bien, Salvo?

—Sí, gracias. ¿Está ella ahí?

—Hannah está en una reunión muy seria, con la jefa de enfermeras. No les haría ninguna gracia que las molestaran. Mejor será que llames en otro momento, Salvo. Quizá mañana cuando ella salga.

¿Con la jefa de enfermeras? ¡Como si la jefa de enfermeras fuera la dueña del mundo! ¿Muy seria? ¿Sobre qué? ¿Sobre acostarse con intérpretes casados? Tengo que dejarle un mensaje, pero ¿qué mensaje?

—Salvo —otra vez Grace.

—¿Qué?

—Tengo una noticia muy triste para ti.

—¿De qué se trata?

—Jean-Pierre. El vagabundo que dormía a la intemperie. Lo hemos perdido, Salvo. Hannah se lo ha tomado muy mal. Yo también.

En ese momento debí de cerrar los ojos. Cuando los abrí, Anton me había quitado el teléfono de la mano y se lo había dado al chico del chándal.

—¿Así se llama la señora, pues? —preguntó—. ¿Hannah?

—¿Por qué no iba a llamarse así?

—Y yo qué sé, artista, ¿no? Depende de a quién más tengas apuntado en ese brazo tuyo, ¿no te parece?

Los hombres de Maxie se echaban a hombros los petates y se adentraban en la oscuridad. Un avión sin nombre se cernía, voluminoso y siniestro, en el crepúsculo. Anton caminó a mi lado mientras Benny, el grandullón, se ocupaba del francés de la boina.

Es sabido que, en la víspera de la batalla, los pensamientos del recluta novato más leal toman rumbos imprevistos, algunos de ellos en manifiesta rebeldía. No pretenderé que en este sentido los míos fueran una excepción, dado que el decorado, la ventilación y el sistema de iluminación de nuestra máquina voladora sin ventanas habrían sido más aptos para el transporte de perros campeones, y que el rugido de nuestros dos motores, en cuanto uno se quedaba prendido de él, era una amalgama de todas las voces que no quería oír, con la de Penelope en la posición de cabeza. En lugar de asientos tapizados, teníamos jaulas de hierro, cada una provista de un mugriento colchón carcelario, que daban a un pasillo central. Redes de esparto naranja colgaban del techo, provisto de asideros para quienes deseaban saltar a lo desconocido. El único factor atenuante era la presencia de Anton y Benny en las celdas contiguas a la mía, pero daba la impresión de que Benny hacía su contabilidad doméstica y Anton estaba ostensiblemente absorto en una revista pornográfica de gran antigüedad.

Nuestra cabina, considerada por muchos el sanctasanctórum de un aparato aéreo, estaba separada mediante un cordón raído. Nuestros dos pilotos, de mediana edad, con exceso de peso y sin afeitar, ponían tanto empeño en permanecer ajenos a los pasajeros que uno bien podría preguntarse si eran conscientes de su presencia. Si a eso añadimos una serie de luces azules en el pasillo que evocaban cierto hospital del norte de Londres, no era de extrañar que mi noción de meta elevada diera paso a mis viajes interiores en el recién inaugurado trayecto entre Penelope y Hannah.

Minutos después del despegue, nuestro equipo, casi todos a una, había sido víctima de la enfermedad del sueño africana, empleando los petates como almohada. Las excepciones fueron Maxie y su amigo francés, que, acurrucados al fondo del aparato, intercambiaban hojas de papel como una pareja preocupada tras recibir un comunicado amenazador del banco hipotecario. El francés se había quitado la boina, dejando a la vista un rostro aquilino, unos ojos penetrantes y una coronilla tonsurada con una orla de cabello trigueño. Su nombre, que sonsaqué al lacónico Benny, era monsieur Jasper. ¿Qué francés podía llamarse Jasper?, me pregunté con incredulidad. Pero, acaso viajaba con un alias, como yo.

—¿Crees que debería acercarme y ofrecer mis servicios? —pregunté a Anton, en la sospecha de que los dos tenían dificultades de comunicación.

—Artista, si el patrón quiere tus servicios, el patrón los reclamará —contestó, sin levantar la cabeza de la revista.

En cuanto a los demás miembros de nuestro equipo, salvo uno, nada puedo explicar. Los recuerdo como un grupo de rostro adusto, con voluminosos anoraks y gorras de béisbol que dejaban de hablar cada vez que me acercaba.

—¿Resueltos los problemas con tu mujer, muchacho? Por cierto, los chicos me llaman patrón.

Debí de quedarme traspuesto, pues cuando alcé la vista me encontré ante los ojos azules de Maxie en versión ampliada, sentado en cuclillas junto a mi codo al estilo árabe. Mi ánimo se avivó al instante. ¿Cuántas veces había escuchado al hermano Michael obsequiarme con las proezas militares del coronel T. E. Lawrence y otros célebres ingleses? Como por arte de magia, el interior de nuestro avión se transformó en la tienda de un nómada árabe. La red de encima se convirtió en nuestro techo de piel de cabra. En mi imaginación, las estrellas del desierto asomaban entre los huecos.

—Mi esposa bien y todo resuelto, gracias, patrón —contesté, adaptando mi actitud enérgica a la suya—. Por ese lado, no hay más problemas, me complace decir.

—¿Y qué hay de ese amigo enfermo?

—Ah, bueno, la verdad es que ha muerto —contesté con igual despreocupación.

—Pobre hombre. De todos modos, no tiene sentido ir arrastrándose a la zaga de la manada cuando se te ha acabado el tiempo. ¿Eres admirador de Napoleón?

—Pues no exactamente —respondí, reacio a reconocer que *Cromwell, Our Chief of Men* era lo más lejos que habían llegado mis investigaciones históricas.

—En Borodino había perdido el norte. Ya estaba sonámbulo en Smolensko, pero cuando llegó a Borodino chocheaba, jodido a los cuarenta. Sin poder mear, sin poder pensar con claridad. O sea que a mí me quedan tres años. ¿Y a ti?

—Pues doce, de hecho —contesté, maravillándome para mis adentros de que un hombre que no sabía francés eligiera a Napoleón como modelo.

—Será un visto y no visto. ¿Te lo ha dicho Anderson? —Sin esperar respuesta, prosiguió—: Entramos de puntillas, hablamos con un par de congoleños, llegamos a un acuerdo con ellos, conseguimos que firmen un contrato y volvemos a salir de puntillas. Los tendremos a nuestra disposición un máximo de seis horas. Han dicho que sí por separado, ahora tenemos que conseguir que se digan que sí el uno al otro. Oficialmente, están en otro sitio, que es donde deben estar cuando el reloj dé las doce de la noche. ¿Me sigues?

—Lo sigo, patrón.

—Este es tu primer bolo, ¿no?

—Me temo que sí. Podría llamarse mi bautismo de fuego —admití, con una sonrisa compungida para demostrar que era consciente de mis limitaciones. E incapaz de contener mi curiosidad—: No querrá, supongo, decirme adónde vamos, ¿verdad?

—Una islita del norte donde nadie nos molestará. Cuanto menos sepas, mejor dormirás después. —Se permitió una leve distensión de las facciones—. Siempre pasa lo mismo con estos trabajos. «Date prisa y espera», y luego «¿Dónde coño te has metido?». Acto seguido, tienes a otros diez gilipollas en la carrera, tus hombres están dispersos por todo el planeta y se te pincha la rueda de atrás.

Su incansable mirada se posó en una columna de cajas tipo maleta, negras y de tamaño uniforme, sujetas a un rejilla junto a la puerta de la cabina. En la base, aovillado en su colchón como un ternero recién nacido, yacía un hombre, casi un gnomo, con un gorro chato de tela y chaleco guateado, en apariencia tan profundamente dormido como sus compañeros.

—¿Hay algo entre esa chatarra que de verdad funcione, Spider? —preguntó Maxie, levantando la voz para hacerse oír al otro lado del fuselaje.

El gnomo, tan pronto como oyó su nombre, se levantó de un brinco como un acróbata y se plantó cómicamente en posición de firmes ante nosotros.

—Lo dudo mucho, patrón. Un montón de basura, por la pinta —respondió con desenfado en lo que mi oído de intérprete acreditado identificó al instante como una entonación galesa—. Con solo doce horas para juntarlo todo, ¿qué esperabas por tan poco dinero?

—¿Qué hay para comer?

—Pues, patrón, ya que lo pregunta, un donante anónimo ha tenido la amabilidad de enviar esta cesta de Fortnum & Mason, ¿sabe? O creo que es anónimo, porque por mucho que busque no aparece el nombre del remitente por ninguna parte, ni siquiera una tarjeta.

—¿Hay algo dentro?

—No gran cosa, no, para serle sincero. Un jamón de York entero, supongo. Cerca de un kilo de foie gras. Un par de lomos de salmón ahumado, rosbif frío, galletitas saladas de cheddar, una mágnum de champán. Nada que mate el apetito, francamente. Pensé en devolverlo.

—Quédatelo para el camino de vuelta —ordenó Maxie, interrumpiéndolo—. ¿Qué más hay en el menú?

—Chow mein. El mejor de Luton. Ya debe de estar bien frío y a pedir de boca a estas alturas.

—Sírvelo, Spider. Y saluda al de las lenguas. Se llama Brian. Nos lo presta la Chat Room.

—La Chat Room, ¿eh? Ah, qué tiempos aquellos, debo decir. La fábrica del señor Anderson. ¿Todavía es barítono? ¿No lo han castrado ni nada?

Spider, como sabía ya que se llamaba, me sonrió con sus ojos de muñeco de peluche, semejantes a botones, y le devolví la sonrisa, convencido de que tenía otro amigo en nuestra gran empresa.

—Y conoces el argot militar —anunció Maxie, sacando de su funda de máscara de gas una vieja petaca de hojalata envuelta en un paño caqui y un paquete de galletas Bath Oliver. La petaca, averigüé más tarde, contenía agua mineral de Malvern.

—¿Qué argot militar tenemos en mente, patrón? —repliqué.

Aunque mi chow mein estaba frío y pastoso, tenía el firme propósito de comérmelo.

—Armamento, pertrechos, potencia de fuego, calibre, todo ese rollo —contestó, mordiendo su galleta Bath Oliver.

Le aseguré que, gracias a mi experiencia en la Chat Room, conocía una amplia gama de vocabulario técnico y militar.

—Pero en esencia lo que ocurre, cuando no hay equivalente en la lengua vernácula, es que lo toman prestado del idioma colonial más próximo —añadí, entrando en calor—. Lo que, en el caso de un congoleño, sería lógicamente el francés. —E incapaz de contenerme—: A menos, claro está, que hayan sido adiestrados en Ruanda o Uganda, en cuyo caso nos encontraremos con términos robados del inglés, como *Mag*, *Ambush* o *RPG*.

Maxie mostró interés por simple cortesía.

—¿O sea que un munyamulenge parloteando con un bembe hablaría de una *semi-automatique*, por así decirlo?

—Bueno, eso en el supuesto de que puedan hablarse —contesté, deseoso de exhibir mis conocimientos.

—¿A qué te refieres, muchacho?

—Verá, por ejemplo, un bembe podría hablar kinyarwanda, pero no ser capaz de establecer el puente completo con el kinyamulenge.

—¿Y entonces qué hacen? —preguntó, limpiándose la boca con la muñeca.

—Pues en esencia tendrán que apañarse con lo que tengan en común. Los dos se entenderán… hasta cierto punto, pero no necesariamente del todo.

—¿Y después qué?

—Puede que echen mano de algo de suajili, algo de francés. Todo depende de lo que sepan, de hecho.

—A menos que te tengan a ti a su disposición, ¿no? Tú lo hablas todo.

—Bueno, en este caso, sí —contesté modestamente—. No me impondría, por supuesto. Esperaría a ver cuáles eran las necesidades.

—Así que, hablen lo que hablen, nosotros lo hablamos mejor, ¿no es así? Bien por nosotros —pensó en voz alta. Pero, por su tono de voz, saltaba a la vista que no estaba tan satisfecho como se desprendía de sus palabras—. La cuestión es: ¿necesitamos decirles todo eso? Tal vez debamos ser un poco más prudentes, mantener nuestra maquinaria pesada en secreto.

¿Maquinaria pesada? ¿Qué maquinaria? ¿O hablaba aún de mi dominio en cuestiones militares? Expresé mi confusión con cautela.

—Tu maquinaria pesada, por Dios. Tu arsenal de lenguas. Hasta un niño sabe que un buen soldado no pregona su fuerza al enemigo. Lo mismo pasa con tus lenguas. Escóndelas bajo tierra y cúbrelas con una lona hasta que las necesites. Puro sentido común.

Maxie, como empezaba a descubrir, poseía una magia peligrosa y cautivadora. Parte de esa magia residía en crear la sensación de que su plan más descabellado era el normal, aun cuando todavía no supieras en qué consistía ese plan.

—Pongamos por caso —sugirió, como si me ofreciera un acuerdo que satisfaría mis exigentes principios—. Supón que decimos que hablas inglés, francés y suajili y nada más. Eso es más que suficiente para cualquiera. Y nos callamos las lenguas menores. ¿Cómo lo verías? Sería un desafío distinto para ti. Algo nuevo.

Lo veía fatal, si es que lo había entendido bien, pero no contesté en esos precisos términos.

—¿En qué contexto exactamente, patrón? ¿En qué circunstancias diríamos eso? O no lo diríamos —añadí, afectando lo que, esperaba, fuera una sonrisa astuta—. No quiero ser pedante, pero ¿a quién diríamos eso?

—A todo el mundo. Todos los presentes. En interés de la operación. Para contribuir a la buena marcha de la reunión. Mira. —Hizo una de esas pausas propias de los profesionales cuando se proponen explicar algo a un débil mental. En otro tiempo, debo reconocerlo, yo fui culpable de esa misma presunción—. Tenemos dos Sinclair —abrió las palmas de sus manos a prueba de bala, una por cada una de mis versiones—: un Sinclair por encima de la línea de flotación —levantó la palma izquierda— y un Sinclair por debajo de la línea de flotación —bajó la palma derecha hasta las rodillas—. Por encima de la línea, la punta del iceberg: solo hablas francés y variantes del suajili. Además de inglés con los amigos, claro. Cosa que es el pan de cada día entre los intérpretes del montón. ¿Me sigues?

—De momento lo sigo, patrón —afirmé, procurando mostrar entusiasmo.

—Y por debajo —prosiguió, mientras yo miraba su palma derecha—, las restantes nueve décimas partes del iceberg, que es todo lo demás que hablas. Eso podrías hacerlo, ¿no? Tampoco es tan difícil, en cuanto aprendes a controlarte. —Retirando las manos, se sirvió otra galleta en tanto que esperaba a que yo viese la luz.

—Aun así, me parece que no acabo de entenderlo del todo, patrón —dije.

—No seas memo, Sinclair, ¡claro que lo entiendes! Es muy sencillo. Yo entro en la sala de reuniones. Te presento. —Así lo hizo, en un francés deplorable, mientras masticaba la galleta—: *Je vous présente Monsieur Sinclair, notre interprète distingué. Il parle anglais, français et swahili.* Y listo. Si alguien se larga a hablar en otra lengua al alcance de tu oído, no sabes lo que dice.

Por más que me esforcé, la expresión de mi rostro siguió sin ser de su agrado.

—Pero hombre, por el amor de Dios. Tampoco es tan difícil hacerse el tonto. Hay gente que lo hace todos los días sin proponérselo siquiera. Eso es porque son tontos de verdad. Y tú no lo eres, vale. Eres un tío listísimo. Bien, pues sé listo. Para un hombre joven y fortachón como tú, es pan comido.

—¿Y cuándo usaré, pues, mis otras lenguas, patrón? ¿Las que, según usted, están por debajo de la línea de flotación? —insistí.

Las lenguas de las que más me enorgullezco, pensaba. Las lenguas que me diferencian de los demás. Las lenguas que, a mi modo de ver, no están sumergidas en absoluto, sino triunfalmente a salvo. Las lenguas que, para alguien como yo, deben exhibirse para que todo el mundo las oiga.

—Cuando se te diga y no antes. Estás bajo órdenes selladas. La primera parte, hoy; la segunda parte, mañana por la mañana, en cuanto recibamos la confirmación definitiva de que la cosa está en marcha. —A continuación, para mi alivio, asomó su infrecuente sonrisa, aquella por la que uno cruzaría desiertos—. Eres nuestra arma secreta, Sinclair. La estrella del espectáculo, y no lo olvides. ¿Cuántas veces en la vida tiene alguien la ocasión de dar un empujón a la historia?

—Una, y con suerte —respondí lealmente.

—La suerte es otra manera de llamar al destino —me corrigió Maxie, con un brillo místico en sus ojos de Bogey—. O te la creas tú mismo o la has cagado. Esto no es una aventurilla para cobardicas. Se trata de llevar la democracia al Congo oriental a punta de pistola. Crea el mar de fondo adecuado, dales el liderazgo oportuno, y todo Kivu vendrá corriendo.

La cabeza me daba vueltas a causa de este primer vislumbre de su gran visión, y las palabras que pronunció después me llegaron directas al alma, y a la de Hannah.

—El mayor pecado cometido por los que mueven los hilos en el Congo hasta la fecha ha sido la indiferencia. ¿Estás de acuerdo?

—Totalmente —contesté de todo corazón.

—Intervén si puedes embolsarte dinero fácil, sal cagando leches antes de la próxima crisis. ¿Estás de acuerdo?

—Totalmente.

—El país se estanca. Un gobierno inútil; la gente de brazos cruzados, esperando las elecciones que quizá lleguen, quizá no. Y si llegan, bien puede ser que no hagan más que empeorar las cosas. Así que hay un vacío. ¿Estás de acuerdo?

—Totalmente —repetí una vez más.

—Y nosotros nos proponemos llenarlo. Antes de que venga a hacerlo otro cabrón. Porque es lo que pretenden todos: los yanquis, los chinos, los franceses, las multinacionales, todo quisque. Intentan colarse antes de las elecciones. Nosotros vamos a intervenir y vamos a quedarnos. Y esta vez el afortunado ganador será el propio Congo.

Intenté de nuevo expresar mi aprobación respecto a todo lo que había dicho, pero me arrolló.

—El Congo lleva cinco siglos desangrándose —prosiguió, ajeno a todo—. Jodido por los negreros árabes, jodido por los propios africanos, jodido por Naciones Unidas, la CIA, los cristianos, los belgas, los franceses, los británicos, los ruandeses, la industria del diamante, la industria del oro, la industria minera, los políticos oportunistas de medio mundo, su propio gobierno de Kinshasa, y cualquier día de estos lo joderán también las petroleras. Ha llegado el momento de darles una tregua, y vamos a dársela nosotros.

Había dirigido su mirada inquieta a monsieur Jasper en el otro extremo del fuselaje, que levantaba la mano igual que la cajera de nuestro supermercado de Battersea cuando no tiene suficientes monedas de una libra.

—La segunda parte de tus órdenes selladas, mañana —anunció y, cogiendo su funda de máscara de gas, se marchó por el pasillo.

Cuando estás bajo el hechizo de Maxie, se te anestesia el cerebro. Todo lo que había dicho sonaba a música en mi oído bicultural. Pero luego, al pensarlo mejor, empecé a oír voces menos sumisas que la mía por encima de la vibración irregular de los motores del aparato.

Yo había dicho que estaba totalmente de acuerdo. ¿Había dicho que sí?

No había dicho que no, así que quien calla otorga.

Pero ¿ante qué había otorgado exactamente?

¿Me había informado el señor Anderson, al darme las instrucciones, de que el trabajo consistía en convertirme en un iceberg lingüístico con mis nueve décimas partes bajo la línea de flotación? Pues no. Me había dicho que tenía un poco de acción en directo para mí, y que me mandaba al terreno donde viviría una mentira y no la verdad bíblica en la que nos habíamos educado. De líneas de flotación y esquizofrenia controlada, ni una palabra.

«No seas memo, Sinclair, es muy sencillo.» ¿Cómo de sencillo, si puede saberse, patrón? Fingir que has oído algo cuando no lo has oído es relativamente sencillo, eso lo acepto. La gente lo hace todos los días y no le pasa nada. Fingir que no has oído algo cuando sí lo has oído, por otro lado, es, desde mi perspectiva, todo lo contrario de sencillo. El intérprete acreditado responde sin premeditación. Está formado para intervenir. Oye, interviene, su arte se impone. Vale, de acuerdo: reflexionará a su debido tiempo. Pero el talento está en la respuesta inmediata, no en el refrito.

Estaba aún sumido en estas cavilaciones cuando uno de nuestros pilotos sin afeitar, a gritos, nos indicó que nos agarráramos bien. Como si hubiese sido blanco de fuego antiaéreo, el aparato se estremeció, volvió a estremecerse y se detuvo pesadamente con un rebote. La puerta de la cabina se abrió, una ráfaga de aire frío me indujo a agradecer el tweed de Harris. Nuestro patrón fue el primero en desaparecer en el vacío; a continuación fueron Benny con su petate, seguido de monsieur Jasper y su maletín. A instancias de Anton, me descolgué detrás de ellos, con la bolsa de viaje por delante. Al caer en tierra blanda, aspiré el olor del mar en marea baja. Dos pares de faros avanzaban, oscilantes, hacia nosotros por el campo. Primero se detuvo a nuestro lado un camión de caja abierta; luego un microbús. Anton me hizo entrar en el microbús; Benny empujó a Jasper detrás de mí. A nuestras espaldas, a la sombra del avión, los hombres con anorak cargaban cajas negras en el camión. Nuestra conductora era una versión madura de Bridget con un pañuelo en la cabeza y una cazadora forrada de piel. El camino irregular no tenía marcas viales ni señales de carretera. ¿Conducíamos por la derecha o por la izquierda? A la exigua luz de nuestros faros amortiguados, ovejas apátridas nos contemplaban embobadas junto al camino. Subimos por una cuesta, e iniciábamos el descenso cuando, en un cielo sin estrellas, dos postes de granito se tambalearon ante nosotros. Pasamos ruidosamente por encima de una rejilla antiganado, bordeamos un pinar y fuimos a detenernos en un patio adoquinado con altos muros.

La silueta de las mansardas y el tejado se desdibujaban en la oscuridad. En fila india, seguimos a nuestra conductora hasta un porche de piedra mal iluminado de unos siete metros de altura. Nos recibieron filas de botas Wellington, el número escrito con pintura blanca. Los sietes estaban escritos al estilo continental. Los unos empezaban en el trazo superior. Zapatos antiguos para andar por la nieve, como raquetas de tenis cruzadas, colgaban de la pared. ¿Los habían usado escoceses? ¿Noruegos? ¿Daneses? ¿O era nuestro anfitrión simplemente un coleccionista de objetos nórdicos diversos? «Una islita del norte donde nadie nos molestará.» Cuanto menos sepamos, mejor dormiremos. La conductora nos precedió. Una placa en el cuello de piel informaba de que era Gladys. Entramos en tropel en un gran vestíbulo con vigas vistas. Salían pasillos en todas direcciones. Una tetera y refrigerios estaban a la disposición de aquellos que se habían quedado con hambre después del chow mein. Una segunda mujer —Janet, según la placa—, risueña, dirigía a los miembros del equipo a dondequiera que tuviesen que ir. Por orden de Janet, me encaramé en un banco recubierto con una funda bordada.

Un reloj de pie redondo y abultado daba la hora británica. Seis horas desde que me había separado de Hannah. Cinco horas desde que me había separado de Penelope. Cuatro horas desde que me había separado del señor Anderson. Dos horas desde que había salido de Luton. Media hora desde que Maxie me había dicho que mantuviese mis mejores lenguas por debajo de la línea de flotación. Anton, mi buen pastor, me sacudía el hombro. Siguiéndolo a trompicones por una escalera de caracol, me convencí de que estaba a punto de recibir mi justo castigo infligido por las purificadoras manos del padre custodio del Santuario.

—¿Vamos bien, artista? —preguntó Anton, abriendo una puerta de un empujón—. ¿No echamos de menos a la esposa y la vida plácida?

—No mucho, Anton —dije estúpidamente—. Solo un poco nervioso por el estado…

—Ah, está en estado. Muy bien. ¿Para cuándo es?

Al darme cuenta de que apenas habíamos cruzado una palabra desde mi llamada frustrada a Hannah, me pareció oportuno estrechar lazos con él.

—¿De verdad estás casado, Anton? —Me eché a reír, recordando la esposa con la que, según decía, no hablaba desde hacía ocho años.

—De vez en cuando, artista. Ahora sí, ahora no.

—¿Entre un trabajo y otro, por así decirlo? —apunté.

—Por así decirlo, artista. Es una manera de verlo. Así son las cosas. Volví a intentarlo.

—¿Y qué haces en tu tiempo libre? Cuando no te dedicas a esto, quiero decir.

—De todo, artista. Un poco de cárcel, cuando tengo paciencia. Ciudad del Cabo me gusta. No la cárcel, el mar. Me encapricho con una chica aquí y allá, bueno, como todo el mundo, ¿no? Y ahora reza bien tus oraciones, artista, porque mañana nos espera un gran día, y si tú la cagas, la cagamos todos, cosa que al patrón no le haría ni pizca de gracia, ¿a que no?

—Y tú eres su segundo —comenté con admiración—. Eso debe de ser toda una responsabilidad.

—Digamos simplemente que si eres un hombre veleidoso, necesitas vigilancia.

—¿Me consideras veleidoso, Anton? —pregunté, sorprendido.

—Artista, si quieres mi modesta opinión, con esa estatura, esas pestañas de alcoba con las que no sabemos qué hacer, y tantas mujeres escondidas en la manga, diría que eres muchas personas debajo de un solo sombrero, y por eso se te dan tan bien las lenguas.

Tras cerrarle la puerta ante la cara, me senté en la cama. Me venció un placentero agotamiento. Me quité la ropa prestada y me entregué a los brazos de Hannah. Pero no antes de levantar el auricular del teléfono y golpear la horquilla varias veces para comprobar que no había línea.

M e desperté en ropa interior a mi hora habitual y, por la fuerza de la costumbre, me volví hacia el lado derecho dispuesto a adoptar la posición de las «cucharas» con Penelope; entonces descubrí que, como tantas veces, ella aún no había vuelto de algún cometido nocturno. Desperté una segunda vez y, con mayor circunspección, tomé conciencia de que yacía en la cama de un pariente blanco fallecido cuyo rostro barbudo, encuadrado en un barroco marco victoriano, me miraba con ceño desde encima de la chimenea de mármol. Por último, para mi satisfacción, desperté una tercera vez con Hannah hecha un ovillo entre mis brazos, lo que me permitió informarla, indiferente a la Ley de Secretos Oficiales, de que participaba en una misión clandestina para llevar la democracia al Congo, razón por la cual no la había telefoneado.

Solo entonces, con el sol de la mañana despuntando entre las cortinas, me sentí en condiciones de pasar revista a mi habitación bien equipada, que combinaba armoniosamente lo tradicional y lo moderno, incluido un tocador con una máquina de escribir eléctrica de las antiguas y papel Din A4, una cómoda y un armario, además de un galán planchado y una bandeja con un hervidor de plástico para el primer té de la mañana y una mecedora Shaker. Al aventurarme a entrar en mi cuarto de baño en suite, me complació ser recibido por lujos como un toallero eléctrico, un albornoz, una ducha, champú, aceite para el baño, toallitas y demás detalles, pero si lo que buscaba eran pistas acerca de mi paradero, busqué en vano. Los artículos de tocador eran de marcas internacionales; no había instrucciones contra incendios, listas de lavandería ni cerillas de cortesía, ni mensajes de bienvenida de un director de nombre extranjero con una firma impresa ilegible, ni Biblia de los Gedeones en ningún idioma.

Duchado y envuelto en mi albornoz, me coloqué ante la ventana de la habitación y, asomándome entre los parteluces de granito, examiné la vista. Lo primero que observé fue una lechuza de color miel, con las alas extendidas, toda ella inmóvil excepto las puntas de las plumas. Se me ensanchó el corazón ante semejante imagen, pero las aves no son de gran ayuda para la localización geográfica. A izquierda y derecha se alzaban montes de prados aceitunados, y entre ellos se veía un mar de plata, en cuyo horizonte lejano avisté la silueta de un carguero rumbo a saber dónde; más cerca de la orilla, unos cuantos pesqueros perseguidos por las gaviotas; por más que miré, no distinguí sus banderas. No se divisaba carretera alguna, fuera del camino tortuoso que habíamos recorrido la noche anterior. El aeródromo no alcanzaba a verse, y busqué en vano algún cataviento o antena. Por el ángulo del sol, deduje que me hallaba de cara al norte y, por el follaje de los árboles jóvenes en la orilla, que el viento dominante soplaba del oeste. Aún más cerca se elevaba un otero herboso coronado por una pérgola o cenador al estilo decimonónico, y al este una capilla en ruinas con un cementerio, en uno de cuyos ángulos había una cruz celta, o eso parecía, aunque también podía ser un monumento a los caídos o a algún personaje ilustre fallecido.

Al volver a centrar mi atención en la pérgola, me sorprendió observar la silueta de un hombre encaramado a una escalerilla extendida. No estaba allí un momento antes, y debía por tanto de haber surgido de detrás de una columna. En el suelo, a su lado, tenía una caja negra semejante a las que habían viajado en el avión con nosotros. Como la tapa estaba orientada hacia mí, el contenido quedaba oculto. ¿Reparaba algo aquel hombre? En tal caso, ¿qué era? ¿Y por qué a hora tan temprana?, me pregunté.

Picado por la curiosidad, distinguí a otros dos hombres, también ocupados en misteriosas tareas: uno de rodillas junto a una llave de agua o una toma de corriente, y el otro a medio trepar por un poste telegráfico, para lo cual, al parecer, no necesitaba cuerda ni escalera, poniendo así de paso al entrenador personal de Penelope, que se las da de Tarzán, en el lugar que le corresponde. Y a este segundo hombre, enseguida me di cuenta, lo conocía no solo de vista sino también por su nombre. Apenas llegó a lo alto del poste lo identifiqué como mi voluble nuevo amigo galés, Spider, jefe de catering y veterano de la Chat Room.

Concebí mi plan al instante. So pretexto de un paseo previo al desayuno, entablaría conversación con Spider como la cosa más natural del mundo y después leería las inscripciones de las lápidas del cementerio con el objetivo de determinar el idioma local y deducir así mi paradero. Poniéndome mi pantalón de franela gris penitencial y la chaqueta de tweed de Harris, y con los incómodos zapatos en la mano, bajé furtivamente por la escalera principal hacia el porche. Sin embargo, al tantear la puerta, descubrí que estaba cerrada con llave, al igual que todas las puertas y ventanas cercanas que probé. Pero eso no era todo. Por las ventanas alcancé a ver no menos de tres hombres con voluminosos anoraks de guardia ante la casa.

Debo admitir aquí que resurgió entonces mi inquietud ante las exigencias profesionales planteadas por Maxie, inquietud que, pese a mi firme decisión de ser partícipe en nuestra gran aventura, había perturbado mi sueño a intervalos durante toda la noche; una pesadilla en particular quedó grabada en mi memoria: yo buceaba a cierta profundidad y el agua se filtraba poco a poco en las gafas. Si no despertaba, se anegarían por completo y me ahogaría. Así que, para distraerme pero también para apartar de mí esos pensamientos negativos, decidí hacer un recorrido de inspección por las habitaciones de la planta baja con el propósito adicional de familiarizarme con el escenario de mi inminente prueba.

La casa, conforme a lo que creí que era su función original de gran vivienda familiar, disponía en el lado del jardín de sucesivas salas de recepción comunicadas, cada una con puertas balconeras que daban a un bancal cubierto de hierba donde una escalera de piedra ascendía hasta la pérgola con columnas de la cima. Atento a los hombres de los anoraks, abrí la puerta de la primera de dichas salas y me encontré en una hermosa biblioteca de color azul Wedgwood con estanterías de caoba a medida y puertas de cristal. Con la esperanza de que los libros allí guardados me proporcionaran una pista sobre la identidad del dueño, acerqué la cabeza al cristal y escudriñé los títulos, pero, para mi decepción, no vi más que una colección uniforme de las obras de los grandes autores universales, todas en su lengua original: Dickens en inglés, Balzac en francés, Goethe en alemán y Dante en italiano. Cuando traté de forzar las puertas ante la remota posibilidad de encontrar un ex libris o una dedicatoria, descubrí que estaban cerradas con llave, arriba y abajo.

Después de la biblioteca había una sala de billar revestida de madera. La mesa, que calculé era de tres cuartos, no tenía troneras, lo que la situaba en la categoría francesa o continental, mientras que el marcador de caoba era de Burroughes de Londres. La tercera sala era un suntuoso salón con espejos dorados y un reloj de similor que no marcaba la hora británica ni continental, sino que permanecía parado resueltamente en las doce. Un aparador de mármol y latón ofrecía un tentador surtido de revistas que abarcaban desde la francesa *Marie Claire* hasta la inglesa *Tatler* o la suiza *Du*. Mientras les echaba un vistazo, oí un juramento ahogado en francés procedente de una cuarta sala contigua. La puerta que las comunicaba estaba entreabierta. Deslizándome sigilosamente por el suelo de madera encerada, entré. Me hallaba en una sala de juego. En el centro había una mesa ovalada con el tablero forrado de paño verde. Tenía ocho sillas con anchos brazos de madera dispuestas alrededor. En la otra punta, sentado con la espalda muy erguida detrás de la pantalla de un ordenador, estaba monsieur Jasper sin su boina negra, la coronilla tonsurada visible, tecleando con dos dedos. La barba rojiza de una noche adornaba su rostro alargado, confiriéndole el aspecto de un gran detective. Me escrutó por un momento con mirada implacable.

—¿Por qué me espía? —preguntó por fin en francés.

—Yo no lo espío.

—Entonces ¿por qué va descalzo?

—Porque los zapatos me vienen pequeños.

—¿Son robados?

—Prestados.

—¿Es usted marroquí?

—Británico.

—Y entonces ¿por qué habla francés como un *pied noir*?

—Me crié en el África ecuatorial. Mi padre era ingeniero —repliqué con aspereza, sin molestarme en hacer comentario alguno sobre su opinión de mi francés—. Y por cierto, ¿quién es usted?

—Soy de Besançon. Soy un notario francés de provincias con una modesta experiencia en ciertas esferas técnicas de la jurisprudencia internacional. Me he especializado en derecho tributario francés y suizo. Tengo un cargo en la Universidad de Besançon, donde doy clases sobre los encantos de las compañías *offshore*. Soy el único abogado de cierto cártel anónimo. ¿Se da por satisfecho con eso?

Desarmado ante tal efusividad, habría rectificado con gusto mi anterior versión ficticia de mí mismo, pero se impuso la cautela.

—Y si tan modesta es su experiencia, ¿cómo ha conseguido un encargo de tal importancia? —inquirí.

—Porque estoy limpio, soy respetable, soy profesor universitario, me dedico solo al derecho civil. No represento a narcotraficantes ni delincuentes. La Interpol nunca ha oído hablar de mí. Solo actúo dentro de los márgenes de mis conocimientos. ¿Quiere constituir un holding en Martinica con domicilio social en Suiza y propiedad de una fundación anónima de Liechtenstein de la que usted es dueño?

Me reí a mi pesar.

—¿Desea sufrir una quiebra indolora a expensas del contribuyente francés?

Volví a negar con la cabeza.

—Entonces quizá pueda al menos explicarme cómo manejar este condenado aparato anglosajón. Primero me prohíben traer mi portátil. Después me dan un portátil sin manual de instrucciones, ni acentos, ni lógica ni… —Tan extensa se hacía la lista de omisiones que se encogió de hombros en un galo gesto de desesperación.

—Pero ¿en qué está trabajando? ¿Qué lo ha tenido en vela toda la noche? —pregunté, fijándome en las pilas de papel y las tazas de café vacías esparcidas alrededor.

Con un suspiro, reclinó el cuerpo largo y enjuto en la silla de jugador de cartas.

—Concesiones. Cobardes concesiones a distintas horas de la noche. «¿Por qué ceden ante estos facinerosos?», les pregunto. «¿Por qué no los mandan al infierno?»

Preguntar ¿a quiénes?, me asombré en silencio. Pero sabía que debía andarme con cautela para no interrumpir el hilo.

—«Jasper, me dicen, no podemos permitirnos perder este contrato vital. El tiempo es oro. No somos el único caballo en la carrera.»

—Así que está usted redactando el contrato —exclamé, recordando que, según Maxie, el propósito de la operación actual era un contrato—. ¡Dios mío! Toda una responsabilidad, debo decir. ¿Es muy complicado? Tiene que serlo.

Mi pregunta, aunque destinada a halagar, arrancó una mueca de desprecio.

—No es complicado porque lo he redactado con lucidez. Es académico y no es ejecutable.

—¿Cuántas partes hay implicadas?

—Tres. Nosotros no sabemos quiénes son, pero las partes sí lo saben. Es un contrato sin nombres; es un contrato de hipotéticas eventualidades sin especificar. Si algo ocurre, cabe la posibilidad de que ocurra otra cosa. Si no... —Otro encogimiento de hombros al estilo galo.

Con cautela, me aventuré a poner en tela de juicio sus palabras.

—Pero si es un contrato sin nombres, y las hipotéticas eventualidades no se especifican, y en cualquier caso no es ejecutable, ¿cómo es posible que sea un contrato?

Una mueca de superioridad asomó a sus facciones esqueléticas.

—Porque este contrato no solo es hipotético, es agrícola.

—¿Hipotéticamente agrícola?

La mueca dio a entender que así era.

—¿Y eso cómo es posible? Un contrato puede ser o bien agrícola, sin duda, o bien hipotético. No puede haber una vaca hipotética, ¿o sí?

Irguiendo la espalda en su silla, monsieur Jasper apoyó las palmas de las manos en el paño verde y me obsequió con la clase de expresión desdeñosa que los abogados reservan para sus clientes menos acaudalados.

—Contésteme pues a esto, si es tan amable —propuso—. Si un contrato atañe a seres humanos, pero no hace referencia a esos seres humanos como seres humanos sino como vacas, ¿el contrato es hipotético o agrícola?

Tuve la sensatez de darle la razón.

—¿De qué hipótesis, pues, estamos hablando en este caso, por ejemplo?

—La hipótesis es un acontecimiento.

—¿Qué clase de acontecimiento?

—No se ha especificado. Quizá sea una muerte. —Con un dedo huesudo, me disuadió de precipitar la tragedia—. Quizá sea una inundación, o una boda, o se deba a causas de fuerza mayor o actos humanos. Quizá sea la conformidad o disconformidad de otra parte. No se describe. —Tenía la palabra y nadie iba a quitársela, y menos yo–. Lo que sí se sabe es que, en caso de producirse dicho acontecimiento no especificado, se harán efectivas ciertas cláusulas y condiciones, se comprarán y venderán ciertos artículos agrícolas, se atribuirán ciertos derechos agrícolas, y ciertos porcentajes hipotéticos de ciertos beneficios agrícolas se otorgarán a ciertas personas no identificadas, pero única y exclusivamente en el caso de producirse dicho acontecimiento.

–Pero ¿cómo se puso en contacto con usted el cártel anónimo? –protesté–. Ahí está usted con esos conocimientos extraordinarios, escondido en Besançon, sin exhibir sus méritos…

No necesitaba más acicate.

–Hace un año gestioné la venta de varios chalets a tiempo compartido en Valence. Tuve una actuación brillante, fue la cumbre de mi carrera. Los chalets no se construyeron, pero la entrega de llaves no era responsabilidad mía. Mi cliente era una inmobiliaria *offshore*, ahora en bancarrota, con domicilio social en las islas del Canal de la Mancha.

Hice una de mis asociaciones inmediatas. «Viviendas a tiempo compartido en Valence.» ¿Acaso no era ese el escándalo que había lanzado a lord Brinkley a las primeras páginas del periódico de Penelope? Sí. EL DORADO DE UN LORD ERA UN CASTILLO EN EL AIRE.

–¿Y esa misma empresa ha reanudado sus actividades? –pregunté.

–Yo personalmente tuve el honor de encargarme de la liquidación. La compañía ya no existe.

–Pero los directivos de la compañía sí.

Su expresión de autosuficiencia, si en algún momento lo había abandonado, volvió en todo su esplendor.

–No existen, porque no tienen nombre. Si tienen nombre, existen. Si no lo tienen, son conceptos abstractos. –O bien nuestra conversación ya lo aburría, o bien había decidido que estábamos rebasando los límites de la legalidad, ya que se pasó la mano por el rostro sin afeitar y luego fijó la mirada en mí como si nunca me hubiese visto–. ¿Quién es usted? ¿Qué hace en este rincón perdido?

—Soy el intérprete de la reunión.

—¿De qué lenguas?

—Suajili, francés e inglés —respondí con renuencia, mientras el agua volvía a inundar mis gafas de buceo.

—¿Cuánto le pagan?

—Me temo que no puedo decirlo. —Pero me venció la vanidad, como a veces me pasa. Ese hombre ya me había tratado con prepotencia demasiado rato. Había llegado el momento de revelar mi verdadera valía—. Cinco mil dólares —dije con despreocupación.

De repente levantó la cabeza, que tenía apoyada en las manos.

—¿Cinco?

—Exacto. Cinco. ¿Por qué?

—¿No libras?

—Dólares. Ya se lo he dicho. —No me gustó nada su sonrisa triunfal.

—Pues a mí me pagan —pronunció la suma con un énfasis implacable— doscientos… mil… francos… suizos. —Y para rematar—: Contantes y sonantes. En billetes de cien. No de los grandes.

Me quedé de una pieza. ¿Por qué Salvo, el señor de las lenguas raras que se ve obligado a ocultar, recibía una mínima parte de la minuta de un envarado notario francés? Mi indignación fue más allá, hasta mis tiempos de esfuerzos ímprobos cuando el señor Osman de la Agencia de Traducción Jurídica Internacional se quedaba con el cincuenta por ciento de mis ingresos. Pero me contuve. Fingí admiración. Al fin y al cabo, él era el gran experto en leyes. Yo no era más que un intérprete de tres al cuarto.

—¿No sabrá por casualidad dónde se halla situado este maldito lugar? —preguntó, al tiempo que reanudaba sus tareas.

Maldito o no, yo no lo sabía.

—Esto no formaba parte del trato. Exigiré un plus.

El gong del Santuario nos llamaba a la oración. Cuando llegué a la puerta, monsieur Jasper estaba otra vez absorto en su tecleo. Nuestra conversación, como se deducía claramente de su actitud, no había tenido lugar.

Dirigido por la risueña Janet al gran vestíbulo, enseguida percibí que no todo andaba bien en el equipo. Su magnífico bufet de desayuno a base de salchichas británicas, el mejor beicon y huevos revueltos había despertado poco interés entre nuestros chicos, que estaban sentados en grupo, ojerosos y desalentados. En una mesa, Anton conversaba en voz baja con dos hombres de anorak igual de apagados; en otra, Benny, con un formidable mentón sobre una mano aún más formidable, contemplaba ceñudo la taza con mirada vacía. Adaptando mi comportamiento al estado de ánimo imperante, me serví una pequeña ración de salmón ahumado y me senté solo a esperar los acontecimientos. Apenas había consumido el primer bocado cuando el chirrido de unas suelas de goma acercándose a toda prisa por un pasillo embaldosado anunció la llegada de nuestro patrón Maxie con un jersey del equipo de remo de la Universidad de Oxford, amarillento por el paso del tiempo, bermudas con los bajos deshilachados y unas viejas zapatillas de lona sin calcetines. Tenía las juveniles mejillas sonrosadas por el aire de la mañana y la mirada radiante tras las gafas. Lo seguía Spider.

—Ha pasado el pánico —comunicó Maxie después de apurar el vaso de zumo de naranja recién exprimido que Gladys le tendió—. Diana en todos los frentes —haciendo caso omiso de las expresiones generalizadas de alivio—, el resto de la operación sigue según lo previsto. Philip y la Banda de los Tres aterrizarán dentro de dos horas y diez minutos. —¡Philip, por fin! ¡Philip, a quien Maxie rendía cuentas!—. Ahora mismo son las...

El reloj de la tía Imelda adelantaba un minuto. Me apresuré a contenerlo. Ni en sus sueños más descabellados el hermano Michael habría imaginado que el regalo que me hizo en el lecho de muerte recibiría este uso.

—El séquito real llegará veinte minutos después. La reunión dará comienzo a las once y media en punto, los descansos para mear los fijará Philip in situ. El bufet del almuerzo para los delegados se servirá en principio a las catorce quince, en función del visto bueno de

Philip, siempre y cuando se haya ventilado el grueso del trabajo, y solo para la plana mayor. Y cultivemos, por favor, un ambiente de ocio, no de crisis. Es lo que él quiere, y es lo que vamos a darle. Los partes meteorológicos no podrían ser mejores, así que las instalaciones al aire libre estarán utilizables. La hora tope de cierre es las diecisiete treinta. Janet. Un cartel de prohibido fumar en la sala de reuniones, por favor. Bien grande. Sinclair, te necesito. ¿Dónde coño está Sinclair?

Me disponía a recibir la segunda parte de mis órdenes selladas.

No negaré que estaba algo nervioso mientras seguía a Maxie por la estrecha escalera del sótano, pese a que ver a Spider, con un destello de franca picardía en los ojos galeses al quitarse la gorra ante nosotros en un cómico saludo, mitigó mi aprensión. También fue un consuelo descubrir que, lejos de hallarme en *terra incognita*, había entrado en una Chat Room en miniatura. Desde una discreta puerta de servicio no muy distinta de su equivalente en Whitehall, recorrimos un pasillo hollinoso con el techo adornado de cables que conducía a la sala de calderas en desuso, convertida ahora en sala de audio. Si bien es cierto que, desde un punto de vista tecnológico, estábamos lejos del país de las maravillas de última generación del señor Anderson, con una mano de pintura verde y un par de sus famosos carteles exhortatorios en la pared, podría haberme hecho la ilusión de que volvía a estar en las catacumbas de Northumberland Avenue viendo pasar indistintos pies sin adoctrinar ante las ventanas de nuestro sótano.

Bajo la atenta mirada de Maxie y Spider, evalué el montaje un tanto antediluviano. Los cables procedentes del pasillo entraban en una rejilla de Meccano con dos baterías de grabadoras, seis por batería, y cada grabadora numerada y etiquetada según su función.

—¿AR, patrón? —pregunté.

—Aposentos Reales.

—¿Y SI?

—Suite de invitados.

Repasé las etiquetas: AR/SALÓN, AR/HABITACIÓN UNO, AR/HABITA-
CIÓN DOS, AR/DESPACHO, AR/PASILLO, AR/BAÑO Y ASEO, SI/SALA DE
ESTAR, SI/HABITACIÓN, SI/BAÑO, TERRAZA OESTE, TERRAZA ESTE, ESCA-
LERA DE PIEDRA SUPERIOR, ESCALERA DE PIEDRA INFERIOR, GALERÍA,
CAMINOS DE GRAVA 1, 2 Y 3, PÉRGOLA, PORCHE, INVERNADERO.

—Y bien, Brian, ¿qué te parece? —preguntó Spider con apremio,
incapaz de contener su orgullo un instante más—. No todo tiene que
ser digital en este mundo, o si no, no habríamos nacido todos distintos, ¿no crees? A menos que queramos tener a un montón de
pescadores extranjeros metiendo las narices en nuestros asuntos.

No diré que me sorprendiera. Vagamente, me esperaba ya algo
así. Es muy posible, pues, que fuese el miedo escénico la causa de
que se me erizase el vello de la espalda, y Maxie no mejoró las cosas
al instarme a admirar lo que llamó mi «silla eléctrica», en el centro
de la sala, que a primera vista atraía tanto como una auténtica silla
eléctrica, pero al observarla más atentamente resultó ser un antiguo
sillón abatible con cables sujetos a un lado mediante cinta adhesiva. Tenía unos auriculares, una especie de bandeja de cama de hospital con blocs de taquigrafía dispuestos, hojas de papel Din A4,
lápices HB afilados, y un walkie-talkie prendidos de un brazo; en
el otro había una consola numérica que, como enseguida comprendí,
correspondía a los números en las grabadoras.

—En cuanto hagamos un descanso, te vienes aquí abajo por piernas —decía Maxie con su intercadente voz de mando—. Escuchas lo
que sea que te digan que debes escuchar, e interpretas a toda marcha a través de los auriculares para Sam, que estará en la sala de
operaciones.

—¿Y quién es Sam, patrón?

—Se encarga de la coordinación. Todas las conversaciones se
graban automáticamente. Sam te dirá cuáles has de escuchar en directo. Si te sobra tiempo, peinas los objetivos secundarios. Sam te

dará instrucciones y recibirá tu información; luego se la transmitirá a quienes pueden darle uso.

—Y Sam estará en contacto con Philip —apunté, en mi continuado esfuerzo por acercarme a la fuente de nuestra operación, pero él rehusó morder el anzuelo.

—En cuanto termine un descanso, subes arriba en el acto, vuelves a ocupar tu lugar en la mesa de negociaciones y actúas con naturalidad. La función de Spider aquí presente es atender su sistema, asegurarse de que sus micrófonos no fallan, clasificar y almacenar las cintas. Está en comunicación con el equipo de vigilancia, así que tiene localizados a los delegados y los sitúa con luces en su mapa.

No era tanto un mapa como una versión casera del plano del metro de Londres, montado sobre una plancha de madera y salpicado de bombillas de colores como un tren de juguete. Con la gorra sesgada, Spider se plantó ante él con orgullo de propietario.

—Anton se encarga de la vigilancia —prosiguió Maxie—. Los observadores informan a Anton; Anton le dice a Spider dónde se encuentran los objetivos; Spider los señala en su mapa y tú los escuchas y pones al corriente a Sam de lo que hablan entre ellos. Los objetivos están codificados con colores. La vigilancia se hace a simple vista, desde puntos estáticos y mediante intercomunicadores. Hazle una demostración.

Pero antes, en atención a Spider, tuve que proporcionar lo que él llamó un «por ejemplo».

—Di dos colores, hijo —instó—. Tus preferidos. Dos cualquiera.

—Verde y azul —aventuré.

—El lugar, hijo, el lugar.

—Escalera de piedra superior —dije, seleccionando una etiqueta al azar.

Con ágiles dedos, Spider pulsó cuatro botones. Dos puntos de luz, uno verde y otro azul, parpadearon cerca del borde izquierdo del plano del metro. Una grabadora se puso en marcha en silencio.

—¿Te gusta, hijo, te gusta?

—Enséñale la luz principal —ordenó Maxie.

Una intensa luz púrpura se encendió en el centro de los aposentos reales, recordándome a los obispos de visita que el niño secreto espiaba desde el barracón de los sirvientes en la misión.

—La luz principal y los aposentos reales quedan excluidos a menos que Philip personalmente diga lo contrario —advirtió Maxie—. Hay micrófonos en previsión de alguna contingencia. Para los archivos, no para la operación. Grabamos, pero no escuchamos. ¿Entendido?

—Entendido, patrón. —Y sorprendiéndome de mi propia temeridad—: ¿A quién asesora Philip, señor Maxie? —pregunté.

Maxie fijó en mí la mirada como si albergara una sospecha de insubordinación. Spider permanecía inmóvil delante de su plano de metro. Pero yo no me amilané, cosa que nunca he entendido del todo en mí: una vena de terquedad que se reafirma en los momentos más inoportunos.

—Es asesor, ¿no? —insistí—. ¿A quién asesora, pues? No quiero ponerme pesado, patrón, pero tengo derecho a saber para quién trabajo, ¿no?

Maxie abrió la boca para decir algo y volvió a cerrarla. Tuve la impresión de que estaba sinceramente confuso, no por lo que él sabía, sino por lo que yo no sabía.

—Pensaba que Anderson te había informado de todo eso.

—¿De todo eso, patrón? Solo pido la información contextual. Si no dispongo de los datos, no puedo dar lo mejor de mí, ¿no cree?

Otro silencio, en el que compartió fugazmente su perplejidad con Spider.

—Philip va por libre. Trabaja para quien le paga. Tiene contactos.

—¿Contactos con el gobierno? ¿Contactos con el cártel? ¿Contactos con quién, patrón? Si estás en un hoyo, no caves, como suele decirse. Pero a mí, llegados a este punto, ya no hay quien me pare.

—¡Contactos, tío! ¿No sabes lo que son contactos? Yo tengo contactos; Spider tiene contactos. Lo nuestro no es oficial, somos «para», pero tenemos contactos y estamos a mano. Así funciona el mundo, por Dios. —De pronto pareció compadecerse de mí—. Philip va por libre, es asesor. Trabaja con contrato. Su especialidad es África, y es el jefe de la operación. Eso me basta a mí, así que ha de bastarte a ti.

—Si usted lo dice, patrón…

—Philip designó a los delegados; Philip estableció las condiciones y los ha traído a todos a la mesa. Hace cuarenta y ocho horas no había la menor posibilidad de que se sentasen en la misma habitación, así que cállate y admíralo por lo que ha hecho.

—Lo haré, patrón, lo hago. No hay problema.

Airado, Maxie subía de dos en dos los peldaños de la escalera de piedra y yo le pisaba los talones. Al llegar a la biblioteca, se precipitó hacia un sillón y me indicó otro, y allí nos sentamos como dos caballeros ociosos mientras nos serenábamos. Más allá de las puertas balconeras, el balsámico césped ascendía suavemente hacia la pérgola con sus micrófonos ocultos.

—En un lugar de Dinamarca, a menos de mil quinientos kilómetros de aquí, se desarrolla un curso —prosiguió—. ¿Me sigues?

—Lo sigo, patrón.

—Se hace llamar el Foro de los Grandes Lagos. ¿Te suena?

No me sonaba.

—Un puñado de académicos escandinavos melenudos organizan conversaciones extraoficiales para resolver los problemas del Congo oriental antes de las elecciones. Coge a todos los individuos que se odian, invítalos a desahogarse y por fuerza ocurrirá algo prodigioso, siempre y cuando creas en los cuentos de hadas.

Le dirigí una sonrisa de complicidad. Volvíamos a ir por el buen camino, camaradas, otra vez.

—Hoy es su día libre. En teoría han de visitar ahumaderos de pescado y parques escultóricos, pero tres de los delegados han pedido permiso para ausentarse y van a venir aquí. A su propia reunión extraoficial. —Tiró una carpeta a la mesa entre nosotros—. Ahí está la información de contexto. Biografías resumidas, idiomas, etnias de los participantes. Fruto de los esmerados esfuerzos de Philip. Tres delegados, una trinidad no precisamente santísima –continuó–. Hasta hace unos meses, estaban cortándose los huevos, matando a sus respectivas mujeres y robándose la tierra, el ganado y los depósitos minerales. Con un poco de ayuda, ahora formarán una alianza.

–¿Esta vez contra quién, patrón? –pregunté con el debido tono de hastío.

Mi escepticismo hablaba por sí solo, ya que ¿cuál podía ser la finalidad de cualquier alianza en aquel paraíso sumido en la ignorancia a menos que fuese contra un enemigo común? Así las cosas, dediqué un momento a asimilar la plena trascendencia de su respuesta.

–Por una vez no es «contra quién». Es «bajo los auspicios de quién». ¿No habrás oído hablar por casualidad de cierto autoproclamado salvador del Congo, un ex profesor de algo, que ahora está en la palestra? Se hace llamar el Mwangaza; eso significa «luz», ¿no?

–O iluminación –repuse, con un simple reflejo de intérprete–. Depende de si es en sentido figurado o literal, patrón.

–El caso es que el Mwangaza es nuestro hombre clave, en sentido figurado o como te dé la gana. Si podemos colocarlo antes de las elecciones, hemos ganado la partida. Si no, la habremos cagado. Aquí no hay segundo premio.

Decir que me daba vueltas la cabeza sería quedarse corto. Debería decir, más bien, que había entrado en órbita, y a la vez transmitía señales desesperadas a Hannah.

«Lo he escuchado, Salvo –me dice ella, pasando del francés al inglés en un momento de raro reposo mientras hacemos el amor–. Es un apóstol de la verdad y la reconciliación. En Kivu aparece a todas horas en las emisoras de radio locales. Hace dos semanas, en mi día libre, mis amigos y yo fuimos a Birmingham, donde habló a una gran multitud. Se habría oído caer una aguja en aquella sala. Su movimiento se llama la Vía del Medio. Hará algo que no puede hacer ningún partido político. Eso es porque es un movimiento del corazón, no del bolsillo. Unirá a todos los pueblos de Kivu, del norte y el sur. Obligará a los peces gordos de Kinshasa a retirar a sus soldados corruptos del Congo oriental y dejarnos que nos organicemos solos. Desarmará a los ejércitos mercenarios y las milicias genocidas y los enviará de vuelta a Ruanda, que es donde deben estar. Los que tienen auténtico derecho a quedarse pueden hacerlo, siempre y cuando de verdad deseen ser congoleños. ¿Y sabes qué más, Salvo?»

¿Qué más, Hannah?

«¡En 1964, en la gran rebelión, el Mwangaza luchó por Patrice Lumumba y fue herido!»

Pero ¿eso cómo es posible, Hannah? La CIA asesinó a Lumumba en 1961, con cierta ayuda de los belgas. Eso fue tres años antes de iniciarse la gran rebelión, sin duda.

«Salvo, te estás poniendo pedante. La gran rebelión fue lumumbista. Todos los que participaron buscaban inspiración en Patrice Lumumba. Luchaban por un Congo libre y por Patrice, vivo o muerto.»

Estoy haciendo el amor con la revolución, pues.

«Ahora, además, dices tonterías. El Mwangaza no es un revolucionario. Está a favor de la moderación, de la disciplina y la justicia, y a favor de deshacerse de todos aquellos que roban a nuestro país pero no lo aman. No desea ser conocido como hombre de guerra, sino como portador de la paz y la armonía a todos los verdaderos patriotas del Congo. Es *l'oiseau rare*: el gran héroe que ha venido a curar todos nuestros males. ¿Te aburro, quizá?»

Quejándose de que no la tomo en serio, aparta las mantas con un gesto de obstinación y se incorpora. Y hay que saber lo hermosa que es, y lo pícara en el amor, para imaginar lo que eso significa. No, Hannah, no me aburres. Me han distraído por un momento los susurros nocturnos de mi querido y difunto padre, que tuvo un sueño muy parecido al tuyo.

«Un solo Kivu, Salvo, hijo mío… En paz consigo mismo bajo Dios y la bandera del Congo… Liberado de la plaga de la explotación extranjera pero dispuesto a integrar a cuantos albergan un deseo sincero de compartir el don divino de sus recursos naturales y la ilustración de todo su pueblo… Quiera Dios que vivas el tiempo suficiente para ver llegar ese día, Salvo, hijo mío.»

Maxie aguardaba mi respuesta. Y bien, ¿había oído hablar de ese salvador congoleño o no? Al igual que el Mwangaza, opté por la Vía del Medio.

—Es posible —admití, procurando dar a mi voz el grado justo de desinterés—. ¿No es una especie de profeta del consenso reciclado?

—¿Lo has conocido, pues?

—¡No, Dios me libre! —¿Cómo había podido darle una impresión tan absurda?—. Si quiere que le diga la verdad, patrón, intento mantenerme al margen de la política congoleña. Soy de la opinión de que me va mejor sin ella.

Cosa que, antes de Hannah, era bastante cierta. Cuando te integras, haces una elección.

—Pues prepárate, porque vas a conocerlo —me informó Maxie, echando otro vistazo al reloj—. El gran hombre vendrá con un séquito de dos acompañantes: un fiel acólito y asesor político, y un intermediario libanés semifiel llamado Felix Tabizi, abreviado Tabby. El profe es shi, también su acólito.

«Tabby», repetí para mis adentros, retrotrayéndome a la relumbrante casa de Berkeley Square. Tabby el cabrón, Tabby el capullo que podía descolgarse con otra de las suyas en el último momento. Me disponía a preguntar qué se había creído que hacía ese intermediario libanés semifiel en el séquito del Mwangaza cuando advertí que Maxie ya me lo estaba explicando.

—Tabby es el mal necesario del profe. Todo líder africano que se precie tiene uno. Ex musulmán radical, antes pertenecía a Hamas, pero acaba de convertirse al cristianismo por razones de salud. Ayuda a organizar la campaña del viejo, le allana el camino, le maneja la economía, le lava los calcetines.

—¿Y qué lenguas habla el señor Tabizi?

—Francés, inglés, árabe, y lo que le haya quedado de sus viajes.

—¿Y Philip? ¿Qué lenguas habla?

—Francés, lingala, un poco de suajili, no mucho.

—¿Inglés?

—Pues claro, joder. Es inglés.

—Y el profesor habla de todo, supongo. Es un hombre culto.

—No pretendí que eso se interpretara como una pulla a Maxie por sus exiguos conocimientos lingüísticos, pero, a juzgar por su expresión de disgusto, temí que así hubiera sido.

—¿Y a qué viene eso? —preguntó, irritado.

—Bueno, en realidad no me necesitan, ¿no, patrón? No arriba. No como intérprete. No si el Mwangaza habla francés y suajili. Sencillamente me quedaré en la sala de calderas y escucharé.

—Eso es una gilipollez total y absoluta. Tú eres la estrella del espectáculo, ¿te acuerdas? La gente que se ocupa de cambiar el mundo no tiene intención de interpretarse a sí misma. Y yo no me fiaría de Tabizi ni aunque me diera la hora, fuera en el idioma que fuera. —Un momento de reflexión—. Aparte de eso, eres un elemento esencial del equipo. El Mwangaza insiste en hablar en suajili porque el francés es demasiado colonial para él. Tenemos a un individuo que habla un francés perfecto y un suajili mínimo, y otro que habla un poco de suajili y un francés mínimo.

Si bien me sentí halagado por ser «la estrella del espectáculo», tenía una pregunta más. Para ser más exactos, la tenía Hannah.

—¿Y el efecto final de la reunión, patrón? ¿Nuestro resultado ideal?, ¿cómo lo definiríamos? Es algo que siempre pregunto a mis clientes.

No era verdad, pero con mi actitud recalcitrante puse el dedo en la llaga.

–¡Por Dios, Sinclair, estamos poniendo orden! –protestó con voz contenida–. Estamos llevando la cordura a un puto manicomio. Estamos devolviendo a un pueblo aplastado y pobre de solemnidad su propio país y obligando a las distintas partes a tolerarse mutuamente, a ganar dinero, a tener una puta vida. ¿Te crea eso algún problema?

La manifiesta sinceridad de sus intenciones, que hasta el día de hoy no tengo motivos para poner en duda, me indujo a hacer una pausa pero no a ceder.

–Ningún problema, patrón. Solo que, como habló de imponer la democracia a punta de pistola, me preguntaba lógicamente a quién tenía en la mira al decirlo. O sea, en la mira de la pistola. Teniendo en cuenta que se acercan las elecciones, ¿para qué adelantarse? No sé si me explico.

¿He mencionado que Hannah tenía «tendencias pacifistas», como habría dicho el señor Anderson? ¿Que un grupo disidente de monjas de su escuela de la Misión Pentecostal financiada con fondos americanos le habían inculcado la no violencia cuáquera con un marcado énfasis en poner la otra mejilla?

–Hablamos del Congo, ¿de acuerdo?

De acuerdo, patrón.

–Uno de los peores cementerios del mundo. ¿De acuerdo?

De acuerdo. Sin duda. Quizá el peor.

–La gente muere como moscas mientras hablamos. Matanzas tribales como acto reflejo, enfermedades, inanición, niños de diez años en el ejército, y una pura y simple incompetencia de arriba abajo, violaciones y disturbios por doquier. ¿De acuerdo?

De acuerdo, patrón.

–Las elecciones no traerán la democracia, traerán el caos. Los ganadores se llevarán el gato al agua y mandarán a la mierda a los perdedores. Los perdedores dirán que ha habido pucherazo y se echarán al monte. Y como en cualquier caso todo el mundo habrá votado a su etnia, estarán otra vez igual que al principio, o incluso peor. A menos que…

Esperé.

—A menos que puedas colocar a tu propio líder moderado antes de tiempo, educar al electorado para recibir su mensaje, demostrarles que es viable y romper el círculo vicioso. ¿Me sigues?

Lo sigo, patrón.

—Así que ese es el plan de juego del cártel, y es el plan que vamos a colarles hoy. Las elecciones son una parida occidental. Antícipate a ellas, coloca a tu hombre, por una vez dale al pueblo una tajada justa del pastel, y deja que estalle la paz. La multinacional media detesta a los pobres. Dar de comer a millones de muertos de hambre no es rentable. Sí lo es privatizar a los desgraciados y dejarlos morir. Pues, bien, nuestro pequeño cártel no piensa lo mismo. Tampoco lo piensa el Mwangaza. Tienen en cuenta las infraestructuras, el reparto y los resultados a largo plazo.

Henchido de orgullo, pensé al instante en lord Brinkley y su grupo internacional de seguidores. ¿Pequeño cártel? ¡Yo nunca antes había visto a tanta gente de peso congregada en una habitación!

—Un chollo para los inversores, eso es un hecho, ¿y por qué no? —decía Maxie—. Nunca hay que echar en cara a un hombre que corre un riesgo sus ganancias honradas. Pero en el fondo común quedará dinero de sobra para los de casa cuando el alboroto y el tiroteo hayan terminado: escuelas, hospitales, carreteras, agua potable. Y una luz al final del túnel para la próxima generación. ¿Eso te supone algún conflicto?

¿Cómo iba a suponérmelo? ¿O a Hannah? ¿O a Noah y sus millones de paisanos?

—Así que si tienen que caer un par de centenares en los dos primeros días, como así será, ¿somos los buenos o los malos? —Estaba de pie, frotándose enérgicamente la cadera de ciclista—. Una cosa, ya que estamos. —Volvió a frotarse—. No conviene confraternizar con los nativos. No estás aquí para establecer relaciones duraderas; estás aquí para hacer un trabajo. A la hora del almuerzo, bajas a la sala de calderas y te comes el rancho con Spider. ¿Alguna otra pregunta?

Aparte de «¿Soy yo nativo?», ninguna.

Con la carpeta de Philip bien sujeta en la mano, me siento primero en el borde de la cama, después en la mecedora Shaker que se balancea hacia delante pero no hacia atrás. Tan pronto soy la estrella del espectáculo como soy un hombre muerto de miedo, un Gran Lago humano con todos los ríos del mundo desembocando en mí y mis orillas inundadas. Desde mi ventana todo sigue engañosamente sereno. Los oblicuos rayos de sol del verano africano de Europa bañan los jardines. ¿Quién no desearía darse un tranquilo paseo por ellos, lejos de ojos y oídos curiosos en un día como este? ¿Quién podría resistirse a las tentadoras hamacas arracimadas en la pérgola?

Abro la carpeta. Papel blanco, sin membretes. Ninguna especificación de seguridad ni en lo alto ni al pie. Ningún destinatario ni autor. Accesible aunque a cierta distancia. Mi primera página empieza por la mitad y lleva el número diecisiete. Mi primer párrafo es el número doce, lo que induce a pensar que los párrafos del uno al once no son aptos para la tierna mirada de un simple intérprete que se deja la piel por su patria por encima y por debajo de la línea de flotación. El encabezado del párrafo doce es SEÑORES DE LA GUERRA.

El Señor de la Guerra Primero se llama Dieudonné, el Don de Dios. Dieudonné es munyamulenge, y por tanto racialmente indistinguible de los ruandeses. Siento una inmediata atracción por él. Los banyamulenge, como se los llama en plural, fueron los preferidos de mi querido y difunto padre entre todas las tribus. Con su habitual romanticismo, los apodó los Judíos de Kivu como deferencia hacia su aislamiento, sus aptitudes guerreras y su comunión directa y cotidiana con Dios. Despreciados por sus hermanos congoleños «puros» por considerarlos intrusos tutsi y, por tanto, blanco legítimo en todo momento, los banyamulenge se establecieron hace más de cien años en la inaccesible meseta de Mulenge en las tierras altas del sur de Kivu, donde, pese al perpetuo acoso, consiguen llevar vida de pluralistas, cuidando de sus ovejas y vacas y ajenos a los minerales preciosos dentro de su territorio. De este pueblo asediado, Dieudonné parece un excelente ejemplo:

A los treinta y dos años, un ducho guerrero. Parcialmente educado en el monte por misioneros pentecostales escandinavos hasta que tuvo edad de combatir. Sin interés conocido en el enriquecimiento personal. Tiene plenos poderes, conferidos por los ancianos, para reivindicar los siguientes objetivos:

a) inclusión de los banyamulenge en un nuevo gobierno provisional de Kivu del Sur antes de las elecciones;

b) solución a las disputas territoriales en el Altiplano;

c) derecho a regresar para los miles de banyamulenge expulsados del Congo, en particular aquellos obligados a huir después de los conflictos de 2004 en Bukavu;

d) integración de los banyamulenge en la sociedad civil congoleña y un final negociado a la persecución de los últimos cincuenta años.

Idiomas: kinyamulenge y kinyarwanda, shi, suajili, francés elemental (muy)

Paso al Señor de la Guerra Segundo. Es Franco, como el gran cantante africano cuya obra conozco bien gracias al disco rayado del padre André en la casa de misión. Franco es un guerrero bembe a la antigua usanza, natural de la región de Uvira, de unos sesenta y cinco años. Carece de educación formal, pero posee una considerable astucia y es un apasionado patriota congoleño. Pero Philip tenía que haber incluido una advertencia sanitaria antes de continuar:

Bajo Mobutu, sirvió como matón extraoficial de la policía en los montes Walungu. Encarcelado cuando estalló la guerra en 1996, se fugó y se echó al monte, uniéndose a los mai mai a fin de escapar a la persecución debida a su anterior filiación. En la actualidad, según se cree, tiene el rango de coronel o superior. Parcialmente inhabilitado por una herida en la pierna izquierda. Una de sus esposas es hija del general mai mai tal y tal. Es propietario de una considerable extensión de tierra y tiene seis hermanos ricos. Semialfabetizado. Su lengua materna es el bembe, y habla también suajili, un poco de francés y sorprendentemente kinyarwanda, que aprendió en la cárcel, así como la lengua afín, el kinyamulenge.

A esta distancia me resulta difícil describir las grotescas imágenes que estas pocas palabras evocaron en mi mente de niño secreto. Si los mai mai no eran los temibles simba de tiempos de mi padre, se acercaban mucho a ellos en cuestión de atrocidades. Y nadie debería dejarse engañar con eso de «coronel». No hablamos aquí de uniformes limpios y bien planchados, saludos militares, distintivos rojos, condecoraciones y demás. Hablamos de tocados con plumas, gorras de béisbol, chalecos de piel de mono, pantalones cortos de fútbol, chándales y maquillaje para los ojos. El calzado preferido, las botas Wellington recortadas. Entre sus facultades mágicas, la capacidad de convertir las balas en agua, cosa que los mai mai, como los simba antes que ellos, pueden hacer siempre que les viene en gana a condición de que observen los debidos rituales. Estos incluyen, entre otras cosas, evitar que la lluvia penetre en tu boca, no comer de un plato de color y no tocar ningún objeto que no haya sido rociado con pociones mágicas. Sus facultades se derivan directamente de la tierra pura del Congo que los mai mai juran defender con su sangre, etcétera. Hablamos asimismo de asesinatos arbitrarios y gratuitos, violaciones continuas y una amplia gama de barbaridades bajo la influencia de cualquier cosa, desde la más avanzada brujería hasta un barril o dos de cerveza Primus mezclada con vino de palma.

Cómo diantres estos dos grupos –los mai mai y los banyamulenge– van a reconciliarse en un Kivu soberano y no excluyente bajo
un liderazgo ilustrado es por tanto, en mi opinión, un gran misterio. Cierto es que, de vez en cuando, los mai mai han establecido
alianzas tácticas con los banyamulenge, lo cual no ha sido óbice para
saquear sus aldeas, quemar sus cosechas y robar su ganado y sus
mujeres.

¿Qué espera sacar Franco de la reunión de hoy?

a) considera la Vía del Medio una posible manera rápida de
conseguir dinero, poder y armas para sus milicias;

b) prevé una sustancial representación mai mai en cualquier
nuevo gobierno de Kivu: esto es, control de fronteras (ingresos
provenientes de sobornos y aduanas) y concesiones mineras
(los mai mai venden minerales a los ruandeses independien-
temente de sus sentimientos antirruandeses);

c) cuenta con la influencia mai mai en Kivu para mejorar su
posición ante el gobierno federal de Kinshasa;

d) sigue empeñado en erradicar del Congo toda influencia ruandesa siempre y cuando los mai mai puedan vender sus minerales a otros compradores;

e) considera las inminentes elecciones una amenaza para la existencia de los mai mai y aspira a adelantarse a ellas.

El Señor de la Guerra Tercero no es un señor de la guerra en
absoluto, sino el rico heredero de una fortuna derivada del comercio,
un congoleño de formación francesa. Su nombre y apellido son
Honoré Amour-Joyeuse y se le conoce universalmente por la sigla
Haj. Desde el punto de vista étnico es shi como el Mwangaza, y por
tanto congoleño «puro». Acaba de volver al Congo de París, donde ha estudiado en la facultad de empresariales de la Sorbona y
obtenido las mejores calificaciones. El origen de su poder, según
Philip, no está en las tierras altas del sur de los banyamulenge ni en
los reductos mai mai al norte y sur, sino entre los nuevos jóvenes

empresarios de Bukavu. Miro por la ventana. Si mi infancia tiene un paraíso es la antigua ciudad colonial de Bukavu, asentada en la punta meridional del lago Kivu entre sinuosos valles y neblinosas montañas.

> Los intereses de la familia incluyen el café y la horticultura, los hoteles, una fábrica de cerveza con su propia flota de camiones y una concesión minera dedicada al comercio de diamantes, oro, casiterita y coltan, así como dos discotecas recientemente adquiridas que son el orgullo de Haj. La mayoría de estas empresas dependen de las relaciones comerciales con los ruandeses del otro lado de la frontera.

Así que un señor de la guerra que no es un señor de la guerra, y depende de sus enemigos para ganarse la vida.

> Haj es un hábil organizador que se granjea el respeto de su mano de obra. Con la motivación adecuada, podría reunir al instante una milicia de quinientos hombres mediante sus lazos con caciques locales de los distritos de Kaziba y Burhinyi en los alrededores de Bukavu. El padre de Haj, Luc, fundador del imperio familiar, controla un negocio igual de imponente en el puerto septentrional de Goma.

Me permito una leve sonrisa. Si Bukavu es el paraíso de mi infancia, Goma es el de Hannah.

> Luc es un veterano de la Gran Revolución y viejo camarada del Mwaganza. Goza de crédito entre los demás comerciantes influyentes de Goma que, como él, están indignados por el dominio de Ruanda sobre el comercio de Kivu. Luc tenía la intención de asistir a la reunión de hoy personalmente, pero en estos momentos recibe atención especializada en el hospital de cardiología de Ciudad del Cabo. Por tanto, lo representará Haj.

Así pues, ¿qué ofrece exactamente este dúo de padre e hijo de barones urbanos?

Llegado el momento, y con el hombre adecuado, Luc y su círculo en Kivu del Norte están preparados para provocar un levantamiento popular en las calles de Goma y proporcionar apoyo militar y político al Mwangaza. A cambio, reclamarán poder e influencia en el nuevo gobierno provincial.

¿Y Haj?

En Bukavu, Haj está en posición de poder persuadir a otros intelectuales y comerciantes para que se acojan a la Vía del Medio y desahoguen así su ira contra Ruanda.

Pero quizá haya una razón más prosaica para la presencia de Haj hoy aquí entre nosotros:

Como muestra de su voluntad de compromiso con la Vía del Medio, Luc ha aceptado una comisión por adelantado de [BORRADO] por la que ha firmado un recibo formal.

Haj habla shi, un poco de suajili, y con fines comerciales parece haber aprendido kinyarwanda. Preferiblemente, habla un francés «muy sofisticado».

Ahí los tenemos, dije a Hannah, cuando me levanté a abrir la puerta al oír que llamaban insistentemente: un soldado campesino munyamulenge, un caballo de guerra mai mai lisiado y un urbanita de educación francesa en representación de su padre. ¿Qué posibilidades tenía un profesor septuagenario, por idealista que fuese, de formar una alianza pacífica para la democracia a partir de este trío inverosímil, fuera o no a punta de pistola?

—El patrón dice que aquí está el resto de tus deberes —me informó Anton, entregándome una carpeta–. Y ya que estoy, me llevaré esa muestra de literatura obscena. No nos conviene que ande por ahí al alcance de los niños, ¿verdad que no?

O en lenguaje llano: he aquí una fotocopia del contrato sin nombres de Jasper a cambio del informe sin nombres de Philip.

De vuelta en la mecedora Shaker para mi lectura preparatoria, me hizo gracia observar que los acentos franceses se habían añadido desesperadamente a mano. Un preámbulo definía las partes anónimas del contrato.

> La primera parte es una organización *offshore* filantrópica de capital riesgo que proporciona equipo agrícola a bajo coste y servicios en concepto de autogestión a estados centroafricanos en lucha o en quiebra.

En otras palabras, el cártel anónimo.

> La segunda parte, en adelante el Ingeniero Agrónomo, es un académico de alto nivel, comprometido con la reorganización radical de las metodologías obsoletas para el progreso de todos los sectores de la población indígena.

O en francés liso y llano, el Mwangaza.

> La tercera parte, en adelante la Alianza, es una honorable asociación de líderes comunitarios que prometen colaborar bajo la orientación del Ingeniero Agrónomo: véase arriba...
>
> Su objetivo común será promover por todos los medios a su disposición las reformas que sean esenciales para la creación de una estructura social unificada que englobe a todo Kivu, incluyendo una política tributaria común y la recuperación de los recursos naturales de Kivu para el enriquecimiento de todo su pueblo...

En atención a la ayuda tecnológica y económica del cártel en la implantación de estas reformas, en adelante llamadas el Acontecimiento, el Ingeniero Agrónomo, previa consulta con los otros miembros de la Alianza, se compromete a conceder un estatus preferente al cártel y las empresas o entidades que el cártel a su exclusivo arbitrio considere oportuno nombrar en su momento...

El cártel, por su parte, asume la responsabilidad de proporcionar servicios especializados, personal y equipo por un monto de cincuenta millones de francos suizos mediante un único pago como se especifica en el Anexo...

El cártel asume la responsabilidad de proporcionar, corriendo con todos los gastos, los expertos, técnicos, instructores y cuadros ejecutivos que sean necesarios para la formación de la mano de obra local en el uso de dicho equipo, y permanecer in situ hasta la conclusión formal del Acontecimiento, este inclusive, y en cualquier caso durante un período no menor a seis meses desde la fecha del inicio...

Para tratarse de un documento tan impreciso, el Anexo es considerablemente detallado. Entre los artículos que deben proporcionarse se incluyen palas, paletas, picos, guadañas, carretillas pesadas y ligeras. ¿Para usar dónde, si puede saberse? ¿En los bosques tropicales, o lo que queda de ellos? Cierro los ojos y vuelvo a abrirlos. ¿Vamos a modernizar Kivu con la ayuda de guadañas, picos y carretillas?

El coste de cualquier nueva aportación de equipo, en caso de necesidad, no correrá a cuenta del cártel, sino que «se descontará de los ingresos brutos generados por el Acontecimiento previamente a todas las deducciones». En otras palabras, la filantropía del cártel solo llega hasta los cincuenta millones de francos suizos.

Una página con cifras, condiciones y tarifas establece el reparto del botín después del Acontecimiento. En los seis primeros meses, el cártel se reserva derechos exclusivos sobre todas las cosechas obtenidas, sean cuales sean, dentro de las Zonas Geográficas Designadas, definidas mediante longitud y latitud. Sin tales derechos exclusivos, el acuerdo es nulo. Ahora bien, como prueba de su buena voluntad, y sometido siempre a la buena fe de la Alianza, el cártel realizará mensualmente un pago discrecional a la Alianza equivalente al diez por ciento de las entradas brutas.

Además de diversión gratuita durante seis meses, descontado ese diez por ciento, debe garantizarse al cártel «la exención a perpetuidad de todas las cargas locales, tributos y aranceles en las Zonas Designadas». Debe garantizarse asimismo «un entorno seguro para la preparación, recolección y transporte de todas las cosechas». Habida cuenta de que es «la única parte que proporciona apoyo y asume riesgos», recibirá «el sesenta y siete por ciento desde el primer dólar de las entradas brutas, previa deducción de los costes generales y administrativos, pero con efecto solo a partir del inicio del séptimo mes posterior al Acontecimiento…».

Sin embargo, justo cuando empezaba a tener la sensación de que el cártel se llevaba más agua de la cuenta a su molino, un último párrafo volvió a elevar mis esperanzas triunfalmente al nivel que habían alcanzado después de mi conversación con Maxie:

> Los demás ingresos recaudados a la finalización del período de seis meses se transferirán íntegramente a la Alianza para ser distribuidos de manera justa y equitativa entre todos los sectores de la comunidad según los principios internacionales aceptados de progreso social en las áreas de sanidad, educación y bienestar, con el único objetivo de establecer la armonía, la unidad y la tolerancia mutua bajo una sola bandera.

En caso de que la escisión en facciones hiciese inviable el reparto justo, el Mwangaza nombraría, bajo su responsabilidad, un equipo de representantes de confianza encargado de asignar lo que en adelante se describía como «la Proporción del Pueblo». ¡Aleluya! Ahí estaba por fin la fuente de financiación para escuelas, carreteras, hospitales y la siguiente generación de niños, tal como había prometido Maxie. Hannah podría descansar tranquila. También yo.

Sentándome ante la anticuada máquina de escribir eléctrica del tocador, me puse manos a la obra con la versión en suajili. Concluida mi tarea, me tumbé en la cama con la intención de aplacar mi ánimo. Eran las once y media según el reloj de la tía Imelda. Hannah ha vuelto del turno de noche pero no puede dormir. Tendida en la cama, todavía con el uniforme, mira el techo polvoriento, el que miramos juntos mientras trocábamos esperanzas y sueños. Está pensando: ¿Dónde está? ¿Por qué no llama? ¿Volveré a verlo? ¿O es un embustero como los demás? Piensa en su hijo Noah, y en llevarlo un día de regreso a Goma.

Un pequeño avión pasó a baja altura por encima de la pérgola. Me acerqué de un brinco a la ventana para ver sus marcas de identificación, pero llegué tarde. Cuando el fiel Anton apareció una vez más ante mi puerta para recoger mi ofrenda y llevarme abajo, había jurado ofrecer la actuación de mi vida.

8

Sin aliento, seguí a Anton y, al entrar en la sala de juego donde había encontrado a Jasper esa misma mañana, no tardé en percatarme de que se había producido un sutil cambio de decorado. En el centro se alzaba un caballete con una pizarra blanca de conferenciante. Las ocho sillas en torno a la mesa eran ahora diez. Se había instalado un reloj de estafeta de correos encima de la chimenea de obra vista, junto a un cartel de PROHIBIDO FUMAR en francés. Jasper, recién afeitado y peinado, asistido de cerca por Benny, rondaba en las inmediaciones de la puerta de entrada a la casa.

Examiné la mesa. ¿Cómo se ponen las tarjetas de identificación para una reunión sin nombres? El Mwangaza era MZEE y había sido colocado en el centro del lado interior, el asiento de honor. A sus lados estaban su fiel acólito M. LE SÉCRETAIRE y su menos fiel M. LE CONSEILLER, alias Tabby, de quien Maxie no se fiaría ni aunque le diera la hora. Frente a ellos, mesa de por medio, de espaldas a las puertas balconeras, se sentaba la Banda de los Tres, identificados como MONSIEUR y solo las iniciales: D de DIEUDONNÉ, F de FRANCO y H de HONORÉ AMOUR-JOYEUSE, el pez gordo de Bukavu, más conocido como Haj. Franco, por ser el de mayor edad, ocupaba la posición central, delante del Mwangaza.

Con los lados de la mesa ovalada ocupados de este modo, el equipo de casa debía repartirse en los dos extremos: en uno, MON-

SIEUR LE COLONEL, que supuse sería Maxie, con MONSIEUR PHILIPPE a su lado, y en otro Jasper y yo. Y no pude por menos de advertir que, en tanto a Jasper le conferían todos los honores con el tratamiento de MONSIEUR L'AVOCAT, a mí me relegaban a simple INTERPRÈTE.

Frente a la silla de Philip, una campanilla de latón. Aún repica en mi memoria. Tenía la empuñadura de madera negra y era una réplica en miniatura de la campana que había tiranizado la vida cotidiana de los internos del Santuario. Nos arrancaba de la cama, nos decía cuándo rezar, comer, ir al baño, al gimnasio, al aula y al campo de fútbol, otra vez a rezar y a volver a la cama y luchar con nuestros demonios. Y como Anton se esforzó en explicar, pronto me tendría corriendo arriba y abajo, de allí a la sala de calderas y vuelta otra vez, como un yoyó humano:

—La tocará para anunciar un descanso, y volverá a tocarla cuando quiera que vuelvas a la mesa porque se siente solo. Pero algunos de nosotros no descansaremos, ¿verdad, artista? —añadió con un guiño—. Estaremos abajo, ya sabes dónde, en la telaraña de Spider, escuchando plácidamente.

Le devolví el guiño, agradeciendo su camaradería. Un jeep se detenía en el patio. Rápido como un elfo, cruzó la puerta balconera y desapareció, supongo que para ponerse al frente del equipo de vigilancia. Un segundo avión nos sobrevoló con un zumbido; tampoco esta vez alcancé a verlo. Pasaron más minutos durante los que mi mirada, al parecer por voluntad propia, abandonó la sala de juego y buscó un respiro en los majestuosos jardines más allá de las puertas balconeras. Y fue así como descubrí a un inmaculado caballero blanco con panamá, pantalón de color beis, camisa rosa, corbata roja y chaqueta a medida azul marino del tipo que los oficiales de la Guardia Real llaman chaqueta náutica, que avanzaba por el perfil del otero herboso hasta alcanzar por fin la pérgola, donde se detuvo entre dos columnas a la manera de un egiptólogo británico de tiempos pasados, sonriendo en la dirección de donde acababa de llegar. Me apresuro a decir que, al ver a aquel hombre esa primera vez, tomé conciencia de una nueva presencia en mi vida, razón por la que no dudé que estaba estableciendo mi primer contacto encubierto con nuestro asesor de por libre en asuntos africanos y –de nuevo en palabras de Maxie– «jefe de la operación», Philip o Philippe, con perfecto dominio del francés y el lingala, pero no el suajili, artífice de nuestra reunión, reconciliador del Mwangaza y nuestros delegados.

A continuación, apareció en el perfil del otero un negro africano esbelto y muy digno. Tenía barba y vestía un sobrio traje occidental; tan contemplativa era su actitud que me trajo a la memoria al hermano Michael en su deambular por el patio del Santuario en Lent. Por consiguiente, no requirió una gran perspicacia de mi parte identificarlo como nuestro pastoreador pentecostal, el señor de la guerra Dieudonné, delegado representante de los despreciados banyamulenge, tan amados por mi querido y difunto padre.

Lo seguía un segundo africano que podría haberse concebido como su opuesto intencionado: un gigante lampiño con un reluciente traje marrón cuya chaqueta apenas lo contenía mientras renqueaba, arrastrando la pierna izquierda con feroces vaivenes del torso. ¿Quién podía ser sino Franco, nuestro caballo de batalla cojo, ex matón de Mobutu y actual coronel o más de los mai mai, enemigo declarado y ocasional aliado del hombre que acababa de precederle?

Y por último, como una suerte de concesión indolente a los demás, llegó nuestro tercer delegado, Haj, el egregio príncipe mercader no coronado de Bukavu, educado en la Sorbona: pero con tal desprecio, tal presunción y una distancia tan resuelta respecto de sus compañeros que casi me pregunté si estaba replanteándose representar a su padre. No era esquelético como Dieudonné ni calvo como Franco. Era un dandi urbano. La cabeza, con las sienes cortadas al cepillo, presentaba trazos ondulantes en el pelo. Un rizo engominado destacaba sobre su frente. En cuanto a la ropa... en fin, los elevados principios de Hannah quizá hubieran empañado mi apetito por tales vanidades, pero, con los harapos que me había impuesto el señor Anderson, la elección de traje de Haj había despertado de nuevo ese apetito. Lo que tenía ante mis ojos era lo ultimísimo en la colección de verano de Zegna: un traje con chaleco de mohair de color champiñón para el hombre que lo tiene, o lo quiere, todo realzado por un par de zapatos italianos verde fango de piel de cocodrilo con puntera afilada que, si eran auténticos, debían de tener un valor, calculé, de doscientas libras el pie.

Y ahora sé, si no lo sabía plenamente entonces, que lo que estaba presenciando en el otero herboso eran los momentos finales de una visita guiada en la que Philip exhibía a sus pupilos la casa y sus terrenos, incluida la suite con los micrófonos donde podrían soltarse la melena entre sesión y sesión, y los jardines con los micrófonos donde podrían disfrutar con entera libertad de ese poco de intimidad tan esencial para un franco y completo intercambio de opiniones.

A petición de Philip, los tres delegados miran obedientemente el mar, luego el cementerio. Y mientras Haj se vuelve con ellos, se le abre la chaqueta de Zegna y asoma un forro de seda de color mostaza y un destello de acero atrapado por la luz del sol. ¿Qué puede ser?, me pregunto. ¿La hoja de un cuchillo? Un móvil, y en ese caso, ¿aviso a Maxie? A menos, claro, que me lo preste y, a escondidas, llame a Hannah. Y alguien, sospecho que Philip otra vez, debe de haber hecho un chiste, quizá subido de tono, porque los cuatro prorrumpen en carcajadas que descienden por la ladera y entran en la sala de juego, con las puertas balconeras abiertas de par en par debido al calor. Pero eso no me impresiona tanto como debería, pues la vida me enseñó desde muy temprana edad que los congoleños, muy mirados en cuestión de cortesía, no siempre se ríen de las cosas por las razones debidas, y menos si son mai mai o algo equivalente.

Cuando el grupo se ha recobrado del jolgorio, se dirige a lo alto de la escalera ornamental de piedra donde, en respuesta a las dotes de persuasión de Philip, Franco el gigante cojo echa un brazo al cuello del frágil Dieudonné y, por enemigos declarados que sean, lo adopta como bastón, pero con una espontaneidad tan cordial que mi corazón se llena de optimismo en cuanto al venturoso resultado de nuestra empresa. Y es así como inician su laborioso descenso, Philip avanzando a trompicones por delante de la pareja enlazada y Haj detrás de ellos. Recuerdo que, por encima, el cielo septentrional era de color azul hielo, y que el señor de la guerra mai mai enlazado a su escuálido sostén fueron acompañados pendiente abajo por una nube de pajarillos que daban brincos en su vuelo. Y que cuando Haj entró en la penumbra, se resolvió el misterio del bolsillo interior de su chaqueta. Era el orgulloso dueño de una flota de plumas Parker.

Lo que ocurrió a continuación fue una de esas situaciones confusas de las que no puede prescindir ninguna reunión que se precie. La llegada debía desarrollarse conforme al siguiente guión. Anton nos lo había explicado previamente. Philip entraría con la Banda de los Tres desde el jardín; simultáneamente, Maxie haría su aparición desde el interior de la casa con el séquito del Mwangaza, llevándose a efecto así el gran encuentro histórico de las partes de nuestra reunión. Los demás esperaríamos en fila y los invitados nos estrecharían o no la mano, según su arbitrio.

En cambio, lo que sucedió fue un fiasco. Quizá Maxie y su grupo fueron una pizca lentos al realizar su recorrido por la casa, o Philip y los delegados se adelantaron esa misma pizca. Quizá el viejo Franco, con el huesudo cuerpo de Dieudonné a modo de apoyo, caminaba más ligero de lo que habían previsto. El efecto fue el mismo: Philip y compañía hicieron su aparición, trayendo consigo los dulces aromas de mi infancia africana, pero los únicos presentes para recibirlos eran un intérprete acreditado desprovisto de sus lenguas minoritarias, un notario francés de provincias y Benny el grandullón con su coleta; solo que, en cuanto Benny se dio cuenta de lo que pasaba, salió desaladamente por la puerta en busca de Anton.

En cualquier otra reunión, yo habría tomado entonces cartas en el asunto, porque todo intérprete acreditado debe estar siempre dispuesto a actuar como diplomático cuando las circunstancias así lo requieren, y eso he hecho en no pocas ocasiones. Pero aquello era la operación de Philip, y como pudo verse en sus ojos, sumamente persuasivos entre las tersas almohadillas de su carnoso rostro, se hizo una composición de lugar en un tris. Con los dos índices en alto en un ademán de placer simultáneo, dejó escapar un «*Ah, parfait, vous voilà!*» y dio un sombrerazo ante mí, mostrando así una vigorosa mata de pelo blanco y ondulado que formaba pequeños cuernos por encima de cada oreja.

—Permítame que me presente —declaró en el mejor francés parisino—. Soy Philippe, asesor agrícola y amigo infatigable del Congo. ¿Y usted, caballero? —Ladeó hacia mí su cabeza blanca perfectamente peinada como si oyera solo de un oído.

—Me llamo Sinclair —contesté con igual presteza, también en francés—. Hablo francés, inglés y suajili. —Philip dirigió su viva mirada hacia Jasper, y yo enseguida capté la insinuación—. Y permítame presentarles al señor Jasper Albin, nuestro abogado especializado de Besançon —proseguí. Y para mayor efecto—: Y me gustaría también, en nombre de todos nosotros, dirigir nuestros saludos más cordiales a los distinguidos delegados africanos.

Mi elocuencia espontánea tuvo consecuencias que no había previsto, ni tampoco, sospecho, había previsto Philip. El viejo Franco había apartado a Dieudonné, su bastón humano, de un codazo, y me tenía cogida la mano entre las suyas. Supongo que para el europeo irreflexivo medio no habría sido más que otro enorme africano con un traje reluciente poniendo en práctica torpemente nuestros modales occidentales. Pero no para Salvo el niño secreto. Para Salvo aquel era el protector canallesco y autodesignado de nuestra misión, conocido entre los hermanos y sirvientes por igual como Beau-Visage, merodeador solitario, padre de incontables hijos, que entraba sigilosamente en nuestra casa de misión de ladrillo rojo al anochecer con la magia del bosque en la mirada y un arcaico fusil belga en la mano, y una caja de cerveza y una liebre recién cazada asomando por el morral, tras recorrer treinta kilómetros para prevenirnos de un peligro inminente. Al llegar el alba, aparecía sentado en el umbral, sonriendo en sueños con el fusil sobre las piernas. Y esa misma tarde, en el mercado del pueblo, vendía sus recuerdos espeluznantes a los desafortunados turistas de los safaris: una garra de gorila amputada y la cabeza disecada y sin ojos de un impala.

—Bwana Sinclair —anunció este venerable caballero, alzando el puño apretado en petición de silencio—. Soy Franco, un alto mando de los mai mai. Mi comunidad es una auténtica fuerza creada por nuestros antepasados para defender nuestro sagrado país. Cuando era niño, esa bazofia ruandesa invadió nuestra aldea y prendió fuego a nuestros campos y mató a machetazos a tres de nuestras vacas en su odio. Nuestra madre nos llevó al bosque para escondernos. Cuando regresamos, habían maniatado a mi padre y mis dos hermanos y los habían matado también. —Dirigió el pulgar curvo hacia Dieudonné a sus espaldas—. Cuando mi madre se moría, las cucarachas banyamulenge le cortaron el paso camino del hospital. Durante dieciséis horas agonizó en la cuneta ante mis ojos. Así pues, no soy amigo de extranjeros e invasores. —Una enorme inhalación seguida de un enorme suspiro—. Según la Constitución, los mai mai están unidos oficialmente al ejército de Kinshasa, pero esta unión es artificial. Kinshasa da a mi general un buen uniforme, pero no las soldadas. Le dan un alto rango, pero no armas. Por tanto, los espíritus de mi general le han aconsejado que escuche las palabras del Mwangaza. Y como respeto a mi general, me dejo guiar por los mismos espíritus, y puesto que ustedes me han prometido buen dinero y buenas armas, estoy aquí para cumplir la voluntad de mi general.

Espoleado por tan intensos sentimientos, llegué incluso a abrir la boca para traducirlos al francés, hasta que, por efecto de otra de las expresivas miradas de Philip, me detuve en el acto. ¿Oyó Franco palpitar mi corazón? ¿Lo oyó Dieudonné detrás de él? ¿Lo oyó el peripuesto Haj? Los tres me miraban con expectación, como si me animaran a traducir el elocuente discurso de Franco. Pero gracias a Philip, tomé conciencia de la verdad justo a tiempo. Abrumado por la solemnidad de la ocasión, el viejo Franco había pasado a hablar en su bembe materno, una lengua que yo no poseía por encima de la línea de flotación.

Pero si uno juzgaba por su semblante, Philip no sabía nada de esto. Rió alegremente, señalándole al viejo su equivocación. Detrás de él, Haj había prorrumpido en carcajadas de hiena. Pero el propio Franco, en absoluto intimidado, acometió una trabajosa repetición del discurso en suajili. Y estaba aún en ello, y estaba yo aún mostrando mi aprobación a su oratoria con gestos de asentimiento, cuando de pronto, para mi gran alivio, Benny abrió la puerta del lado interior de la casa para franquear el paso a Maxie, sin aliento, y a sus tres invitados, con el Mwangaza en el centro.

La tierra no me ha tragado, nadie me ha señalado con el dedo para denunciarme. De algún modo nos hemos sentado en torno a la mesa de juego y estoy traduciendo al suajili las palabras de bienvenida de Philip. El suajili me libera, como siempre ocurre. De algún modo he sobrevivido a los apretones de mano y las presentaciones, y todo el mundo está en el lugar asignado excepto Jasper que, después de presentarlo al Mwangaza y sus consejeros, ha salido de la sala acompañado de Benny, supongo que por el bien de su conciencia profesional. La alocución de Philip es breve y festiva, y hace las pausas donde a mí me conviene.

A modo de público, he elegido una botella de Perrier de litro colocada a medio metro de mí, pues el contacto visual en los primeros minutos de una sesión es la trampa mortal del intérprete. Cruzas una mirada, salta una chispa de complicidad y, sin darte cuenta, esa persona se te ha metido en el bolsillo hasta el final. Lo más que me permito, pues, son unas cuantas pinceladas furtivas con la mirada baja, durante las cuales el Mwangaza es una sombra hipnótica como la de un pájaro, posado entre sus dos ayudantes: a un lado, el formidable Tabizi de rostro picado, antiguo shií y ahora cristiano converso, vestido de la cabeza a los pies en tonos de carbón de diseño; y al otro, su acólito y asesor político anónimo, a quien bautizo en secreto con el nombre del Delfín por su ausencia de pelo y la sonrisa inmutable que, al igual que la coleta fina como el cordón de una bota que asoma de su nuca afeitada, parece actuar al margen de su propietario. Maxie luce una corbata de galones. Mis órdenes son que no debo traducirle nada al inglés a menos que él me lo indique.

Una palabra aquí respecto a la psicología del polígloto. Las personas que adoptan otra lengua europea, se observa a menudo, adoptan a la vez otra personalidad. Un inglés que pasa a hablar en alemán levanta más la voz. Su boca cambia de forma, las cuerdas vocales se abren, abandona la ironía consigo mismo en favor del autoritarismo. Una inglesa que salta al francés se relajará y hará mohínes con los labios por coquetería, en tanto que un varón inglés se desviará hacia lo pomposo. Supongo que yo hago lo mismo. Pero las lenguas africanas no reflejan estas sutiles distinciones. Son funcionales y robustas, incluso cuando la lengua elegida es el francés colonial. Son lenguas campesinas concebidas para hablar con franqueza y discutir a gritos, cosa que los congoleños hacen mucho. Las sutilezas y evasivas no son fruto tanto de una gimnasia verbal como de un cambio de tema o, si quiere ir sobre seguro, de un proverbio. A veces me doy cuenta, mientras salto de una lengua a otra, de que he desplazado la voz al fondo de la garganta para conseguir el aire extra y el tono ronco necesarios. O tengo la sensación, por ejemplo cuando hablo en kinyarwanda, de que juego con una piedra caliente entre los dientes. Pero la gran verdad es que, a partir del momento en que me siento en mi silla, me convierto en la lengua a la que traduzco.

Philip ha concluido su alocución de bienvenida. Segundos después, también yo. Se sienta y toma un sorbo de agua en recompensa.

Yo tomo un sorbo de la mía, no porque tenga sed, sino porque me identifico con él. Lanzo otra mirada furtiva al descomunal Franco y su vecino el esquelético Dieudonné. Franco exhibe una cicatriz desde lo alto de la frente hasta la punta de la nariz. ¿Tiene los brazos y las piernas análogamente marcados como parte de la iniciación ritual que lo protege de las balas voladoras? Dieudonné, de frente ancha y lisa como la de una muchacha, parece fijar su mirada soñadora en los montes que ha dejado atrás. Haj, el dandi, repantigado al otro lado de Franco, parece voluntariamente ajeno a los dos.

—¡Buenos días, amigos míos! ¿Tienen todos la mirada puesta en mí?

«Es tan pequeño, Salvo. ¿Por qué será que muchos hombres de pequeña estatura tienen más valor que los hombres grandes?» Pequeño como Cromwell, jefe de hombres, desplegando el doble de energía por centímetro cúbico que cualquier otro alrededor. Chaqueta ligera de algodón, lavable, como corresponde a nuestro evangelista viajero. Una corona de pelo entrecano toda ella del mismo largo: un Albert Einstein negro sin el bigote. Y en la garganta, donde debería estar la corbata, la moneda de oro de la que me habló Hannah, del tamaño de una moneda de cincuenta peniques: «Es su collar de esclavo, Salvo. Te dice que no está en venta. Ya lo han comprado, así que mala suerte. Pertenece al pueblo de Kivu, y esa es la moneda que lo compró. Es un esclavo de la Vía del Medio».

Sí, todas nuestras miradas están puestas en usted, Mwangaza. La mía también. Ya no necesito refugiarme en mi botella de Perrier mientras espero a que hable. Nuestros tres delegados, tras conceder a nuestro Iluminador la cortesía africana de no mirarlo, lo miran ahora sin disimulo. ¿Quién es? ¿Qué espíritus lo guían? ¿Qué magia practica? ¿Nos reprenderá? ¿Nos asustará, nos perdonará, nos hará reír, nos enriquecerá, nos empujará a bailar y abrazarnos y decirnos mutuamente lo que sentimos? ¿O nos desdeñará y nos hará sentirnos desdichados y culpables, nos inducirá a acusarnos, que es la amenaza que pesa continuamente entre nosotros los congoleños, y nosotros los medio congoleños? El Congo, el hazmerreír de África, violado, saqueado, destrozado, arruinado, corrupto, criminal, engañado y ridiculizado, conocido entre todos los países del continente por su incompetencia, corrupción y anarquía.

Esperamos el ritmo en él, el enardecimiento, pero nos hace esperar: esperar a que se nos seque la boca y se nos contraiga la entrepierna; al menos eso espera el niño secreto, debido al hecho de que nuestro gran Redentor presenta un parecido asombroso con el orador de nuestra misión el padre André. Al igual que André, debe lanzar una mirada ceñuda a cada miembro de la congregación por turno, primero a Franco, luego a Dieudonné, luego a Haj, y por último a mí. Una larga mirada ceñuda a cada uno, con la diferencia de que yo no solo siento en mí sus ojos, sino también sus manos, aunque solo sea en mi memoria hiperactiva.

—¡Bien, caballeros! Dado que ya han puesto en mí sus miradas, ¿no creen que han cometido un error garrafal al venir hoy aquí? Tal vez el excelente piloto del señor Philippe debería haberlos dejado en otra isla.

Tiene una voz demasiado potente para él, pero yo, fiel a mi costumbre, traduzco al francés con voz suave, casi como en un aparte.

—¿Qué ha venido a buscar aquí?, me pregunto —dice atronadoramente al viejo Franco, al otro lado de la mesa, que aprieta los dientes de ira—. No habrá venido a buscarme a mí, ¿verdad? ¡Yo no soy de los suyos ni mucho menos! Yo soy el Mwangaza, el mensajero de la existencia armoniosa y la prosperidad para todo Kivu. Pienso con la cabeza, no con la pistola, ni con el machete, ni con el pene. No me mezclo con los señores de la guerra mai mai como usted, todos unos degolladores, ¡ah, no! —Desplaza su desdén a Dieudonné—. Ni me mezclo con ciudadanos de segunda como este munyamulenge aquí presente, ¡ah, no! —un gesto de desafío con el mentón en dirección a Haj–; tampoco me trato con los dandis jóvenes y ricos de Bukavu, gracias, pero no –una sonrisa de complicidad, sin embargo, para el hijo de Luc, su viejo compañero de armas y paisano shi–, ni aunque me ofrezcan cerveza gratis y un puesto de trabajo en una mina de oro gestionada por ruandeses, ¡ah, no! Soy el Mwangaza, el buen corazón del Congo, y honrado servidor de un Kivu fuerte y unido. Si esa es la persona a quien de verdad han venido a ver… bueno, es posible, pero déjenme que lo piense bien… es posible que después de todo sí hayan ido a parar a la isla indicada.

La desproporcionada voz desciende a las profundidades de la confidencia. La mía la sigue en francés.

–¿Es usted por casualidad tutsi, caballero? –pregunta, mirando a Dieudonné a los ojos inyectados en sangre. Repite la misma pregunta a cada delegado y después a todos a la vez. ¿Son tutsi? ¿Hutu? ¿Bembe? ¿Rega? ¿Fulero? ¿Nande? ¿O shi, como él?–. Si es así, tengan la amabilidad de abandonar la sala ahora mismo. En el acto. De inmediato. Sin resentimientos. –Histriónicamente, señala las puertas balconeras abiertas–. ¡Fuera! ¡Que pasen ustedes un buen día, caballeros! Gracias por su visita. Y manden la cuenta de sus gastos, por favor.

Nadie se mueve excepto el cinético Haj, que pone los ojos en blanco y pasea la mirada cómicamente de uno a otro de sus inverosímiles compañeros.

–¿Qué los detiene, amigos míos? ¡Vamos, no sean tímidos! Su precioso avión sigue ahí fuera. Tiene dos motores fiables. Está esperando para llevarlos de regreso a Dinamarca sin coste alguno. ¡Váyanse, vuelvan a casa y no se hable más!

De pronto despliega una sonrisa radiante, enorme, panafricana, que le divide en dos esa cara de Einstein, y nuestros delegados sonríen y ahogan risas de alivio, las de Haj las más sonoras. El padre André también se conocía ese truco: bajar la temperatura ambiente cuando menos se lo esperan sus fieles, y despertar sentimientos de gratitud y el deseo de ser su amigo. Hasta Maxie sonríe. También Philip, el Delfín y Tabizi.

–En cambio, si son de Kivu, del norte, del sur o del medio –la voz demasiado potente nos llega en generosa bienvenida–, si son ustedes verdaderos hombres de Kivu, temerosos de Dios, que aman el Congo y desean seguir siendo patriotas congoleños bajo un gobierno decente y eficaz en Kinshasa… si desean expulsar a los carniceros y explotadores ruandeses y mandarlos a su país de una vez por todas, tengan la amabilidad de quedarse donde están. Quédense, por favor, y hablen conmigo. Y entre ustedes. Identifiquemos nuestro objetivo común, queridos hermanos, y decidamos juntos la mejor manera de alcanzarlo. Recorramos la Vía del Medio de la unidad, la reconciliación y la no exclusión bajo Dios.

Se interrumpe, reflexiona, recuerda algo, vuelve a empezar.

–Ah, pero ese Mwangaza es un separatista peligroso, les habrán dicho. Tiene unas ambiciones personales descabelladas. Desea dividir nuestro amado Congo y entregárselo poco a poco a las fauces de los chacales del otro lado de la frontera. Amigos míos, soy más leal a nuestra capital, Kinshasa, que la propia Kinshasa. –Sube una nota, pero su voz irá aún en aumento, esperen y verán–. Soy más leal que los soldados sin paga de Kinshasa, que saquean nuestros pueblos y aldeas y violan a nuestras mujeres. Soy tan leal que quiero hacer el trabajo de Kinshasa mejor de lo que Kinshasa lo ha hecho jamás. Quiero traer la paz, no la guerra; quiero traer el maná, no el hambre. Construir escuelas, carreteras y hospitales y procurarnos una administración eficiente en lugar de una corrupción ruinosa. Quiero cumplir todas las promesas de Kinshasa. Incluso quiero conservar Kinshasa.

«Nos da esperanza, Salvo.»

Hannah me besa los párpados, dándome esperanza. Tengo las manos alrededor de su cabeza esculpida.

«¿No entiendes lo que significa la esperanza para el pueblo del Congo oriental?»

Te quiero.

«Esas pobres almas congoleñas están tan cansadas del dolor que no creen ya en la curación. Si el Mwangaza puede inspirarles esperanza, todo el mundo lo respaldará. Si no, seguirán las guerras indefinidamente y se quedará en un mal profeta más camino del infierno.»

Pues entonces esperemos que transmita su mensaje al electorado, propongo piadosamente.

«Salvo, eres un romántico sin remedio. Mientras el actual gobierno esté en el poder, todas las elecciones serán inútiles y corruptas. La gente que no esté comprada votará a su etnia; los resultados se falsearán, y las tensiones irán a más. Tengamos primero estabilidad y honradez. Luego ya tendremos elecciones. Si hubieras escuchado al Mwangaza, me darías la razón.»

Prefiero escucharte a ti.

Sus labios abandonan mis párpados y buscan alimento más sustancioso.

«Supongo que sabrás que el Monstruo solía llevar una varita mágica tan pesada que ningún mortal podía levantarla excepto el propio Monstruo…»

No, Hannah, esa joya del saber se me había escapado. Se refiere al difunto y deplorable general Mobutu, dictador supremo y destructor del Zaire, y la única figura odiada por ella hasta la fecha.

«Pues el Mwangaza también tiene una varita. Lo acompaña a todas partes, igual que la del Monstruo, pero es de una madera especial escogida por su ligereza. Todo aquel que tiene fe en la Vía del Medio puede cogerla y descubrir lo fácil que es el camino hacia sus filas. Y cuando el Mwangaza muera, ¿sabes qué pasará con esa varita mágica?»

Lo ayudará a llegar al cielo, respondo amodorrado, con la cabeza apoyada en su vientre.

«No te hagas el gracioso, Salvo, por favor. La pondrán en un nuevo y hermoso Museo de la Unidad que se construirá a orillas del lago Kivu, donde todos puedan visitarlo. Conmemorará el día en que Kivu se convirtió en el orgullo del Congo, unido y libre.»

Y aquí está. La varita. La mismísima varita. Está ante nosotros en la mesa de paño verde, un mazo de la Casa de los Comunes en miniatura. Los delegados han examinado sus marcas mágicas, la han sopesado. Para el viejo Franco, es un objeto trascendente, pero ¿es de la clase de trascendencia debida? Para Haj es una mercancía. ¿Qué materiales han empleado? ¿Funciona? Y podemos venderlos más baratos. La respuesta de Dieudonné es menos fácil de interpretar. ¿Traerá paz e igualdad a mi pueblo? ¿Aprobarán nuestros profetas sus poderes? Si hacemos la guerra por ella, ¿nos protegerá de Franco y los de su calaña?

Maxie ha puesto la silla de lado para poder estirar las piernas. Con los ojos cerrados y las manos cruzadas detrás de la nuca, se reclina como un atleta esperando su turno. Mi salvador Philip, de pelo cano y ondulado, luce la sonrisa serena de un empresario teatral. Tiene la cara del eterno actor inglés, he decidido. Podría tener cualquier edad entre treinta y cinco y sesenta años, y el público nunca lo sabría. Si Tabizi y el Delfín están escuchando mi traducción, no dan señales de ello. Conocen los discursos del Mwangaza tal y como yo conocía los de André. En contraste, he conseguido un público imprevisto en los tres delegados. Tras la arenga del Mwangaza en suajili, han acabado dependiendo de mi reproducción menos emotiva en francés para una segunda escucha. El académico Haj atiende con actitud crítica, Dieudonné pensativamente, reflexionando acerca de cada una de las preciadas palabras, y Franco con los puños cerrados, presto a derribar de un golpe al primero que le lleve la contraria.

El Mwangaza ha abandonado el papel de demagogo y adoptado el de profesor de economía. Recojo las velas en consonancia. Están saqueando Kivu, nos informa con severidad. Conoce el verdadero valor de Kivu y lo poco que se paga por él. Como buen profesional, se sabe las cifras de carrerilla y espera mientras las apunto en mi bloc. Discretamente, le sonrío agradecido. Acepta mi sonrisa y enumera uno tras otro los nombres de las compañías mineras financiadas con capital ruandés que están expoliando nuestros recursos naturales. Como la mayoría tiene nombre francés, no las traduzco.

—¿Por qué se lo permitimos? —pregunta, airado, levantando de nuevo la voz—. ¿Por qué nos quedamos de brazos cruzados mirando mientras nuestros enemigos se enriquecen con nuestros minerales, cuando lo que más queremos es echarlos?

Tiene un mapa de Kivu. El Delfín lo ha sujetado a la pizarra blanca y el Mwangaza está de pie al lado, atacándolo con su varita mágica: zas, plas, mientras perora, y yo peroro detrás de él desde mi extremo de la mesa, aunque en voz más baja, atenuando sus palabras, desactivándolas un poco, cosa que a su vez le permite identificarme si no como un miembro activo de la resistencia, sí al menos como alguien a quien necesita ganarse.

Deja de hablar, y yo también. Me mira fijamente. Cuando mira, utiliza el truco del brujo: contrae los músculos del ojo para mostrarse más visionario y persuasivo. Ya no son mis ojos lo que mira, es mi piel. Escruta mi rostro, y luego, por si hay algún cambio, mis manos: un moreno entre tonos bajo y medio.

—¡Señor intérprete!

—Mwangaza…

—¡Acérquese, muchacho!

¿Para darme un palmetazo? ¿Para confesar mis defectos a la clase? Observado por todos, recorro el largo de la mesa hasta detenerme ante él, y ahí descubro que le paso una cabeza.

—¿Y tú, muchacho, de qué lado estás? —Muy festivo, señala con el dedo primero a Maxie y Philip, y luego a los tres delegados negros—. ¿Eres uno de los nuestros o uno de ellos?

Bajo semejante presión, me pongo a la altura de su retórica.

—¡Mwangaza, yo estoy con unos y con otros! —exclamo en suajili.

Prorrumpe en carcajadas y traduce mis palabras al francés. Se oyen palmas a ambos lados de la mesa, pero la voz atronadora del Mwangaza se impone sin grandes esfuerzos.

—Caballeros, este excelente joven es el símbolo de nuestra Vía del Medio. Sigamos su ejemplo: la no exclusión. No, no, no, muchacho, quédate aquí un momento más, por favor, quédate.

Lo dice como si fuera un honor, aunque a mí no me lo parece. Me llama excelente joven y me coloca a su lado mientras golpetea el mapa con su varita mágica y ensalza la riqueza mineral del Congo; yo por mi parte cruzo las manos por detrás de la espalda y traduzco frases profesorales sin la ayuda de un bloc, ofreciendo así a los allí reunidos una muestra de mi prodigiosa memoria.

—¡Aquí en Mwenga, oro, amigos míos! Aquí en Kamituga: oro, uranio, casiterita y coltan y, no se lo digan a nadie, también diamantes. Aquí en Kabambare, oro, casiterita y coltan. —Sus repeticiones son deliberadas—. Aquí, coltan, casiterita, y aquí... —levanta la varita y la desplaza con cierta indecisión hacia el lago Alberto— petróleo, amigos míos, cantidades aún sin calcular y quizá incalculables de valiosísimo petróleo. ¿Y quieren saber algo más? Tenemos un pequeño milagro que casi nadie conoce, aunque todo el mundo lo desea. Es tan poco común que en comparación los diamantes son como guijarros de la calle. Se llama kamitugaite, amigos míos, y contiene un 56,71 por ciento de uranio. ¿Y para qué demonios puede querer alguien eso?, me pregunto.

Espera a que las risas de complicidad crezcan y se apaguen.

—Pero, díganme, ¿quién se beneficiará de todas estas riquezas?

Vuelve a esperar, sonriéndome mientras formulo la misma pregunta. Así que yo sonrío también, en mi recién descubierto papel de mascota del profesor.

—¡Sí, los peces gordos de Kinshasa se embolsarán su parte, seguro! No renunciarán a sus treinta monedas de plata ruandesa, ¡ah, no! Pero no se las gastarán en escuelas, ni en carreteras, ni en hospitales para el Congo oriental, ¡ah, no! En las tiendas elegantes de Johannesburgo, Nairobi y Ciudad del Cabo, allí quizá sí las gasten. Pero no aquí en Kivu, ¡ah, no!

Otra pausa. Una sonrisa, esta vez no dirigida a mí, sino a nuestros delegados. Después otra pregunta.

—¿Acaso el pueblo de Kivu se enriquece cada vez que un camión de coltan cruza nuestras fronteras?

La varita mágica se desplaza inexorablemente hacia el este a través del lago Kivu.

—Cuando el petróleo empiece a entrar en Uganda, ¿gozará el pueblo de Kivu de una situación más acomodada? Amigos míos, a medida que agoten el petróleo, se empobrecerá día a día. Sin embargo, estas son nuestras minas, amigos míos, nuestro petróleo, nuestra riqueza, un don de Dios para que nosotros lo cuidemos y disfrutemos en su nombre. No hablamos de pozos de agua que vuelven a llenarse con las lluvias. Lo que los ladrones nos arrebatan hoy no volverá a crecer mañana ni pasado.

Menea la cabeza y musita varias veces «ah, no», como si recordara una grave injusticia.

—¿Y quién, me pregunto, vende estas mercancías robadas con tan grandes beneficios, sin que un solo céntimo sea devuelto a sus legítimos dueños? La respuesta, amigos míos, ya la conocen. ¡Son los mafiosos de Ruanda! ¡Son los políticos oportunistas de Uganda y Burundi! ¡Es nuestro gobierno corrupto de Kinshasa, esos peces gordos tan locuaces que venden a los extranjeros lo que es nuestro por nacimiento, y luego nos hacen pagar a nosotros por nuestras molestias! Gracias, muchacho. Bien hecho. Ya puedes sentarte.

Me siento y reflexiono acerca del coltan, no en tiempo real, porque estoy traduciendo al Mwangaza ininterrumpidamente, sino como un avance informativo que se desliza por la parte inferior de la pantalla mientras encima prosigue la acción principal. ¿Qué es el coltan? Es un metal muy preciado que en otro tiempo se encontraba exclusivamente en el Congo oriental, o pregúntenles, si no, a aquellos de mis clientes que comercian con materias primas. Si uno cometiera la imprudencia de desmontar su móvil, encontraría una porción minúscula entre los restos. Durante décadas, Estados Unidos ha acumulado depósitos estratégicos de este material, circunstancia que mis clientes descubrieron a su costa cuando el Pentágono vertió toneladas en el mercado mundial.

¿Por qué otra razón el coltan ocupa un lugar de honor en mi cabeza? Volvamos a la Navidad de 2000, año de Nuestro Señor. La Play Station 2, el juguete electrónico obligatorio para todo niño rico inglés, escasea peligrosamente. Los padres de clase media se retuercen las manos, también Penelope en la primera plana de su gran periódico: NOS PROPONEMOS SEÑALAR Y AVERGONZAR A LOS GRINCHES QUE NOS ROBARON LA NAVIDAD. Pero su ira está mal encaminada. La escasez no se debe a la incompetencia de los fabricantes, sino a una oleada genocida que ha asolado el Congo oriental, causando así una interrupción pasajera en el suministro de coltan.

«¿Sabías que el Mwangaza es profesor de nuestra historia congoleña, Salvo? Conoce de memoria hasta el último detalle de nuestro horror. Sabe quién mató a quién, cuántos y en qué fecha, y no le da miedo la verdad, como a muchos de los cobardes entre nosotros.»

Y yo soy uno de esos cobardes, pero en esta mesa verde desnuda ante la que estoy sentado no hay donde esconderse. A dondequiera que el Mwangaza se atreva a ir, también iré yo, consciente de cada palabra que traduzco. Hace dos minutos hablaba de cifras de producción. Ahora habla de genocidio, y una vez más se conoce las cifras al dedillo: cuántas aldeas arrasadas, cuántos habitantes crucificados o descuartizados, quemas de presuntos brujos, bandas de violadores, el continuo vaivén de las matanzas intestinas del Congo oriental fomentadas desde el extranjero mientras la comunidad internacional se pelea por nimiedades y yo apago el televisor si

Penelope no lo ha apagado antes. Y las muertes siguen incluso mientras habla el Mwangaza y yo traduzco. Cada mes que pasa, mueren otros treinta y ocho mil congoleños por los estragos de estas guerras olvidadas:

—¡Mil doscientos muertos al día, amigos míos, sábados y domingos inclusive! Eso significa hoy y mañana, y todos los días de la semana que viene.

Observo las caras de mis delegados. Se los ve abatidos. Tal vez por una vez sean ellos, y no yo, quienes están con el piloto automático puesto. ¿Quién sabe qué piensan, si es que se dignan pensar? Son tres africanos más sentados en el arcén de la carretera bajo el calor del mediodía, y absolutamente nadie, quizá ni siquiera ellos, puede concebir lo que les pasa por la cabeza. Pero ¿por qué el Mwangaza nos dice todo esto cuando el tiempo apremia? ¿Lo hace para agotarnos? No. Es para darnos aliento.

—¡Por lo tanto, tenemos el derecho, amigos míos! ¡Tenemos el derecho por partida doble, por partida triple! Ninguna otra nación del mundo ha sufrido tantas catástrofes como nuestro amado Kivu. Ninguna otra nación necesita renacer tan desesperadamente. Ninguna otra nación está más autorizada a apoderarse de su riqueza y ponerla a los pies de los que sufren y decir: «Esto ya no es de ellos. ¡Esto, mi pobre pueblo, *nous, misérables de Kivu*, es nuestro!».

Su atronadora voz de maestro habría podido llenar el Albert Hall, pero en el corazón de todos la pregunta está más que clara: si la riqueza de Kivu ha caído en manos indebidas y las injusticias de la historia nos autorizan a recuperarlas, y Kinshasa es un junco roto, y en cualquier caso todo lo de Kivu se exporta al este, ¿qué pensamos hacer al respecto?

—Fíjense bien, amigos míos, en los políticos y protectores de nuestra gran nación, ¿y qué ven? ¿Nuevas medidas políticas? Sí, cómo no, novísimas medidas políticas, efectivamente. Medidas inmaculadas, diría yo. Y por si fuera poco, acompañadas de nuevos partidos políticos. Con nombres muy poéticos —*des noms très poéti-*

ques–. ¡Hay tanta democracia nueva en Kinshasa, esa ciudad de putas, en la que últimamente me da miedo caminar por el Boulevard 30 Juin con mis zapatos viejos –*cette ville de putains!*–. Se erigen tantas plataformas políticas nuevas, y con la mejor madera, a costa de ustedes… Tantos manifiestos de veinte páginas, bellamente impresos, que nos traerán paz, dinero, medicinas y escolarización universal antes de las doce de la noche de la semana que viene a más tardar… Tantas leyes anticorrupción que uno no puede por menos de preguntarse quién ha sido sobornado para redactarlas todas.

Encabezan las risas el Delfín de tersa piel y el rugoso Tabizi, y las respaldan Philip y Maxie. El Iluminador aguarda con semblante adusto mientras se desvanecen. ¿Adónde quiere ir a parar? ¿Lo sabe? Con el padre André nunca había un orden del día. Con el Mwangaza, aunque tardo en intuirlo, ha habido un orden del día desde el principio.

–Pero hagan el favor de fijarse más detenidamente en estos políticos nuestros de nuevo cuño, amigos míos. Hagan el favor de levantarles el ala del sombrero. Permitan que entre un poco de ese buen sol africano en sus limusinas Mercedes de cien mil dólares y díganme qué ven. ¿Nuevas caras rebosantes de optimismo? ¿Licenciados jóvenes y brillantes dispuestos a poner su carrera al servicio de nuestra república? Ah, no, amigos míos, no es eso lo que ven. Ven las mismas caras de siempre, de los mismos sinvergüenzas de siempre.

¿Qué ha hecho Kinshasa por Kivu?, quiere saber. Respuesta: nada. ¿Dónde está la paz que predican, la prosperidad, la armonía? ¿Dónde está su amor no excluyente a la patria, el vecino, la comunidad? Él ha recorrido todo Kivu, norte y sur, y no ha encontrado la menor prueba de ello. Ha escuchado las desgracias del pueblo: ¡Sí, queremos la Vía del Medio, Mwangaza! ¡Rezamos por ella! ¡Cantamos por ella! ¡Bailamos por ella! Pero ¿cómo, ay, cómo la conseguiremos? ¿Cómo?, eso me pregunto yo. El Mwangaza imita el grito lastimero del pueblo. Yo imito al Mwangaza:

–¿Quién nos defenderá cuando nuestros enemigos envíen sus

tropas contra nosotros, Mwangaza? ¡Eres un hombre de paz, Mwangaza! ¡No eres ya el gran guerrero de antaño! ¿Quién nos organizará y luchará con nosotros y nos enseñará a ser fuertes juntos?

¿De verdad soy yo el último en la sala en darse cuenta de que la respuesta a las plegarias del pueblo era el hombre repantigado en la cabecera de la mesa, con las gastadas botas de ante plantadas frente a él? Es obvio que sí, pues las siguientes palabras del Mwangaza me sacan de mi ensoñación con tal brusquedad que Haj se gira en redondo y me mira con sus ojos saltones de comediante.

—¿Sin nombre, amigos míos? —vocifera el Mwangaza indignado—. ¿Este cártel tan extraño que nos ha arrastrado hasta aquí no tiene nombre? ¡Eso no está nada bien! ¿Dónde se lo han dejado? Todo esto es muy misterioso, huele mal. Tal vez deberíamos ponernos las gafas y ayudarlos a buscarlo. ¿Por qué demonios personas honradas esconden su nombre? ¿Qué tienen que ocultar? ¿Por qué no hablan a las claras y dicen quiénes son y qué quieren?

Empiece despacio, padre André. Empiece despacio y en voz baja. Le queda un largo camino por recorrer. Pero el Mwangaza es zorro viejo.

—Pues bien, queridos amigos míos —confía a los presentes con tono tan cansino que uno de buena gana lo ayudaría a subir por los peldaños de la escalera que lo ha de llevar al otro lado de la cerca—. He hablado con estos caballeros sin nombre largo y tendido, se lo aseguro. —Señala a Philip sin volverse para mirarlo—. Ah, sí. Hemos tenido muchas conversaciones duras. Desde la puesta del sol hasta el amanecer, diría yo. Conversaciones muy duras, a decir verdad, y no podían ser de otro modo. Díganos lo que quiere, Mwangaza, me pidieron los sin nombre. Díganoslo sin ambages ni evasivas, por favor. Y después le diremos lo que queremos nosotros. Y a partir de eso determinaremos si es posible la cooperación, o si, con un apretón de manos, nos disculparemos y nos despediremos, lo cual es un intercambio comercial corriente. Así que les contesté con la misma moneda —acariciándose distraídamente el collar de oro de esclavo, y recordándonos así que él no está en venta–: «Caballeros, lo que quiero es de sobra sabido. Paz, prosperidad y no exclusión para todo Kivu. Elecciones libres, pero solo cuando se haya alcanzado la estabilidad. Pero la paz, caballeros, como también es sabido, no llega por propia voluntad, como tampoco llega la libertad. La paz tiene enemigos. La paz debe ganarse con la espada. Para que la paz sea una realidad, debemos coordinar nuestras fuerzas, reapropiarnos de nuestras minas y ciudades, expulsar a los extranjeros y establecer un gobierno provisional para todo Kivu que asiente los cimientos de un estado de bienestar democrático auténtico y duradero. Pero ¿cómo vamos a hacer eso nosotros solos, caballeros? Estamos incapacitados por la discordia. Nuestros vecinos son más poderosos que nosotros, y más astutos».

Mira con expresión ceñuda a Franco y Dieudonné, instándolos a aproximar posturas mientras prosigue con su intercambio comercial entre los caballeros sin nombre y él.

–«Para que nuestra causa prevalezca, necesitamos a su organización, caballeros. Necesitamos su equipo y sus conocimientos. Sin ellos, la paz de mi amado Kivu será por siempre una ilusión.» Eso dije a los sin nombre. Esas fueron mis palabras. Y los sin nombre, como ya supondrán, me escucharon atentamente. Y al final uno habló por todos, no les diré su nombre ni siquiera hoy, pero les aseguro que no está en esta sala, aunque ha demostrado su amor a nuestra nación. Y dijo lo siguiente: «Lo que usted propone está muy bien, Mwangaza. Puede que seamos comerciantes, pero no carecemos de alma. El riesgo es alto, el coste también. Si apoyamos su causa, ¿cómo podemos estar seguros de que al terminar todo no nos iremos con las manos vacías y la nariz ensangrentada?». Y nosotros, por nuestro lado, contestamos: «Aquellos que se sumen a nuestra gran empresa se sumarán a sus recompensas».

Baja aún más la voz, pero puede permitírselo. También yo. Podría susurrar en mi mano y me oirían.

–El diablo, nos dicen, tiene muchos nombres, amigos míos. Y a estas alturas nosotros los congoleños los conocemos casi todos. En cambio, este cártel no tiene ninguno. No se llama imperio belga, ni imperio español, ni imperio portugués, ni imperio británico, ni imperio francés, ni imperio holandés, ni imperio americano, ni siquiera imperio chino. El cártel se llama «nada». Es Nada, Sociedad Anónima. Sin nombre significa sin bandera. Sin nombre nos ayudará a enriquecernos y unirnos, pero no será dueño nuestro ni de nuestro pueblo. Con la ayuda de sin nombre, Kivu será por primera vez dueño de sí mismo. Y cuando llegue ese día, acudiremos a los peces gordos de Kinshasa y les diremos: «Buenos días, peces gordos, ¿cómo están hoy? Todos con resaca, supongo, como de costumbre».

Ni una sola risa, ni una sonrisa siquiera. Nos tiene en el bolsillo.

—Bien, peces gordos, traemos buenas noticias para ustedes. Kivu se ha liberado de los invasores y explotadores extranjeros. Los buenos ciudadanos de Bukavu y Goma se han sublevado contra el opresor y nos han recibido con los brazos abiertos. Los ejércitos mercenarios de Ruanda han huido y los *génocidaires* se han ido con ellos. Kivu ha recuperado sus minas y las ha nacionalizado como corresponde. Nuestros medios de producción, distribución y abastecimiento están en unas mismas manos, y esas manos son las del pueblo. Ya no lo exportamos todo al este. Hemos encontrado rutas comerciales alternativas, pero somos también patriotas y creemos en la unidad de una República Democrática del Congo dentro de los límites legales de nuestra Constitución. Así pues, he aquí nuestras condiciones, peces gordos: una, dos, tres, ¡las toman o las dejan! Porque nosotros no vamos a buscarlos a ustedes, peces gordos. ¡Ustedes vendrán a buscarnos a nosotros!

Se sienta y cierra los ojos. El padre André hacía lo mismo. Así duraba más el rescoldo de sus palabras. Concluida mi traducción, me permito un discreto sondeo de las reacciones de nuestros delegados. Los discursos enérgicos pueden dejar un poso de resentimiento. Cuanto más se deja arrastrar un público, más dura es la lucha por volver a tierra. El inquieto Haj se ha quedado quieto, conformándose con una sucesión de muecas. El escuálido Dieudonné, abismado, tiene las yemas de los dedos apretadas contra la frente. Gotas de sudor se han formado en los contornos de su barba. Junto a él, el viejo Franco consulta algo en su regazo, sospecho que un fetiche.

Philip rompe el hechizo.

—Bien, pues, ¿quién nos hará el honor de hablar primero? —Una elocuente mirada al reloj de estafeta de correos, porque al fin y al cabo el tiempo apremia.

Todas las miradas se posan en Franco, el miembro de mayor edad. Con el ceño fruncido, se mira las grandes manos. Levanta la cabeza.

—Cuando el poder de Mobutu se vino abajo, los soldados mai mai ocuparon la brecha con machetes, flechas y lanzas para proteger nuestro bendito territorio —declara en un lento suajili. Lanza una mirada furiosa en torno a la mesa por si alguien tiene la presunción de poner en duda sus palabras. Nadie se atreve. Prosigue—: Los mai mai han visto lo sucedido. Ahora veremos lo que sucederá. Dios nos protegerá.

El siguiente según el orden jerárquico es Dieudonné.

—Para que los banyamulenge sobrevivamos debemos ser federalistas —afirma, dirigiéndose a su vecino Franco—. Cuando nos robáis el ganado, morimos. Cuando matáis nuestras ovejas, morimos. Cuando os lleváis a nuestras mujeres, morimos. Cuando os quedáis nuestra tierra, morimos. ¿Por qué no podemos ser dueños de las montañas donde vivimos, bregamos y rezamos? ¿Por qué no podemos tener nuestros propios cacicazgos? ¿Por qué nuestras vidas deben ser administradas por los cacicazgos de tribus lejanas que nos niegan nuestro estatus y nos mantienen cautivos a su voluntad? —Se vuelve hacia el Mwangaza—. Los banyamulenge creemos en la paz tanto como usted. Pero nunca renunciaremos a nuestra tierra.

El Mwangaza mantiene los ojos cerrados mientras el Delfín de rostro terso atiende la pregunta implícita.

—El Mwangaza también es federalista —dice en voz baja—. El Mwangaza no insiste en la integración. Bajo la Constitución que él propone, se reconocerá el derecho del pueblo munyamulenge a sus tierras y sus cacicazgos.

—¿Y las montañas de Mulenge serán declaradas un territorio?

—Así es.

—En el pasado, Kinshasa se negó a concedernos esa ley justa.

—El Mwangaza no pertenece al pasado, sino al futuro. Tendrán ustedes su ley justa —contesta el astuto Delfín, ante lo cual el viejo Franco lanza lo que parece un resoplido burlón, pero es posible que se haya aclarado la garganta. Al mismo tiempo, Haj se yergue de pronto como el muñeco con resorte de una caja de sorpresas y recorre la mesa con su mirada exoftálmica y enloquecida:

—Así que se trata de un golpe de Estado, ¿o me equivoco? —pregunta con el francés penetrante e intimidatorio de un sofisticado parisino—. Paz, prosperidad, no exclusión. Pero si dejamos de lado esas tonterías, todo se reduce a la toma del poder. Bukavu hoy, Goma mañana, ruandeses fuera, a la mierda Naciones Unidas, y Kinshasa ya puede besarnos el culo.

Mirando con disimulo en torno a la mesa, veo confirmada mi sospecha de que la reunión sufre un shock cultural. Es como si, hallándose los ancianos de la iglesia sentados en solemne cónclave, este hereje urbano hubiese irrumpido de la calle y exigido saber de qué parlotean.

—En serio, ¿necesitamos todo esto? —pregunta Haj, abriendo teatralmente las manos—. Goma tiene sus problemas, o si no pregúntenle a mi padre. Goma tiene las mercancías; los ruandeses tienen el dinero y la fuerza. Mala suerte. Pero Bukavu no es Goma. Desde que los soldados se amotinaron el año pasado, nuestros ruandeses tienen la cabeza gacha en Bukavu. Y los administradores de nuestra ciudad odian a los ruandeses más que nadie. —En un gesto galo, extiende las manos, con las palmas hacia arriba, como quien se desentiende—. Es solo una pregunta, nada más.

Pero Haj no se lo pregunta al Mwangaza, me lo pregunta a mí. Su mirada de ojos saltones puede recorrer la mesa o posarse respetuosamente en el gran hombre, pero tan pronto como empiezo a traducirlo la fija otra vez en mí, y en mí permanece después de que el último eco de mi voz se haya apagado en mis oídos. Espero que el Mwangaza acepte el reto o, en su defecto, el Delfín. Pero una vez más es Philip, mi salvador, quien interviene desde bastidores y los saca del apuro.

—Hablamos de hoy, Haj —explica, con la tolerancia propia de su edad—, no de ayer. Y si la historia sirve de referencia, ese mañana no se dará, ¿no? ¿Debe la Vía del Medio esperar el caos postelectoral y la próxima incursión ruandesa antes de crear las condiciones de una paz sólida y duradera? ¿O le conviene más al Mwangaza elegir su propio momento y lugar, como es la respetada opinión de tu padre?

Haj se encoge de hombros, extiende los brazos, sonríe, cabecea en un gesto de incredulidad. Philip le concede un momento para hablar, pero apenas concluido ese momento levanta la campanilla y, con una ligera sacudida, anuncia un breve descanso a fin de dejar tiempo a nuestros delegados para reflexionar acerca de sus posturas.

9

Nunca habría imaginado, mientras bajaba furtivamente por la escalera del sótano por primera vez en mi facultad de intérprete por debajo de la línea de flotación, que me sentiría en las nubes, pero así era. Al margen de la intervención grosera de Haj, todo se desarrollaba de la mejor manera posible. ¿Cuándo semejante voz de la razón y la moderación había resonado, si alguna vez lo había hecho, en los lagos y selvas de nuestro atribulado Congo? ¿Cuándo se habían unido dos profesionales más aptos –Maxie el hombre de acción y Philip el negociador de agudo ingenio– por la causa de un pueblo afligido? ¡Vaya empujón estábamos dándole a la historia! Incluso el fogueado Spider que, según él mismo reconoció, no había comprendido una sola sílaba de lo que estaba grabando –ni, sospechaba yo, las complejidades de nuestra empresa– estaba eufórico por el ambiente propicio hasta el momento.

–Si quieres saber mi opinión, diría que realmente están hablando –declaró con su sonsonete galés mientras me ponía los auriculares, comprobaba el micrófono y prácticamente me obligaba a sentarme en mi silla eléctrica–. Si se dan un buen cabezazo entre todos, quizá caiga un poco de sentido común.

Pero, por supuesto, a quien esperaba oír era a Sam: Sam mi coordinador, Sam, quien me diría en qué micrófonos concentrarme, quien me daría instrucciones y recibiría mi información en todo momento. ¿Conocía yo a Sam? ¿Era por casualidad un ladrón de sonido, un antiguo miembro de la Chat Room, a punto de salir de las sombras y exhibir sus aptitudes especiales? Tanto mayor mi sorpresa, pues, cuando la voz que se anunció en mis auriculares resultó ser la de una mujer, y además maternal.

«¿Estás a gusto, querido Brian?»

Nunca me he sentido mejor, Sam. ¿Y tú?

«Lo has hecho muy bien ahí arriba. Todo el mundo está encantado contigo.»

¿Detecté un mínimo dejo escocés entre aquellas reconfortantes palabras de matrona?

¿Dónde consideras que tienes tu casa, Sam?, pregunté animado, porque seguía exaltado después de la experiencia de arriba.

«Si dijese Wandsworth, ¿te llevarías una gran sorpresa?»

¿Una sorpresa? Cielo santo, somos vecinos. ¡Hago la mitad de las compras en Wandsworth!

Un silencio incómodo. Demasiado tarde, recuerdo una vez más que vivo supuestamente en un apartado de correos.

«En ese caso tú y yo nos cruzaremos como tranvías en la noche, Brian, querido −contesta Sam remilgadamente−. Empezaremos por los sietes, si no te importa. Los sujetos se acercan.»

Los sietes son la suite de invitados. Con la mirada fija en el plano de metro de Spider, sigo a los delegados por el pasillo y espero a que uno de ellos saque su llave y abra la puerta: ¡muy astuto por parte de Philip dejarles llaves para aumentar así su sensación de seguridad! A continuación, se oyen, como una andanada de artillería, los pasos sobre el suelo de madera y el diluvio de cisternas y grifos del baño. Ahora se encuentran en la sala de estar: se sirven refrescos con golpes, ruidos metálicos, se desperezan y dan nerviosos bostezos.

Su suite me es tan familiar hoy como las cuatro tristes paredes que me envuelven ahora, aunque nunca la vi y nunca la veré, como tampoco vi el interior de los aposentos reales del Mwangaza, o la sala de operaciones de Sam, con su teléfono satélite codificado para las comunicaciones seguras con el cártel y otras personas anónimas, o eso me informó Spider en uno de nuestros rápidos diálogos iniciales, ya que Spider, como muchos ladrones de sonido, era locuaz, y para colmo galés. Al preguntarle qué labores había llevado a cabo durante su época en la Chat Room, contestó que no fue un *escucha* —refiriéndose a un transcriptor lingüista—, sino un simple *pinchador*, un instalador de artilugios clandestinos para gran alegría del señor Anderson. Pero lo que más le gustaba era el caos:

—No hay nada mejor, Brian. Mi mayor felicidad es estar tendido en el suelo, con la cara en la mierda y el fuego de artillería viniendo en todas direcciones, y un buen mortero de sesenta milímetros metido en el culo.

El sonido robado llega cada vez más alto y claro, hasta el tintineo de los cubitos de hielo en los vasos, y una máquina de café que genera más graves que una orquesta sinfónica. Spider, pese a las muchas veces que ya habrá pasado por esto, está tan tenso como yo, pero no hay complicaciones de última hora, nada se ha averiado ni se ha fundido ni se le ha muerto: va todo sobre ruedas.

Solo que no es tan así, porque nos encontramos en la sala de estar de los delegados y nadie habla. Tenemos ruido de fondo, pero no primeros planos. Gruñidos y gemidos, pero ni una sola palabra. Un estrépito, un eructo, un chirrido. Luego, a lo lejos, un murmullo, pero ¿de quién? ¿Al oído de quién? Nadie lo sabe. Pero ninguna voz real aún, o ninguna que pueda oírse. ¿Es que la oratoria del Mwangaza les ha comido la lengua?

Contengo la respiración. También Spider. Estoy tendido inmóvil como un ratón en la cama de Hannah, fingiendo que no estoy mientras su amiga Grace llama a la puerta cerrada con llave, queriendo saber por qué ella no se ha presentado a la clase de tenis que Grace iba a darle, y Hannah, a quien no le gusta engañar, pretexta un dolor de cabeza.

Quizá están rezando, Sam.

«Pero ¿a quién, Brian?»

Quizá Sam no conoce África, ya que las respuestas bien podrían ser las obvias: al Dios cristiano, o las versiones que tienen de Él. A los banyamulenge tan amados por mi querido y difunto padre se los conoce por hablar con Dios a todas horas, directamente o por mediación de sus profetas. Dieudonné, no tengo la menor duda, rezará siempre que sienta el impulso de rezar. Y como los mai mai buscan en Dios protección ante la batalla y no mucho más, probablemente los intereses de Franco se centren en ver qué tiene él que ganar con todo eso. Seguramente un brujo le habrá proporcionado hojas de un árbol téké, que, convertidas en emplasto y administradas en forma de friega por el cuerpo, le permitan absorber su poder. A saber a quién reza Haj. Quizá a Luc, su padre enfermo.

¿Por qué no ha hablado nadie? ¿Y por qué —entre los crujidos y pasos ahogados y el ruido de fondo previsible—, por qué percibo una tensión creciente en la habitación, como si alguien hubiese puesto una pistola en la cabeza a nuestros delegados?

¡Por Dios, que hable alguien!

Suplicante, intento hacerles entrar en razón dentro de mi cabeza. Miren. Bien. Lo entiendo. Antes, en la sala de reuniones, se sentían apabullados, tratados con condescendencia, molestos por las caras blancas en torno a la mesa. El Mwangaza les ha hablado con superioridad, pero así es él, un orador de púlpito, todos son iguales. Además, deben tener en cuenta sus propias responsabilidades, eso también lo acepto. Esposas, clanes, tribus, espíritus, augures, adivinos, brujos, cosas de las que nada sabemos. Pero por favor, por el bien de la Alianza, por Hannah, por todos nosotros, ¡hablen!

«¿Brian?»

Sam.

«Empiezo a preguntarme si somos nosotros quienes deberíamos estar rezando.»

También a mí se me había pasado por la cabeza esa horrible

posibilidad: nos han descubierto. Uno de nuestros delegados —sospecho que Haj— se ha llevado un dedo a los labios, y con la otra mano, el muy listillo, ha señalado las paredes o el teléfono o el televisor, o ha dirigido sus ojos saltones a la araña de luces, y lo que está diciéndoles es: «Amigos, yo he estado rondando por ahí fuera, conozco la maldad del mundo y, creedme, nos han puesto micrófonos». Si es así, ahora ocurrirá una de varias posibilidades, según quiénes sean los sujetos —o, como Maxie ha dicho, los «objetivos»—, y según si hoy sienten deseos de conspirar, o creen que los demás conspiran contra ellos. En la mejor de las situaciones, dirán: «Al diablo, hablemos de todos modos», que es la respuesta del hombre racional medio, porque, como la mayoría de nosotros, sencillamente no tiene el tiempo ni la paciencia para andarse con tantas contemplaciones. Pero esta no es una situación media, y lo que nos lleva a los dos al borde de la locura, a mí y a Sam, es que nuestros tres delegados, si tuvieran la inteligencia de darse cuenta, tienen un excelente remedio a su disposición, y por eso estoy aquí esperando a que lo usen.

«¿No te gustaría poder gritarles, Brian?»

Sí, Sam, la verdad es que sí, pero un miedo mucho peor empieza a arraigar en mi mente. No son los micrófonos de Spider lo que han descubierto: es a mí, a Salvo. El oportuno rescate de Philip no me rescató después de todo. Cuando Franco lanzó su discurso preparado al hombre equivocado en la lengua equivocada, Haj percibió en mí una vacilación, y eso explica las largas miradas de sus ojos saltones. Me vio abrir la boca, esta estúpida boca mía, para contestar y luego volver a cerrarla e intentar aparentar incomprensión.

Sigo atormentando mi alma con estos temores cuando, como un mensaje redentor, llega la voz grave del viejo Franco hablando, no en bembe, sino en el kinyarwanda que aprendió en la cárcel. ¡Y esta vez se me permite entenderlo pese a mi reacción tardía!

Los frutos de las escuchas, como nunca se cansa de recordar a sus discípulos el señor Anderson, son por su propia naturaleza una sarta de incoherencias e infinitamente frustrantes. La paciencia de Job no basta, a juicio del señor Anderson, para separar la ocasional pepita del mar de escoria en la que flota. En ese sentido, los primeros intercambios de nuestros tres delegados no se apartaban en modo alguno de la norma, y eran la prevista mezcla de expresiones escatológicas de alivio y, solo muy raramente, tiros de tanteo para las batallas por librar.

Franco *(enunciando cáusticamente un proverbio congoleño)*: Las buenas palabras no dan de comer a una vaca.

Dieudonné *(respondiendo al proverbio de Franco con otro)*: Los dientes sonríen, pero ¿y el corazón?

Haj: ¡Joder! Ya me avisó mi padre de que el viejo tenía tela, pero esto se las trae. Au, au, au. ¿Por qué habla suajili como un tanzano con una papaya en el culo? Creía que era shi de pura cepa.

Nadie se molesta en contestarle, que es lo que pasa siempre que hay tres hombres juntos en una habitación. El más bocazas toma la palabra y los dos a quienes quieres oír enmudecen.

Haj *(continuando)*: Y por cierto, ¿quién es esa preciosa cebra? *(Silencio de perplejidad, eco del mío.)* El intérprete con la chaqueta de linóleo. ¿Quién coño es ese?

¿Haj me llama cebra? En la vida me han llamado casi de todo. En la escuela de la misión era un *métis*, un *café au lait*, un cerdo afeitado. En el Santuario era desde batanga hasta duendecillo negro. Pero cebra era un insulto totalmente nuevo para mí, y no pude por menos de suponer que era de la cosecha de Haj.

Haj *(continuando)*: Una vez conocí a uno como él. A lo mejor son parientes. Un contable. Amañaba las cuentas de mi padre. Se

tiraba a todas las chicas de la ciudad hasta que un marido enfadado le pegó un tiro. ¡Pumba! Pero no fui yo. Yo no estoy casado y no mato a la gente. Ya nos hemos matado bastante los
unos a los otros. A joderse. Nunca más. ¿Un cigarrillo?

Haj tiene una pitillera de oro. En la sala de reuniones, la he visto
asomar del forro de seda mostaza de su Zegna. Ahora oigo el chasquido cuando la abre. Franco enciende un cigarrillo y arranca a toser
como un sepulturero.

«¿Y eso a qué venía, Brian?»

Especulan sobre mi etnia.

«¿Eso es normal?»

Bastante.

Dieudonné, tras declinar en un primer momento, masculla un
fatalista «¿Por qué no?» y enciende uno también.

HAJ: ¿Estás enfermo o algo?

DIEUDONNÉ: Algo.

¿Están sentados o de pie? Si uno escucha con atención, oye el
chirrido de las zapatillas de deporte de Franco el cojo mientras Haj
se pavonea de un lado al otro por el suelo duro con sus zapatos de
cocodrilo verde fango. Si uno sigue escuchando, oye un gruñido
de dolor y la expulsión de aire de un cojín de espuma cuando Dieudonné se acomoda en un sillón. Así de eficaces llegamos a ser con el
tiempo los ladrones de sonido bajo la tutela del señor Anderson.

HAJ: Para empezar, te diré una cosa, amigo.

DIEUDONNÉ *(receloso ante un trato tan familiar)*: ¿Qué?

HAJ: El pueblo de Kivu está mucho más interesado en la paz y la
reconciliación que esos capullos de Kinshasa. *(Afecta voz de agitador.)* Mátalos a todos. Sácales los ojos a esos ruandeses. Estamos contigo, tío. A unos dos mil kilómetros, casi todo selva.

(Espera, sospecho, una reacción, pero nadie dice nada. Se reanuda el chacoloteo de los zapatos de cocodrilo.) Y este viejo le sigue la corriente a toda esa mierda. *(Imita al Mwangaza, bastante bien)*: Limpiemos nuestra hermosa tierra verde de esas cucarachas apestosas, amigos míos. Ah, sí. ¡Devolvamos nuestra tierra a nuestros amados compatriotas! Yo estoy de acuerdo con eso. ¿Acaso no lo estamos todos? *(Espera. Silencio.)* Se aprueba la moción por unanimidad. Echadlos, digo. ¡Pumba! ¡Pam! ¡A la mierda! *(Silencio.)* Sin violencia. *(Golpeteo de los zapatos de cocodrilo.)* El problema es dónde parar. O sea, ¿qué hay de los pobres desgraciados que vinieron en el 94? ¿También los expulsamos a ellos? ¿Expulsamos a Dieudonné aquí presente? ¿Os lleváis a los niños pero nos dejáis las vacas?

Haj está resultando ser el destructor que temía cuando estaba arriba. En cuestión de minutos, de una manera despreocupada pero subversiva, se las ha ingeniado para conducir la conversación hacia el punto más conflictivo ante nosotros: la situación no resuelta del pueblo munyamulenge y la elección de Dieudonné como aliado en nuestra empresa.

FRANCO *(otro proverbio, esta vez con tono de desafío)*: Un tronco puede permanecer diez años en el agua y nunca se convertirá en cocodrilo.
   (Una pausa larga y tensa.)
DIEUDONNÉ: ¡Franco!

El chirrido en mis auriculares casi me hace saltar de la silla eléctrica. En su furia, Dieudonné ha arrastrado la silla por el suelo de piedra. Imagino sus manos aferradas a los brazos de la silla y su cabeza sudorosa alzada hacia Franco en un gesto de vehemente súplica.

DIEUDONNÉ: ¿Cuándo va a acabar esto? ¿Vosotros y nosotros? ¡Puede que los banyamulenge seamos tutsi, pero no somos ruandeses! *(Se le altera la respiración, pero no ceja.)* Somos congoleños, tan congoleños como los mai mai. ¡Sí! *(Combatiendo a gritos el desdén de Franco.)* El Mwangaza lo entiende y a veces también tú. *(Y en francés, para que quede claro)*: *Nous sommes tous Zaïrois!* ¿Te acuerdas de lo que nos enseñaron a cantar en la escuela en tiempos de Mobutu? ¿Por qué no lo cantamos ahora? *Nous sommes tous Congolais!*

No, Dieudonné, no todos nosotros, lo corrijo mentalmente. Yo también aprendí a cantar esas palabras en la escuela en orgulloso coro con mis compañeros, hasta el día en que hincaron los dedos en el niño secreto y vociferaron: *Pas Salvo, pas le métis! Pas le cochon rasé!*

DIEUDONNÉ *(continuando con su diatriba)*: En la rebelión del 64, mi padre, un munyamulenge, luchó junto a tu padre, un simba *(un resuello al tomar aire)*, y tú, de joven, luchaste junto a ellos. ¿Acaso eso os convirtió en aliados? *(Resuello.)* ¿En amigos nuestros? *(Resuello.)* Pues no. *(Pasa airadamente al francés.)* *C'était une alliance contre la nature!* Los simba siguieron matándonos y robándonos el ganado para sus tropas, del mismo modo que los mai mai nos matan y roban nuestro ganado ahora. Cuando nos vengamos, nos llamáis escoria munyamulenge. Cuando nos contenemos, nos llamáis cobardes banyamulenge *(ahora respirando a bocanadas)*. Pero si podemos unirnos todos en esto *(resuello)*, acabar con las matanzas y el odio *(resuello)*... dejar de vengar a nuestros muertos y a nuestros mutilados... si podemos controlarnos y unirnos, bajo este líder o cualquier otro...

Se interrumpe. Resuella de tal forma que me recuerda a Jean-Pierre en el hospital, sin los tubos. Sentado en el borde de mi silla eléctrica, espero la réplica de Franco, pero una vez más debo escuchar impotente a Haj.

HAJ: ¿Aliados en qué, joder? ¿Para conseguir qué? ¿Un Kivu unido? ¿Norte y sur? «Amigos míos. Debemos apoderarnos de nuestros recursos y controlar así nuestro destino. Hum. Hum.» ¡Pero si nos los han quitado, gilipollas! ¡Nos los ha quitado una banda de locos ruandeses que están armados hasta las cejas y violan a nuestras mujeres en su tiempo libre! Los de la interahamwe están tan atrincherados que la puta ONU no se atreve a acercarse sin pedirles permiso antes.

DIEUDONNÉ *(risa despectiva)*: ¿La ONU? Si esperamos a que la ONU nos traiga la paz, esperaremos a que mueran nuestros hijos y también nuestros nietos.

FRANCO: Pues en ese caso tal vez debas llevar a tus hijos y nietos de vuelta a Ruanda y dejarnos en paz.

HAJ *(apresurándose otra vez a intervenir en francés, presumiblemente para atajar la argumentación)*: ¿A nosotros? ¿He oído «dejarnos en paz»? ¿A nosotros? *(Una auténtica andanada de zapateo, seguida de un silencio sepulcral.)* ¿De verdad piensas que esto tiene que ver con nosotros? Ese viejo no nos quiere a nosotros; quiere el poder. Quiere su lugar en la historia antes de palmarla, y para conseguirlo está dispuesto a vendernos a ese cártel extraño y permitir nuestra ruina.

Nada más acabar de traducir estas herejías, la campanilla de Philip nos convoca a la segunda ronda.

Y ahora debo contar un incidente que en el momento de suceder tuvo poco impacto en mi abrumada cabeza, pero, a la luz de acontecimientos posteriores, merece un examen más detenido. Suena la campanilla de Philip, me quito los auriculares. Me pongo en pie y, con un guiño a Spider en respuesta al suyo, subo por la escalera del sótano. Al llegar arriba, hago la señal acordada: tres golpes secos en la puerta de hierro, que Anton entreabre y cierra cuando salgo, por desgracia con un sonoro portazo. Sin mediar palabra, Anton me conduce hasta la esquina de la casa en el lado este de la galería cubierta, dejándome a escasa distancia de la sala de juego, de nuevo según lo previsto. Pero con una diferencia: ninguno de nosotros había tenido en cuenta el sol, que me da directo en los ojos y me deslumbra momentáneamente.

Cuando empiezo a andar, con la vista baja para evitar el resplandor del sol, oigo acercarse unos pasos y las carcajadas africanas de los delegados procedentes del extremo opuesto de la galería cubierta. Estamos a punto de toparnos de frente. Es obvio, pues, que debo contar con una coartada convincente para explicar mi aparición desde el otro lado de la casa. ¿Han visto a Anton acompañarme hasta la esquina? ¿Han oído el ruido de la puerta de hierro?

Por suerte, he aprendido a pensar sobre la marcha, gracias a los cursos de seguridad personal de un día a los que todos los colaboradores estamos obligados a asistir. ¿A qué había dedicado mis preciosos minutos de ocio mientras nuestros delegados descansaban para hablar en privado? Respuesta: a hacer lo que siempre hago en los descansos entre sesiones, disfrutar de un poco de paz y sosiego en algún rincón apartado hasta que suena la campana. Preparado mentalmente de este modo, sigo adelante hacia la puerta de la sala de juego. Llego, me detengo. Llegan, se detienen. O mejor dicho, se detiene Haj. Haj, el más ágil, va en cabeza, en tanto que Franco y Dieudonné lo siguen a unos pasos de distancia. Aún no lo han alcanzado cuando Haj, que minutos antes me ha llamado «cebra», se dirige a mí con exagerada cortesía:

—¿Ha recobrado energías el señor intérprete? ¿Listo para nuestra próxima batalla?

Era una pregunta inofensiva, expresada inofensivamente. El único problema era que hablaba en kinyarwanda. Sin embargo, esta vez no necesité las señales de advertencia de Philip. Le dirigí una sonrisa de perplejidad, sutilmente teñida de pesar. Al ver que eso no surtía efecto, me encogí de hombros y cabeceé, dando a entender mi incomprensión. Haj se dio cuenta de su error, o eso pareció, soltó una sonora carcajada de disculpa y me dio una palmada en el brazo. ¿Había intentado engañarme? No. O eso quise creer en su momento. Simplemente había caído en la trampa que acecha a todo polígloto que se precie. Después de hablar en kinyarwanda por los codos en la suite de invitados, había olvidado cambiar de lengua. Pasa en las mejores familias. No tiene importancia.

10

Caballeros, les cedo a *monsieur le colonel*!
La luz de la batalla brilla en los húmedos ojos azules de Maxie cuando se alza ante el caballete, en jarras: a tres años de su Borodino. Se ha quitado la chaqueta pero no la corbata. Debe de llevarla tan rara vez que se ha olvidado de ella. El número de asistentes se ha reducido. El Mwangaza, veterano de las barricadas pero ahora Profeta de la Paz, se ha retirado a la reclusión de sus aposentos reales, llevándose consigo al acólito de la coleta. Solo Tabizi —sus hombros de boxeador encorvados, los ojos a medio cerrar, el pelo negro teñido y cuidadosamente peinado hacia atrás para disimular la coronilla calva— se ha quedado para asegurarse de que hay juego limpio.

Pero no es en Maxie en quien poso la mirada, ni en Tabizi, ni en los delegados. Es en mi infancia. Es en el mapa militar a gran escala de la ciudad de Bukavu, joya del África central y, a decir de algunos, de toda África, situada en el extremo meridional del lago más elevado y por tanto más frío de África. Y este lago, envuelto en bruma y al abrigo de neblinosos montes, es mágico, o pregúntenle a mi querido y difunto padre. Pregúntenles a los pescadores con los que él chismorreaba en el muelle mientras recogían los *sambaza* de sus redes y los echaban en los cubos de plástico amarillo, donde se agitaban durante interminables horas, esperando a que alguien como yo los devolviese al agua. Pregúntenles por *mamba mutu*, mitad cocodrilo, mitad mujer; y las malas personas que se arrastran hasta la orilla de noche y, por arte de brujería, trocan las almas vivas de amigos inocentes por favores en este mundo y castigos en el más allá. Razón por la que, según la leyenda, el lago Kivu está maldito, y por la que desaparecen los pescadores, atraídos hacia el fondo por *mamba mutu*, a quien le gusta comerse sus cerebros. O eso aseguraron los pescadores a mi querido y difunto padre, quien tenía la sensatez de no burlarse de sus creencias.

En la principal avenida se suceden las clásicas casas coloniales de ángulos redondeados y ventanas alargadas sobre las que caen las ramas de los tulíperos, las jacarandas y las buganvillas. En los montes circundantes crecen los platanares y las plantaciones de té como colchones verdes. Desde sus laderas se pueden contar las cinco penínsulas de la ciudad. La mayor se llama La Botte, y allí aparece, en el mapa de Maxie: una bota de Italia, magníficas casas y mimados jardines que bajan hasta el borde del lago: el mismísimo *maréchal* Mobutu se dignó tener allí una villa. En un primer momento, la bota se adentra atrevidamente en el lago, y de pronto, cuando uno tiene la impresión de que va directa hacia Goma, se tuerce a la derecha y apunta hacia Ruanda, en la orilla este.

Las flechas de papel de Maxie tienen una utilidad estratégica. Señalan la casa del gobernador, las emisoras de radio y televisión, la sede de Naciones Unidas y los cuarteles. Pero ninguna el mercado en la carretera donde comíamos brochetas de cabra cuando mi padre me llevaba a la ciudad para celebrar mi cumpleaños; ninguna la catedral de tejado verde, construida como dos barcos vueltos del revés y arrastrados por las olas hasta la orilla, donde rezábamos por mi alma inmortal. Ninguna la universidad católica de piedra apagada donde un día, si trabajaba mucho, quizá estudiase. Y ninguna la misión de las Hermanas Blancas, donde daban galletas de azúcar al niño secreto y le decían lo bueno que era su querido tío.

Maxie está de espaldas a nosotros. Philip, sentado a su lado, tiene los rasgos tan dúctiles que hay que ser muy rápido para percibir una expresión determinada. Crees que ves una, y cuando vuelves a mirar, ha desaparecido. Nuestros tres delegados ocupan los mismos lugares que antes, Franco en el centro. Dieudonné ha adoptado un semblante más severo. Franco tiene los músculos del cuello tensos. Solo Haj exhibe un desdén provocador hacia nuestra reunión. Con los codos vestidos de Zegna sobre el paño, parece más interesado en la ventana que en su propio feudo en el caballete. ¿Le importa? ¿Ama Bukavu tanto como yo en mi recuerdo? Cuesta creerlo.

Entra Anton, trayendo un palo de billar. Su aparición me desconcierta. ¿Por qué no está fuera con sus vigilantes como le corresponde? Entonces caigo en la cuenta de que, mientras nuestros delegados estén en la sala de reuniones, no hay nadie a quien vigilar, lo que viene a demostrar que aun cuando uno está preparado para una actuación a pleno rendimiento con los nervios de punta y el tercer oído del intérprete en alerta roja, puede estar espeso en lo que se refiere al sentido común.

—Y ahora viene un poco de jerga militar, muchacho —me previene Maxie en un susurro—. No tienes inconveniente, ¿verdad?

¿Que si tengo inconveniente, patrón? Ya me preguntó si dominaba el lenguaje militar, y lo domino. Anton entrega a Maxie el palo de billar como arma sustituta de la varita mágica del Mwangaza, con un movimiento marcial, de soldado a su superior. Maxie lo coge por su punto de equilibrio. Voz clara y precisa. Vocabulario sencillo y buenas pausas. Y ahora escucha esto. Lo escucho y lo traduzco lo mejor que sé.

—En primer lugar, caballeros, no habrá, repito, no habrá una intervención armada por parte de fuerzas no congoleñas en la provincia de Kivu. Asegúrate de que les llega alto y claro, ¿eh, muchacho?

Aunque sorprendido, hago lo que me pide. Haj deja escapar una exclamación de placer, se ríe y cabecea, incrédulo. Franco mueve el rostro nudoso en un gesto de perplejidad. Dieudonné baja la mirada en actitud contemplativa.

—Todo levantamiento será un estallido espontáneo e inmediato entre grupos tribales tradicionalmente opuestos —prosigue Maxie, impertérrito—. Se producirá sin, repito, sin la intervención de fuerzas no congoleñas, al menos visibles, ya sea en Goma, Bukavu o cualquier otro sitio. Asegúrate de que Haj lo entienda. Es a lo que se comprometió su padre. Díselo.

Eso hago. Haj vuelve otra vez la mirada hacia el mundo exterior por la ventana, donde se libra una batalla aérea entre escuadrones rivales de cuervos y gaviotas.

—Se habrá alterado temporalmente el precario equilibrio interior de poderes —prosigue Maxie—. Ningún organismo exterior, nacional, mercenario ni de ningún tipo, habrá avivado las llamas. Por lo que se refiere a la comunidad internacional, será otro asunto congoleño más. Deja eso bien claro por mí, ¿quieres, muchacho?

Lo dejo bien claro por el patrón. Debido a la superioridad numérica de las gaviotas, los cuervos de Haj se repliegan.

—El cuartel de la ONU en Bukavu es un desayuno de cerdos —afirma Maxie con creciente énfasis, aunque yo procuro usar un término menos emotivo—. Una compañía de infantería motorizada provista de transportes blindados de tropas y antiminas, una compañía de guardia uruguaya, una unidad de ingenieros china, representantes ruandeses y mai mai que van chocando por los pasillos, una especie de coronel a punto de jubilarse al frente del chiringuito. A la mínima, van al Satcom a pedir a gritos al cuartel general que les digan lo que tienen que hacer. Lo sabemos. Philip ha estado oyendo sus conversaciones, ¿verdad?

Philip inclina la cabeza en respuesta a las risas provocadas por mi traducción. ¿Un asesor por libre que tiene escuchas en el cuartel de la ONU? Me quedo estupefacto pero lo disimulo.

—Si se considera que la lucha es entre congoleños, lo único que hará la ONU en Bukavu, Goma o cualquier otra parte es refunfuñar, evacuar a los civiles, retirarse a sus instalaciones y dejar que los alborotadores se las apañen. Pero… y que sea un «pero» bien grande,

¿eh, muchacho?… Si a la ONU o a quien sea se le mete en la cabeza que venimos de fuera, la hemos jodido.

Siendo el suajili una lengua con una amplia gama de equivalentes, no me atrevo a diluir el vocabulario soez del patrón. Aun así, si mi traducción recibe nuevas risas de aprobación de Franco y una débil sonrisa de Dieudonné, lo mejor que puede ofrecer Haj es un desdeñoso grito de guerra.

—¿Y qué coño quiere decir con eso? —pregunta Maxie entre dientes, como si yo, y no Haj, lo hubiera ofendido.

—Es que está muy animado, patrón.

—Se lo pregunto a él, no a ti.

Transmito la pregunta a Haj, o más bien a la espalda de su Zegna.

—Quizá ese día a nadie le apetezca armar revuelo —contesta con un perezoso gesto de indiferencia—. Quizá llueva.

Tan oportuno como siempre, Philip entra en la brecha.

—Haj, el coronel habla solo de unos cuantos escaparates rotos. Un poco de saqueo y algún que otro tiro, te lo aseguro. Un coche incendiado aquí o allí, pero nadie te pide que prendas fuego a tu ciudad. Tu padre está empeñado en que la destrucción se reduzca al mínimo en Goma, y estoy seguro de que tú piensas lo mismo respecto a Bukavu. Lo único que buscamos es fuegos artificiales suficientes, alboroto suficiente a nivel general, para crear una situación en la que un líder carismático y popular con un mensaje que comunicar… en este caso el viejo camarada de tu padre, el Mwangaza… pueda hacer una aparición triunfal como pacificador. A Luc se le ocurrió la genial idea, para Goma, de empezar con una concentración de protesta que se tuerza ligeramente, y luego dejar que la cerveza haga su trabajo. Podrías plantearte tomar ejemplo para Bukavu.

Pero ni siquiera las dotes diplomáticas de Philip logran poner fin a las rabietas de Haj. De hecho, tienen en él el efecto contrario, incitándolo a agitar sus laxas manos por encima de la cabeza en una especie de gesto de rechazo global de todo lo dicho. Y eso a su vez provoca el estallido de Felix Tabizi en un francés gutural con un dejo árabe.

—Será de la siguiente manera —anuncia con voz monótona y atronadora como si se dirigiese a un sirviente descarriado—. En el momento propicio, el Mwangaza y sus consejeros abandonarán su lugar secreto más allá de las fronteras del país y llegarán al aeropuerto de Bukavu. Una muchedumbre tumultuosa, proporcionada por tu padre y por ti mismo, lo recibirá y lo llevará a la ciudad triunfalmente. ¿Queda claro? A su entrada en Bukavu, los enfrentamientos cesarán de inmediato. Vuestra gente depondrá las armas, acabará el saqueo y los tiroteos, e iniciarán la celebración. Aquellos que hayan ayudado al Mwangaza en su gran causa serán recompensados, empezando por tu padre; los que no lo hayan ayudado no tendrán la misma suerte. Lástima que hoy no esté aquí. Espero que se recupere pronto. Él aprecia al Mwangaza. Están en deuda el uno con el otro desde hace veinte años. Ahora van a saldarla. Tú también.

Haj ha abandonado la ventana y, apoyado en la mesa, se acaricia un enorme gemelo de oro.

—Así que es una guerra pequeña —musita por fin.

—Vamos, Haj. Apenas puede llamarse guerra —aduce Philip—. Una guerra solo nominal. Y la paz está a la vuelta de la esquina.

—Donde siempre está —contesta Haj, y en un principio parece aceptar la lógica del argumento de Philip—. Y en cualquier caso, ¿a quién va a importarle una guerra pequeña? —continúa, desarrollando el tema en francés—. O sea, ¿qué es una muerte pequeña? Bah. Nada. Es como estar un poco embarazada.

En apoyo de sus palabras, nos obsequia con una interpretación de sonidos de guerra similares a los que ya he sobrellevado bajo la línea de flotación: «¡Pumba! ¡Pam! ¡Ratatatatá!». A continuación, cae muerto sobre la mesa con los brazos extendidos, antes de volver a levantarse de un brinco, dejándonos igual que antes.

Maxie va a tomar el aeropuerto de Bukavu y ojo a aquel que intente detenerlo. Kavumu, como se llama, está a treinta y cinco kilómetros al norte de la ciudad y es la clave de nuestro éxito. Una fotografía aérea ha aparecido en el caballete. ¿Tenía Bukavu un aeropuerto hace veinte años? Recuerdo un prado lleno de baches con cabras pastando, y un biplano con la nervadura plateada pilotado por un sacerdote polaco barbudo, el padre Jan.

–Una vez ocupado el aeropuerto, tienen el sur de Kivu en sus manos. Dos mil metros de asfalto. Pueden traer lo que quieran, a quien les plazca, cuando les plazca. Y han bloqueado el único aeropuerto por el que Kinshasa podría hacer llegar refuerzos de peso.

–El palo de billar recalca el mensaje con una tacada–: Desde Kavumu se puede exportar al este a Nairobi –tacada–, al sur a Johannesburgo –tacada–, al norte a El Cairo y más allá. O pueden olvidarse por completo del África subsahariana y lanzarse directamente a los mercados de Europa. Un Boeing 767 puede transportar cuarenta toneladas sin escalas. Pueden hacer un corte de mangas a los ruandeses, los tanzanos y los ugandeses. Piénsenlo.

Traduzco, y lo pensamos, Haj detenidamente. Con la cabeza entre las largas manos, la mirada de ojos saltones fija en Maxie, es, sin saberlo, la viva imagen de Dieudonné, que medita a su lado con actitud similar.

–Sin intermediarios, sin bandidos, sin dinero para protección, sin aduanas ni soldados a quienes pagar –nos asegura Maxie, así que yo hago lo mismo–. Ustedes gestionan las minas de principio a fin, transportan el mineral directamente al comprador, sin tajada para Kinshasa. Explícaselo alto y claro, muchacho.

Se lo explico, y ellos quedan debidamente impresionados, excepto Haj, que interviene con otra objeción exasperante.

–La pista de Goma es más larga –insiste, estirando un brazo.

–Y una punta está cubierta de lava –replica Maxie mientras su palo de billar señala con un tamborileo un grupo de volcanes.

–Tiene dos puntas, ¿no? Es una pista.

Franco prorrumpe en otra carcajada; Dieudonné se permite una de sus infrecuentes sonrisas. Maxie respira hondo, y yo también. Ojalá dispusiese de cinco minutos en compañía de Haj, para hablar con él a solas, de hombre a hombre, en su shi materno. Así podría explicarle lo cerca que está de echar por tierra la operación con sus nimias objeciones.

—Nos quedamos con Kavumu. Y no se hable más —prosigue Maxie resueltamente. Se restriega toscamente la boca con un puño y comienza de nuevo. Haj, me temo, está acabando con su paciencia—. Quiero que me lo digan ellos, uno por uno. ¿Se suben todos al carro o no? ¿Empezamos con la toma de Kavumu o nos dedicamos a hacer el gilipollas con medidas a medias, cedemos terreno a la competencia y perdemos la mejor oportunidad de progreso real que ha tenido el Congo oriental en muchísimos años? Primero Franco.

Primero le pregunto a Franco. Como de costumbre, se lo toma con calma. Me mira con expresión ceñuda, luego mira el mapa y después a Maxie. Pero la mirada más larga y ceñuda se la reserva al despreciado Dieudonné, sentado junto a él.

—La opinión de mi general es que la propuesta de *monsieur le colonel* tiene sentido —dice entre dientes.

—Quiero algo más claro que eso. Y estoy hablándoles a todos. ¿Tomamos el aeropuerto, el aeropuerto de Kavumu, antes de pasar a las ciudades y las minas? Es una pregunta directa, que requiere una respuesta directa. Pregúntalo otra vez.

Lo hago. Franco abre el puño, se mira algo en la palma de la mano con expresión ceñuda y la cierra.

—Mi general está decidido. Primero tomaremos el aeropuerto y después las minas y las ciudades.

—¿En alianza? —insiste Maxie—. ¿Con los banyamulenge? ¿Como camaradas, dejando de lado las diferencias tradicionales?

Fijo la vista en mi botella de Perrier, consciente de que la mirada enloquecida de Haj salta de un hombre a otro y luego se posa en mí.

—Hay trato —entona Franco.

Dieudonné parece no dar crédito a lo que acaba de oír.

—¿Con nosotros? —pregunta en un susurro—. ¿Aceptáis a los banyamulenge como iguales en esta empresa?

—Si no hay más remedio, sí.

—¿Y después? ¿Cuando hayamos ganado? ¿Mantendremos la paz conjuntamente? ¿De verdad es eso lo que se acuerda aquí?

—Mi general dice que ha de ser con vosotros, así que será con vosotros —gruñe Franco. Y para zanjar el asunto, recurre a otro proverbio de su reserva, aparentemente inagotable—. Los amigos de mis amigos son mis amigos.

Es el turno de Dieudonné. Mirando solo a Franco, toma aire con dolorosas bocanadas.

—Si vuestro general mantiene su palabra y tú la tuya, y el Mwangaza la suya, en ese caso, los banyamulenge colaborarán en esta empresa —anuncia.

Todas las miradas se vuelven hacia Haj, incluida la mía. Consciente de que es el centro de atención, hunde la mano en el forro mostaza de su Zegna y saca a medias la pitillera de oro. Al ver el cartel de PROHIBIDO FUMAR, hace una mueca, la deja caer de nuevo en el bolsillo y se encoge de hombros. Y para Maxie, ha ido ya un encogimiento de hombros demasiado lejos.

—Muchacho, ¿te importaría decirle a Haj algo por mí?

A sus órdenes, patrón.

—No me tiene muy contento con estas gilipolleces de ahora tal y ahora cual. Estamos aquí para crear una alianza, no para nadar entre dos putas aguas. Si ha venido en representación de su padre, ¿por qué no cumple la voluntad de su padre en lugar de putearnos? ¿Crees que puedes transmitir eso sin ofender?

Siempre es posible atenuar un golpe, pero eso tiene un límite hasta para el intérprete más diestro, en particular cuando el golpe lo asesta un cliente de la franqueza de Maxie. Hago lo que puedo, y como a estas alturas ya estoy familiarizado con las repentinas muestras de indisciplina de Haj, tanto por encima como por debajo de la línea de flotación, me preparo para la arremetida que vendrá con toda seguridad. Imagínense, pues, mi sorpresa cuando me veo interpretar la argumentación rigurosamente razonada de un distinguido licenciado de la facultad de empresariales de la Sorbona. Su alocución debe de haberse prolongado durante cinco minutos largos, y sin embargo no recuerdo ni un solo titubeo ni repetición. Es desafiante, es desapasionada. No muestra indicio alguno de estar hablando del destino de su amada ciudad natal, y la mía. Lo que sigue es un resumen:

La explotación de las minas no puede llevarse a cabo sin la conformidad de la población local.

La fuerza militar por sí sola no basta. Lo que se necesita para una solución a largo plazo es un período sin guerra, más comúnmente conocido como paz.

Así pues, la opción que se plantea a los delegados no es si el plan del coronel ofrece el mejor método de extraer y transportar el mineral, sino si el Mwangaza y la Vía del Medio pueden cumplir su promesa de conseguir el consenso social.

El acceso. Haj se refiere no solo al acceso físico a las minas, sino al jurídico. Está claro que el nuevo gobierno propuesto de Kivu bajo el Mwangaza otorgará al cártel todas las concesiones, los derechos y permisos necesarios y exigidos por la ley local.

Pero ¿y la ley congoleña? Puede que Kinshasa esté a dos mil kilómetros, pero sigue siendo la capital. Desde el punto de vista internacional, representa a la República Democrática del Congo en su totalidad, y la Constitución consagra su jurisdicción sobre las regiones orientales. Desde una perspectiva amplia, Kinshasa sigue siendo la clave.

Haj dirige su mirada exoftálmica hacia Philip.

—Así que mi pregunta, Mzee Philip, es: ¿cómo propone su cártel soslayar la autoridad de Kinshasa? El Mwangaza habla de Kinshasa con desprecio y el coronel nos dice que Kinshasa no se beneficiará económicamente del golpe, pero, pasada la polvareda, será Kinshasa, no el Mwangaza, quien tenga la última palabra.

Philip ha escuchado con atención el discurso de Haj y, si su sonrisa de admiración es indicio de algo, lo ha disfrutado. Se pasa la mano ahuecada por encima del pelo blanco y ondulado a la vez que se las arregla para no tocárselo.

—Se requerirán nervios de acero y hombres fuertes, Haj —explica con una sonrisa—. Para empezar, el Mwangaza; también tu apreciado padre. Se necesitará tiempo, y así debe ser. Hay etapas en el proceso de negociación de las que solo podremos ocuparnos cuando lleguemos a ellas. Propongo que esta sea una.

Haj se muestra asombrado: a mi modo de ver, un poco demasiado, pero ¿por qué?

—¿Se refiere a que no habrá acuerdos secundarios de antemano con los peces gordos de Kinshasa? ¿Está seguro de eso?

—Totalmente.

—¿No han pensado en comprarlos ahora que están baratos?

—¡Claro que no! —Virtuosas risas.

—Están ustedes locos. Si esperan hasta el momento en que los necesiten, se los comerán vivos.

Pero Philip se mantiene en sus trece, y yo lo admiro por ello.

—Nada de conversaciones previas con Kinshasa, Haj; sintiéndolo mucho, ni acuerdos secundarios, ni sobornos ni tajadas del pastel. Puede que tengamos que pagar un alto precio, pero estaría en contra de todo lo que defendemos.

Maxie se pone en pie de un salto, renovado. La punta de su palo de billar se posa primero en Goma y luego sigue la carretera hacia el sur por la orilla occidental del lago Kivu.

—Mzee Franco. He oído que de vez en cuando grupos de sus distinguidas milicias organizan emboscadas en esta carretera.

—Eso dicen —responde Franco con cautela.

—A partir del amanecer del día en cuestión, le pedimos que las emboscadas se intensifiquen, cerrando la carretera al transporte en ambos sentidos.

Haj deja escapar un grito de protesta.

—¿Se refiere a los camiones de mi padre? ¿A nuestros camiones de cerveza, que van al norte?

—Sus clientes tendrán que pasar sed un par de días —replica Maxie, y se vuelve otra vez hacia Franco—. También he oído que su venerado general está en contacto con importantes grupos de milicia mai mai apostados aquí, entre Fizi y Baraka.

—Lo que ha oído es posible —concede Franco a regañadientes.

—Y en el norte, en los alrededores de Walikale, los mai mai también cuentan con una gran fuerza.

—Esos son secretos militares.

—En el día en cuestión, le pido que los mai mai converjan en Bukavu. También tienen grupos de hombres en torno a Uvira. Deberían prestar su apoyo.

Una vez más, Haj tiene que interrumpir. ¿Acaso se propone sabotear el discurso de Maxie, o es solo casualidad? Me temo lo primero.

—Me gustaría conocer, si es posible, los planes precisos del coronel para la toma del aeropuerto de Kavumu. Vale, las tropas están drogadas. Están descontentas y no cobran la paga. Pero tienen armas y les gusta matar gente.

Maxie responde con voz átona, sin la menor inflexión.

—Mi plan consiste en un escuadrón poco numeroso, vestido de paisano, de mercenarios de élite con experiencia y disciplina suficientes para abrirse paso sin disparar un solo tiro. ¿Hasta aquí de acuerdo?

Haj mueve el rizo engominado en un gesto de asentimiento. Con el mentón en la mano, permanece inclinado en una exagerada postura de atención.

—O bien entrarán con los empleados de mantenimiento a primera hora de la mañana, o aparecerán el sábado por la noche disfrazados de equipo de fútbol en busca de partido. Hay dos campos de fútbol, habrá cerveza gratis y vendrán chicas de las aldeas, así que será bastante informal. ¿Me sigue?

Otro gesto de asentimiento.

–Una vez dentro, no correrán, caminarán. Se lo tomarán con calma. Mantendrán las armas escondidas, sonreirán, saludarán. En diez minutos tenemos la torre de control, la pista y el depósito de municiones. Repartimos tabaco y cerveza, dinero, damos palmadas en la espalda, charlamos con los jefes, llegamos a un acuerdo. Por lo que a ellos se refiere, solo estamos alquilando informalmente el aeropuerto para traer en avión unos cuantos cargamentos de equipo minero sin molestar a las aduanas.

Haj adopta un tono anormalmente servil.

–Con el debido respeto a la distinción militar del coronel, ¿cuál será exactamente la composición de ese escuadrón de mercenarios de élite?

–Profesionales de alto nivel. Sudafricanos, adiestrados y seleccionados a dedo en las Fuerzas Especiales.

–¿Serán negros, *monsieur le colonel,* si se me permite preguntar?

–Zulúes y ovambos, traídos de Angola. Veteranos, no disidentes. Los mejores combatientes del mundo.

–¿Cuántos, por favor, *monsieur le colonel*?

–No más de cincuenta, no menos de cuarenta de momento.

–¿Y quién comandará a estos excelentes hombres en la batalla, si es tan amable?

–Yo. Personalmente. Yo mismo, ¿quién más, si no? –contesta, acortando las frases cada vez más–. Y Anton, aquí presente. Más un par de compañeros que conozco bien.

–Disculpe, pero *monsieur le colonel* es blanco.

Maxie se sube la manga derecha y por un momento creo que la situación se está complicando. Sin embargo, se limita a examinarse la cara interna del antebrazo.

–¡Maldita sea, es verdad! –exclama, ante lo cual estalla una salva de risas de alivio en torno a la mesa en la que el propio Haj participa ostensiblemente.

–¿Y sus colegas, *monsieur le colonel*? ¿También son blancos? –pregunta cuando las carcajadas han remitido lo suficiente.

–Como la nieve.

–¿Sería tan amable, pues, de explicarnos cómo un pequeño grupo de extranjeros, blancos como la nieve, puede llevar a cabo un ataque sorpresa contra el aeropuerto de Bukavu sin atraer cierto grado de atención de aquellos que no son tan afortunados?

Esta vez nadie ríe. Esta vez solo oímos las gaviotas y los cuervos y el susurro de la hierba movida por el viento cálido.

–Muy fácil. El día en cuestión –el término elegido por Maxie, empezamos a ver, para el día en que se iniciará el golpe– una compañía manufacturera suiza especializada en sistemas de control de tráfico aéreo efectuará una revisión in situ de las instalaciones del aeropuerto como primer paso para hacer una oferta de compra no solicitada.

Silencio, solo interrumpido por mi traducción.

–Su avión chárter, que contendrá equipo técnico de carácter no especificado –marcado énfasis que me aseguro de reproducir–, estará estacionado cerca de la torre de control. Los técnicos de la compañía suiza serán europeos. Entre ellos nos encontraremos Anton, aquí presente, Benny, a quien ya han conocido, y yo mismo. A una señal mía, mi selecta banda de mercenarios, que ya habrá accedido al aeropuerto por la entrada principal, subirá a bordo del avión. Dentro encontrará ametralladoras pesadas, lanzamisiles portátiles, granadas, brazaletes iluminados, raciones de comida y un abundante suministro de munición. Si alguien les dispara, responderán con un mínimo de fuerza.

Entiendo perfectamente por qué Philip hizo lo que hizo a continuación. Y es que ¿de qué lado estaba Haj? ¿Cuánto más íbamos a tener que soportar sus quisquillosas pegas? ¡Si ni siquiera era un invitado! Estaba allí en representación de su padre, caído del cielo a última hora. Había llegado el momento de ponerlo en su lugar, de meterlo en cintura.

—Monsieur Haj —empieza Philip, en un untuoso eco del *«monsieur le colonel»* de Haj—. Haj, hijo mío. Con el debido respeto a tu querido padre, a quien echamos mucho de menos, hasta el momento hemos sido todos muy reticentes, quizá demasiado reticentes, en cuanto a la parte vital que tú personalmente desempeñarás en apoyo a la campaña del Mwangaza. ¿Cómo te prepararás para el gran advenimiento? En Bukavu concretamente, que es tu territorio, por así decirlo. Me preguntaba si este no sería un buen momento para que nos ilustrase.

Al principio, da la impresión de que Haj no ha oído la pregunta de Philip o mi traducción. A continuación, masculla unas palabras en shi que, si bien más groseras, me recuerdan extrañamente a las del hombrecillo del restaurante italiano de Battersea: «Que Dios me dé fuerzas para dirigirme a este hijo de su puta madre, etcétera…»; naturalmente, yo no doy la menor señal de haberlo entendido, y opto por hacer unos inocentes garabatos en mi bloc.

Tras lo cual pasa a enloquecer. Se levanta de un brinco, hace piruetas, chasquea los dedos y menea la cabeza. Y poco a poco empieza a componer una respuesta rítmica a la pregunta de Philip. Y puesto que las palabras son la única música que yo conozco y, por lo que se refiere a las bandas congoleñas, soy un absoluto ignorante, no podría decirles ni siquiera hoy qué gran artista, o qué banda, o qué género de música, estaba imitando.

Pero casi todos los demás presentes en la sala sí podían. Ya que para todos, excepto para mí y Maxie, de quien, por ósmosis, sé que es tan incapaz como yo de apreciar la música, es una actuación de gran virtuosismo, al instante reconocible y muy graciosa. El austero Dieudonné se desternilla de la risa y bate palmas rítmicamente, encantado. Franco balancea su gran mole con placer, mientras vuestro intérprete acreditado, adiestrado para responder en cualquier condición meteorológica, continúa con su interpretación, ahora en francés y ahora —a instancias de una severa mirada de Maxie—

en inglés, de lo que a continuación ofrezco una versión reelaborada, basada en mis anotaciones desesperadas en su momento:

> Vamos a comprar a los soldados.
>
> Vamos a comprar a los maestros y los médicos.
>
> Vamos a comprar a los comandantes de la guarnición de la ciudad de Bukavu, al jefe de la policía y al subjefe de la policía.
>
> Vamos a echar abajo las puertas de la cárcel y a poner un puto camión de cerveza en la puta esquina de cada calle de la ciudad, y un par de kilos de Semtex para acompañarla.
>
> Y vamos a concentrar a todos los ruandeses antirruandeses y a repartir entre ellos nuevas armas de primera con nuestros camiones, y todo aquel que no tenga un arma, que venga.
>
> Y todos los vagabundos, los chiflados y los fulanos que te pegan un tiro porque han visto al diablo en ti: también a esos les daremos cerveza y armas.
>
> Y a todos los buenos católicos de Bukavu, y a todos los sacerdotes y monjas, que aman a Jesús y no quieren problemas, y no van a crearlos porque saben cómo escasean los buenos cristianos…
>
> Vamos a decirles que el mismísimo Príncipe de la Pobreza entra en la Nueva Jerusalén a lomos de su puto burro.
>
> Así que tómate otra cerveza, cariño, y sírvete otro cóctel Molotov, y rompe unos cuantos escaparate≠s más y ajusta las cuentas pendientes...
>
> Porque puedes dar por hecho que el paraíso del pueblo viene a por ti.

Ahora también Philip ríe y mueve la cabeza en ademán de asombro a la vez que hace sonar la campanilla para el siguiente descanso. Pero es Tabizi quien reclama mi atención subrepticia. Su rostro es una máscara de ira mal disimulada. Sus ojos de color negro azabache, medio ocultos entre los carnosos párpados, apuntan como cañones de pistola idénticos a la frente de Haj, recordándome que existe una clase de árabes que sienten un inalterable desprecio por sus hermanos subsaharianos.

11

Dónde demonios están, Sam? Solo me llega un sonoro silencio.

«Estoy comprobándolo, querido. Ten paciencia.»

Procuro tener paciencia. Murmullos ininteligibles mientras la voz de Sam consulta con la de Anton y luego con la de Philip.

«Hemos localizado a Franco.»

¿Dónde?

«En los aposentos reales. De juerga con el Mwangaza.»

¿Voy allá?, pregunto con excesivo afán.

«Ni se te ocurra, Brian, gracias. Se las arreglarán muy bien sin ti.»

Por los auriculares, oigo el taconeo de los zapatos de cocodrilo de Haj en la galería, acompañado de un segundo par de pisadas que atribuyo provisionalmente a Dieudonné. Sam confirma de inmediato la identificación: los vigilantes informan que Haj ha cogido a Dieudonné por el codo y lo ha conducido, literalmente, por el camino del jardín. Mejor aún, Haj se ha llevado un dedo a los labios, ordenando silencio a Dieudonné hasta alejarse de la casa. Eso me levanta los ánimos. No hay mejor música para el oído del ladrón de sonido a tiempo parcial que: «Vamos a algún sitio donde no nos oigan» o «Espera donde estás mientras busco una cabina de teléfono».

Aun en mi entusiasmo, siento una repentina lástima por Dieudonné, quien, tras dejarse arrastrar en una dirección por el gran plan de Maxie, se deja ahora arrastrar en dirección contraria por el re-calcitrante Haj.

Los dos llegan a la escalera de la pérgola y suben. Mientras suben, Haj empieza a bailar. Y mientras baila, inicia una alocución intermitente: una ráfaga de zapateo, una ráfaga verbal. Los ladrones de sonido oyen como los ciegos. Pero en ocasiones también ven como los ciegos, que es lo que estoy haciendo ahora: nítido y claro como el día en mi imaginación de ciego. Veo los zapatos de cocodrilo verde fango de Haj deslizarse por los peldaños de piedra, chaca chis chas, chaca chis chas. Veo corcovear su rizo engominado, arquearse hacia atrás el cuerpo esbelto, ondear las manos en su estela como pañuelos de seda recortándose contra el cielo azul a la vez que el taconeo ahoga su voz. Si su cuerpo se comporta como el de un demente, la voz es la de un hombre en sus cabales, y cuanto más bajo habla, más alboroto arma con los pies, y más cabecea a uno y otro lado en el transcurso de una sola frase dando de comer a los diversos micrófonos, un confuso bocado a cada una de esas pequeñas gargantas.

¿En qué idioma habla? En su shi materno que, casualmente, Dieudonné también habla. Lo que está haciendo —o cree hacer—, con alguna que otra improvisación, y una pincelada de francés donde la necesita, es usar una lengua que no pueda entender nadie que los escuche; solo que yo sí puedo.

Así que voy a por él. Estoy ahí mismo entre ellos. Voy a por él con tal ímpetu que cuando aprieto los párpados, lo veo con mi ojo virtual. Cuando Haj se aleja a brincos y Dieudonné, con sus arranques de tos, lo sigue trabajosamente, Salvo, el intérprete acreditado está junto a él provisto de sus auriculares y su bloc. Cuando Haj se acerca a brincos, Dieudonné permanece inmóvil, y yo también. Otro peldaño, y Haj salta a la hierba, y yo también. Y Haj sabe que estoy ahí. Sé que lo sabe. Está jugando a las estatuas conmigo, y yo juego con él. Dirige a la «cebra» en un verdadero baile, y la «cebra» le devuelve el cumplido, escalera arriba y abajo, un giro tras otro.

Lo que ignora es lo primitivo que es nuestro sistema de sonido. Es un hombre moderno y me juego cualquier cosa a que, además, es un fanático de la tecnología. Piensa que tenemos toda la gama de juguetes de última generación de la Chat Room: micrófonos direccionales, láser, satélite, de todo, pero no es así. Esto no es la Chat Room, Haj. Y los micrófonos de Spider son estáticos, aunque tú y yo y Dieudonné no lo seamos. Y el sistema de Spider es un circuito cableado a la antigua, sin pérdidas, y a esta «cebra» le encanta.

Es uno contra uno. Haj contra Salvo, mano a mano, con Dieudonné como testigo inocente. Es el shi de Haj, y el claqué de Haj, y las estocadas y quites de Haj contra los oídos ladrones de Salvo. El repiqueteo de los zapatos de cocodrilo de Haj resuena como unos zuecos contra un adoquinado. Hace piruetas, la voz sube y baja, va de aquí para allá, un poco de shi, un poco de kinyarwanda y un poco de argot francés para rematar. Estoy robando sonido de tres micrófonos distintos y de tres idiomas distintos en una sola frase, y la recepción es tan caótica como ese hombre. Yo también bailo, aunque solo sea en mi cabeza. Estoy ahí arriba, en los peldaños de piedra, batiéndome en un duelo de sables con Haj, y cada vez que me da un respiro y recobro el aliento me apresuro a pasar versiones sintetizadas a Sam por el micrófono mientras sujeto el bloc con la mano izquierda y el lápiz, en la derecha, salta por la página al son de la música de Haj.

«No hace falta gritar, Brian, querido. Te oímos perfectamente.»

La toma se prolonga durante nueve minutos, que equivale a dos tercios del descanso. La «cebra» nunca robará mejor sonido en su vida.

HAJ: Por cierto, ¿es muy grave lo tuyo? *(Staccato de zapatos de cocodrilo, un par de peldaños arriba, tres abajo, alto. Silencio repentino.)* ¿Muy grave? *(No hay respuesta. Otro staccato. Vuelve.)* ¿Las mujeres también? ¿Los niños? *(¿Asiente Dieudonné? Parece que sí.)* Joder. ¿Cuánto te queda? *(No hay respuesta.)* ¿Sabes dónde lo pillaste?

DIEUDONNÉ: Con una chica. ¿Tú qué crees?

HAJ: ¿Cuándo?

DIEUDONNÉ: En el noventa y ocho.

HAJ: ¿La guerra del noventa y ocho?

DIEUDONNÉ: ¿Cuál si no?

HAJ: ¿Luchando contra los ruandeses? *(Otro gesto de asentimiento, al parecer.)* ¿Estabas luchando contra los ruandeses y follando por la única y verdadera República Democrática del Congo? ¡Santo cielo! ¿Ya te ha dado alguien las gracias?

DIEUDONNÉ: ¿Por coger la peste?

HAJ: Por luchar en otra guerra inútil, tío. *(Baila escalera arriba, escalera abajo.)* ¡Qué mierda! Maldita sea. *(Más expletivos mesurados.)* Este cártel sin nombre quiere chuparos la sangre, ¿lo sabes? *(Murmullos confusos.)* Los banyamulenge tenéis los mejores guerreros, disciplina, motivación, los mejores minerales... oro y coltan en la llanura... ¡y ni siquiera los explotáis, de tanto como queréis a vuestras putas vacas!...

DIEUDONNÉ *(entre tos y tos, muy sereno)*: Pues entonces impondremos las condiciones. Iremos al Mwangaza y diremos: primero tendrá que darnos todo lo prometido, o no lucharemos por usted. Lucharemos contra usted. Eso le diremos.

HAJ: ¿El Mwangaza? ¿Piensas que es el Mwangaza quien está al frente de esto? ¡Menudo héroe está hecho! ¡Menudo iluminador de talla mundial!... ¡Menudo amigo desinteresado de los pobres! Ese hombre tiene en España la villa de diez millones de dólares más pobre que hayas visto. Pregúntale a mi padre... televisores de plasma en cada váter... *(Violento tamborileo de zapatos de cocodrilo, murmullos muy confusos, luego más nítidos. Suavemente, en contraste con el alboroto anterior.)* Dieudonné. Atiéndeme. Eres un buen hombre. Te quiero.

DIEUDONNÉ *(ininteligible).*

HAJ: No te morirás. No quiero que mueras. ¿De acuerdo? ¿Es un trato? Ni tú, ni los banyamulenge. Otra vez no. Ni por la guerra ni en la posguerra, ni de hambre ni de peste. Si tienes que morir, muere de cerveza. ¿Me lo prometes?

DIEUDONNÉ *(risa lúgubre)*: De cerveza y antirretrovirales.

HAJ: En serio, no quiero que muera ni un solo hijo de puta en ninguna parte del Congo durante mucho tiempo, si no es tranquila y plácidamente, de cerveza. Sudas como una puta. Siéntate.

Mejora la recepción. Anton informa a través de Sam de que Dieudonné ha tomado asiento en un banco de piedra a la sombra de un haya, antes de llegar a la pérgola. Haj bailotea alrededor en un radio de entre dos y tres metros. Pero yo sigo ahí, a su lado.

HAJ: … los ruandeses son más fuertes que nosotros, ¿lo sabes?… más fuertes que los… banyamulenge, más fuertes que esos orangutanes de los mai mai *(sonidos simiescos)*… más fuertes que todo… Kivu junto… ¿de acuerdo? Reconócelo.

DIEUDONNÉ: Es posible.

HAJ: Está más claro que el agua, joder, y tú lo sabes. Escúchame. *(Se acerca otra vez a Dieudonné y le habla intensamente al oído: recepción perfecta, casi con toda seguridad de un micrófono instalado entre las ramas del haya)*… Quiero a mi padre. Soy africano. Lo honro. ¿Vive aún tu padre?… Bien, eso quiere decir que honras su espíritu. Hablas con su espíritu, obedeces a su espíritu, te dejas guiar por él. El mío está vivo, ¿entiendes? Y tiene tres esposas y todas las busconas a las que da abasto. Es dueño de buena parte de Goma y de un cincuenta y uno por ciento de todo lo mío, y los ruandeses están robándole el negocio, o eso cree.

Por mediación de Sam, Anton informa que Haj desaparece detrás del haya y reaparece sin cesar. La recepción intermitente lo confirma.

HAJ: Hace un par de meses me llamó, ¿vale?… una ocasión solemne, hum, hum… en el despacho, no en casa… no quiere que sus… mujeres escuchen por el puto agujero de la cerradura… me habla de este nuevo acuerdo magnífico para Kivu en el que anda metido, de que su viejo amigo el Mwangaza va a adelantarse a las elecciones, que son una fórmula para la guerra civil, va a echar a todos los que no le gustan y enriquecer a todos los que le gustan, y también al pueblo, porque cuenta con el respaldo de un maravilloso cártel filantrópico, una gente con un montón de dinero y buenas intenciones, armas y munición. Eso pinta bien, le digo. Pinta igual que cuando vino el rey Leopoldo al Congo. Cosa que, lógicamente, lo sacó de quicio. Así que esperé a que se calmara, lo cual ocurrió al día siguiente… *(se interrumpe, vuelve)*… mientras tanto algo espantoso. Francamente espantoso… consulto con una gente muy mala que conozco… en Kinshasa… mi padre me mataría si supiera que conozco a esos individuos, individuos con los que conviene ser amable si uno no quiere amanecer muerto un buen día… *(murmullos muy confusos)*… ¿que qué me dijeron, esos individuos?… ¿bajo un juramento de absoluto secreto que ahora estoy incumpliendo? Kinshasa participa en el acuerdo. Kinshasa desempeña un papel en la acción… el peor papel posible…

Un sonido perfecto. Sam comunica que Haj y Dieudonné están sentados uno al lado del otro en el banco con un micrófono a dos metros, sin ninguna brisa que lo perturbe.

HAJ: Así que voy a ver a mi padre y le digo: padre, te quiero y te estoy agradecido por haber pagado para que yo pudiera desarrollar este puto cerebro mío, y respeto tus buenas intenciones en cuanto al Mwangaza y el Congo oriental. Permíteme darte, pues, mi experta opinión como especialista en resolución de problemas: eres un gilipollas de tomo y lomo, y eso por dos razones. El Mwangaza y tú, a mi modo de ver, os habéis vendido muy baratos a ese cártel sin huevos, más o menos por un mil por ciento menos de lo debido. Razón número dos, y perdona mi impertinencia, pero ¿quién coño necesita otra puta guerra? Tú y yo dependemos por completo de Ruanda en nuestros negocios. Ellos distribuyen nuestras mercancías por el mundo. Para todos menos para los congoleños, eso sería la base de una sociedad comercial beneficiosa y cordial. No sería un motivo para asesinar a las esposas e hijos del otro, ni para colocar en el poder a un carcamal sin experiencia que, por mucho que lo quieras, se ha comprometido a sacar a patadas del Congo todo aquello que huela a Ruanda. ¿Le hablo de mis amigos malos de Kinshasa? Ni loco. Pero sí le hablo de mi buen amigo Marius, un gordo holandés con el que da la casualidad de que estudié en París.

La recepción se pierde momentáneamente. El equipo de Sam informa de que la pareja avanza despacio por el césped al otro lado de la pérgola. La recepción es débil.

HAJ: … cuarenta años… *(murmullos confusos durante dos segundos)*… montón de dinero institucional… vicepresidente africano [?] de… *(murmullos confusos durante siete segundos)*… Así que le dije a mi padre… *(murmullos confusos durante cuatro segundos)* me escuchó… me dijo que yo era el mayor fracaso de su vida… deshonra de nuestros antepasados… después me preguntó dónde podía encontrar a ese Marius para… decirle que cerrar la frontera ruandesa con el Congo era la única solución sensata a los problemas del mundo, que es como habla mi padre cuando no quiere que sepas que ha cambiado de idea.

Chirrido metálico, expulsión de aire de unos cojines de espuma, nitidez restablecida. Sam informa de que los dos hombres están sentados en un entrante al abrigo del viento de cara al mar. Haj habla con tono apremiante, casi temerario.

HAJ: Así que mi padre cogió un avión y se fue a Nairobi a ver a Marius. A Luc le gusta Nairobi. Conoce allí a una puta estupenda. Y Marius le cae bien. Se fuma un par de puros con él. Y Luc le cae bien a Marius. Y Marius le dice que es un gilipollas. «Eres tal y como dice que eres el capullo de tu hijo. Un hombre sabio y bueno. Y tú y tu Mwangaza queréis echar a los ruandeses de Kivu para que no os exploten más, lo que es una excelente idea, excepto por un detalle. ¿En serio pensáis que no vendrán a machacaros, a obligaros a devolver con intereses lo que les quitéis? ¿No es eso lo que hacen siempre? Entonces, ¿por qué no sois listos de verdad y hacéis lo inimaginable por una vez en la vida? En lugar de echar a los ruandeses, miraos en el espejo, poned vuestra mejor sonrisa y comportaos como si los apreciaseis. Tenéis negocios con ellos, os guste o no, así que procurad que os guste. Así, es posible que mi empresa invierta en vosotros u os compre, y reclutaremos a unos cuantos jóvenes brillantes como el capullo de tu hijo, nos llevaremos bien con Kinshasa y, en lugar de tres millones de muertos, tendremos una coexistencia pacífica.»

DIEUDONNÉ *(después de mucho pensar)*: ¿Está tu padre aliado con ese hombre?

HAJ: Por favor, estamos hablando de Luc, el mejor jugador de póquer de Goma. Pero ¿sabes una cosa? El cabrón del holandés tenía razón. Porque cuando los ruandeses vuelvan, ¿qué traerán consigo? Una catástrofe, joder. Como la última vez, solo que peor. Los angoleños, los zimbabuenses y cualquiera que nos odie y quiera lo que es nuestro. Y cuando eso pase, olvídate del proceso de paz, olvídate de la presión internacional, olvídate de las elecciones, porque tus pobres banyamulenge morirán como moscas, que es lo que mejor hacéis. Pero no yo. Yo estaré otra vez en París, partiéndome de risa.

«No te muevas de donde estás, Brian, querido. Enseguida van a ayudarte.»

—¿Eso es Pitman, muchacho? A mí me parece más bien un rollo de alambre de espino.

Maxie, inclinado por encima de mí a lo Bogey, con las manos apoyadas en los brazos de mi silla eléctrica, observa lo que el señor Anderson se complace en llamar mi sistema cuneiforme babilónico. Spider ha desaparecido, despachado por Maxie. Philip, con camisa rosa y tirantes rojos, está en el umbral de la puerta que da al pasillo. Me siento sucio y no sé por qué. Es como si hubiese hecho el amor con Penelope a su regreso de uno de esos seminarios de fin de semana.

—Es de mi cosecha, patrón —contesto—. Un poco de escritura rápida, un poco de taquigrafía y mucho de mí —que es lo que digo a todos mis clientes, porque si una cosa he aprendido es a no dejar que piensen que mi cuaderno es un documento registral, para no acabar en los tribunales o algo peor.

—Léenoslo otra vez, muchacho, hazme el favor.

Obediente, lo vuelvo a leer. En inglés, a partir de mis notas como antes, sin omitir detalle alguno por pequeño que sea, etcétera. Maxie y Philip me irritan, aunque me cuido muy mucho de exteriorizarlo. Ya les he dicho que, sin el moderno potenciador de sonido del señor Anderson, podríamos seguir así toda la noche, pero eso no los disuade, ah, no. Necesitan escuchar el «sonido real» en mis auriculares, lo que se me antoja un tanto irracional, dado que ninguno de los dos habla una sola palabra de mis lenguas por debajo de la línea de flotación. El fragmento que los obsesiona son los siete segundos de murmullos confusos justo después de la primera alusión al gran fumador de puros holandés, y si yo no le veo ni pies ni cabeza, ¿por qué demonios iban a poder ellos?

Le entrego a Philip mis auriculares, con la idea de que quizá se pongan una almohadilla cada uno, pero Philip acapara las dos. Escucha una vez, escucha tres veces. Y cada vez que escucha, dirige a Maxie un gesto de complicidad. A continuación, le pasa a Maxie los auriculares y me ordena que reproduzca una vez más el fragmento, y finalmente Maxie le dirige el mismo gesto de complicidad, lo que no hace más que confirmar lo que yo venía sospechando: saben lo que buscan y no me lo han dicho. Y no hay ninguna situación en la que el intérprete acreditado se sienta más estúpido y más inútil que cuando no es plenamente informado por sus clientes. Además, la cinta es mía, no suya. Es mi trofeo. He sido yo quien se la ha arrancado a Haj por la fuerza, no ellos. He lidiado con Haj por esa grabación, ha sido nuestro duelo.

–Un material de primera, muchacho –me asegura Maxie.

–Ha sido un placer, patrón –contesto, solo por educación. Pero lo que pienso es: gracias, pero no me des palmadas en la espalda, no las necesito, ni siquiera de ti.

–Absolutamente brillante –ronronea Philip.

Al cabo de un momento, los dos se han ido, aunque yo solo oigo subir por la escalera del sótano las pisadas de un par de pies, porque Philip es el asesor insonoro, y no me extrañaría que tampoco tuviera sombra.

Después de irse ellos, no hice nada durante lo que se me antojó un rato larguísimo. Me quité los auriculares, me enjugué la cara con el pañuelo, volví a ponerme los auriculares y, tras pasar unos minutos con el mentón apoyado en el puño, reproduje para mí por enésima vez el borbotón de siete segundos. ¿Qué habían oído Maxie y Philip que no estaban dispuestos a confiarme? Lo pasé a velocidad lenta, a velocidad rápida, y me quedé igual que estaba: tres o cuatro compases con una «u» al principio, una palabra de tres o cuatro sílabas con *ère* o *aire* al final, y a bote pronto se me ocurría una docena de palabras con la misma terminación: *débonnaire, légio-*

nnaire, militaire, cualquier *air* que se terciara. Y después, un borbotón *ak*, como en *attaque*.

Volví a quitarme los auriculares, hundí la cara entre las manos y susurré en la oscuridad. Ahora mismo no consigo recordar las palabras exactas. Es prematuro decir que albergaba sentimientos de traición real. Como mucho reconoceré que me invadió una sensación de abatimiento, cuyos orígenes me negué rotundamente a analizar. En el anticlímax posterior a mi combate singular con Haj, me quedé rendido y por los suelos. Incluso me pregunté si nuestro duelo era una fantasía que yo había concebido en mi imaginación, hasta que recordé lo preocupado que se notaba a Haj por los sistemas de vigilancia desde el momento en que llegó a la suite de invitados. Sin embargo —contrariamente a lo que sostendría Paula, la amiga del alma de Penelope—, no estaba en fase de negación. Ni siquiera había empezado a elaborar qué era lo que negaba. Si tenía la sensación de estar fallándole a alguien, iba dirigida hacia dentro. Me había fallado a mí mismo, que es como describí mi estado a través del éter a Hannah, en lo que ahora considero el punto más bajo de mi gráfico en ese trascendental día.

¿Sam? Soy yo, Brian. ¿Qué se está cociendo aquí?

No se está cociendo nada. Sam no está en su puesto. Contaba con un poco de compasión femenina, pero lo único que oigo por mis auriculares es un parloteo de voces masculinas de fondo. Sam ni siquiera se ha molestado en apagar el micrófono, cosa que me parece un tanto negligente y arriesgada. Lanzo un vistazo al reloj de la tía Imelda. El descanso se está alargando. El relato inconcluso de Haj sobre los coqueteos de su padre con una empresa de la competencia dirigida por un cabrón holandés, un gordo que fuma puros, parece haber armado la de Dios es Cristo. Se lo tiene bien merecido por llamarme «cebra». Spider aún no ha vuelto de dondequiera que haya ido. Hay muchos detalles sobre la geografía de esta casa que me ocultan. Por ejemplo, dónde está la sala de operaciones. O dónde tiene sus puestos de observación el equipo de vigilancia de Anton. Dónde se esconde Jasper. Dónde está Benny. Pero no necesito saberlo, ¿no? Solo soy el intérprete. Todos necesitan saberlo menos yo.

Miro el plano del metro. Haj y Dieudonné se han separado. El pobre Dieudonné, solo en la suite de invitados. Probablemente pronunciando una breve oración. Haj ha vuelto a la pérgola, el escenario de su supuesto triunfo. ¡Si él supiera! Me lo imagino contemplando el mar con sus ojos saltones, felicitándose por haberle hecho la pascua al Mwangaza. La bombilla de Franco está apagada. Seguirá encerrado en los aposentos reales con el Mwangaza, cabe suponer. Inaccesible. Solo para el archivo.

Necesito sonido. No me gustan las voces acusadoras que empiezan a alzarse en mi cabeza, en particular la de Hannah. No he venido aquí para que me critiquen. He hecho lo que he podido por mis clientes. ¿Qué tenía que hacer? ¿Fingir que no había oído a Haj decir lo que dijo? ¿Guardármelo? Estoy aquí para hacer un trabajo y cobrarlo. En efectivo. Aunque sea una miseria en comparación con lo que le pagan a Jasper. Soy intérprete. Ellos hablan y yo traduzco. No dejo de traducir cuando la gente dice cosas que no debe. No censuro, ni corrijo, ni reviso, ni invento, a diferencia de algunos de mis colegas. Yo doy lo que hay. Si no fuera así, no sería el hijo predilecto del señor Anderson. No sería un genio en lo mío. Jurídico o comercial, civil o militar: traduzco a todo el mundo por igual y de manera imparcial, sea cual sea su color, raza y credo. Soy el puente, amén y fuera.

Busco otra vez a Sam. Todavía no ha vuelto a su puesto. El cuchicheo de voces masculinas de fondo en la sala de operaciones ha cesado. Pero gracias a la negligencia de Sam, oigo a Philip. Además, habla con claridad suficiente para entender lo que dice. No hay manera de saber con quién habla; su voz ha rebotado como mínimo en una pared antes de llegar al micrófono de Sam, pero no incide en mi audición. Estoy en tal estado de alerta después de mi duelo con Haj que si una mosca tosiese en mis auriculares, sería capaz de distinguir su edad y sexo. La sorpresa es que la voz de Philip suena muy distinta de la versión engolada que asocio con él, tan distinta que inicialmente incluso me resisto a aceptar que es él. Habla con un tal «Mark» y, a juzgar por el tono imperioso de Philip, Mark es un subordinado:

PHILIP: Quiero saber quién es su médico, quiero el diagnóstico, qué tratamiento recibe el paciente, si es que recibe alguno, cuándo esperan darle el alta, si es que se la dan, quién lo visita en su lecho de dolor y quién lo acompaña aparte de sus mujeres, queridas y guardaespaldas... No, no sé en qué puto hospital está, Mark, ese es tu trabajo, para eso te pagan, eres el hombre in situ. A ver, ¿cuántos hospitales de cardiología hay en Ciudad del Cabo, por el amor de Dios?

Final de la llamada telefónica. Los asesores por libre de alta categoría son demasiado importantes para decir adiós. Philip necesita hablar con Pat. Ha marcado otro número y cuando descuelgan pregunta por Pat.

PHILIP: Se llama Marius, es holandés, gordo, cuarentón, fuma puros. Ha estado recientemente en Nairobi y, por lo que sé, ahí sigue. Estudió empresariales en París y representa a nuestros viejos amigos de la Union Minière des Grands Lacs. Aparte de todo esto, ¿quién es? *(Noventa segundos en los que Philip indica de manera intermitente que sí está escuchando y tomando notas, al igual que yo. Finalmente)*: Muchas gracias, Pat. Perfecto. Precisamente lo que no queríamos saber. Justo lo que me temía, solo que peor. Adiós.

Así que ya lo sabemos. No era *débonnaire* ni *légionnaire* ni *militaire*. Era Minière, y no era *attaque*, era Lacs. Haj se refería a un consorcio minero del que el gordo holandés era el representante en

África. Alcanzo a ver a Spider de pie al otro lado de su rejilla de Meccano, comprobando sus platinas, cambiando cintas y clasificando las nuevas. Levanto un auricular y sonrío por cordialidad.

—Por lo que se ve, Brian, vamos a tener una comida ajetreada gracias a ti —dice Spider con misterioso regodeo galés—. Hay mucha actividad prevista, de una manera o de otra.

—¿Qué clase de actividad?

—Eso sería hablar más de la cuenta, ¿no crees? Nunca intercambies un secreto, como dice el señor Anderson, ¿te acuerdas? Siempre sales perdiendo en el trato.

Vuelvo a colocarme el auricular y miro más detenidamente el plano del metro. La luz malva del Mwangaza me tienta como la invitación a un burdel. «Vamos, Salvo, ¿qué te lo impide? ¿El reglamento de la escuela?» Los aposentos reales quedan excluidos a menos que Philip personalmente indique lo contrario. Para los archivos, no para la operación. Grabamos pero no escuchamos. No si somos intérpretes «cebra». Así que si yo no estoy autorizado a escuchar, ¿quién lo está? ¿El señor Anderson, que no habla nada a excepción del inglés norteño? ¿O el cártel sin huevos, como los ha llamado Haj? ¿Escuchan ellos? Como maniobra de distracción, quizá. Con su oporto y sus habanos en su refugio de las islas del Canal.

¿De verdad estoy pensando así? ¿Se me ha metido la subversión de Haj bajo la piel sin darme cuenta? ¿Palpita mi corazón africano más fuerte de lo que parece? ¿Y el de Hannah? Si no es así, ¿por qué mi mano derecha se mueve con la misma deliberación con la que eché el *coq au vin* de Penelope a la trituradora de basura? Vacilo, pero no por remordimientos de conciencia de última hora. Si pulso el interruptor, ¿empezarán a sonar sirenas por toda la casa? ¿Transmitirá la bombilla malva del plano del metro una señal de alarma? ¿Se oirán las atronadoras pisadas de los hombres de los anoraks de Anton, que bajan a toda prisa por la escalera del sótano para prenderme?

Lo pulso igualmente y entro en el SALÓN de los aposentos reales prohibidos. Franco habla en suajili. La recepción es perfecta, sin ecos ni ruidos de fondo. Imagino tupidas alfombras, cortinas, muebles mullidos. A Franco relajado. Quizá le han dado un whisky. ¿Por qué pienso en whisky? Franco es un bebedor de whisky. La conversación es entre Franco y el Delfín. No existe aún prueba alguna de la presencia del Mwangaza, aunque algo en sus voces me indica que no anda lejos.

FRANCO: Hemos oído decir que en esta guerra intervendrá mucha aviación.

DELFÍN: Es verdad.

FRANCO: Tengo un hermano. Tengo muchos hermanos.

DELFÍN: Es una bendición.

FRANCO: Mi mejor hermano es un buen combatiente, pero, para vergüenza suya, solo tiene hijas. Cuatro esposas, cinco hijas.

DELFÍN *(un proverbio)*: Por larga que sea la noche, el día sin duda llegará.

FRANCO: De esas hijas, la mayor tiene un quiste en el cuello que dificulta sus perspectivas de matrimonio. *(Unos gruñidos de esfuerzo me confunden, hasta que caigo en la cuenta de que Franco se está tocando ese mismo punto en su cuerpo lisiado.)* Si el Mwangaza manda a la hija de mi hermano a Johannesburgo para un tratamiento secreto, mi hermano albergará buenos sentimientos hacia la Vía del Medio.

DELFÍN: Nuestro Iluminador es un marido abnegado y padre de muchos hijos. Se organizará el traslado.

Un tintineo de cristal sella la promesa. Expresiones mutuas de aprecio.

FRANCO: Este hermano es un hombre capaz, popular entre su gente. Cuando el Mwangaza sea gobernador de Kivu del Sur, hará bien en elegir a mi hermano como jefe de policía de toda la región.

Delfín: En la nueva democracia, todo nombramiento será resultado de una consulta transparente.

Franco: Mi hermano pagará cien vacas y cincuenta mil dólares por un nombramiento de tres años.

Delfín: La oferta se estudiará democráticamente.

Desde el otro lado de la rejilla de Meccano, Spider me mira fijamente, con las cejas enarcadas. Levanto un auricular.

—¿Pasa algo? —pregunto.

—No que yo sepa, muchacho.

—¿Por qué me miras así, pues?

—Ha sonado la campanilla, por eso. Estabas demasiado ocupado escuchando para oírla.

12

Tres bases, caballeros! Las tres a cielo abierto, mínimamente explotadas, y vitales para el resurgimiento de Kivu.

Maxie, palo de billar en mano, nos arenga una vez más desde la cabecera de la mesa. El aeropuerto es nuestro, el Mwangaza se ha instalado. Pronto el cártel controlará todas las minas de Kivu del Sur, pero entretanto tenemos aquí estas tres, que serán el punto de partida. Están a trasmano, y no hay concesionarios oficiales con quienes tratar. Al volver a la sala de reuniones, tengo la sensación de que sus ocupantes han experimentado una transformación teatral. Haj y Dieudonné, que minutos antes mantenían una conversación en extremo sediciosa, se comportan como si no se hubiesen visto en la vida. Haj musita tralarás para sí y sonríe con cara de suficiencia y la mirada perdida. Dieudonné, meditabundo, se toquetea la barba con las yemas de los dedos huesudos. Entre los dos se alza Franco, con una máscara de rectitud en su rostro nudoso. ¿Quién habría imaginado que minutos antes intentaba sobornar al seráfico Delfín? ¿Y sin duda Philip no es ahora ni nunca lo ha sido autor de ciertas órdenes perentorias bramadas por el teléfono satélite? Con las rechonchas manos entrelazadas ante la pechera de la camisa, exhibe el sosiego de un párroco. ¿Se peina el cabello blanco y ondulado entre actos? ¿Se riza los bucles detrás de las orejas? Tabizi es el único que parece incapaz de contener los pensamientos desbocados que bullen en él. Aunque tenga el resto del cuerpo bajo control, en sus ojos oscuros como el petróleo se advierte un inextinguible rescoldo de venganza.

El mapa al que alude Maxie es tan grande que Anton tiene que extenderlo como un cristal sobre un extremo de la mesa. Como su patrón, se ha quitado la chaqueta. Sus brazos desnudos están tatuados desde el codo hasta la muñeca: una cabeza de búfalo, un águila bicéfala con un globo terráqueo entre las garras y un cráneo sobre una estrella para recordar a su escuadrón de helicópteros de Nicaragua. Sostiene una bandeja con pequeños juguetes de plástico: helicópteros de combate con los rotores doblados, bimotores sin las hélices, obuses con carritos de munición a rastras, soldados de infantería con bayonetas caladas en posición de carga o, más prudentemente, cuerpo a tierra.

Maxie, palo en ristre, recorre el largo de la mesa. Eludo la mirada de Haj. Cada vez que Maxie señala con su palo, levanto la vista y ahí está Haj esperándome con sus ojos saltones. ¿Qué intenta decirme? ¿Que lo he traicionado? ¿Que nunca nos batimos en duelo? ¿Que somos amigos de toda la vida?

–Un pequeño lugar llamado Lulingo –dice Maxie a Franco al mismo tiempo que ensarta la aldea con la punta de su palo de billar–. El corazón de su territorio mai mai. *Le coeur du Maï Maï. Oui? D'accord?* Buen hombre. –Gira sobre los talones hacia mí–: ¿Y si le pido que ponga allí a trescientos de sus mejores hombres? ¿Quieres hacerlo por mí?

Mientras Franco considera mi oferta, Maxie se vuelve hacia Dieudonné. ¿Está a punto de aconsejarle que se tome un frasco de aspirinas? ¿De decirle que no tiene sentido ir a rastras a la zaga de la manada ahora que le ha llegado la hora?

–Su zona, ¿de acuerdo? Su gente. Sus pastos. Su ganado. Su altiplano.

El palo desciende por la orilla meridional del lago Tanganika, se detiene a medio camino, gira hacia la izquierda y vuelve a detenerse.

—Es nuestra zona —confirma Dieudonné.

—¿Puede mantener una base fortificada para mí? ¿Aquí?

A Dieudonné se le encapota el rostro.

—¿Para usted?

—Por los banyamulenge. Por un Kivu unido. Por la paz, la no exclusión y la prosperidad de todos. —Los mantras del Mwangaza son obviamente los de Maxie.

—¿Quién nos abastecerá?

—Nosotros. Desde el aire. Les lanzaremos todo lo que necesiten durante tanto tiempo como lo necesiten.

Dieudonné alza la vista para mirar a Haj como si le suplicase; luego hunde la cara entre las manos largas y delgadas y la mantiene ahí, y por una décima de segundo me sumo a él en su oscuridad. ¿Lo ha persuadido Haj? Si es así, ¿me ha persuadido a mí? Dieudonné levanta la cabeza. Tiene una expresión resuelta, pero nadie sabe en defensa de qué causa. Empieza a argumentar en voz alta con frases cortas y concluyentes mientras mantiene la mirada a lo lejos.

—Nos invitan a unirnos al ejército de Kinshasa. Pero solo para neutralizarnos. Nos ofrecen nombramientos que crean una ilusión de poder. Pero en realidad no valen nada. Si se convocan elecciones, Kinshasa trazará fronteras que no dan voz a los banyamulenge en el Parlamento. Si nos aniquilan, Kinshasa no moverá un dedo para salvarnos. Los ruandeses, en cambio, acudirán a protegernos. Y eso será otro desastre para el Congo. —Entre sus dedos extendidos, anuncia su conclusión—: Mi pueblo no puede permitirse rechazar esta oportunidad. Lucharemos por el Mwangaza.

Haj lo mira con los ojos desorbitados y suelta una risotada femenina de incredulidad. Maxie tamborilea con la punta de su palo en las estribaciones al sudoeste de Bukavu.

—¿Y esta excelente mina le pertenece a usted, Haj? ¿Me equivoco? ¿Es de usted y de Luc?

—Nominalmente —reconoce Haj con un irritante gesto de indiferencia.

—Bueno, y si no es de ustedes, ¿de quién es? —pregunta Maxie con un tono a medio camino entre la broma y el desafío que no hago el menor esfuerzo por moderar.

—Nuestra empresa la ha subcontratado.

—¿A quién?

—A unos conocidos de mi padre —replica Haj, y me pregunto quién más ha percibido el tonillo rebelde de su voz.

—¿Ruandeses?

—Ruandeses que aman el Congo. Gente así existe.

—¿Y son leales a él, cabe suponer?

—En muchas circunstancias son leales a él. En otras, son leales a sí mismos, como es normal.

—Si triplicásemos la producción de la mina y les pagásemos una parte, ¿serían leales a nosotros?

—¿A nosotros?

—Al cártel. En el supuesto de que estén bien armados y aprovisionados para resistir un ataque. Según nos dijo su padre, lucharían por nosotros hasta el último hombre.

—Si eso ha dicho mi padre, será verdad.

En su frustración, Maxie se vuelve en redondo hacia Philip.

—Tenía entendido que todo esto se acordó de antemano.

—Y está acordado, Maxie —contesta Philip con tono tranquilizador—. Es un trato hecho, cerrado y sellado. Luc lo aceptó todo hace tiempo.

Como la conversación es en inglés y de carácter privado, opto por no traducirla, lo que no impide a Haj cabecear y sonreír como un imbécil, provocando así la rabia silenciosa de Felix Tabizi.

—Tres líderes, tres enclaves independientes —prosigue Maxie, dirigiéndose a todos en general—. Cada uno con su propia pista de aterrizaje, en desuso, utilizable o semiutilizable. Cada uno abastecido mediante transporte aéreo pesado desde Bukavu. Todos los problemas de acceso, extracción y transporte resueltos de un plumazo. Ilocalizables y, sin potencia aérea enemiga, inexpugnables.

«¿Potencia aérea enemiga?» ¿Y quién es el enemigo exactamente? ¿Es esto lo que Haj se pregunta? ¿O me lo pregunto yo?

—No en todas las operaciones militares puede uno pagar a sus hombres con lo que se extrae de la tierra en el mismo lugar donde se está acantonado, por el amor de Dios —insiste Maxie con el tono de un hombre que intenta vencer toda oposición—. Y por si fuera poco, tener la satisfacción de saber que están haciendo un bien a su país. Diles también eso, hazme el favor, muchacho. Haz hincapié en las ventajas sociales. Cada milicia colaborará con los jefes locales amigos, cada jefe se embolsará un dinero, ¿y por qué no, siempre y cuando lo distribuya entre su clan o tribu? No hay ninguna razón, a largo plazo, para que las bases no prosperen como comunidades autosuficientes. Escuelas, tiendas, carreteras, centros sanitarios, de todo.

Un momento de distracción mientras Anton coloca un avión de pasajeros de plástico en la base de la selva de Franco y todos miran. Es un Antonov-12, explica Maxie. Que transporta una carga de excavadoras, volquetes, toros e ingenieros. Puede aterrizar en la pista de sobra. Cualquier cosa que se necesite, el Antonov puede entregarla cómodamente. Pero una vez más, Haj lo interrumpe de pronto, en esta ocasión levantando el brazo derecho y manteniéndolo en alto como un alumno obediente que espera su turno.

—Monsieur Philippe.

—Haj.

—¿Tengo razón al suponer que, bajo el acuerdo propuesto, las milicias deben ocupar sus bases durante un mínimo de seis meses?

—Tiene razón.

—¿Y pasados esos seis meses?

—Pasados los seis meses, el Mwangaza se habrá establecido como líder electo del pueblo y la creación de un Kivu no excluyente estará en marcha.

—Pero durante esos seis meses, antes de que las minas pasen a manos del pueblo, ¿quién las controlará?

—El cártel, ¿quién si no?

—¿El cártel extraerá el mineral?

—Eso espero. —Broma.

—¿Y lo transportará?

—Claro. Todo eso ya se lo explicamos a Luc.

—¿Y el cártel también venderá el mineral?

—Lo comercializará, si se refiere a eso.

—He dicho vender.

—Y yo he dicho comercializar —replica Philip, con la sonrisa de un hombre que disfruta de una buena discusión.

—¿Y se quedará con todas las ganancias?

Al otro lado de la mesa, Tabizi está a punto de estallar, pero el ágil Philip se le adelanta una vez más.

—Las ganancias, Haj…, aunque «ingresos» sería una palabra más suave…, serán para cubrir los gastos iniciales del cártel durante los primeros seis meses, como tú bien das a entender. Eso incluye, por supuesto, el alto coste en que se incurrirá por el apoyo al Mwangaza en su acceso al poder.

Observado por todos los presentes, Haj reflexiona.

—Y estas minas, estas tres bases que ha elegido el cártel, una por cada uno de nosotros… —prosigue.

—Sí, ¿qué pasa?

—Pues que no son simples minas viejas, elegidas al azar, ¿verdad? Puede que no lo parezcan, pero son yacimientos muy especializados.

—Sintiéndolo mucho, Haj, me he perdido. No sé nada de cuestiones técnicas.

—Tienen oro y diamantes, ¿verdad?

—¡Eso espero! De lo contrario habremos cometido un grave error.

—Estas minas son también escombreras.

—¿Ah, sí?

—Pues sí. Alrededor de ellas, todo son depósitos de coltan apilados. Mineral extraído, acumulado y abandonado cuando estábamos tan ocupados muriendo que no nos quedaba tiempo para transportarlo. Les basta con procesarlo en bruto allí mismo para reducir el peso, trasladarlo, y harán su agosto. Ni siquiera necesitarán seis meses. Con dos será más que suficiente.

En la periferia de mi visión, Tabizi se explora delicadamente las marcas de la mandíbula con las yemas de los dedos enjoyados, pero, intuyo, está pensando en la mandíbula de Haj.

—Gracias por la información, Haj —contesta Philip, más suave que un guante—. No me cabe duda de que nuestros expertos están al corriente de lo que acabas de decirnos, pero me aseguraré de que les llegue el dato. El coltan no es ya el mineral prodigioso que antes era, por desgracia, pero estoy seguro de que eso ya lo sabes.

—¿«En itinerancia», patrón?

Tengo la mano en alto, para solicitar una aclaración. Maxie, irritado, me la da. Pero ¿cómo iba yo a saber que las radios en itinerancia pasan tan deprisa de una frecuencia a otra que no hay un solo dispositivo de escucha en toda África, y no digamos ya en Bukavu, capaz de captarlas?

—¿«Mercos», patrón?

—¡Mercenarios, hombre! Joder. ¿Qué van a ser, si no? ¿Coches? Pensaba que conocías el vocabulario militar.

—¿Y «CMP», patrón? —Ni dos minutos después.

—Compañía Militar Privada. Por Dios, Sinclair, ¿te caíste del nido ayer?

Me disculpo, cosa que no debe hacer nunca un intérprete acreditado.

—*Cordons.* ¿Lo has oído bien, muchacho? Una palabra francesa, no deberías tener problemas con eso. En cuanto una base está plenamente consolidada, formamos un cordón alrededor. De un radio de veinticinco kilómetros. Nadie entra ni sale sin nuestro visto bueno. Todo el equipamiento se suministrará por helicóptero. El helicóptero será nuestro, y el piloto, pero la base será de ustedes.

Anton coloca un helicóptero de juguete en cada base. Eludiendo la mirada de Haj, descubro que Philip ha ocupado el centro del escenario.

—Y estos helicópteros, caballeros... —Siempre presto al toque circense, Philip espera a que se haga un silencio absoluto, lo consigue y empieza otra vez—: Estos helicópteros, tan vitales en nuestra operación, estarán pintados de blanco para facilitar su identificación. Y para facilitar el paso, nos proponemos tomar la precaución de pintar en ellos los símbolos de la ONU —añade como si tal cosa. Yo hago todo lo posible por emular el tono sin apartar la vista de mi botella de Perrier y mis oídos permanecen sordos a los gritos de indignación de Hannah, cada vez más fuertes.

Maxie ha vuelto. Prefiere el mortero de sesenta milímetros, esencial para el caos que tanta felicidad proporcionaba a Spider. Dedica una o dos palabras amables a la granada propulsada por cohete que, una vez recorridos novecientos metros, se autodestruye, haciendo picadillo a toda una sección de tropa; no obstante, es el mortero de sesenta milímetros en lo que él tiene puesto el corazón. Traducirlo es como estar en un largo túnel, oyendo mi propia voz salir de la oscuridad:

- Primero transportamos combustible, después munición.
- Todo hombre recibirá su propio Kalashnikov de fabricación checa. Encuéntrenme un semiautomático mejor en cualquier parte del mundo.
- Cada base recibirá tres ametralladoras rusas de 7,62, diez mil balas y un helicóptero blanco para transportar carga y hombres.
- Cada helicóptero blanco llevará una ametralladora Gatling en el morro, capaz de disparar cuatro mil balas de 12,7 milímetros por minuto.
- Se dispondrá de tiempo de sobra para el adiestramiento. Nunca está de más adiestrar a una unidad.

–Díselo, muchacho.

Se lo digo.

No ha sonado ninguna campanilla, pero el reloj de estafeta de correos sigue avanzando y nosotros los soldados cumplimos los horarios a rajatabla. La puerta de dos alas de la biblioteca se abre de par en par. Nuestras mujeres olvidadas, con delantales de algodón a cuadros, están apostadas ante un regio bufet. En mi estado incorpóreo, observo langostas sobre hielo picado, un salmón guarnecido de pepino, una selección de fiambres, una tabla de quesos que incluye un brie tierno que ha escapado a la trituradora de basura, vino blanco en cubiteras de plata empañada, una pirámide de fruta fresca y, como joya de la corona, un pastel de dos pisos rematado con las banderas de Kivu y la República Democrática del Congo. Por las puertas balconeras, con una sincronización perfecta, entran en solemne orden de precedencia el Mwangaza, su devoto secretario el Delfín y Anton en retaguardia.

–¡Hora de comer, caballeros! –anuncia Philip, jocoso, mientras nos levantamos diligentemente–. ¡Causen todos los daños posibles, si son tan amables!

Helicópteros blancos con los símbolos de la ONU, me repito. Con ametralladoras Gatling en el morro disparando cuatro mil balas por minuto en aras de la paz, la no exclusión y la prosperidad para todo Kivu.

Me apresuraré a decir que en toda mi vida de intérprete nunca antes me había visto en una situación en que mis clientes no insistieran encarecidamente en contar con mi asistencia a cualquier clase de acto de hospitalidad ofrecido, fuese un banquete de etiqueta de alto nivel con maestro de ceremonias incluido, o el habitual cóctel de cortesía al final de la jornada con aperitivos fríos y calientes. Pero las órdenes del patrón han sido inequívocas. Y además, las vagas premoniciones que para entonces se agitaban ya en mí habían eliminado todo deseo de alimento, a pesar del suntuoso despliegue de sándwiches abiertos que me recibió al llegar a la sala de calderas, contrariamente al simple rancho que Maxie había mencionado.

—Se acabó el estado de alerta —me informa Spider, metiéndose un trozo de queso y pepinillo en la boca mientras señala sus grabadoras con un floreo—. Haz una pasada por las mesas de vez en cuando y relájate hasta nueva orden.

—¿Quién lo ha dicho?

—Philip.

La autocomplacencia de Spider no logra tranquilizarme, ni mucho menos. Con la misma mueca de complicidad con la que antes me había informado de que nos esperaba una comida ajetreada, me decía ahora que atravesábamos un momento de calma. Al ponerme el auricular, descubro que estoy sintonizado con el vacío. Esta vez Sam no se ha olvidado de apagar el micrófono. Spider mira una revista militar manoseada y mastica vigorosamente, pero puede que me esté vigilando. Elijo BIBLIOTECA en mi consola y oigo el previsible ruido de platos y cubiertos mientras se desarrolla el almuerzo. Oigo a Gladys —¿o es Janet?— preguntar «¿Quiere que le corte una loncha, caballero?» en un suajili excelente, para mi sorpresa. Tengo una fotografía mental de la disposición de la biblioteca convertida en comedor. Es un autoservicio atendido por camareras, con mesas independientes, dos de dos y una de cuatro; cada mesa, según mi consola, tiene sus respectivos micrófonos. Las puertas balconeras permanecen abiertas para quienes deseen tomar el aire. Las mesas del jardín, también con micrófonos, están a disposición de los comensales. Philip desempeña el papel de maître.

—Monsieur Dieudonné, ¿por qué no aquí?… Mzee Franco, ¿dónde estaría más cómodo con esa pierna suya?

¿Qué tengo que escuchar? ¿Por qué estoy tan alerta? Selecciono una mesa y oigo a Franco conversar con el Mwangaza y el Delfín. Describe un sueño que ha tenido. Como niño secreto y público cautivo de los sirvientes de la misión, escuché en su día muchos sueños africanos, así que el de Franco no me causa la menor extrañeza, como tampoco la interpretación traída por los pelos que le da.

—Entraba en el patio de mi vecino y veía un cuerpo tendido boca abajo en el barro. Le daba la vuelta y veía mis propios ojos, fijos en mí. Supe por tanto que me había llegado el momento de respetar las órdenes de mi general y conseguir un buen acuerdo para los mai mai en esta gran batalla.

El Delfín expresa su aprobación con una sonrisa embobada. El Mwangaza no se pronuncia. Pero yo solo tengo oídos para lo que no oigo: el taconeo de los zapatos de cocodrilo verde en el suelo de pizarra, una carcajada burlona. Paso a la primera mesa pequeña y encuentro a Philip y Dieudonné hablando sobre métodos de pastoreo en una mezcla de suajili y francés. Paso a la segunda y no oigo nada. ¿Dónde está Maxie? ¿Dónde está Tabizi? Pero yo no soy su guardián. Soy el de Haj, ¿y dónde está? Vuelvo a la mesa grande con la improbable esperanza de que se haya callado por deferencia a la amistad entre el gran hombre y su padre. En lugar de eso, me llegan golpes y tirones, pero no voces, ni siquiera la del Mwangaza. Poco a poco deduzco qué ocurre. Franco ha sacado su bolsa de fetiches de las profundidades de su enorme traje marrón y, en confianza, enseña el contenido a su nuevo jefe: el nudillo de un mono, una caja de ungüento antaño propiedad de su abuelo, un trozo de basalto de una ciudad de la selva desaparecida. El Mwangaza y el Delfín muestran un cortés interés. Si Tabizi está presente, no se molesta en expresarse. Y sigo sin encontrar a Haj, por más que aguce el oído.

Paso otra vez a Philip y Dieudonné y descubro que Maxie se ha colado en la conversación y aplica su espantoso francés a los métodos de pastoreo de los banyamulenge. Hago lo que debería haber hecho cinco minutos antes: pulso el interruptor del SALÓN del Mwangaza y oigo gritar a Haj.

Cierto, la atribución fue dudosa en un primer momento. El grito no contenía ninguno de los sonidos de la amplia gama que hasta entonces había oído de Haj, y muchos de los que no había oído, como el terror, el sufrimiento y la súplica vil, se redujeron gradualmente a un gemido de palabras reconocibles que, aunque tenues, me permitieron constatar la identificación. Puedo ofrecer una aproximación de estas palabras pero no reproducirlas al pie de la letra. Por una vez en la vida, mi lápiz, aunque en alto y a punto, se negó a entrar en contacto con el bloc. En cualquier caso, las palabras eran banalidades, como «por favor» o «por el amor de Dios» o «no más». Invocaban a «María», aunque si Haj se encomendaba a la Virgen, a una amante o a su madre, nunca me quedó claro.

Al oírlo por primera vez, el grito se me antojó también muy alto, aunque después me vi obligado a matizar esta impresión. De hecho, tuvo el mismo efecto que si se hubiese tensado un alambre entre los auriculares, a través de mi cerebro, y luego se hubiese puesto al rojo vivo. Fue tan alto que me costó creer que Spider no lo oyese también. Con todo, cuando me atreví a mirarlo disimuladamente, su actitud no se había alterado un ápice. Permanecía sentado en la misma postura, masticando el mismo trozo de pan, queso y pepinillo, y leyendo o no la misma revista militar, e irradiando el aire de satisfacción superior que antes me había sacado de quicio.

Volví de inmediato a la biblioteca mientras me recuperaba del sobresalto. Instalado en su mesa, el Mwangaza proponía publicar una selección de sus ideas sobre la democracia africana. En otra mesa, Philip, Maxie y Dieudonné ventilaban temas relacionados con el riego de la tierra. Durante unos pocos segundos de delirio intenté convencerme de que el grito era una fantasía, pero no debí de ser muy persuasivo, porque sin darme cuenta estaba ya de regreso en el salón del Mwangaza.

Y aquí me permitiré la ventaja de la narración en retrospectiva, ya que siguieron varios gritos más antes de que lograse identificar a los otros *dramatis personae*. Por ejemplo: enseguida advertí que, si bien había señales de otros pies en danza —dos pares de suelas de goma muy activas sobre el suelo duro y un par de cuero ligero que atribuí en una primera aproximación al felino Tabizi—, no había taconeo de zapatos de cocodrilo, lo cual me llevó a la conclusión de que Haj se hallaba suspendido de algún modo por encima del suelo o descalzo, o lo uno y lo otro. Pero requerí una sucesión de intercambios entre Haj y sus torturadores para deducir que estaba atado y, al menos de cintura para abajo, desnudo.

Los gritos que oía, aunque cerca del micrófono, eran menos intensos y más agudos de lo que había pensado en un principio, ya que estaban amortiguados por una toalla o algo parecido, que retiraban si Haj, mediante una seña, daba a entender que tenía algo digno de decirse, y volvían a embutir en su sitio cuando no era así. También resultaba evidente que, a juicio de los torturadores, Haj hacía uso de la señal demasiado a menudo: así fue como identifiqué primero a Benny —«si intentas eso otra vez, te abrasaré los huevos»— e inmediatamente después a Anton, prometiéndole a Haj «un viaje solo de ida con esto por el culo».

¿Y qué era «esto»?

Hoy día se oye hablar tanto de tortura, discusiones sobre si prácticas como el encapuchamiento, la privación de sonido o la bañera constituyen tortura, que poco queda a la imaginación. «Esto» funcionaba con energía eléctrica, saltaba a la vista. Prueba de ello es la amenaza de Anton de aumentar la intensidad, y en un momento dado Benny reprocha groseramente a Tabizi haber tropezado con el puto cable. ¿Era una picana, pues? ¿Un par de electrodos? En ese caso, la siguiente pregunta es: ¿de dónde habían sacado «esto»? ¿Lo habían traído consigo como parte del equipo por si acaso, del mismo modo que otra persona se habría llevado un paraguas a la oficina un día nublado? ¿O habían improvisado «esto» allí a partir del material a mano: un trozo de cable por aquí, un transformador por allá, un potenciómetro, un atizador viejo, y va que chuta?

Y si era así, ¿a quién habrían recurrido lógicamente para la asistencia y los conocimientos técnicos? De ahí que, aun en medio de mi agitación, encontrase tiempo para reconsiderar la sonrisa de Spider. Se advertía en ella más de una señal del orgullo del creador. ¿Era eso lo que había hecho al abandonar su puesto en respuesta a la llamada de sus superiores? ¿Improvisar una picana para los muchachos con su caja de herramientas? ¿Fabricarles uno de esos artilugios que se sacaba de la manga, y que con toda seguridad se ganaría el corazón y la voluntad del prisionero más terco? Si era así, la tarea no le había quitado el apetito, ya que masticaba con fruición.

Me limitaré aquí a ofrecer el interrogatorio de Tabizi sin adornos y las inútiles negativas de Haj, que afortunadamente degeneraron muy pronto en confesión. Dejaré a la imaginación las amenazas y juramentos guturales de una parte, y los gritos, sollozos y ruegos de la otra. Se caía de su peso que la tortura no era una novedad para Tabizi. Sus lacónicas palabras intimidatorias, su histrionismo y sus arranques de adulación daban fe de una larga experiencia. Y Haj, tras un inicial alarde de desafío, resultó no ser un estoico. No me lo imaginé aguantando mucho tiempo en el poste de los azotes.

También es importante señalar que Tabizi no hizo el menor esfuerzo por proteger a su fuente: yo. Sacó la información directamente del duelo en la escalera de la pérgola, y no recurrió a ninguno de los habituales circunloquios para camuflar su origen. No hubo frases como «un informante digno de confianza nos hace saber» o «según cierto material de enlace recibido» con las que los agentes administrativos del señor Anderson intentan oscurecer la ubicación de sus escuchas. Solo un interrogador cuyas víctimas no volverán a ver la luz del día sería tan descuidado. Primero, en su francés pedestre, Tabizi pregunta a Haj por la salud de su padre, Luc.

Mal. Muy mal. Se muere.

¿Dónde?

En el hospital.

¿Qué hospital?

Ciudad del Cabo.

¿Cuál?

Haj habla cautamente, y con razón. Miente. Le han dado a probar la picana, pero no el tratamiento completo. Tabizi vuelve a preguntar por el hospital de Ciudad del Cabo. Se oye el andar inquieto de sus zapatos. Me lo represento caminando en círculo alrededor de Haj mientras lanza sus preguntas, quizá echando una mano él mismo de vez en cuando, pero en general delegando en sus dos ayudantes.

TABIZI: Luc no ha puesto los pies en ningún puto hospital, ¿a que no?… ¿a que no?… ¿a que no?… Vale. Así que es mentira… ¿Mentira de quién? ¿De Luc?… ¿Una puta mentira de tu cosecha?… ¿Y dónde está Luc ahora?… ¿dónde?… ¿dónde está Luc?… He dicho que dónde está Luc… En Ciudad del Cabo, ya. La próxima vez no te compliques tanto las cosas. Luc está en Ciudad del Cabo pero no está en el hospital. ¿Qué hace, pues? ¡Habla más alto!… Golf… Me encanta… ¿Con quién está jugando al golf? ¿Con ese caballero gordo holandés?… ¡Está jugando al golf con su hermano!… ¿El hermano del gordo holandés o su propio hermano?… Su propio hermano… muy bien… ¿y cómo se llama ese hermano?… Étienne… tu tío Étienne… ¿mayor o menor que él?… Menor… ¿Y cómo se llama el holandés?… He dicho el holandés… he dicho el gordo holandés… he dicho el gordo holandés del que acabamos de hablar… el holandés con el que tu padre está jugando hoy al golf… el gordo holandés que estudió contigo en París y fuma puros… ¿te acuerdas de él?… ¿te acuerdas de él?… el gordo holandés con el que tu padre se reunió en Nairobi, gracias a tus buenos oficios, capullo… ¿Quieres un poco más de esto?… ¿Quieres que los chicos lo suban al máximo para que sepas qué se siente?… Marius… Se llama Marius… El señor Marius, Marius ¿qué más?… Dale un minuto de descanso… déjale hablar… vale, no le des un descanso, dale a tope… Van Tonge… se llama Marius van Tonge. ¿Y a qué se dedica ese Marius van Tonge?… capital riesgo… uno de los cinco socios… ahora sí se te ha soltado la lengua, pues que siga así, tú no me vengas con tonterías y bajaremos un poco la intensidad… no demasiado o te olvidarás de por qué estás hablando… Así que ese Marius te envió a espiarnos… espías para Marius… espías para ese cabrón, el gordo holandés, te paga un montón de dinero para que le cuentes todo lo que decimos… ¿sí?… ¿sí?… ¿sí? ¡No! Es un no. Supongamos que la respuesta es no… no espías para Marius, espías para Luc, ¿y eso qué tal? Eres espía de Luc, y en cuanto llegues a casa vas a contárselo todo a papá para que él pueda ir a ver a Marius y conseguir un acuerdo mejor… no es verdad… no es verdad… no es verdad… ¿todavía no es verdad?… ¿todavía no es verdad?… No se te ocurra dormirte… a mí nadie se me duerme… abre los ojos… si no abres los ojos en quince segundos, te despertaremos como no te han despertado nunca antes… Mejor… eso ya está mucho mejor… muy bien, o sea que viniste aquí por tu cuenta y riesgo… vas por libre… tu padre accedió a hacerse el enfermo para que tú pudieras venir por tu cuenta y riesgo… no quieres ¿qué?… ¡La guerra!… No quieres otra guerra… Crees en la reconciliación con Ruanda… quieres un tratado comercial con Ruanda… ¿cuándo? ¿El próximo milenio? *(risas)*… ¿Quieres un mercado común de todas las naciones de los Grandes Lagos? Y Marius es el hombre idóneo para actuar de intermediario… eso es lo que crees sinceramente… pues te felicito *(en inglés)*. Dale agua… ahora háblanos un poco más de esos amigos tan malos tuyos de Kinshasa que te han estado contando patrañas sobre el Mwangaza. No tienes amigos malos… no tienes ningún amigo en Kinshasa… En Kinshasa nadie ha hablado contigo… individuos con los que puedes amanecer muerto… pues amanece ahora, especie de… *(de nuevo en inglés fragmentado)*: Dale, Benny, a tope… Odio a este negro… Lo odio… Lo odio.

Hasta ahora las respuestas de Haj eran apenas audibles, de ahí la tendencia de Tabizi a repetirlas en voz alta, supongo que en atención a los posibles micrófonos que yo no estaba autorizado a escuchar, y para cualquier otra persona que pudiera escuchar por otro canal; pienso concretamente en Philip. Pero a la mención de Kinshasa, el ambiente del salón se altera radicalmente, y también el propio Haj. Se reanima. Al convertirse en ira su dolor y humillación, su voz adquiere fuerza, su dicción se vuelve más nítida y el anterior Haj desafiante se recrea milagrosamente a sí mismo. Se acabaron las confesiones entre gimoteos arrancadas mediante la tortura. Ahora, en lugar de eso, vemos una condena temeraria y furiosa, una andanada de acusaciones forenses e injuriosas.

HAJ: ¿Quieres saber quiénes son esos listillos de Kinshasa con los que hablé? ¡Tus putos amigos! ¡Los putos amigos del Mwangaza, esos peces gordos con los que no quiere tener trato alguno hasta haber construido la Jerusalén de Kivu! ¿Sabes cómo se hacen llamar esa banda de funcionarios altruistas cuando están dándole a la cerveza, follando con putas y decidiendo qué Mercedes se van a comprar? El Club del Treinta por Ciento. ¿Qué es el treinta por ciento? El treinta por ciento es la proporción del pueblo que proponen concederse a cambio de los favores que hagan a la Vía del Medio. Es la parte de esta operación de mierda que convence a gilipollas como mi padre de que pueden construir escuelas, carreteras y hospitales a la vez que se llenan los bolsillos. ¿Qué tienen que hacer estos peces gordos para ganarse la proporción del pueblo? Lo que más les gusta hacer: nada. Mirar hacia otro lado. Ordenar a sus tropas que se queden en los cuarteles y dejen de violar a la gente durante unos días.

Haj adopta el tono adulador de un ladino vendedor ambulante. Si pudiese, además, hacer los gestos, se quedaría más satisfecho:

HAJ: ¡No hay problema, Mzee Mwangaza! ¿Quiere usted organizar un par de disturbios en Bukavu y Goma, hacerse con el poder antes de las elecciones, echar a patadas a los ruandeses y empezar una guerrita? ¡No hay problema! ¿Quiere tomar el aeropuerto de Kavumu, jugar a las minas, robar las reservas, llevarlas a Europa y hundir el mercado mundial especulando a la baja? Pues adelante. Ah, un pequeño detalle. Nosotros repartiremos la proporción del pueblo, no usted. Y cómo la repartamos no es asunto suyo. ¿Quiere que su Mwangaza sea gobernador de Kivu del Sur? Tiene nuestro apoyo absoluto y desinteresado. Porque de todo puto contrato de obra que otorgue, de cada carretera que crea que va a construir y de cada puta flor que plante en la avenida de Patrice Lumumba, nos embolsaremos un tercio. Y si nos hacen la pirula, les leeremos la cartilla constitucional y los expulsaremos del país en bolas. Y gracias por su tiempo.

La diatriba de Haj se interrumpe debido nada menos que al timbre de un teléfono, que me sobresalta doblemente porque el único teléfono del que tengo conocimiento es un teléfono satélite de la sala de operaciones. Anton atiende la llamada, dice «Aquí está» y le entrega el auricular a Tabizi, que escucha, y luego protesta vivamente en un inglés atroz:

—Acabo de hacerlo hablar al muy cabrón. ¡Tengo derecho!

Pero obviamente sus protestas son en vano, ya que tan pronto como cuelga, dirige un saludo de despedida a Haj en francés:

—Muy bien. Ahora tengo que irme. Pero si vuelvo a verte, te mataré con mis propias manos. No en el acto. Primero mataré a tus mujeres, a tus hijos, a tus hermanos y hermanas, a tu puto padre y a todo aquel que crea que te quiere. Luego te mataré a ti. Eso lleva días. Semanas, con un poco de suerte. Descolgad a este cabrón.

Al salir de la habitación, cierra de un portazo. Anton habla con tono familiar y tierno.

—¿Estás bien, hijo? En la vida hay que hacer lo que nos dicen, ¿no es así, Benny? Nosotros somos simples soldados.

Benny adopta una actitud igual de conciliadora.

—Ven, vamos a limpiarte un poco. No nos guardes rencor, eh. La próxima vez estaremos en el mismo bando.

Por cautela, debería volver a pasar a la biblioteca, pero el dolor de Haj me impide moverme. Tengo los hombros agarrotados, el sudor me resbala por la columna y me han salido marcas rojas en las palmas donde me he hincado las uñas en la carne. Miro a Spider: devora una tarta de queso y limón con una cuchara de plástico mientras lee su revista militar, o lo aparenta. ¿Le ofrecerán Anton y Benny un informe de usuarios: una picana estupenda, Spider, en un abrir y cerrar lo teníamos llorando como una magdalena?

Al oír una lejana afluencia de agua en el cuarto de baño de los aposentos reales, paso de SALÓN a CUARTO DE BAÑO y llego a tiempo de escuchar un picante dueto masculino entre Benny y Anton mientras bañan a la víctima. Empiezo a preguntarme si, a mi pesar, debería dejar a Haj recuperarse solo cuando oigo un subrepticio doble chasquido al abrirse y cerrarse una puerta a lo lejos. Y sé, porque no oigo pasos, que ha llegado el untuoso Philip para ocupar el lugar de Tabizi, tan celoso cumplidor de su deber.

PHILIP: Gracias, chicos.

No les está dando las gracias; les está diciendo que se vayan. La misma puerta se abre y se cierra y Philip se queda solo. Oigo de fondo un tintineo de cristal. Philip ha cogido una bandeja de bebidas y la está colocando en algún lugar más de su agrado. Prueba en un sofá o sillón, va a otro. Al hacerlo, oigo el lento taconeo de los zapatos de cocodrilo verde fango en un suelo duro.

PHILIP: ¿Puedes sentarte?

Haj se sienta en una butaca blanda o sofá, lanza un juramento.

PHILIP: Te has perdido el almuerzo. Te he traído un poco de ensalada de atún. ¿No? Lástima. Está muy buena. ¿Y un whisky rebajado? *(De todos modos sirve uno: un chorrito, mucho sifón, dos cubitos de hielo.)*

El tono es indiferente. Lo que ha ocurrido hace un momento no tiene nada que ver con él.

PHILIP: En cuanto a Marius, tu brillante amigo y colega de tus tiempos en París... ¿Sí? Uno de los ocho inteligentes jóvenes asociados para constituir una multinacional de capital riesgo llamada la Union Minière des Grands Lacs. Su número dos en Johannesburgo, nada menos, con la mira puesta en el Congo oriental.

El crujido de una hoja de papel al desplegarla.

HAJ *(en inglés, probablemente una de las pocas expresiones que conoce)*: Vete a la mierda.
PHILIP: La Union Minière des Grands Lacs es una multinacional propiedad exclusiva de un conglomerado holandés con sede social en las Antillas. ¿Me sigues? Sí. Y el conglomerado se llama... ¿sí?
HAJ *(un gruñido impreciso)*: Hogen [?]
PHILIP: ¿Y su política?
HAJ: Haz negocios, no la guerra.
PHILIP: Pero ¿quién es el dueño de Hogen? No lo has investigado. Una fundación de Liechtenstein es la propietaria de Hogen y, en condiciones normales, ahí debería acabarse el rastro. Ahora bien, por un golpe de suerte podemos proporcionarte el reparto completo.

Los nombres que recita no me suenan de nada, ni tampoco, sospecho, a Haj. Solo cuando Philip pasa a leer las descripciones de sus cargos, se me empieza a revolver el estómago.

PHILIP: Agente de Wall Street y antiguo asesor presidencial... presidente de PanAtlantic Oil Corporation de Denver, Colorado... ex miembro del Consejo de Seguridad Nacional, vicepresidente de Amermine Gold & Finance Corporation de Dallas, Texas... consejero principal del Pentágono sobre adquisición y acumulación de minerales esenciales... vicepresidente de Grayson-Halliburton Communications Enterprise...

Cuando acaba, hay nueve nombres en mi bloc: en conjunto, si ha de darse crédito a Philip, un Quién es Quién del poder político y empresarial estadounidense, indistinguible del gobierno, hecho que se complace en subrayar.

PHILIP: Pensadores conceptuales y audaces todos ellos. Neoconservadores de primera línea, geopolíticos a gran escala. La clase de individuos que se dan cita en las estaciones de esquí y deciden el destino de naciones. No es la primera vez que ponen su atención en el Congo oriental, ¿y qué encuentran? Unas elecciones inminentes y la anarquía como resultado probable. Los chinos a la caza de materias primas y clamando ante la puerta. Así pues, ¿hacia dónde dirigen sus pasos? A los congoleños no les gustan los americanos, y el sentimiento es recíproco. Los ruandeses desprecian a los congoleños y tienen bien sujetas las riendas. Y lo mejor de todo: son eficaces. Por lo tanto, el proyecto de los americanos es aumentar la presencia económica y comercial de Ruanda en el Congo oriental hasta el punto en que sea un hecho irreversible. Aspiran a una anexión incruenta de facto y cuentan con la ayuda de la CIA. Y ahí interviene tu amigo Marius.

Si mi cerebro está acelerado, el de Haj debe de estar dando vueltas sin control.

PHILIP: De acuerdo, digamos que el Mwangaza ha llegado a un acuerdo sucio con Kinshasa. No será el primer político congoleño que se cubre las espaldas, ¿no? *(Risas ahogadas.)* Pero es una opción mejor que una toma del poder por parte de Ruanda, eso seguro. *(Pausa para permitir lo que, me temo, es un gesto de conformidad.)* Y al menos trabaja para conseguir un Kivu independiente, no una colonia de Estados Unidos. Y si Kinshasa se embolsa su dinero, ¿por qué debería afectarnos? Kivu se queda dentro de la familia federal a la que pertenece. *(Se oye un chorro y tintineo de hielo al llenarse, cabe suponer, el vaso de Haj.)* Así que el viejo tiene mucho a su favor, si te paras a pensar. Opino que lo juzgas con demasiada severidad, Haj, para serte sincero. Es ingenuo, pero así son la mayoría de los idealistas. Y sus intenciones son buenas, aunque nunca consiga llevarlas a la práctica. *(Brusco cambio de tono.)* ¿Qué intentas decirme? ¿Qué quieres? ¿Tu chaqueta? Tienes frío. No puedes hablar. Tienes una pluma. ¿Qué más quieres? Papel. Aquí tienes una hoja. *(Arranca una hoja de algún sitio.)*

¿Qué demonios le ha pasado a la lengua hiperactiva de Haj? ¿Se le ha subido el whisky a la cabeza? ¿Se le ha subido la picana? Rasgueo, roce de plumilla mientras escribe enérgicamente con una de sus Parker. ¿A quién le escribe? ¿Acerca de qué? Es otro duelo. Hemos vuelto a la suite de invitados y Haj se ha llevado un dedo de advertencia a los labios. Estamos en la escalera de la pérgola y Haj intenta burlarnos a los micrófonos y a mí. Pero esta vez pasa notas escritas a mano a Philip.

PHILIP: ¿Esto es un chiste malo?
HAJ *(en voz muy baja)*: Un chiste bueno.
PHILIP: Para mí no.

HAJ *(todavía en voz baja)*: Para mí y para mi padre, es bueno.

PHILIP: Estás loco.

HAJ: Hazlo y punto, ¿vale? No quiero hablar de ello.

¿Delante de mí? ¿No quiere hablar conmigo escuchando? ¿Es eso lo que está diciéndole a Philip? Ruido de papel al cambiar de manos. La voz de Philip se vuelve fría como el hielo:

PHILIP: Entiendo muy bien por qué no quieres hablar de eso. ¿De verdad crees que puedes sacarnos otros tres millones de dólares con solo hacer unos garabatos en un recibo?

HAJ *(grito repentino)*: ¡Ese es nuestro precio, gilipollas! Y a tocateja, ¿me oyes?

PHILIP: El día que Kinshasa nombre al Mwangaza gobernador de Kivu del Sur, obviamente.

HAJ: ¡No! ¡Ahora! ¡Hoy mismo!

PHILIP: Un sábado.

HAJ: ¡Antes del lunes por la noche! ¡O no hay trato! ¡En la cuenta de mi padre en Bulgaria o donde coño la tenga! ¿Está claro?

Baja la voz. El congoleño furioso da paso al cáustico licenciado de la Sorbona.

HAJ: Mi padre se vendió barato. No supo sacar el máximo provecho a su influencia y me propongo rectificar ese error. El precio revisado son otros tres millones de dólares o no hay trato. Un millón para Bukavu, un millón para Goma y un millón más por atarme como a un puto mono y darme picana hasta decir basta. Así que coge el teléfono y llama a ese cártel sin huevos y pregunta por el tío que dice que sí.

Philip regatea al mismo tiempo que intenta conservar la dignidad: en el improbable caso de que el cártel considere la oferta de

Haj, ¿qué le parecería si le dieran medio millón en el acto y el resto al final de la operación? Por segunda vez, Haj manda a la mierda a Philip. Y a su madre, si la tuvo.

«Siento haberte abandonado, Brian, querido. ¿Cómo te ha ido?»

La intrusión de Sam viene de otro mundo, pero contesto con tranquilidad.

Ninguna novedad, en esencia, Sam. Mucha comida, no mucha charla. ¿No deberíamos ir subiendo?

«De un momento a otro, querido. Philip está atendiendo la llamada de la naturaleza.»

La puerta se cierra y Haj se queda solo, paseándose por el salón. ¿Qué hace? ¿Se mira en el espejo, preguntándose qué aspecto tiene después de haberse vendido por tres millones de dólares antes del lunes, si es que se ha salido con la suya? Empieza a tararear. Yo eso nunca lo hago. No tengo sentido musical. Me avergüenzo de mi tarareo incluso cuando estoy solo. Pero Haj sí tiene sentido musical y tararea para animarse. Quizá nos anime a los dos. Arrastra los pies cansinamente por el salón al son de su tarareo, flap, flap, flap. Tararea para disipar su vergüenza y la mía. La melodía que elige, a diferencia de todo lo que le he oído cantar o tararear, es una cancioncilla de iglesia, que evoca las tristes horas que pasé en la catequesis. Formamos en fila con nuestros uniformes azules. Batimos palmas y zapateamos, pum pum, y nos contamos una historia edificante. Esta es sobre una niña que prometió a Dios que protegería su virtud contra cuantos viniesen, pum. A cambio, Dios la ayudaba. Cada vez que la asaltaba la tentación, Él tendía las manos y volvía a ponerla en el buen camino, pum. Y cuando ella eligió la muerte en lugar de sucumbir a su perverso tío, Dios envió coros de ángeles para recibirla en las puertas del cielo. Pum, pum.

La campanilla de Philip suena para el inicio de la siguiente sesión. Haj la oye. Yo la oigo lejanamente por los micrófonos, pero no se lo digo a Spider. Permanezco sentado con los auriculares puestos, escribiendo en mi bloc y aparentando inocencia. Haj se precipita hacia la puerta, la abre de un empujón y, cantando, sale a la luz del sol. Por la galería cubierta hasta la suite de invitados, los micrófonos recogen su empalagoso canto fúnebre sobre el triunfo de la virtud.

13

Incluso hoy me cuesta describir la multitud de emociones contradictorias que me invadieron cuando salí de mi encarcelamiento subterráneo y ocupé mi lugar entre el pequeño grupo de creyentes que entraron en la sala de juego para la última sesión de la reunión. En el sótano no había visto la menor esperanza para la humanidad, pero al recorrer la galería me convencí de que me encontraba en un estado de gracia divina. Miré el mundo y llegué a la conclusión de que en mi ausencia una tormenta de verano había limpiado el aire y puesto una chispa en cada hoja y brizna de hierba. A la luz del sol vespertino, la pérgola parecía un templo griego. Imaginé que estaba celebrando una supervivencia milagrosa: la de Haj y también la mía.

Mi segunda falsa ilusión, no más digna de elogio que la primera, fue que mis facultades mentales, mermadas por las repetidas inmersiones bajo la línea de flotación, habían cedido a la fantasía: que toda la sucesión de acontecimientos, empezando por el grito de Haj y acabando con su sensiblera canción, había sido una alucinación psíquica provocada por el exceso de tensión; nuestro duelo auditivo en la escalera de piedra fue otra, y lo mismo puede decirse de cualquier otra fantasía siniestra sobre notas que cambiaban de mano o sobornos que se negociaban.

Con la esperanza de verificar esta oportuna teoría, al volver a sentarme a la mesa de paño verde llevé a cabo una rápida inspección de los protagonistas de mi drama ilusorio, empezando por Anton, que se había provisto de una pila de carpetas de color beis y, al estilo marcial propio de una plaza de armas tan de su agrado, ponía una en cada lugar. Ni su ropa ni su aspecto personal presentaban señales de reciente actividad física. Tenía los nudillos un poco enrojecidos, pero por lo demás ninguna raspadura. Las punteras de los zapatos relucientes, la raya del pantalón impecable. Benny aún no había aparecido, lo que me permitió creer que había dedicado la hora del almuerzo a cuidar de su pupilo Jasper.

Como ni Philip ni Haj estaban todavía entre nosotros, desvié mi atención hacia Tabizi, que parecía inquieto, sin duda, pero era lógico, dado que el reloj de estafeta de correos marcaba las cuatro y veinte y se nos echaba encima la hora de la verdad. A su lado estaba su superior, el Mwangaza. Con el sol destellando en su collar de esclavo y convirtiendo en aureola su pelo cano, nuestro Iluminador era la viva encarnación de los sueños de Hannah. ¿De verdad podía ser el mismo hombre que en mi fantasía había cambiado la proporción del pueblo por la connivencia tácita de los peces gordos de Kinshasa? Y al otro lado del Mwangaza, el terso Delfín, exhibiendo su ufana sonrisa. En cuanto a Maxie, solo verlo, repantigado junto a la silla vacía de Philip, con las piernas estiradas, bastaba para convencerme de que era yo el bicho raro, y todos los demás quienes afirmaban ser.

Como para corroborar la idea, por la puerta interior aparece mi salvador Philip. Obsequia un gesto de saludo a Dieudonné y Franco. Al pasar junto a Tabizi, se agacha para susurrarle al oído. Tabizi asiente inexpresivamente en respuesta. Al llegar al sitio reservado a Haj, saca un sobre sellado del bolsillo de su chaqueta y lo introduce como una propina en la carpeta beis que espera la llegada de nuestro delegado ausente. Después ocupa su silla en el extremo opuesto de la mesa, y para entonces ya he superado, como diría Paula, la fase de negación. Sé que Philip ha hablado con Londres y preguntado por el hombre que dice que sí. Por el ceño de Tabizi, sé que Haj ha calculado acertadamente la débil posición del cártel: a saber, que los preparativos están ya demasiado avanzados, el precio de abandonar a estas alturas es excesivo, han invertido ya tanto que bien pueden invertir un poco más, y si se retiran ahora no tendrán una oportunidad como esta en una generación.

Bajo la misma lúgubre luz de la realidad, echo una mirada al Mwangaza. ¿Se ha peinado la aureola con secador? ¿Le han colocado un atizador en la espalda para sostenerlo derecho? ¿Está muerto ya y atado a la silla de montar como el Cid? Hannah lo vio en la bruma rosada de su idealismo, pero ahora que yo puedo observarlo con claridad, el triste arco de su vida aparece escrito en su rostro contraído. Nuestro Iluminador es un iluminador fallido. Ha sido valiente: véase su historial. Ha sido astuto, diligente, leal y hábil durante todo su vida. Lo ha hecho todo bien, pero la corona siempre ha ido a parar al hombre que tenía al lado o por debajo. Y eso por no ser lo bastante implacable, o lo bastante corrupto, o lo bastante falso. Pues ahora sí lo será. Jugará al juego de ellos, cosa que juró que nunca haría. La corona está a su alcance, solo que no lo está. Porque si alguna vez llega a ceñírsela, pertenecerá al pueblo que él mismo ha vendido en su ascensión. Todo sueño suyo tiene una hipoteca de diez años. Y eso incluye el sueño de que, cuando llegue al poder, no tendrá que pagar sus deudas.

Haj llega solo con un par de minutos de retraso, pero en mi cabeza me ha hecho esperar varias vidas. En torno a la mesa todos han abierto sus carpetas beis, así que yo hago lo propio. El documento que contiene me resulta familiar, y no me extraña. En una vida anterior lo he traducido del francés al suajili. Se ofrecen las dos versiones. Hay, pues, una docena de hojas con cifras y cuentas de aspecto imponente, proyectadas todas ellas, por lo que veo, en un futuro lejano: los índices de extracción estimados, los costes de transporte, almacenaje, ventas brutas, beneficios brutos, engaño bruto.

Philip ha levantado su atildada cabeza blanca. La veo por encima de la carpeta beis mientras examino el contenido. Sonríe a alguien a mis espaldas, una cálida sonrisa de complicidad y confianza en sí mismo, así que cuidado. Oigo acercarse por el suelo embaldosado el taconeo de los zapatos de cocodrilo y me entran náuseas. El ritmo del taconeo está por debajo de su velocidad media habitual. Haj entra parsimoniosamente, la chaqueta abierta, entre los destellos del forro color mostaza, las Parker en su sitio, el rizo engominado bastante recompuesto. En el Santuario, cuando uno se reunía con sus compañeros después de una paliza, por cuestiones de ética debía mostrarse despreocupado. Haj se guía por el mismo principio. Lleva las manos hundidas en los bolsillos del pantalón, donde les gusta estar, y se contonea. Sin embargo, me consta que cada movimiento es para él un suplicio. A medio camino de su silla se detiene, cruza una mirada conmigo y me sonríe. Tengo la carpeta ante mí, abierta, así que en teoría podría dirigirle una vaga sonrisa y reanudar mi lectura. Pero no lo hago. Le sostengo la mirada sin rebozo.

Nuestras miradas se traban y permanecen trabadas. No sé cuánto tiempo se prolongó esta situación. No creo que el segundero del reloj de estafeta de correos avanzase más de uno o dos segundos. Pero bastó para que él supiera que yo lo sabía, por si alguno de nosotros albergaba la menor duda. Y bastó asimismo para que yo supiera que él sabía que yo lo sabía, y viceversa. Y también bastó para que si por casualidad un tercero nos observaba, supiese que éramos un par de homosexuales intercambiando señales de apareamiento, o dos hombres que compartían una información ilícita de trascendencia, ¿y eso cómo ha sido? No tenía mucha luz en sus ojos saltones, pero después de la experiencia por la que había pasado, ¿qué luz iba a tener? ¿Estaba diciéndome «Cabrón, me has traicionado»? ¿Estaba yo reprochándole por traicionarse a sí mismo y al Congo? Hoy, con más días y noches de las que necesito para reflexionar sobre ese momento, lo veo como un instante de cauto reconocimiento mutuo. Los dos éramos híbridos: yo de nacimiento, él por su educación. Los dos nos habíamos alejado demasiado del país que nos había visto nacer para pertenecer cómodamente a ninguna parte.

Se sentó en su sitio, hizo una mueca, vio el sobre blanco que asomaba de su carpeta. Lo sacó con la punta del índice y el pulgar, lo olisqueó y, a la vista de quien pudiera estar mirando, lo abrió. Desdobló un papel blanco del tamaño de una postal, un texto mecanografiado, y leyó por encima las dos líneas que, supongo, reconocían, en un lenguaje debidamente cauto, el acuerdo que acababa de negociar en nombre de su padre y en el suyo propio. Pensé que dirigiría un gesto de asentimiento a Philip, pero no se molestó. Arrugó el papel y tiró la bola, con una puntería impresionante dado su estado, a una urna de porcelana que estaba en un rincón de la sala.

—¡Diana! —exclamó en francés, agitando las manos por encima de la cabeza, y se granjeó unas risas de tolerancia por parte de toda la mesa.

Omitiré las arduas negociaciones, las interminables trivialidades con las que los delegados de toda índole se convencen de su propia astucia, de que protegen los intereses de su empresa o tribu, de que superan en inteligencia al delegado del asiento contiguo. Poniendo el piloto automático, aproveché el tiempo para controlar mi cabeza y mis emociones así como descartar, por todos los medios a mi alcance (manifestar una total indiferencia a cualquier cosa que Haj dijera, por ejemplo), la idea de que él y yo pudiéramos de algún modo tener conciencia mutua, por emplear una de las expresiones preferidas de nuestros instructores en los cursos de un solo día. En mis adentros, luchaba con la idea de que Haj pudiera padecer alguna lesión interna, como una hemorragia, pero me tranquilicé cuando se planteó la peliaguda cuestión de la remuneración oficial del Mwangaza.

—Pero Mzee —objeta Haj, agitando un brazo a su antigua manera—. Con el debido respeto, Mzee. ¡Un momento! —En francés que, como es Haj quien habla, yo traduzco con voz monótona a la botella de Perrier—. Estas cifras son francamente ridículas. O sea, joder —apelando con tono enérgico a sus dos compañeros en busca de apoyo–, ¿os imagináis a nuestro redentor viviendo a semejante nivel? O sea, ¿cómo va a comer, Mzee? ¿Quién pagará su alquiler, su gasolina, sus viajes, su ocio? Todos esos gastos necesarios deberían salir de los fondos públicos, no de su cuenta en Suiza.

Si Haj había puesto el dedo en la llaga, no hubo reacción. Tabizi adoptó una expresión pétrea, pero ya era así antes en gran medida. La sonrisa de Philip no vaciló, y el Delfín, contestando en nombre de su superior, tenía ya la respuesta preparada.

–Mientras nuestro amado Mwangaza sea la elección del pueblo, vivirá como siempre ha vivido, es decir, con su salario de simple profesor y los modestos ingresos de sus libros. Le agradece su bien intencionada pregunta.

Felix Tabizi rodea la mesa como un ogro convertido en un niño de coro. Pero no es una hoja de himnos lo que reparte, es lo que él llama *notre petite aide-mémoire*: una tabla de conversión de una página que explica, para la comodidad y conveniencia de nuestros lectores, lo que se entiende en el mundo real por expresiones tan desenfadadas como «pala, paleta, pico, carretillas pesadas y ligeras» y demás. Y dado que la información se da tanto en suajili como en francés, puedo quedarme callado mientras los otros establecen comparaciones filosóficas entre palabras y significados.

Y hasta el día de hoy no podría decir qué era qué. Las mejores «carretillas ligeras» procedían de Bulgaria, pero ¿qué demonios eran? ¿Misiles para colocar en los morros de los helicópteros blancos? Si hoy me preguntaran qué es una «guadaña», un «tractor» o una «cosechadora», tampoco sabría qué decir. ¿Se me pasó por la cabeza que quizá había llegado el momento de ponerme en pie y señalar la falta? ¿De comportarme como el diminuto y valiente caballero del restaurante italiano? Enrollar mi carpeta beis y golpear la mesa con ella: «Hablaré. Me lo debo. Por tanto, estoy obligado». Si se me pasó, seguía debatiéndome al respecto cuando las puertas interiores se abrieron para permitir la entrada a nuestro distinguido notario monsieur Jasper Albin, acompañado de Benny, su concienzudo cuidador.

Jasper había adquirido rango. No lo tenía horas antes ese mismo día cuando parecía orgulloso de no tener nada que ofrecer excepto su venalidad. Recuerdo mi asombro ante el hecho de que una empresa tan audaz y generosamente financiada hubiera puesto sus asuntos jurídicos en semejantes manos. Y sin embargo ahí estaba Jasper, a la altura de su papel, aun cuando lo que siguió fuese una farsa, o más exactamente una pantomima, ya que afortunadamente en mi memoria se ha perdido buena parte de la banda sonora del momento histórico. La luz vespertina sigue penetrando por las puertas balconeras. Motas de polvo o el relente flotan en sus rayos cuando, de su grueso maletín, Jasper saca dos carpetas de piel idénticas, de magnífica apariencia. En las tapas consta la inscripción de una única palabra: CONTRAT. Valiéndose solo de las puntas de los dedos, abre una carpeta y después la otra, y luego se reclina, permitiéndonos contemplar el documento único, original, no ejecutable, sujeto con una cinta, una versión en el francés de Jasper y la otra en mi suajili.

De su bolso de mago extrae una prensa manual antigua de metal gris moteado que, en mi estado incorpóreo, identifico con el exprimidor de naranjas de la tía Imelda. Lo sigue una hoja de papel encerado de tamaño Din A4 en la que hay ocho estrellas rojas adhesivas de estilo soviético con puntas de más. A petición de Philip, me levanto y me sitúo junto a Jasper mientras él se dirige a los delegados. Su alocución no es una arenga enardecedora. Se le ha comunicado, nos dice, que las partes de nuestro contrato están de acuerdo. Como no ha sido partícipe de nuestras deliberaciones, y como las complejidades de la agricultura quedan fuera del ámbito de sus conocimientos profesionales, debe absolverse de toda responsabilidad en lo que se refiere al vocabulario técnico del contrato que, en caso de disputa, se resolverá en los tribunales. Mientras traduzco, me las ingenio para eludir la mirada de Haj.

Philip invita a todos los signatarios a levantarse. Como los fieles en la comunión, hacen cola con Franco en cabeza. El Mwangaza, demasiado importante para guardar turno en la fila, se pone a un lado, flanqueado por sus cuidadores. Haj, a quien sigo evitando, se queda en retaguardia. Franco se inclina sobre mi versión en suajili, empieza a firmar y retrocede. ¿Ha detectado un insulto, un mal augurio? Y si no es así, ¿por qué se han arrasado en lágrimas sus viejos ojos? Con la pierna coja a rastras, da una vuelta hasta encontrarse cara a cara con Dieudonné, tantas veces su enemigo y ahora, durante el tiempo que sea, su compañero de armas. Levanta el enorme puño hasta el hombro. ¿Está a punto de descuartizar a su nuevo amigo?

—*Tu veux?* —brama en francés: ¿Quieres hacer esto?

—*Je veux bien, Franco* —contesta Dieudonné tímidamente, tras lo cual los dos hombres se funden en un abrazo tan vehemente que temo por su caja torácica.

A continuación, empieza el jugueteo. Franco, con los ojos anegados, firma. Dieudonné lo aparta de un empujón e intenta firmar, pero Franco lo sujeta del brazo: debe abrazarlo una vez más. Por fin, Dieudonné firma. Haj rechaza la estilográfica que se le ofrece y saca una del bolsillo de su Zegna. Sin fingir siquiera que lee, plasma una firma descuidada dos veces, una para el suajili y otra para el francés. Los aplausos comienzan por Philip y se propagan al terreno del Mwangaza. Yo aplaudo con los mejores de nosotros.

Aparecen nuestras mujeres con champán en bandejas. Entrechocamos las copas; Philip pronuncia unas cuantas palabras exquisitamente elegidas en nombre del cártel; el Mwangaza responde con dignidad, yo los traduzco a ambos gustoso. Me dan las gracias, aunque no efusivamente. Un jeep se detiene en el patio. El Mwangaza sale guiado por sus cuidadores. Franco y Dieudonné están en la puerta, dándose la mano al estilo africano, bromeando mientras Philip los apremia a subir al jeep. Haj me tiende la mano. La acepto con cautela, por miedo a hacerle daño, sin saber cuál es la intención del gesto.

—¿Tienes una tarjeta? —pregunta—. Estoy planteándome abrir una oficina en Londres. Puede que te necesite.

Busco en los bolsillos de mi chaqueta de tweed de Harris empapada en sudor y extraigo una tarjeta: Brian Sinclair, intérprete jurado, vecino de un apartado de correos de Brixton. La examina, después a mí. Se ríe, pero débilmente, no el cacareo de hiena al que estamos acostumbrados. Ya demasiado tarde, me doy cuenta de que otra vez se ha dirigido a mí en el shi con el que ha asediado a Dieudonné en la escalera de la pérgola.

—Si alguna vez se te ocurre ir a Bukavu, mándame un e-mail —añade con despreocupación, esta vez en francés, y saca un tarjetero de platino de las profundidades de su Zegna.

La tarjeta está ante mí ahora mientras escribo, quizá no físicamente, pero estampada en tinta indeleble en mi memoria visual. Mide sus buenos siete centímetros y medio por cinco y tiene los bordes dorados. En un segundo ribete dentro del dorado aparecen representados los animales retozones del pasado y el presente de Kivu: el gorila, el león, el guepardo, el elefante, un ejército de serpientes entrelazadas en una alegre danza, pero ninguna cebra. De fondo, vemos los montes de color escarlata ante un cielo rosado, y al dorso la silueta de una corista con la pierna en alto y una copa de champán en la mano. Constan allí, con las florituras propias de una proclama real, el nombre de Haj y sus numerosos títulos, primero en francés, luego en inglés, luego en suajili. Debajo aparecen sus direcciones particulares y las de sus oficinas, en París y en Bukavu, y después una sarta de números telefónicos. Al dorso, al lado de la corista, una dirección de correo electrónico anotada apresuradamente a mano.

Desandando el habitual camino por la galería cubierta, me complació advertir que, con las prisas propias de los momentos de clausura de toda reunión, Spider y sus ayudantes ya estaban repartidos por los jardines desmontando su obra. Spider, plantado con los pies separados en la escalera de piedra de Haj, con su gorra y su chaleco guateado, enrollaba cable eléctrico y silbaba. En la pérgola había dos hombres de anorak encaramados a escalerillas. Un tercero estaba de rodillas frente al banco de piedra. En la sala de calderas, el plano del metro se hallaba apoyado contra la pared, con los cables recogidos y atados. Las platinas estaban guardadas en su caja negra.

En la mesa de Spider se encontraba la bolsa de seguridad marrón que contenía los documentos destinados a la destrucción, abierta y medio llena. Los cajones vacíos se habían dejado abiertos de par en par en la mejor tradición de la Chat Room. Todo aquel que ha pasado por las manos del señor Anderson queda sometido a sus reglas de seguridad personal, que van desde «Lo que puedes o no puedes decir a tu media naranja» hasta «No hay que echar el corazón de una manzana en la bolsa de seguridad para no inhibir la incineración del material secreto», y Spider no era ninguna excepción. Sus cintas de audio digitales estaban perfectamente etiquetadas, numeradas y colocadas en bandejas. A su lado se encontraba el cuaderno donde llevaba un registro documental. Encima, apiladas en una estantería, había varias cintas sin usar, todavía en sus estuches.

Para hacer una selección, consulté el cuaderno. La lista escrita a mano que había al principio incluía las cintas que yo conocía: suite de invitados, aposentos reales, etcétera. Elegí cinco. Pero ¿qué era la lista que estaba detrás, también escrita a mano? ¿Y qué o quién era S? ¿Por qué, en la columna donde tendría que constar el lugar del micrófono, aparecía la letra S? ¿S de Spider? ¿S de Sam? ¿S de Sinclair? ¿O no sería —¡qué idea!— S de «satélite»? ¿Era posible que Philip, Maxie, Sam, lord Brinkley o uno de sus socios sin nombre, hubiera decidido por razones de autoprotección, para dejar constancia, para los archivos, grabar sus propias conversaciones telefónicas? Decidí que sí. Había tres cintas con la S escrita con bolígrafo. Tras coger tres cintas vírgenes, garabateé esa misma S en el lomo y me apropié de las originales.

El siguiente paso fue esconder las cintas en mi cuerpo. Por segunda vez desde que me vi obligado a ponérmela, me alegré de contar con la chaqueta de tweed de Harris. Con sus enormes bolsillos interiores, parecía hecha para ese cometido. La cinturilla de mi pantalón de franela gris era igual de acomodaticia, pero mis blocs de espiral eran rígidos. Estaba pensando qué hacer con ellos cuando oí la voz de Philip, la voz engolada que usaba en sus actuaciones.

—Brian, querido. Por fin te encuentro. Me moría de ganas de felicitarte. Y ahora ya puedo.

Plantado en la puerta, tenía un brazo envuelto en tela rosa apoyado en el marco y los mocasines cruzados en una cómoda postura. Mi primer impulso fue mostrarme cortés, pero al instante recordé que, después de haber dado lo mejor de mí, era más verosímil que me sintiese extenuado e irritable.

—Me alegro de que le haya gustado —dije.

—¿Recogiendo?

—Exacto.

Como prueba de ello, tiré uno de mis blocs a la bolsa de seguridad. Al volverme, me encontré con Philip justo ante mí. ¿Había notado los bultos en mi cintura? Levantó las manos y pensé que iba a cogérmelos, pero alargó los brazos y recuperó mi bloc de la bolsa de seguridad.

—Hay que ver —se maravilló, lamiéndose el dedo y pasando mis hojas escritas a lápiz—. No tendría sentido decir que esto me suena a griego, ¿no? Porque tampoco los griegos le habrían visto pies ni cabeza.

—El señor Anderson lo llama mi sistema cuneiforme babilónico —dije.

—Y estas señales extrañas en el margen… ¿qué son?

—Notas para mí.

—¿Y qué dicen… para ti?

—Cuestiones estilísticas. Matices. Cosas que debo tener en cuenta mientras traduzco.

—¿Como por ejemplo?

—Afirmaciones en tono interrogativo. Cuándo se supone que algo es una broma y no lo es. El sarcasmo. Con el sarcasmo no puede hacerse gran cosa, no cuando se interpreta. No se transmite.

—¡Fascinante! Y guardas todo eso en la cabeza.

—En realidad no. Por eso lo anoto.

Es el agente de aduana de Heathrow que te aparta de la cola de llegadas porque eres una «cebra». No te pregunta dónde has escondido la cocaína o si vas a asistir a un curso de instrucción de al-Qaeda. Quiere saber dónde has pasado las vacaciones y si el hotel estaba bien, mientras interpreta tu lenguaje corporal y el ritmo de parpadeo, y aguarda ese revelador cambio en tu tono de voz.

—Vaya, estoy impresionado. Lo has hecho muy bien. Arriba, abajo, en todas partes —dijo, devolviendo el bloc a la bolsa de seguridad—. Conque estás casado. Con una periodista famosa, tengo entendido.

—Así es.

—Y es una preciosidad, me han comentado.

—Eso dice la gente.

—Debéis de hacer buena pareja.

—En efecto.

—Pues recuerda que los descuidos en las conversaciones de alcoba cuestan vidas.

Se había ido. Para asegurarme de que se había ido, subí de puntillas por la escalera del sótano y llegué a lo alto a tiempo de verlo doblar la esquina de la casa. En la ladera, Spider y sus hombres seguían con lo suyo. Regresé a la sala de calderas, recuperé el bloc y recogí los otros tres. Apropiándome de cuatro nuevos de la pila, rayé las tapas, los numeré igual que los usados y los dejé en la bolsa de seguridad a modo de reemplazo. Llevaba los bolsillos y la cinturilla a punto de reventar. Con dos blocs en los riñones y otro en cada bolsillo, subí por la escalera del sótano y recorrí otra vez la galería cubierta hacia la relativa seguridad de mi habitación.

¡Por fin volvemos a la madre patria! Estamos a tres mil pies por encima del nivel del mar y hay jolgorio en todas las jaulas, ¿y por qué no? Volvemos a ser nosotros mismos, la banda de hermanos que salieron de Luton en el mismo avión sin nombre veinticuatro horas antes, de vuelta a casa con la cabeza bien alta y un contrato en el bolsillo, con todo por ganar y la Copa a nuestro alcance. Philip no está entre nosotros. Adónde haya ido, ni lo sé ni me importa. Quizá al infierno, y ojalá así sea. El primero en recorrer el pasillo, con andar amanerado e improvisado gorro de cocinero, es Spider, que reparte platos de plástico, vasos y cubiertos. Tras él trota Anton con una toalla de mano prendida de la cintura a modo de delantal, sosteniendo la cesta de los señores Fortnum & Mason de Piccadilly enviada por un donante anónimo. Pegado a sus talones, viene pavoneándose Benny el grandullón, nuestro gigante amable con una mágnum de champán casi frío. Ni siquiera el gran abogado Jasper, enclaustrado en la última jaula, la misma que ocupó en el viaje de ida, puede resistirse al espíritu festivo. Cierto es que al principio lo rechaza todo de manera ostensible, pero tras una palabra severa de Benny y un vistazo a la etiqueta de la botella, arremete con brío, igual que yo, porque un intérprete acreditado que ha desempeñado su papel a pleno rendimiento nunca debe ser aguafiestas. La bolsa de piel artificial descansa en la red encima de mí.

—¿Qué te han parecido, muchacho? —pregunta Maxie en una imitación de T. E. Lawrence al dejarse caer junto a mí, vaso en mano.

Resulta grato ver a nuestro patrón tomar una copa como Dios manda para variar, en lugar de beber solo agua de Malvern. Resulta grato verlo con tan buen color y tan animado por el éxito.

—¿Los delegados, patrón? —pregunto con criterio—. ¿Qué me han parecido?

—¿Crees que cumplirán? Haj ha vacilado un poco, me ha dado la impresión. A los otros dos se los veía bastante convencidos. Pero ¿responderán dentro de dos semanas?

Paso por alto la alusión a las vacilaciones de Haj y recurro al repertorio de aforismos de mi padre.

—Patrón, le hablaré con franqueza. Lo importante con los congoleños es saber cuánto no sabe uno. Antes no podía decírselo, pero ahora se lo digo.

—No has contestado a mi pregunta.

—Patrón, tengo la firme convicción de que dentro de dos semanas estarán a su lado como han prometido —respondo, incapaz de andarme con evasivas en mi necesidad de serle útil.

—¡Muchachos! —grita Maxie desde el pasillo—. Quiero oír esas voces en alto por Sinclair. Lo hemos estado atormentando, y él no se ha inmutado.

Se oye una ovación, se alzan las copas. Yo me elevo en una oleada de emociones que combinan la culpabilidad, el orgullo, la solidaridad y la gratitud. Cuando se me despejan los ojos, Maxie me tiende un sobre blanco parecido al que asomaba de la carpeta beis de Haj.

—Cinco de los grandes americanos, muchacho. ¿Es lo que te dijo Anderson?

Coincidía, admití.

—Lo he subido a siete. No es suficiente, en mi opinión, pero es lo más que he podido sacar.

Empiezo a darle las gracias, pero tengo la cabeza gacha, así que no estoy seguro de si me oye. Me da unas palmadas en el hombro por última vez con su mano a prueba de balas, y cuando levanto la vista, Maxie está en la otra punta del avión y Benny, a gritos, nos advierte que nos preparemos para el aterrizaje. Obedientemente, cojo mi bolsa y me preparo, pero era tarde: ya habíamos aterrizado.

No los vi marcharse. Quizá no quería. ¿Qué quedaba por decir? Conservo una imagen apócrifa de ellos con sus petates al hombro, silbando la melodía de la marcha *Colonel Bogey* mientras salen con paso marcial por las puertas traseras del cobertizo verde y suben por una pequeña pendiente hasta un autobús sin nombre.

Una guardia de seguridad me acompaña a los pasillos del aeropuerto. La bolsa me golpetea en la cadera. Me encuentro ante un hombre grueso sentado detrás de un escritorio. La bolsa está en el suelo junto a mí. En el escritorio, una bolsa de deporte roja de nailon.

–Debe comprobar el contenido e identificar sus pertenencias –dice el hombre grueso, sin mirarme.

Abro la cremallera de la bolsa de deporte e identifico mis pertenencias: un esmoquin rojo oscuro con pantalón a juego, una camisa de etiqueta, blanca, una faja, de seda, y todo en un rebujo alrededor de mis zapatos de charol. Un sobre acolchado con mi pasaporte, cartera, agenda, diversos efectos personales. Mis calcetines de seda negros están metidos en el zapato de charol izquierdo. Los saco y descubro mi móvil.

Estoy en el asiento trasero de un Volvo Estate negro o azul oscuro de camino a la cárcel. Mi chófer es la misma guardia de seguridad. Va con gorra de visera. Veo su nariz respingona por el espejo retrovisor. Llevo la bolsa de viaje apretujada entre las rodillas. La bolsa de deporte de nailon está en el asiento a mi lado. Y el móvil junto al corazón.

Anochece. Atravesamos una zona de hangares, talleres, oficinas de obra vista. Ante nosotros aparecen unas verjas de hierro iluminadas con focos y adornadas con alambre de espino. Fornidos policías armados con gorras de jockey deambulan por allí. Mi chófer apunta el capó del coche hacia las verjas cerradas y acelera. Se separan. Cruzamos un lago de asfalto y nos detenemos junto a una mediana cubierta de flores rojas y amarillas.

Los seguros de las puertas del Volvo se levantan. Finalmente quedo en libertad. Según el reloj de la terminal de llegadas, son las nueve y veinte de una calurosa noche de sábado. Vuelvo a la Inglaterra de la que nunca he salido, y necesito cambiar unos dólares.

–Que pase un buen fin de semana –deseo a la chófer, que, interpretado, significa gracias por ayudarme a sacar a escondidas las cintas y los blocs del aeropuerto de Luton.

El autobús a la estación Victoria va vacío y está a oscuras. Los conductores fuman y charlan al lado. El preso fugado elige un rincón al fondo, coloca la bolsa de viaje entre los pies y deja la de deporte roja en el portaequipajes encima de su cabeza. Pulsa el botón de encendido del móvil. Este se ilumina y empieza a vibrar. Marca el 121 y aprieta el botón verde. Una mujer con voz severa le comunica que tiene cinco nuevos mensajes.

PENELOPE, viernes, 19.15: Salvo. Cabrón. ¿Dónde coño te has metido? Te hemos buscado por todas partes. Llegas tarde y varios testigos te han visto salir furtivamente por una puerta lateral a media fiesta. ¿Por qué? Fergus te ha buscado en los lavabos y en los bares de abajo y ha mandado a gente a por ti a uno y otro lado de la calle *(un ahogado «sí, querido, ya lo sé»)*; estamos en la limusina, Salvo, y vamos a casa de sir Matthew a cenar. Fergus tiene la dirección por si la has perdido. ¡Dios mío, Salvo!

THORNE el Sátiro, viernes, 19.20 *(marcado acento escocés, con influencia londinense)*: Oye, Salvo, estamos preocupadísimos por ti, chico. Si no das señales de que estás en el mundo de los vivos en el plazo de una hora, me propongo pedir a mi gente que drague los ríos. ¿Tienes un lápiz a mano? ¿Y un papel? ¿Cómo? *(Murmullos confusos, estridentes carcajadas.)* ¡Penelope dice que te apuntas las cosas en el brazo! ¿Dónde más te las apuntas, tío? *(Sigue una dirección de Belgravia. Final del mensaje.)*

PENELOPE, viernes, 20.30: Estoy en el vestíbulo de sir Matthew, Salvo. Un vestíbulo precioso. He recibido tu mensaje, gracias. Me importa un carajo quién sea ese cliente tuyo tan antiguo y tan bueno; no tienes derecho a humillarme así. Enseguida voy, Fergus. Puede que no lo sepas, Salvo, pero sir Matthew es muy supersticioso. Gracias a ti, somos trece a la mesa un viernes. Así que ahora mismo Fergus está telefoneando desesperadamente para… ah, ¡ya ha encontrado a alguien! ¿Y a quién has encontrado, Fergus? *(Una mano tapa el teléfono.)* Ha encontrado a Jellicoe. Jelly llenará el hueco. No tiene esmoquin, pero Fergus le ha dicho que se despeje y venga tal como esté. Así que sobre todo no se te ocurra aparecer por aquí, Salvo. Sigue con lo tuyo, sea lo que sea. En la mesa de sir Matthew no caben quince personas y ya he pasado bastante vergüenza para una noche.

PENELOPE, sábado, 9.50: Soy yo, querido. Perdona mi mal humor de anoche. Es que estaba muy preocupada por ti. No te diré que se me haya pasado el enfado, pero cuando me lo cuentes todo, seguramente lo entenderé. La cena fue bastante divertida, la verdad, para lo que son las cenas pomposas. Jelly estaba como una cuba, pero Fergus se las arregló para que no hiciera el ridículo. Te reirás cuando te cuente lo que pasó después. No pude entrar en casa. Había cambiado de bolso en la redacción y me dejé allí las llaves, dando por supuesto que mi siempre amante esposo estaría a mano para llevarme a casa y darme un buen repaso. Paula andaba por ahí de juerga, o sea que tampoco pude usar su llave, y no me quedó más remedio que pasar la noche en el hotel Brown's, ¡espero que a costa del periódico! Y hoy —lo cual es una lata, pero he pensado que más me valía, en vista de que me has dejado plantada— he accedido a ser una buena chica e ir a escuchar una charla de Fergus para un grupo de publicistas de altos vuelos en una elegante casa de campo de Sussex. Por lo visto después hay una fiesta, con unos cuantos peces gordos de la industria, así que he pensado que no me vendría mal. Verlos en un ambiente informal, quiero decir. Vendrá sir Matt, de modo que estaré bien acompañada. En cualquier caso, ahora voy camino de la oficina. A recoger mis cosas. Y volver a cambiarme de ropa rápidamente. Así que hasta la vista, querido. Mañana, si no esta noche. Todavía estoy hecha una furia contigo, claro está. Así que tendrás que compensarme de la manera más ma-

ravillosa. Y por favor, no te culpes por lo de anoche: lo entiendo, de verdad. Aunque haga ver que no. *Tschüss.* Ah, y desco-
nectaré el móvil mientras esté allí: por lo visto, están prohibidos.
O sea que si hay una crisis, llama a Paula. Adiós.

HANNAH, sábado, 10.14: ¿Salvo? ¿Salvo? *(La batería baja era ya evidente.)* ¿Por qué no me has…? *(La batería se acaba por momentos
a la vez que pasa del inglés a un desesperado suajili.)* ¡Me lo prome-
tiste, Salvo!… Ay, Dios… ¡Oh, no! *(Batería agotada.)*

Si estuviera en la Chat Room o de nuevo en la sala de calderas,
diría que o bien el micrófono funcionaba mal, o que la sujeto hablaba intencionadamente a un volumen por debajo del radar. Pero
sigue habiendo línea. Se oye un ruido de fondo, murmullos confusos,
pisadas, choque de voces en el pasillo fuera de su habitación, pero
nada en primer plano. Deduzco, por tanto, que Hannah ha bajado
la mano que sostiene el teléfono a un lado mientras sigue sollozando
durante cincuenta y tres segundos más hasta que se acuerda de
colgar. Marco su número y sale el buzón de voz. Marco el número
del hospital. Una voz desconocida me informa de que el personal del
hospital no está autorizado a recibir llamadas privadas durante el turno de noche. El autobús se llena. Dos mujeres excursionistas me miran, luego miran la bolsa de deportes roja de nailon, encima de mí
en el portaequipajes. Deciden sentarse delante, que es más seguro.

14

En consideración al sueño de mis vecinos, subí por la escalera comunitaria en silencio, sosteniendo la bolsa de deporte roja de nailon en brazos como un bebé para que no rebotara contra la barandilla por error. En Prince of Wales Drive, los sábados a mediados de verano, nunca se sabe. Algunas noches es una juerga a todo tren hasta altas horas, con Penelope, si está en casa, abroncando a la policía por teléfono y amenazando con publicar un artículo en el periódico sobre la escasez de agentes de guardia. Otras noches, con las vacaciones escolares, el miedo a los atentados y el hecho de que hoy día todo el mundo tiene una segunda residencia, lo único que uno oye al acercarse a la entrada de Norfolk Mansions es los propios pasos en la acera, además de los ululatos al estilo apache de las lechuzas de Battersea Park. De momento, sin embargo, solo un sonido me preocupaba, y era la voz afligida de Hannah ahogando sus acusaciones.

Como siempre, la cerradura de la puerta se me resistió, cosa que esa noche consideré simbólica. Como siempre, tuve que sacar la llave, darle la vuelta y probar de nuevo. Ya en el vestíbulo, me sentí como mi propio fantasma. Nada había cambiado desde mi muerte. Las luces estaban encendidas, y era normal. Las había dejado encendidas al pasar por allí para ponerme el esmoquin, y Penelope no había vuelto desde entonces. Al quitarme los aborrecidos zapatos, me fijé en un grabado emborronado del castillo de Tintagel que durante cinco años había colgado inadvertido en el rincón más oscuro. Fue un regalo de boda de la hermana de Penelope. Las dos hermanas se odiaban. Ninguna tenía el menor vínculo con Tintagel. Nunca habían estado allí, ni querían ir. Algunos regalos hablan por sí solos.

En el dormitorio conyugal propiamente dicho, me quité la indumentaria de preso y, con una sensación de desagrado y liberación, la encomendé a la cesta de la ropa sucia. Por prudencia, lancé detrás mi esmoquin hecho un rebujo. Quizá Thorne el Sátiro pensaba que valía la pena hacer una dieta por él. Al ir a buscar mi estuche de afeitar al cuarto de baño, confirmé con perversa satisfacción que el neceser azul con el osito que Penelope llamaba maliciosamente su «equipo de prensa» aún no había vuelto a su sitio en el estante: justo lo que toda chica necesita para un fin de semana con una panda de publicistas de altos vuelos en Sussex.

De vuelta en el dormitorio, vacié mis bienes robados en la cama —es decir, las cintas y los blocs— y, tan obsesivamente ordenado como soy, me pregunté cómo deshacerme de la bolsa de plástico del señor Anderson hasta que recordé la trituradora de basura de la cocina. Me disponía a tirar después las tarjetas de visita de Brian Sinclair, pero recuerdo que, sin razón alguna, las guardé por lo que pudiera tronar, como habría dicho la tía Imelda. A continuación, me puse la ropa de un hombre libre: vaqueros, zapatillas de deporte y una cazadora de piel anterior a Penelope que me había comprado tras mi primera licenciatura. Como colofón, añadí un gorro de lana azul marino con borla que ella, tachándolo de demasiado afro, me había prohibido usar.

Cuento estas acciones linealmente y con todo detalle, porque mientras las realizaba era consciente de la ceremonia. Cada movimiento era un paso más hacia Hannah con la precipitada esperanza de que me aceptase, cosa que consideraba abierta a dudas. Cada prenda de mi cómoda que elegía formaba parte del vestuario de despedida que me acompañaría en mi nueva vida. En el vestíbulo cogí mi maleta con ruedas Antler Tronic, de tamaño medio, que incorporaba cerradura con combinación y asa de arrastre ajustable, en otro tiempo una preciosa posesión para adornar una existencia sin sentido. Primero metí en ella las cintas y los blocs, que envolví en una camisa vieja antes de guardarlas en un compartimento interior. Recorriendo metódicamente el piso, y atajando de raíz todo tirón nostálgico, cogí mi ordenador portátil y sus periféricos, pero no la impresora por razones de espacio, mis dos grabadoras, la de bolsillo y la de sobremesa, ambas en robustas fundas, además de dos pares de auriculares y mi pequeño transistor. A eso añadí el misal manchado de vida de mi padre, las cartas exhortatorias del hermano Michael desde su lecho de muerte, un guardapelo de oro que contenía un mechón de la indómita melena blanca de la tía Imelda, una carpeta de correspondencia personal, incluida la carta de lord Brinkley y sus postales navideñas, y la resistente bolsa de tela que me había servido para traer a casa los ingredientes de mi *coq au vin*.

Del escritorio junto a la puertaventana extraje un sobre lacrado con el rótulo «copia de Bruno», que contenía el contrato prenupcial redactado por el clarividente padre de Penelope en previsión precisamente de este momento. Yo siempre había reconocido que el hombre tenía una visión más realista que yo de nuestro matrimonio. Con la misma solemnidad que si estuviese poniendo una corona en el cenotafio, dejé el contrato con sus dos firmas en la almohada de Penelope, me quité el anillo de boda del dedo anular de la mano izquierda y lo coloqué justo en el centro. Con este anillo, yo os descaso. Si algo sentí, no fue amargura ni rabia, sino finalización. Un despertar que se había iniciado mucho antes de que el exabrupto del diminuto caballero en el restaurante italiano hubiese llegado a su única conclusión posible. Me había casado con Penelope por la persona que ella no quería ser: una temeraria defensora de nuestra gran prensa británica, mi fiel y duradera amante que renunciaría a todos los demás, mi instructora en formas de vida y la madre de mis futuros hijos y, en mis momentos más bajos, mi propia madre blanca sustituta. Penelope, por su parte, se había casado con lo que había de exótico en mí, para acabar descubriendo al conformista, lo que debió de ser una gran decepción para ella. En ese sentido la compadecía sinceramente. No dejé ninguna nota.

Tras cerrar la maleta con ruedas y negarme a echar una última ojeada a la casa, partí por el pasillo rumbo hacia la puerta de entrada y la libertad. En ese momento oí girar la cerradura sin la habitual dificultad y entrar en el vestíbulo un par de pies ligeros. Mi reacción inmediata fue de miedo. No de Penelope personalmente, porque eso se había acabado. Miedo de tener que expresar con palabras lo que ya había expresado con mis actos. Miedo de la demora, miedo de la pérdida de ímpetu, del tiempo precioso perdido en una discusión. Miedo de que la aventura de Penelope con Thorne hubiese acabado mal y ella volviese a casa en busca de consuelo para encontrarse, en lugar de eso, otro rechazo humillante, y para colmo de alguien a quien consideraba incapaz de una resistencia creíble: yo. Me sentí, pues, aliviado al descubrir que no era Penelope quien estaba frente a mí con la mano en la cadera, sino nuestra vecina y asesora psicológica Paula, vestida con una gabardina y, por lo que yo podía discernir, nada más.

—Hannibal te ha oído, Salvo —dijo.

La voz de Paula tiene el dejo monótono del Atlántico medio, una especie de languidez permanente. Hannibal es su galgo rescatado de la perrera.

—Cuando los chicos guapos andan a hurtadillas intentando pasar inadvertidos, Hannibal los oye —prosiguió con voz lúgubre—. ¿Adónde vas, por el amor de Dios? Tienes cara de loco.

—A trabajar —contesté—. Un aviso de última hora. Es urgente. Lo siento, Paula. Tengo que irme.

—¿Con esa ropa? Cuéntame otra. Necesitas una copa. ¿Tienes una botella?

—Puesta no, no sé si me entiendes —era un chiste.

—Quizá yo sí tenga una, por una vez. También tengo una cama, si es lo que estás buscando. Nunca se te ha ocurrido pensar que yo follo, ¿verdad? Pensabas que me calentaba el culo en vuestro fuego. Penelope ya no vive aquí, Salvo. La persona que vive aquí es un sucedáneo de Penelope.

—Por favor, Paula. Tengo que irme.

—La verdadera Penelope es una zorra insegura que intenta compensar a los demás de sus propias carencias y que ante la duda actúa. También es una psicópata y embustera y mi mejor amiga. ¿Por qué no vienes a mi grupo de Experiencia del Cuerpo Interior? Hablamos mucho de mujeres como Penelope. Podrías aspirar a un nivel de pensamiento más elevado. ¿Qué trabajo es?

—En un hospital.

—¿Con esa maleta? ¿Dónde está ese hospital? ¿En Hong Kong?

—Paula, por favor. Tengo prisa.

—¿Y qué te parece si primero echamos un polvo y luego te vas al hospital?

—No. Lo siento.

—¿Y si te vas al hospital y luego echamos el polvo? —aún esperanzada—. Dice Penelope que lo haces muy bien.

—Gracias, pero no.

Se apartó, y, agradecido, me deslicé junto a ella y bajé por la escalera comunal. En cualquier otro momento me habría asombrado que nuestra proveedora particular de verdades de la vida y receptora de incontables botellas de mi Rioja traspasase sin el menor esfuerzo la línea de gurú a ninfómana, pero no esa noche.

Ocupé posiciones en el banco del parque frente a la puerta principal del hospital a eso de las siete, según el reloj de la tía Imelda, a pesar de que me había enterado por medio de discretas indagaciones en recepción de que el personal del turno de noche no salía hasta las ocho y media como muy pronto. En mi línea de visión se alzaba una escultura brutalista moderna, que me permitía observar sin ser observado. A cada lado de la entrada de cristal había un representante uniformado de una de las milicias privadas cada vez más numerosas de Gran Bretaña. «Zulúes y obambos —oigo decir orgullosamente a Maxie—. Los mejores combatientes del mundo.» En una puerta cochera a nivel del sótano, una procesión de ambulancias blancas descargaba a sus heridos. En el banco a mi lado estaba la bolsa de tela adonde había trasladado mis cintas y blocs. Consciente de la fragilidad de mi lazo con la vida, me había atado alrededor de la muñeca la correa del hombro.

Estaba hiperalerta y medio dormido. Encontrar una cama en plena noche en temporada de atentados cuando se es una cebra y se lleva a rastras un enorme maletón no es tarea fácil. Me consideré, pues, afortunado cuando un atento agente de policía, tras detenerse a mi lado para echarme un buen vistazo, me mandó a una pensión de falso estilo tudor y bien iluminada a un paso de Kilburn High Road que en palabras del propietario, el señor Hakim, muy aficionado al críquet, estaba abierta a pieles de todos los colores a todas horas del día, siempre y cuando practicasen el deporte. Por pagar por adelantado —con los dólares de Maxie convertidos en libras esterlinas—, había pasado a ser el ocupante inmediato de la suite ejecutiva, una confortable habitación doble al fondo de la casa, con cocina americana y una ventana en saliente con vistas al minúsculo huerto.

Ya pasaba de las tres de la madrugada, pero el sueño no acude de manera natural a un hombre dispuesto a reunirse con la mujer de su vida. Apenas la amplia esposa del señor Hakim había cerrado la puerta a mis espaldas, recorrí la suite con los auriculares puestos y la grabadora en la mano. S se correspondía en efecto con «satélite», y Philip había hecho uso abundante de él. Había hablado con la voz autorizada para decir que sí. Y la voz que decía que sí, para mi dolor, pertenecía nada menos que a mi héroe de toda la vida y azote del gran periódico de Penelope, lord Brinkley of the Sands, si bien su tono de justificada indignación me dio motivos para la esperanza. Al principio, reaccionó con incredulidad: «Philip, sencillamente me niego a escucharte. Si no te conociera, diría que estás recurriendo a uno de los trucos de Tabby». Y cuando Philip le advierte que de lo contrario el acuerdo se vendrá abajo: «Nunca he oído nada tan inmoral. ¿Para qué sirve un apretón de manos, por Dios? ¿Y dices que ni siquiera se conforma con una parte ahora y el resto más tarde? Pues tendrá que aceptarla. Hazlo entrar en razón».

Y cuando Philip insiste en que ya han recurrido a todos los razonamientos posibles, el tono de Brinkley es, para mi alivio, la viva representación de la inocencia herida: «Ese chico está mal de la cabeza. Hablaré con su padre. Muy bien, dale lo que pide. Será estrictamente a cuenta de ganancias futuras y buscaremos de manera activa formas de recuperarlo desde el primer día. Díselo, Philip, por favor. Me has decepcionado, la verdad. Y él también. Si no te conociera, me preguntaría quién está haciéndole qué a quién».

A las ocho y diecisiete, un joven bajó por la escalera del hospital con la bata blanca ondeando tras él. Lo seguían dos monjas con hábito gris. A y veinte, apareció un grupo de enfermeras y enfermeros, en su mayoría negros. Pero por alguna razón supe que Hannah, aunque gregaria, no iría con nadie ese día. A las ocho y treinta y tres salió al galope otra tanda. Era una pandilla alegre, y Hannah habría encajado bien entre ellos. Pero no ese día. A las ocho cuarenta salió sola, con el andar renqueante que aqueja a las personas que escuchan por un móvil. Iba de uniforme, pero sin la cofia de enfermera. Hasta el momento yo solo la había visto de uniforme o desnuda. Tenía el entrecejo fruncido de la concienzuda manera con que lo fruncía cuando tomaba el pulso a Jean-Pierre o hacía el amor conmigo. Al llegar al último peldaño, paró en seco, ajena a quienes se vieron obligados a circundarla al bajar o subir por la escalera, cosa que para una mujer tan considerada con el prójimo podía parecer sorprendente, pero no a mí.

Permaneció quieta, lanzando una ceñuda mirada de reproche al móvil. Casi creí que iba a sacudirlo o tirarlo, enfadada. Al final, volvió a llevárselo a la oreja, ladeando el largo cuello para recibirlo, y supe que escuchaba el último de mis ocho mensajes transmitidos durante la madrugada de ese día. Al levantar la cabeza, la mano que sostenía el móvil cayó al costado y adiviné que se había olvidado una vez más de apagarlo. Cuando llegué a su lado, empezaba a reír, pero cuando la abracé, la risa se convirtió en llanto. Y en el taxi lloró un poco más. Luego rió un poco, que era lo que yo también hacía, durante todo el camino a la pensión del señor Hakim. Pero allí, como es propio de amantes serios, se adueñó de nosotros una mutua reserva, obligándonos a liberarnos el uno del otro y cruzar por separado el patio de grava. Los dos conocíamos las explicaciones que nos debíamos y que el viaje a los brazos del otro debía estar lleno de consideración. Por tanto, con la oportuna formalidad, abrí la puerta de la habitación y me aparté, invitándola a entrar por su propia voluntad en lugar de a petición mía, como decidió hacer tras una brevísima vacilación. La seguí y corrí el pestillo, pero al ver que sus brazos permanecían firmemente inmóviles a los lados, resistí el impulso de abrazarla.

Añadiré, no obstante, que su mirada no se había desviado ni un segundo de la mía. No había en sus ojos el menor asomo de acusación u hostilidad. Lo que hacían era más bien una prolongada visita de estudios, lo que me indujo a preguntarme hasta qué punto veía la agitación oculta en mis ojos, pues esta era una mujer que se pasaba la vida atendiendo a hombres en situaciones apuradas y sabía por tanto cómo interpretar los rostros. Una vez concluida su inspección, me cogió de la mano y dio una vuelta conmigo por la habitación, con el propósito aparente de relacionarme con mis pertenencias: el guardapelo de la tía Imelda, el misal de mi padre, etcétera, y —como a una enfermera diplomada no se le escapa un detalle cuando se trata de un paciente– la señal casi blanca del anillo ausente en el anular de mi mano izquierda. Tras lo cual, por ósmosis o eso me pareció, cogió uno de mis cuatro blocs –casualmente el número tres, el dedicado al plan de guerra de Maxie– y, tal como Philip había hecho solo dieciséis horas antes, me pidió explicaciones que vacilé en dar, puesto que mi estrategia para su adoctrinamiento exigía una compleja preparación, en consonancia con los principios básicos del oficio.

–¿Y esto qué es? –insistió, señalando certeramente uno de mis jeroglíficos más elaborados.

–Kivu.

–¿Has estado hablando de Kivu?

–Todo el fin de semana. Bueno, mis clientes, digamos.

–¿En términos positivos?

–Bueno, en términos creativos, digamos.

Aunque ineptamente, había plantado las semillas. Después de un silencio, esbozó una sonrisa triste.

–¿Quién puede ser creativo con Kivu hoy día? Quizá nadie. Pero según Baptiste, las heridas empiezan a cicatrizar. Si podemos seguir por ese camino, quizá en el Congo haya algún día niños que no conozcan la guerra. Kinshasa incluso habla seriamente de celebrar elecciones, por fin.

–¿Baptiste?

Al principio no pareció oírme, tan absorta como estaba en mi escritura cuneiforme.

–Baptiste es el representante extraoficial del Mwangaza en Londres –contestó, devolviéndome el bloc.

Todavía estaba reflexionando sobre la existencia de un Baptiste en su vida cuando dejó escapar un grito de alarma, el primero y último que le he oído. Sostenía el sobre de Maxie con los seis mil dólares en billetes que aún no había cambiado por libras, y la acusación en su semblante no dejaba lugar a dudas.

–Hannah, no es robado. Lo he ganado. Honradamente.

—¿Honradamente?

—Mejor dicho, legalmente. Es dinero que me ha dado —estuve a punto de decir «el gobierno británico», pero en consideración al señor Anderson, cambié de idea— el cliente para el que he estado trabajando el fin de semana. —Si había aplacado sus sospechas, estas se reavivaron al ver las tarjetas de visita de Brian Sinclair que yo había dejado en la repisa de la chimenea—. Brian es un amigo mío —le aseguré con malicia mal encaminada—. De hecho, es alguien a quien los dos conocemos. Ya te hablaré de él.

Vi a simple vista que no había conseguido convencerla y medio me planteaba contárselo todo en ese mismo momento —el señor Anderson, la isla, Philip, Maxie, Haj, Anton, Benny, Spider y diez veces Haj—, pero un cansancio pensativo se había apoderado de ella, como si ya hubiera oído todo lo que yo podía decirle en una sesión. Así que, en lugar de acribillarme a preguntas, la agotada enfermera del turno de noche se tumbó vestida a un lado de la cama y echó una cabezada, cosa que fue tanto más sorprendente por la sonrisa que se resistió a abandonar su rostro. Deseoso de seguir su ejemplo, también yo cerré los ojos, preguntándome cómo demonios podía explicarle que era el cómplice involuntario de un golpe de Estado contra su propio país. Baptiste, me repetí. No se me había pasado por la cabeza que su admiración por el Mwangaza pudiera extenderse a otros miembros de su organización. Aun así, pese a mi estado de tensión, la naturaleza debió de acudir en mi auxilio, ya que cuando desperté, vestía aún mis vaqueros y mi camisa y Hannah yacía desnuda entre mis brazos.

No soy amigo de lo explícito, ni en ese sentido lo era el hermano Michael. Los actos de amor, en su opinión, eran tan privados como la oración, y en ese ámbito debían permanecer. No me explayaré, pues, en el éxtasis de nuestra reunión física, que tuvo lugar en toda la franqueza del sol matutino que entraba a raudales por la ventana y caía en la colcha multicolor de la cama de la señora Hakim. Hannah escucha de verdad. Yo no estaba acostumbrado a la gente que hace eso. En mi alterado estado de expectación, había temido que se mostrase cáustica e incluso incrédula. Pero esa era Penelope, no Hannah. De vez en cuando, es cierto –por ejemplo, cuando me vi obligado a desengañarla respecto al Mwangaza–, unas pocas lágrimas resbalaron por sus mejillas y se convirtieron en manchas en la funda azul celeste de la almohada de la señora Hakim, pero ni una sola vez perdió la compasión o la inquietud por mi delicada situación. Dos días antes me había maravillado por la delicadeza con que había anunciado a un hombre su muerte, y yo estaba resuelto a emularla, pero carecía tanto de la habilidad como de la reserva. En cuanto empecé, cedí a mi necesidad de contárselo todo de golpe. La revelación de que era, si bien a tiempo parcial, un empleado adoctrinado del todopoderoso Servicio Secreto británico le cortó la respiración.

–¿Y eres verdaderamente leal a esa gente, Salvo?

Yo hablaba en inglés, y ella también.

–Hannah, siempre he intentado serlo. Y haré lo posible por seguir siéndolo –contesté, e incluso eso pareció entenderlo.

Aovillada en torno a mí como un niño dormido, escuchó emocionada mi viaje mágico desde el último piso del edificio de South Audley Street hasta el dorado palacio de Berkeley Square, el vuelo en helicóptero y el misterioso viaje en avión a una isla sin nombre del norte. Al presentarle a nuestros señores de la guerra, observé el paso de su rostro por tres estaciones en otros tantos minutos: una ira negra hacia el sinvergüenza de Franco con su pata coja y su pasión por la batalla, seguida de una tristeza consciente por Dieudonné, aquejado de sida. Solo cuando le presenté mi esbozo preliminar del escandaloso Haj, nuestro listillo de Bukavu educado en Francia y propietario de clubes nocturnos, me encontré con la niña de la misión pentecostal, y me enmendó la plana debidamente.

—Los propietarios de clubes nocturnos, Salvo, son todos unos granujas. Haj no será una excepción. Vende cerveza y minerales, o sea que probablemente también venderá drogas y mujeres. Así es como se comporta hoy en día la élite de Kivu. Llevan gafas de sol, conducen imponentes cuatro por cuatro y ven películas pornográficas con sus amigos. Su padre, Luc, tiene mala fama en Goma, no me importa decírtelo. Un capitoste que juega a la política para su beneficio personal, y no por el pueblo, ni mucho menos. —Pero entonces, arrugando la frente, modificó de mala gana su veredicto—. Sin embargo, uno también debe aceptar que hoy en el Congo no es posible amasar dinero sin ser un granuja. Al menos hay que admirar su sagacidad.

Al advertir mi expresión, se interrumpió y volvió a examinarme pensativamente. Y cuando Hannah hace eso, no es fácil preservar la seguridad personal.

—Pones una voz especial al hablar de ese Haj. ¿También albergas sentimientos especiales por él?

—Albergaba sentimientos especiales por todos ellos —contesté de manera evasiva.

—¿Por qué es Haj distinto, pues? ¿Porque se ha occidentalizado?

—Lo dejé en la estacada.

—¿Cómo, Salvo? No te creo. Quizá te dejaste a ti mismo en la estacada, que es muy distinto.

—Lo torturaron.

—¿A Haj?

—Con una picana eléctrica. Gritó. Y después les contó todo lo que querían saber. Luego se vendió.

Cerró los ojos y volvió a abrirlos.

—¿Y tú lo escuchaste?

—En principio no debía, pero lo hice.

—¿Lo grabaste?

—Lo grabaron ellos.

—¿Mientras lo torturaban?

—Eran cintas para los archivos, no para la operación.

—¿Y la tenemos? —Se levantó de la cama de un salto y fue derecha a la mesa junto a la ventana—. ¿Es esta?

—No.

—¿Esta? —Al verme la cara, volvió a dejar tranquilamente la cinta en la mesa, regresó a la cama y se sentó a mi lado—. Tenemos que comer. Cuando hayamos comido, escucharemos la cinta. ¿De acuerdo?

De acuerdo, dije.

Pero Hannah, antes de comer, necesitaba ropa normal de diario, que tenía que ir a buscar a la residencia, así que me quedé a solas con mis pensamientos durante una hora. Nunca volverá. Ha decidido que estoy loco y no le falta razón. Se ha ido con Baptiste. Esos pasos que suben a toda prisa por la escalera no son los de Hannah, son de la señora Hakim. Pero la señora Hakim pesa sus buenos ochenta kilos, en tanto que Hannah es una sílfide.

Me cuenta la historia de su hijo Noah. Come pizza con una mano y coge la mía con la otra mientras me habla de Noah en suajili. La primera vez que estuvimos juntos había aludido a él tímidamente. Ahora debe contármelo todo, cómo vino al mundo, qué significa para ella. Noah es su hijo natural, solo que en este caso, Salvo, no nació del amor, ni mucho menos.

—Cuando mi padre me mandó de Kivu a Uganda para estudiar enfermería, me enamoré de un estudiante de medicina. Cuando me quedé embarazada de él, me dijo que estaba casado. A otra chica con la que se acostó le dijo que era homosexual.

Tenía dieciséis años y, en lugar de agrandársele la barriga por el bebé, perdió más de cinco kilos antes de armarse de valor para hacerse la prueba del sida. Dio negativo. Ahora, si necesita hacer algo desagradable, lo hace de inmediato a fin de reducir la espera. Dio a luz al bebé, y su tía la ayudó a cuidarlo mientras terminaba la carrera. Todos los estudiantes de medicina y los médicos jóvenes querían acostarse con ella, pero no volvió a acostarse con ningún otro hombre hasta que me conoció a mí.

Se echa a reír.

—¡Y fíjate, Salvo! ¡Tú también estás casado!

Ya no, digo.

Se ríe, menea la cabeza y bebe un sorbo del vino de la casa que, ya lo hemos decidido, es el peor vino que hemos bebido jamás, peor que el que nos imponen en el baile anual del hospital, dice, que es mucho decir, créeme, Salvo. Pero no tan malo como el chianti altamente enriquecido de Giancarlo, replico, y me tomo el tiempo necesario para hablarle del diminuto y valiente caballero de la Trattoria Bella Vista de Battersea Park Road.

Dos años después de nacer Noah, Hannah acabó los estudios. Llegó a ser enfermera jefa, aprendió inglés por su cuenta, e iba a misa tres veces por semana. ¿Todavía lo haces, Hannah? Un poco. Los médicos jóvenes dicen que Dios no es compatible con la ciencia, y en las salas, si ha de ser sincera, ve pocas señales de Su presencia. Pero eso no la impide rezar por Noah, por su familia y por Kivu, o ayudar a sus niños de catequesis, como ella los llama, en la iglesia del norte de Londres, donde, con la poca fe que le queda, va a rendir culto.

Hannah se enorgullece de ser nande, y con razón, ya que a los nande se los conoce por su espíritu emprendedor. Vino a Inglaterra por mediación de una agencia a los veintitrés años, me cuenta delante de un café y otra copa de ese espantoso vino tinto. Me lo ha explicado ya antes, pero en el juego al que jugamos, si lo abandonas, hay que volver al principio. Los ingleses no se portaron mal, pero la agencia la trató como una mierda; fue la primera vez que la oí usar una palabra soez. Había dejado a Noah en Uganda con su tía, lo que le partió el corazón, pero con la ayuda de una adivina de Entebbe había identificado el destino de su vida, que era ampliar sus conocimientos de las prácticas y tecnologías médicas occidentales y enviar dinero a su casa para Noah. Cuando haya aprendido lo suficiente y ahorrado lo suficiente, volverá a reunirse con él en Kivu.

En Inglaterra, al principio, soñaba cada noche con Noah. Telefonearle la alteraba hasta que se restringió a una sola llamada semanal a tarifa reducida. La agencia no la informó de que tendría que asistir a un curso de adaptación que se le llevó todos los ahorros, ni de que tendría que volver a trepar por el escalafón de la enfermería desde el primer peldaño hasta el último. Las nigerianas con las que se alojó dejaron de pagar el alquiler, hasta que un día el casero las echó a todas a la calle, Hannah incluida. Para ascender en el hospital, tuvo que ser el doble de competente que sus rivales, y trabajar el doble. Pero con la ayuda de Dios, o, como yo prefería pensar, por medio de sus propios esfuerzos heroicos, se había impuesto. Dos veces por semana asiste a un curso sobre procedimientos quirúrgicos sencillos en países pobres. Debería estar allí esta noche, pero ya lo recuperará. Es un título que conseguirá antes de reclamar a Noah, se lo ha prometido a sí misma.

Ha dejado lo más importante para el final. Ha convencido a la enfermera jefa para que la autorice a tomarse una semana de permiso sin paga, lo que también le permitiría acompañar a sus niños de catequesis en la excursión de dos días al mar.

—¿Pediste el permiso solo por los niños de catequesis? —pregunto, esperanzado.

Se ríe con desdén ante mi sola insinuación. ¿Tomarse una semana de permiso por la remota posibilidad de que un intérprete de poco fiar cumpla sus promesas? Absurdo.

Hemos tomado el café y pagado la cuenta con los dólares cambiados de Maxie. Dentro de un momento será hora de volver a la pensión del señor Hakim. Hannah se ha apropiado de una de mis manos y examina la palma, resiguiendo pensativamente las líneas con la uña.

—¿Viviré eternamente? —pregunto.

Niega con la cabeza sin darle importancia y continúa examinando mi palma cautiva. Eran cinco, susurra en suajili. En realidad no eran sobrinas. Primas. Pero incluso ahora piensa en ellas como sobrinas. Nacidas de la misma tía que la cuidó a ella en Uganda y que ahora cuida a Noah. Eran las únicas hijas de su tía. No tuvo hijos. Contaban entre seis y dieciséis años. Recita sus nombres, todos bíblicos. Con la mirada baja, le habla a mi mano, la voz reducida a una sola nota. Volvían a casa a pie por la carretera. Mi tío y las niñas, con su mejor ropa. Venían de la iglesia, con la cabeza llena de oraciones. Mi tía no se encontraba bien y se había quedado en la cama. Se les acercaron unos chicos: interahamwe del otro lado de la frontera ruandesa, muy drogados y buscando entretenimiento. Acusaron a mi tío de espía tutsi, les cortaron los tendones a las niñas, las violaron y las tiraron al río, gritando «¡Mantequilla! ¡Mantequilla!» mientras se ahogaban. Era su manera de decir que harían mantequilla a todos los tutsi.

—¿Qué le hicieron a tu tío? —pregunto a su cabeza ladeada.

Lo ataron a un árbol. Lo obligaron a mirar. Lo dejaron vivir para que lo contara en la aldea.

En una especie de reciprocidad, le hablo de mi padre y el poste de los azotes. Nunca se lo he contado a nadie excepto al hermano Michael, hasta ahora. Volvemos a casa a pie y escuchamos la grabación de la tortura de Haj.

Se sienta erguida al otro lado de la habitación, lo más lejos de mí posible. Ha adoptado su cara oficial de enfermera. Tiene una expresión imperturbable. Haj puede gritar, Tabizi puede despotricar y provocarlo, Benny y Anton pueden hacer de las suyas con lo que sea que Spider, siempre tan servicial, les haya encontrado en su caja de herramientas, y sin embargo Hannah sigue tan impasible como un juez sin contemplaciones con nadie, y menos conmigo. Cuando Haj implora misericordia, ella mantiene un semblante estoico. Cuando vuelca su desprecio en Tabizi y el Mwangaza por haber llegado a un acuerdo sucio con Kinshasa, apenas se altera. Cuando Anton y Benny lo lavan bajo la ducha, ahoga una exclamación de asco, pero no se refleja en absoluto en su rostro. Cuando Philip aparece en la escena y empieza a hablarle a Haj con palabras apaciguadoras, me doy cuenta de que ha compartido hasta el último segundo del martirio de Haj, tal y como si lo atendiera junto a su lecho. Y cuando Haj exige tres millones de dólares por vender a su país, espero que como mínimo se muestre indignada y, en cambio, no hace más que bajar la vista y mover la cabeza en un gesto de compasión.

—Ese pobre fanfarrón —musita—. Le aniquilaron el espíritu.

Llegados a este punto, deseando ahorrarle la burla final, me dispongo a apagar la cinta, pero ella me detiene.

—A partir de ahora solo canta. Haj intenta levantarse el ánimo. No puede —explico con ternura.

Aun así, por insistencia suya, dejo la cinta hasta el final, empezando con el paseo de Haj por el salón del Mwangaza y acabando con el taconeo de los zapatos de cocodrilo cuando recorre con paso desafiante la galería cubierta hacia la suite de invitados.

—Otra vez —ordena.

Así que vuelvo a reproducirla, tras lo cual se queda inmóvil durante mucho rato.

—Arrastra un pie, ¿lo has oído? A lo mejor le han lesionado el corazón.

No, Hannah, no me había fijado en que arrastraba el pie. Apago la cinta pero ella no se mueve.

—¿Conoces esa canción? —pregunta.

—Es como todas las que cantábamos.

—¿Y por qué la cantó él?

—Para animarse, supongo.

—A lo mejor te estaba animando a ti.

—A lo mejor —coincido.

Hannah es práctica. Cuando tiene un problema que resolver, va a la raíz y se abre camino desde allí. Yo tengo al hermano Michael, ella tiene a la hermana Imogène. En la escuela de su misión, Imogène le enseñó todo lo que sabía. Cuando se quedó embarazada en Uganda, Imogène le mandó cartas de consuelo. La ley de Imogène, que nunca debe olvidarse a juicio de Hannah, sostiene que, como ningún problema existe de manera aislada, primero debemos reducirlo a sus elementos básicos y luego abordar cada elemento por separado. Solo cuando de verdad hemos hecho esto, y no antes, Dios nos enseñará el camino correcto. Dado que este era el modus operandi de Hannah, tanto en su trabajo como en la vida en general, no pude poner pega alguna al interrogatorio un tanto crudo al que, con la debida delicadeza y alguna que otra caricia tranquilizadora, me está sometiendo, empleando el francés como nuestra lengua de claridad.

—¿Cómo y cuándo robaste las cintas y los blocs, Salvo?

Le describo mi último descenso a la sala de calderas, la aparición sorpresa de Philip y mi escapada por los pelos.

—En el vuelo de regreso a Luton, ¿alguien te miró con recelo o te preguntó qué llevabas en la bolsa?

Nadie.

—¿Seguro?

Tan seguro como puedo estarlo.

—¿Quién sabe en estos momentos que has robado las cintas?

Vacilo. Si Philip decidió volver a la sala de calderas después de marcharse el equipo y echar un segundo vistazo en la bolsa de seguridad, lo saben. Si Spider, al llegar a Inglaterra, comprobó las cintas antes de entregarlas para archivarlas, lo saben. O si la persona a quien él se las entregó decidió comprobar su contenido personalmente, lo saben. No sé por qué adopté un tono condescendiente en ese momento, pero quizá fue en defensa propia.

—Sin embargo —insisto, recurriendo al prolijo estilo de los abogados a los que de vez en cuando me veo obligado a interpretar—, lo sepan o no, caben pocas dudas de que en rigor he transgredido claramente la Ley de Secretos Oficiales. ¿O acaso no? Es decir, ¿hasta qué punto son oficiales estos secretos? Si mi misma existencia puede negarse, también pueden negarse, es de suponer, estos secretos. ¿Cómo puede ser acusado de robar secretos que no existen un intérprete que no existe cuando actúa en nombre de un cártel anónimo que, por propia insistencia, tampoco existe?

Pero Hannah, como bien podría haber supuesto, se deja impresionar menos que yo por mi oratoria de juzgado.

—Salvo. Has robado a un cliente poderoso algo muy valioso para él. La cuestión es si lo averiguarán, y si te descubren, ¿qué te harán? Dijiste que atacarán Bukavu dentro de dos semanas. ¿Cómo lo sabes?

—Me lo dijo Maxie. En el viaje de vuelta en avión. Consiste en tomar el aeropuerto. El sábado es día de fútbol. Los mercenarios blancos llegarán en un chárter suizo; los mercenarios negros se harán pasar por un equipo de fútbol visitante.

—De modo que ahora ya no tenemos dos semanas sino trece días.

—Sí.

—Y no con toda seguridad, pero sí muy posiblemente, eres un hombre perseguido.

—Supongo que sí.

—Entonces debemos ir a ver a Baptiste.

Me coge entre sus brazos y por un momento nos olvidamos de todo menos el uno del otro.

Tumbados boca arriba, los dos con la mirada fija en el techo, me habla de Baptiste. Es un nacionalista congoleño, apasionado defensor de un Kivu unido, y acaba de volver de Washington donde ha asistido a un foro sobre la conciencia africana. Los ruandeses han enviado a sus matones varias veces a buscarlo y eliminarlo, pero él es tan listo que siempre los ha burlado. Conoce a todos los grupos congoleños, incluidos los malos. En Europa, en América y en Kinshasa.

—Kinshasa, de donde son los peces gordos —apunto.

—Sí, Salvo. De donde son los peces gordos. También muchas personas buenas y serias como Baptiste, que se preocupan por el Congo oriental y están dispuestas a correr riesgos para protegernos de nuestros enemigos y explotadores.

Deseo darle la razón incondicionalmente en todo lo que dice. Deseo ser tan congoleño como ella. Pero la rata de los celos, como solía llamarla el hermano Michael, me roe las entrañas.

—Así que, aun sabiendo que el Mwangaza ha llegado a un acuerdo sucio con Kinshasa —comento—, o Tabizi, o los suyos, ¿sigues pensando que es seguro acudir al representante del Mwangaza en Londres y revelarle toda la historia? ¿Confías en él hasta ese punto?

Se incorpora y, poniéndose de lado, me mira.

—Sí, Salvo, confío en él hasta ese punto. Si Baptiste se entera de lo que hemos oído y decide que el Mwangaza es un líder corrupto, cosa que yo todavía no creo, entonces Baptiste, como es un hombre de honor y sueña con la paz para todo Kivu como nosotros, sabrá a quién tiene que avisar para prevenir de la catástrofe que está a la vuelta de la esquina.

Se deja caer, y reanudamos nuestro estudio del techo de la señora Hakim. Formulo la pregunta inevitable:

¿Cómo lo ha conocido?

—Fue su grupo el que organizó el viaje en autobús a Birmingham. Es shi como el Mwangaza, así que era lógico que viera en el Mwangaza al hombre del futuro. Pero eso no le impide darse cuenta de los puntos débiles del Mwangaza.

Claro que no, le aseguré.

—Y en el último momento, justo antes de salir nuestro autobús, subió de manera inesperada y pronunció un discurso impresionante sobre las perspectivas de paz y no exclusión para Kivu.

¿A ti personalmente?, pregunto.

—Sí, Salvo. A mí personalmente. De las treinta y seis personas del autobús, me habló solo a mí. Y yo estaba totalmente desnuda.

Su primera objeción a mi paladín predilecto, lord Brinkley, fue tan rotunda que me olió al fundamentalismo de la hermana Imogène.

—Pero Salvo, si personas malvadas nos arrastran a la guerra y roban nuestros recursos, ¿cómo puede haber grados de culpabilidad entre ellos? Sin duda todas son igual de malas, puesto que todas son cómplices del mismo acto.

—Pero Brinkley no es como los demás —contesté con paciencia—. Es una figura decorativa como el Mwangaza. Es la clase de hombre al que los demás siguen cuando quieren robar.

—También es el hombre que pudo decir que sí.

—Es verdad. Y es el hombre que expresó su asombro y su indignación moral, no sé si te acuerdas. Prácticamente acusó a Philip de doble juego, ya de paso. —Y como factor decisivo—: Si es el hombre que puede descolgar el teléfono y decir que sí, puede también descolgarlo para decir que no.

Continuando con la defensa de mi tesis, recurrí a mi amplia experiencia en el mundo empresarial. ¿Cuántas veces había observado, dije, que los hombres que llevaban el timón ignoraban lo que se hacía en su nombre, de tan preocupados como estaban recaudando fondos y observando el mercado? Y poco a poco ella empezó a manifestar su aceptación con gestos de asentimiento, consciente de que al fin y al cabo existían ámbitos de la vida en los que mi comprensión superaba la suya. Por si no había ya argumentos de sobra, le recordé mi breve conversación con Brinkley en la casa de Berkeley Square.

—¿Y qué pasó cuando le mencioné el nombre del señor Anderson? ¡Ni siquiera había oído hablar de él! —concluí, y aguardé su respuesta con la sincera esperanza de que no incluyese ninguna defensa más de Baptiste. Por último, le enseñé mi carta, en la que lord Brinkley me daba las gracias por mi apoyo: «Querido Bruno», firmado: «Un cordial saludo, Jack». Ni aun entonces ella se rindió por completo.

—Si el cártel es tan anónimo, ¿cómo es posible que Brinkley sea una figura decorativa? —Y puesto que yo no tenía preparada ninguna buena respuesta—: Si has de acudir a uno de los tuyos, al menos ve al señor Anderson, en quien confías. Cuéntale la historia y ponte en sus manos.

Pero una vez más la persuadí, esta vez con mis conocimientos del mundo secreto.

—Anderson se lavó las manos con respecto a mí antes de marcharme de su piso franco. La operación se negaría, mi existencia se negaría. ¿Crees que va a dejar de negarme cuando yo vaya y le cuente que todo era un montaje?

Sentados ambos ante mi ordenador portátil, nos pusimos manos a la obra. La página web de lord Brinkley era reacia a dar sus señas. Quienes desearan escribirle debían hacerlo a la atención de la Cámara de los Lores. Mis recortes de prensa de Brinkley tuvieron su utilidad. Jack estaba casado con una tal lady Kitty. Una heredera de la aristocracia dedicada a las buenas obras en consideración a los necesitados británicos, lo que naturalmente Hannah vio como un mérito. Y lady Kitty tenía una página web. En ella aparecía una lista de organizaciones benéficas que gozaban de su patrocinio, amén de la dirección a la que los donantes podían enviar sus cheques, amén de un aviso de su café de los jueves por la mañana *En las casas,* al que los benefactores estaban invitados solo previa cita. Y *En casa* era Knightsbridge, el corazón del triángulo de oro londinense.

Ha pasado una hora. Aunque tendido, permanezco despierto, con la cabeza muy lúcida. Hannah, entrenada para dormir cuando puede, no se mueve. Tras ponerme en silencio la camisa y el pantalón, cojo el móvil y desciendo al salón de huéspedes, donde la señora Hakim recoge los platos del desayuno. Después de intercambiar las trivialidades de rigor, me escapo al pequeño jardín que se encuentra en una depresión entre altos edificios marrones. Grabado en mí, llevo el conocimiento constante de lo que nuestros instructores de los cursos de un día llamarían las «rutas regulares» de Penelope. Después de su tórrido fin de semana con Thorne, pasará por Norfolk Mansions para reacondicionarse antes de emprender los rigores de la semana. Sus mejores llamadas las hace desde taxis pagados por el periódico. Como todo buen periodista, se ha pensado bien la frase introductoria:

«¡Y tú también puedes irte a la mierda, Salvo, cariño! Si te hubieras esperado una semana más, te habría ahorrado la molestia. No te preguntaré dónde has pasado el fin de semana después de dejarme en ridículo delante del propietario. Solo espero que la chica valga la pena, ¿o es el chico? Dice Fergus que le da miedo entrar en el baño contigo…»

Regresé a la habitación. Hannah yacía como la había dejado. En el calor del verano, la sábana cubría como el velo de un pintor uno de sus pechos y caía entre sus muslos.

—¿Dónde estabas?

—En el jardín. Divorciándome.

15

Con la firme resolución propia de ella, Hannah me había convencido de que no llevara las cintas y los blocs a la casa de Brinkley. Y como estaba igual de decidida a acompañarme hasta la puerta y esperar fuera a que yo saliese, llegamos al acuerdo de que ella se sentaría en un café de la esquina; yo la llamaría por el móvil cuando considerara llegado el momento oportuno, y entonces ella los dejaría anónimamente en la puerta y volvería al café a esperarme.

Eran las cinco de la tarde del lunes cuando salimos del emporio del señor Hakim y, con la debida circunspección, tomamos un autobús hasta la estación de metro de Finchley Road. Eran ya las seis cuando escrutamos la elegante terraza curva de Knightsbridge desde la acera de enfrente, y las seis y veinte cuando dejé a Hannah en una mesa junto a la ventana del café. Durante el trayecto en autobús, ella había experimentado una pérdida de aplomo, en contraste con mi propio humor, cada vez más optimista.

–Dentro de un par de horas todos los problemas se habrán acabado –le aseguré, masajeándole la espalda en un intento de relajarla, pero su única respuesta fue decir que se proponía rezar por mí.

Al aproximarme al objetivo, tuve la opción de descender al sótano donde se leía el rótulo ENTRADA DE SERVICIO, o subir por la escalinata hasta una puerta con columnas que lucía un cordón de campanilla a la antigua usanza. Elegí esta última. Abrió la puerta una mujer latina de cara rechoncha con uniforme negro, cuello y delantal blancos incluidos.

—Querría hablar con lord Brinkley, por favor —dije, recurriendo al tono imperioso de mis clientes más selectos.

—Oficina.

—¿Y lady Kitty? —pregunté, sosteniendo la puerta con una mano y sacando con la otra la tarjeta de Brian Sinclair. Bajo el alias, había escrito BRUNO SALVADOR. Y al dorso las palabras INTÉRPRETE DEL CÁRTEL.

—No viene —dijo la criada con apremio y, conforme a su intención, consiguió cerrar de un portazo, si bien segundos después la propia lady Kitty volvió a abrir la puerta.

Sin edad precisa como suele ocurrir con esas damas de la alta sociedad, llevaba minifalda, cinturón Gucci y una melena lacia de pelo rubio ceniza. En la colección de delicadas joyas que adornaba sus muñecas, identifiqué un pequeño reloj Cartier de oro de dos tonos. Unos zapatos italianos de elegancia impecable remataban sus piernas blancas y sedosas. En sus ojos azules parecía advertirse una expresión de permanente sobresalto, como por efecto de una visión horrenda.

—Tú quieres ver a Brinkley —me informó mientras su mirada nerviosa alternaba entre la tarjeta y mi cara como si me estuviese retratando.

—He hecho un trabajo muy importante para él este fin de semana —expliqué, y me interrumpí, sin saber cuánto sabía ella.

—¿Este fin de semana?

—Necesito hablar con él. Es un asunto personal.

—¿No podías haber llamado por teléfono? —inquirió con una expresión de sobresalto aún mayor en los ojos.

—Sintiéndolo mucho, no. —Me acogí otra vez a la Ley de Secretos Oficiales—. No habría sido prudente… seguro —expliqué, en una clara insinuación—. No por teléfono. No nos está permitido.

—¿Nos? ¿A quiénes?

—A quienes hemos trabajado para lord Brinkley.

Subimos a un salón de altas paredes rojas y espejos dorados con el olor al Willowbrook de la tía Imelda: popurrí y miel.

—Te haré esperar aquí —anunció, llevándome a una habitación más pequeña que era una réplica de la primera—. Ya debería haber llegado a casa. ¿Te apetece una copa? Sí que eres buen chico. En ese caso, lee el periódico o algo así.

Al quedarme solo, llevé a cabo un discreto reconocimiento ocular de mi entorno. Un buró antiguo de forma redondeada, cerrado con llave. Fotografías de los hijos en Eton y de líderes centroafricanos. Un resplandeciente mariscal Mobutu de uniforme: *Pour Jacques, mon ami fidèle, 1980.* Se abrió la puerta. Lady Kitty fue derecha a un aparador y extrajo una coctelera de plata mate y una copa.

—Esa secretaria tan vulgar que tiene… —se quejó, imitando un acento proletario—: «Jack está reunido, Kitty». Dios, las odio. ¿Qué sentido tiene ser un lord si todo el mundo te llama Jack? Y no puedes decírselo porque te llevan a los tribunales. —Se acomodó con cuidado en el brazo de un sofá y cruzó las piernas—. Le he dicho que es una crisis. ¿No lo es?

—No si la cogemos a tiempo —contesté en tono reconfortante.

—Ah, la cogeremos. Eso a Brinkley se le da de perlas. Lo coge todo a tiempo. ¿Quién es Maxie?

Hay ocasiones en la vida de un agente secreto a tiempo parcial en las que solo sirve la mentira descarada.

—Nunca he oído hablar de Maxie.

—Claro que has oído hablar de él, o no arrugarías la frente de esa manera tan tonta. Pues yo apuesto hasta la camisa a que ese Maxie es la razón de tu visita, hayas oído hablar de él o no. —Meditabunda, se dio tirones de la pechera de la blusa de diseño—. La camisa, sí, aunque no es gran cosa, la pobre. ¿Estás casado, Bruno?

¿Me lanzo a desmentir también eso? ¿O me mantengo lo más cerca de la verdad que la seguridad permita?

—Pues sí, lo estoy —con Hannah, no con Penelope.

—¿Y tienes un montón de niños maravillosos?

—Me temo que no, todavía —aparte de Noah.

—Pero los tendrás. A su debido tiempo. Seguro que lo intentas día y noche. ¿Tu mujer trabaja?

—Desde luego.

—¿Mucho?

—Mucho.

—Pobre mujer. ¿Ha podido acompañarte este fin de semana, mientras hacías de las tuyas para Brinkley?

—En realidad no ha sido esa clase de fin de semana —contesté, alejando las imágenes de Hannah, desnuda, sentada junto a mí en la sala de calderas.

—¿Estaba Philip?

—¿Philip?

—Sí, Philip. No seas travieso.

—Lo siento, pero no conozco a ningún Philip.

—Claro que lo conoces. Es el gran hombre. Tiene a Brinkley comiendo en la palma de su mano.

Ese es precisamente el problema de Brinkley, pensé, dando gracias al ver confirmadas mis expectativas.

—Y Philip nunca deja recados cuando llama. Ninguno de vosotros. «Solo diga que Philip ha llamado», como si no hubiera más Philips en el mundo. Y ahora dime que no lo conoces.

—Ya lo he dicho.

—Es verdad, y te has sonrojado, lo cual es encantador. Habrá intentado ligar contigo. Brinkley lo llama la Reina de África. ¿De qué idiomas interpretas?

—Sintiéndolo mucho, no estoy autorizado a decirlo.

Su mirada se posó en la bolsa que yo había dejado junto a mí en el suelo.

—Por cierto, ¿qué llevas ahí dentro? Dice Brinkley que debemos registrar a todos los que entran en la casa. Tiene una batería de cámaras, conectadas al circuito cerrado, en la puerta delantera, y trae a sus mujeres por la trasera para no cogerse desprevenido él mismo.

—Solo mi grabadora —respondí, y la levanté para enseñársela.

—¿Para qué?

—Por si ustedes no tenían.

—¡Aquí estamos, cariño!

Ella había oído a su marido antes que yo. Levantándose de un brinco, escondió la copa y la coctelera en el aparador, lo cerró de un portazo, se roció la boca con un inhalador salido de un bolsillo de la blusa y, como una colegiala culpable, llegó de dos zancadas a la puerta que daba al gran salón.

—Se llama Bruno —declamó alegremente en dirección a los pasos que se acercaban—. Conoce a Maxie y a Philip y hace ver que no, está casado con una mujer muy trabajadora y quiere hijos pero todavía no, y trae una grabadora por si nosotros no tenemos.

Mi hora de la verdad estaba a un paso. Lady Kitty había desaparecido y su marido se hallaba ante mí, ataviado con un elegante traje de milrayas azul marino de chaqueta cruzada, entallado conforme a la moda de los años treinta. A menos de cien metros, Hannah esperaba a que la emplazara. Había introducido su número en la agenda de mi móvil. En cuestión de minutos, si todo salía según lo previsto, entregaría a Jack Brinkley las pruebas de que, contrariamente a lo que pudiera pensar, estaba a punto de echar por tierra la extraordinaria labor que había realizado por África a lo largo de los años. Primero me miró a mí, luego echó un vistazo alrededor con cautela y después volvió a fijar la mirada en mí.

—¿Esto es suyo? —Sostenía mi tarjeta por un ángulo como si estuviera empapada.

—Sí.

—¿Usted es el señor qué exactamente?

—Sinclair. Pero solo de manera oficial. Sinclair era mi alias para el fin de semana. Me conocerá mejor por mi nombre verdadero, Bruno Salvador. Usted y yo hemos mantenido correspondencia.

Había decidido no mencionar sus tarjetas de Navidad porque no eran personales, pero sabía que recordaría mi carta de apoyo, y evidentemente así era, porque alzó la cabeza y, con su estatura, hizo lo que los jueces en el estrado: mirarme por encima de las gafas de montura de concha para ver qué tenía ante sí.

—Bien, pues en primer lugar quitémonos eso de en medio, ¿eh, Salvador? —propuso, y cogiéndome la grabadora, se aseguró de que no contenía cinta y me la devolvió; esto fue, según recuerdo, lo más parecido a un apretón de manos que me ofreció.

Había abierto su buró y se había sentado de lado junto a él. Examinaba la carta que me había escrito, con la posdata a mano donde expresaba su deseo de conocerme algún día, y —como a la sazón era miembro del Parlamento— lamentaba que yo no viviera en su distrito, con dos signos de admiración, cosa que siempre me arrancaba una sonrisa. Por la jovialidad con que la leyó, podía haber sido una carta dirigida a él mismo que se alegraba de recibir. Y cuando acabó, no dejó de sonreír, sino que la dejó ante él en el buró, dando a entender que acaso necesitaría leerla otra vez más tarde.

—Así pues, ¿cuál es su problema exactamente, Salvador?

—Bueno, en realidad el problema es suyo, si me permite decirlo. Yo solo era el intérprete.

—¿Ah, sí? ¿Y qué interpretaba?

—Bueno, a todos, de hecho. A Maxie, obviamente. Él no habla nada. Bueno, inglés. Philip no habla mucho suajili. Así que me vi entre dos fuegos, por así decirlo. Haciendo malabarismos. Por encima y por debajo de la línea de flotación.

Con una sonrisa, quité importancia a mis méritos, porque en cierto modo abrigaba la esperanza de que a esas alturas ya habría sido informado de mis logros en representación suya, que vistos en su conjunto eran considerables, al margen de que hubiera acabado en el bando equivocado, que era lo que quería explicarle como parte de mi rehabilitación personal ante sus ojos.

—¿Línea de flotación? ¿Qué línea de flotación?

—Era una expresión de Maxie, en realidad. No mía. Para cuando yo estaba en la sala de calderas. Escuchando las conversaciones de los delegados durante los descansos. Maxie tenía a un hombre llamado Spider. —Hice un alto por si el nombre le sonaba, pero al parecer no era así—. Spider era un profesional de las escuchas. Tenía un montón de equipo anticuado que había reunido improvisadamente. Una especie de kit de bricolaje. Pero supongo que de eso usted tampoco estaba enterado.

—¿De qué no estaba enterado exactamente?

Volví a empezar. No tenía sentido dar marcha atrás. Las cosas estaban aún peor de lo que yo temía. Philip le había contado una mínima parte de la historia.

—Había micrófonos en toda la isla. Incluso en la pérgola en lo alto de la colina. Cada vez que Philip consideraba que habíamos llegado a un momento crítico en las negociaciones, concedía un descanso y yo me precipitaba a la sala de calderas y escuchaba; transmitía lo esencial a Sam, en el piso de arriba, para que Philip y Maxie tuvieran ventaja en la siguiente sesión. Y recibieran instrucciones del cártel y los amigos de Philip por el teléfono satélite cuando las necesitaran. Por eso nos concentramos en Haj. Bueno, él, Philip. Y con la ayuda de Tabizi, supongo. Yo fui el instrumento involuntario.

—¿Y quién es Haj, si puede saberse?

Era asombroso, pero cierto. Tal como yo había previsto, lord Brinkley no tenía la menor idea de lo que se había perpetrado bajo sus auspicios, ni siquiera en su papel de único hombre que podía decir que sí.

—Haj era uno de los delegados —dije, atenuando el enfoque—. Eran tres. Dos jefes de milicias, o más bien señores de la guerra, y Haj. Es el que le sacó los otros tres millones de dólares —le recordé con una triste sonrisa que pareció compartir; no era raro, dada la indignación moral que tan claramente había expresado por el teléfono satélite.

–¿Y quiénes eran los otros dos jefes? –preguntó, aún desconcertado.

–Franco, el mai mai, y Dieudonné, que es munyamulenge; Haj no tiene una milicia propiamente dicha, pero puede reunirla cuando la necesite; además tiene una concesión minera en Bukavu, una fábrica de cerveza y varios hoteles y clubes nocturnos; su padre Luc es un capitoste de Goma. Bueno, eso usted ya lo sabe, ¿no?

Lord Brinkley asentía, y sonreía de una manera que me daba a entender que conectábamos. En cualquier situación normal, pensé, a esas alturas estaría pulsando un botón de su escritorio y mandando a buscar al desafortunado ejecutivo responsable de la pifia, pero como no dio la menor señal de hacerlo, sino que, por el contrario, había cruzado las manos bajo la barbilla al modo de quien se prepara para escuchar atentamente y durante largo rato, decidí empezar por el principio, un poco como lo había hecho con Hannah, aunque de una forma mucho más condensada y con mucha menos preocupación por las sensibilidades de mi distinguido público; quizá demasiado poca, como comenzaba a temer cuando llegamos al devastador momento de la verdad referente a los malos tratos a Haj.

–Y en su opinión, ¿adónde nos lleva todo esto? –preguntó con la misma sonrisa de confianza–. ¿Cuál es la conclusión a la que ha llegado, Salvador? ¿Llevamos el asunto directamente al primer ministro? ¿Al presidente de Estados Unidos? ¿A la Unión Africana? ¿O a todos a la vez?

Me permití una reconfortante risa.

–Bueno, no creo que eso sea necesario. No creo que necesitemos llevar las cosas tan lejos, la verdad.

–Me alivia saberlo.

–Creo que es solo cuestión de dar el alto de inmediato, y asegurarse de que ese alto se produce realmente. Disponemos de doce días antes de la fecha prevista, así que hay tiempo de sobra. Detenga el plan de guerra, retire al Mwangaza hasta que encuentre a seguidores adecuados y con sentido ético… en fin, gente como usted… rompa el contrato…

—¿O sea que hay un contrato?

—¡Claro que lo hay! Uno muy turbio, si se me permite decirlo. Redactado por monsieur Jasper Albin de Besançon, a quien usted ha empleado en el pasado y a quien por lo visto su gente decidió volver a emplear, y traducido al suajili por no otro que un humilde servidor.

A esas alturas me había dejado llevar un poco. Supongo que la idea de que de un momento a otro Hannah y yo fuéramos a salir de las sombras y a llevar una vida normal se me estaba subiendo a la cabeza.

—¿No tendrá una copia de ese contrato?

—No, pero lo he visto, obviamente. Y he encomendado partes a la memoria, cosa que en mí es… bueno, algo bastante automático, si quiere que le diga la verdad.

—¿Y por qué lo considera turbio?

—Es falso. He visto contratos. Es hipotético. Pretende ser sobre agricultura pero en realidad tiene que ver con el aprovisionamiento de armas y *matériel* para iniciar una pequeña guerra. Pero ¿cuándo ha sido pequeña una guerra en el Congo? Sería como si una mujer estuviese un poco embarazada —aventuré con audacia, citando textualmente a Haj, y me vi alentado por una sonrisa de complicidad de mi anfitrión—. Y los beneficios… derivados de los minerales, quiero decir… la así llamada proporción del pueblo… son un timo declarado —proseguí—. Un fraude, la verdad. Ahí no hay nada para el pueblo. Ninguna proporción del pueblo, ningún beneficio para nadie excepto para su cártel, el Mwangaza y sus secuaces.

—Espantoso —musitó lord Brinkley, moviendo la cabeza en un gesto de conmiseración.

—O sea, no me malinterprete. El Mwangaza es un gran hombre en muchos sentidos. Pero está viejo. Bueno, viejo para semejante cargo, si me permite. Ya parece un títere. Y se ha comprometido tanto que no veo cómo puede liberarse de tales ataduras. Lo siento mucho, pero es la verdad.

—La historia de siempre.

Dicho esto, intercambiamos unos cuantos ejemplos de líderes africanos que habían dado señales de una grandeza inicial, para acabar malográndose unos años después, aunque yo personalmente dudaba de que Mobutu, retratado en el buró detrás de él, hubiese formado parte alguna vez de este grupo. Sin embargo, sí me pasó por la cabeza que si, al final de todo, lord Brinkley consideraba conveniente recompensarme por mi oportuna intervención, y de paso conservarme a su lado, un empleo en su organización podría ser la respuesta para ambos, porque desde luego bien necesitaban a alguien que les limpiara esa cuadra.

Por tanto, su siguiente pregunta me cogió por completo desprevenido.

—Y está usted totalmente seguro de que me vio aquella noche.

—¿Qué noche?

—Cuando sea que ha dicho. El viernes, ¿me equivoco? He perdido el hilo por un momento. Me vio el viernes por la noche en Berkeley Square. En una casa.

—Sí.

—¿Recuerda cómo iba yo vestido?

—Ropa informal pero elegante. Pantalón beis, chaqueta de ante, mocasines.

—¿Recuerda algo de la casa, aparte del número que no alcanzó a ver o ha olvidado?

—Sí. Todo.

—Descríbala, ¿quiere? Con sus propias palabras.

Empecé a hacerlo, pero me daba vueltas la cabeza y me costaba elegir, así de pronto, los rasgos más destacados.

—Tenía un vestíbulo muy amplio con una escalera que se dividía en dos…

—¿Se dividía?

—… y águilas sobre las puertas…

—¿Águilas vivas?

—Aparte de usted, había toda clase de gente. Por favor, no haga ver que no estuvo allí. Hablé con usted. ¡Le di las gracias por su postura ante África!

—¿Puede usted nombrar a algunas de esas personas?

Las nombré, aunque no con mi habitual aplomo. Empezaba a perder los estribos, y cuando pierdo los estribos, me cuesta mucho controlarme. El tiburón del mundo de la empresa conocido como Almirante Nelson por el parche en el ojo: a ese lo reconocí. El famoso presentador de televisión del mundo del pop: a ese también. El joven noble fajado, dueño de un buen trozo del West End. El ex ministro de finanzas africano exiliado. El multimillonario indio del sector textil. El magnate de los supermercados que acababa de adquirir uno de nuestros grandes diarios nacionales «por pasatiempo». Empezaba a desmoronarme pero seguí en el empeño.

—¡El hombre a quien usted llamó Marcel! —exclamé—. El africano al que usted quería a su lado en la teleconferencia.

—¿Estaba allí la reina?

—¿Se refiere a Philip? ¿El hombre a quien usted llama la Reina de África? No, no estaba. Pero Maxie, sí. Philip apareció en la isla, no antes.

No tenía la intención de levantar la voz, pero lo hice, y la reacción de lord Brinkley fue bajar la suya en contrapunto.

—Habla y habla de Philip y Maxie como si fueran amigos míos de toda la vida —se quejó—. No los conozco. Nunca he oído hablar de ellos. No sé a quiénes se refiere.

—Entonces, ¿por qué no le pregunta por ellos a su puta mujer?

Había perdido el control. No se puede describir la ira ciega a menos que el interlocutor la haya experimentado en sus propias carnes. Hay síntomas físicos, un hormigueo en los labios, sensación de vértigo, astigmatismo pasajero, náuseas e incapacidad para distinguir los colores y objetos cercanos. A eso se suma, debo añadir, la incertidumbre acerca de lo que uno ha dicho realmente en oposición a lo que bulle en su boca pero no ha conseguido expulsar.

—¡Kitty! —Había abierto la puerta de par en par y vociferaba—. Tengo algo que preguntar a mi puta mujer. ¿Te importaría reunirte con nosotros un momento?

Lady Kitty permanecía inmóvil como un centinela. Los ojos azules, sin su brillo, permanecían fijos en los de su marido.

—Kitty, cariño. Dos preguntas rápidas. Nombres. Voy a decírtelos y quiero que me contestes de inmediato, instintivamente, sin pensar. Maxie.

—Nunca he oído hablar de él. Jamás de los jamases. El último Max que conocí murió hace siglos. Solo lo llamaban Maxie los tenderos.

—Philip. Aquí nuestro amigo dice que lo llamo la Reina de África, cosa que considero un tanto insultante para ambos, la verdad.

Ella arrugó la frente y se aventuró a llevarse el dedo índice al labio.

—Lo siento. Tampoco sé nada de ningún Philip. Sí de Philippa Perry-Onslow, pero es chica, o eso dice ella.

—Y ya que estamos, cariño. La noche del viernes pasado… ¿a qué hora decía que era?

—A esta misma —contesté.

—Así que hace setenta y dos horas, para ser exactos… el viernes, acuérdate…, cuando solemos ir al campo, pero olvida eso por un momento, no pretendo condicionar tu respuesta… ¿dónde estábamos? —Consultó su reloj con un gesto exagerado—. A las siete de la tarde. Piénsalo bien, por favor.

—De camino a Marlborough, por supuesto.

—¿Con qué propósito?

—Para pasar el fin de semana. ¿Para qué si no?

—¿Y lo jurarías ante un tribunal si fuera necesario? Porque aquí tenemos a un joven, muy dotado, muy encantador, con buenas intenciones, no me cabe duda, que ha incurrido en malentendidos muy graves, muy peligrosos para todos nosotros.

—Claro que sí, cariño. No digas tonterías.

—¿Y cómo fuimos a Marlborough, cariño? ¿Con qué medio de transporte?

—En coche, por supuesto. Pero Brinkley, ¿a qué viene todo esto?

—¿Conducía Henry?

—Conducías tú. Henry tenía el día libre.

—¿Y a qué hora salimos? ¿Lo recuerdas?

—Ay, cariño. Lo sabes de sobra. Lo tenía todo listo a las tres, pero tú, como de costumbre, llegaste tarde de tu comida, así que nos pusimos en marcha a la peor hora punta del mundo, y no llegamos a la finca hasta las nueve y la cena se echó a perder.

—¿Y quién pasó el fin de semana con nosotros?

—Gus y Tara, claro. De gorra, como siempre. Ya va siendo hora de que nos inviten a Wilton. Siempre lo prometen, pero nunca lo hacen —explicó, volviéndose hacia mí como si yo fuese a entenderla.

Hasta ese momento había conseguido mantener la calma, pero me bastó ver su mirada inexpresiva de frente para que la ira se apoderara otra vez de mí.

—¡Estuvo usted allí! —prorrumpí, dirigiéndome a él. Me volví hacia su mujer—: Le estreché la mano a su marido, maldita sea. ¡Maxie también estaba allí! Cree que puede hacer el bien en Kivu pero no puede. No es un intrigante, es un soldado. ¡Estaban en la isla y planearon una guerra por poderes para que el cártel pudiera acaparar el mercado de coltan y especular a la baja, y torturaron a Haj! Con una picana que les fabricó Spider. Puedo demostrarlo.

Lo había dicho y no podía desdecirme, pero al menos tuve la sensatez de callar.

—Demostrarlo ¿cómo? —preguntó Brinkley.

—Con mis notas.

—¿Qué notas?

Di marcha atrás, acordándome de Hannah.

—En cuanto volví de la isla, lo anoté todo —mentí—. Tengo una memoria perfecta. A corto plazo. Si me doy prisa, y tengo las palabras textuales en la cabeza, puedo anotarlo todo, palabra por palabra. Y eso hice.

—¿Dónde?

—Cuando llegué a casa. Enseguida.

—¿Y dónde está esa casa? —Bajó la mirada hacia la carta que tenía frente a él en el buró. En ella: «Querido Bruno»—. Esa casa está en Battersea. Se sentó y escribió todo lo que recordaba, palabra por palabra. Maravilloso.

—Todo.

—¿A partir de qué momento?

—Desde el señor Anderson en adelante.

—En adelante ¿hasta dónde?

—Berkeley Square. La central eléctrica de Battersea. El aeropuerto de Luton. La isla. El regreso.

—O sea que es su versión de lo que usted vio y oyó en su isla, recordado en la tranquilidad de su casa de Battersea varias horas más tarde.

—Sí.

—No me cabe duda de que es usted muy listo, pero eso no es, mucho me temo, lo que llamaríamos una «prueba». Da la casualidad de que soy abogado. ¿Trae esas notas consigo?

—No.

—Las ha dejado en casa, quizá.

—Probablemente.

—Probablemente. Pero puede recurrir a ellas, por supuesto, si alguna vez se le mete en la cabeza la idea de chantajearme o vender esa historia ridícula a la prensa. —Suspiró, como un buen hombre que ha llegado a una conclusión triste—. Ahí lo tenemos, pues, ¿no? Lo siento mucho por usted. Es persuasivo y estoy seguro de que cree hasta la última palabra de todo lo que ha dicho. Pero le recomiendo que sea cauto antes de repetir sus acusaciones fuera de estas cuatro paredes. No todo el mundo será tan tolerante como lo hemos sido nosotros. O bien es usted un criminal consumado de algún tipo, o necesita ayuda médica. Quizá lo uno y lo otro.

—Está casado, cariño —intervino lady Kitty solícitamente desde la periferia.

—¿Se lo ha contado a su mujer?

Creo que dije que no.

—Pregúntale por qué ha traído una grabadora.

—¿Por qué?

—Siempre llevo una encima. Otros llevan ordenadores. Yo soy intérprete, así que llevo una grabadora.

—Sin cintas —nos recordó lady Kitty.

—Las llevo por separado —dije.

Por un momento pensé que Brinkley me pediría que vaciara los bolsillos en la mesa, y en tal caso no habría sido responsable de mis actos, pero ahora creo que no se atrevió. Al pasar bajo la batería de cámaras del circuito cerrado de lady Kitty, de buena gana habría doblado a la derecha en lugar de la izquierda, o a decir verdad, me habría arrojado bajo las ruedas del primer vehículo que pasara por no verme obligado a admitir la magnitud de mi necedad, ira y humillación ante mi querida Hannah, pero mis pies eran más sensatos que yo. Estaba a punto de entrar en el café, pero ella me había visto acercarme y salió a recibirme a la puerta. Incluso a lo lejos, mi rostro debió de revelarle todo lo que necesitaba saber. Recuperé las cintas y los blocs. Me cogió del brazo con las dos manos y me llevó por la acera tal como podía haber guiado a la víctima de un accidente para apartarla del lugar de lo ocurrido.

En un supermercado cualquiera, compramos lasaña y tarta de pescado para preparar en el microondas de los Hakim, además de ensalada, fruta, pan, queso, leche, seis latas de sardinas, té y dos botellas de Rioja. Al parar un taxi, conseguí recordar la dirección del establecimiento del señor Hakim e incluso le di al taxista un número de la calle a veinte casas de nuestro destino. No me preocupaba por mí, sino por Hannah. En un erróneo gesto de galantería, incluso llegué al punto de sugerir que se fuera a dormir a su residencia.

—Buena idea, Salvo. Me lío con un médico joven y guapo y dejo en tus manos la salvación de Kivu.

Pero cuando nos sentamos ante nuestra primera comida preparada en casa, había recobrado el buen humor.

—¿Sabes una cosa? —preguntó.

—Lo dudo.

—Ese lord Brinkley tuyo… Sospecho que viene de una tribu bastante mala —dijo, y meneando la cabeza, se rió hasta que no me quedó más remedio que hacer lo mismo.

Eran las cuatro y cuarto según el reloj de la tía Imelda cuando Hannah me despertó para decirme que sonaba mi móvil en la mesa de cristal junto a la ventana en saliente. Tras encenderlo para mi encuentro con lord Brinkley, me había olvidado de apagarlo al llegar a casa. Cuando lo cogí, la llamada había pasado al buzón de voz.

PENELOPE: ¡Mi puto piso, Salvo! El piso que has abandonado tú, no yo. Y tienes la desfachatez, tienes la cara… ¿Sabes qué voy a hacer? Voy a pedir que te impongan una orden de comportamiento antisocial. Mis armarios. El escritorio de papá… tu puto escritorio, el que te regaló él, las cerraduras destrozadas, tus papeles tirados por toda la habitación *(jadeo)*… mi ropa, perverso de mierda, tirada por el suelo de mi habitación *(jadeo)*. Vale. Fergus viene de camino ahora mismo. Así que ándate con cuidado. No es cerrajero, pero va a asegurarse de que nunca más, nunca en tu vida, puedas entrar en esta casa con mi llave.

Y cuando lo haya conseguido, va a averiguar dónde estás. Y yo en tu lugar, echaría a correr. Porque Fergus conoce a gente, Salvo, y no toda es buena gente. Y si te has creído, aunque solo sea por un instante…

Permanecimos en la cama, intentando entender lo sucedido. Yo me había ido de la casa de Brinkley a las siete y veinte. Alrededor de medio minuto después de las siete y veinte, él había telefoneado a Philip o a quien fuera que hubiese telefoneado. A las siete y media, Philip o algún otro había comprobado que Penelope estaba en plena ronda de cócteles vespertinos. También habían descubierto, si no lo sabían ya, que los blocs supuestamente míos en la bolsa de seguridad de Spider estaban en blanco y las cintas guardadas en su colección de archivos de sonido robado eran vírgenes. ¿Qué mejor lugar para buscarlos que en el domicilio conyugal?

—¿Salvo?

Hemos pasado una hora en duermevela, sin dirigirnos la palabra.

—¿Por qué un hombre que ha sido torturado canta una canción infantil? Mis pacientes no cantan cuando sienten dolor.

—Quizá se siente a gusto después de haberse desahogado con la confesión —contesta Salvo el buen católico.

Incapaz de dormir, voy de puntillas al baño con mi transistor y escucho por los auriculares las noticias de la BBC en Radio 4. Coches bomba en Irak. Los insurgentes matan a docenas de personas. Pero nada aún sobre un intérprete acreditado y agente secreto a tiempo parcial fugitivo.

16

Toda la tarde para encontrar a un solo hombre? —protesto, poniéndome en el papel de marido celoso para retrasar su marcha—. ¿Qué harás con él cuando lo encuentres?

—Salvo, estás diciendo tonterías otra vez. Baptiste no es una persona a quien se pueda llamar por teléfono sin más. Los ruandeses son muy astutos. Tiene que esconderse, incluso de sus partidarios. Y ahora, por favor, permite que me vaya. Tengo que estar en la iglesia dentro de cuarenta minutos.

La iglesia es la de la misión pentecostal de Bethany, en un rincón perdido del norte de Londres.

—¿A quién vas a ver allí?

—Lo sabes muy bien. A mi amiga Grace y a las mujeres de la organización benéfica que pagan el autocar y encuentran alojamiento para los niños de la catequesis. Y ahora deja que me vaya, por favor.

Lleva una gorra preciosa con un vestido largo de color azul y una torera de seda cruda. Conozco la historia de esa ropa sin que ella me la cuente. Un día especial, como la Navidad o su cumpleaños, después de pagar el alquiler y enviar a su tía la mensualidad para Noah, se regaló un conjunto nuevo. Lo ha lavado y planchado centenares de veces y ya está en las últimas.

—¿Y el pastor joven y guapo? —pregunto con severidad.

—Tiene cincuenta y cinco años y está casado con una señora que no lo pierde de vista ni un segundo.

Le arranco un último beso, le pido perdón y le arranco otro. Segundos después, sale de la pensión y, con la falda arremolinada, se aleja por la calle a toda prisa mientras la contemplo desde la ventana. Durante toda la noche hemos celebrado consejos de amor y consejos de guerra. Otras parejas, imagino, no experimentan en toda una vida las tensiones a las que nuestra relación se ha visto sometida en el transcurso de cuatro breves días. Mis apremiantes ruegos para que huya de mí cuando todavía está a tiempo, para librarse del estorbo que yo represento para ella, por su propio bien, por el de Noah, por el bien de su carrera, etcétera, han caído en saco roto. Su destino es permanecer a mi lado. Estaba escrito, determinado por Dios, por una adivina de Entebbe y por Noah.

—¿Por Noah? —repetí, y me eché a reír.

—Le he dicho que he conocido a su nuevo padre y está muy contento.

A veces soy demasiado inglés para ella, demasiado indirecto y contenido. A veces ella es inaprensible, una africana exiliada, perdida en sus recuerdos. Después del allanamiento de Norfolk Mansions, mi estrategia favorita habría sido cambiar de escondite de inmediato, salir de allí, partir de cero en otra parte de la ciudad. Hannah no estuvo de acuerdo, sosteniendo que si habían dado la voz de alarma, un cambio brusco de planes llamaría la atención. Era mejor quedarnos donde estábamos y actuar con naturalidad, dijo. Me sometí a su criterio y disfrutamos de un relajado desayuno con los demás huéspedes en lugar de escondernos como fugitivos en nuestra habitación. Al acabar, ella me mandó arriba, insistiendo en que tenía que hablar en privado con el señor Hakim, hombre un tanto fachendoso y engreído, sensible a los encantos femeninos.

—¿Qué le has dicho? —pregunté cuando ella volvió, riendo.

—La verdad, Salvo. Nada más que la verdad. Solo que no toda.

Le exigí una confesión completa. En inglés.

—Le he contado que somos amantes y nos hemos fugado. Nuestros parientes, furiosos, nos persiguen y cuentan mentiras sobre nosotros. Si no podemos confiar en su protección, no nos quedará más remedio que buscar alojamiento en otro sitio.

—¿Y qué te ha dicho?

—Podemos quedarnos por lo menos otro mes y él nos protegerá con su vida.

—¿Lo hará?

—Por otras cincuenta libras semanales de tu dinero de Judas, será valiente como un león. Luego ha aparecido su mujer y ha dicho que ella nos protegería gratis. Si alguien le hubiese ofrecido protección de joven, ha dicho, nunca se habría casado con el señor Hakim. A los dos les ha parecido muy gracioso.

Hablamos del delicado asunto de la comunicación, que, como yo bien sabía por la Chat Room, es el eslabón más débil del agente en la clandestinidad. El emporio del señor Hakim carecía de teléfono público. El único teléfono de la casa estaba en la cocina. Mi móvil era una trampa mortal, expliqué a Hannah, basándome en mis conocimientos de primera mano. Con la tecnología actual, un teléfono móvil encendido podía revelar mi paradero en cualquier lugar del planeta en cuestión de segundos. Lo he visto, Hannah, he cosechado los beneficios; deberías oír lo que he oído yo en mis cursos de un día. Entrando en calor, me permití una digresión sobre el arte de situar un misil mortífero en la radioonda de un móvil y decapitar así al abonado.

—Pues con mi móvil no volarás por los aires —replicó ella, sacando una versión irisada de su sucinto bolso.

De un plumazo, se estableció nuestro vínculo secreto. Yo tomaría posesión de su móvil y ella pediría prestado a Grace el suyo. Si yo tenía que llamar a Hannah a la iglesia, podía ponerme en contacto con ella por mediación de Grace.

—Y después de la iglesia, ¿qué? —insistí—. Cuando estés dando caza a Baptiste, ¿cómo te localizaré?

Por su semblante inexpresivo, supe que había tropezado de nuevo con la barrera cultural. Es posible que Hannah no estuviera versada en las artes oscuras de la Chat Room, pero ¿qué sabía Salvo de la comunidad congoleña en Londres o dónde se ocultaban sus principales voces?

—Baptiste volvió de Estados Unidos hace una semana. Ha cambiado de dirección y quizá también de nombre. Primero hablaré con Louis.

Louis era el lugarteniente extraoficial de Baptiste en la delegación europea de la Vía del Medio, me explicó. También amigo íntimo de Salomé, que era amiga de la hermana de Baptiste, Rose, que vivía en Bruselas. Pero en esos momentos Louis estaba escondido, así que todo dependía de si Rose había regresado de la boda de su sobrino en Kinshasa. Si no, quizá podría hablar con Bien-Aimé, que era el amante de Rose, pero no si la mujer de Bien-Aimé estaba en la ciudad.

Me di por vencido.

Estoy solo, abandonado hasta la noche. Para usar mi móvil, según las estrictas reglas del oficio que me he impuesto desde el allanamiento de Norfolk Mansions, me alejo dos kilómetros de la casa del señor Hakim por una calle arbolada hasta una parada de autobús vacía. Recorro el camino despacio, alargándolo. Me siento en un banco solitario, pulso el botón verde, marco el 121 y vuelvo a pulsar el botón verde. Mi único mensaje es de Barney, el pomposo supervisor del señor Anderson y el donjuán particular de la Chat Room. Desde su nido de águila en la galería, Barney puede ver todos los cubículos de audio y los escotes de todas las mujeres dignas de atención. Es una llamada de rutina. Lo raro sería que no hubiese telefoneado, pero lo ha hecho. Lo escucho dos veces:

«Hola, Salv: ¿Dónde coño estás? Te he buscado en Battersea y he recibido un rapapolvo de Penelope. Tenemos un trabajo para ti, lo de siempre. Nada de vida o muerte, pero danos un toque en cuanto recibas este mensaje y dinos cuándo puedes pasarte. *Tschüss.*»

Con este mensaje en apariencia inocente, Barney ha despertado mis más hondas sospechas. Siempre está relajado, pero esta mañana está tan relajado que no me creo ni una sola palabra. «En cuanto recibas este mensaje…» ¿Por qué tanta prisa si se trata de lo de siempre? ¿O acaso, como sospecho, tiene orden de atraerme a la Chat Room, donde Philip y sus secuaces me esperan para aplicarme el mismo tratamiento que a Haj?

Vuelvo a ponerme en marcha, pero con paso más brioso. Tras la decepción con Brinkley, siento un profundo deseo de recuperar la dignidad y al mismo tiempo el respeto de Hannah. De la humillación surge un inesperado rayo de inspiración.

¿No me aconsejó la propia Hannah que acudiera a Anderson en lugar de a Su Excelencia? ¡Pues eso haré! Pero según mis condiciones, no las de Anderson ni las de Barney. La hora, el lugar y el arma los elegiré yo, no ellos. Y cuando esté todo organizado, no antes, haré partícipe del plan a Hannah.

Primero los aspectos prácticos. En un supermercado compro el *Guardian* para disponer de cambio. Camino hasta encontrar una cabina aislada. Es de cristal reforzado, lo que permite al usuario vigilar todo a su alrededor, y acepta monedas. Dejo la bolsa entre mis pies. Me aclaro la garganta, muevo los hombros para distenderlos y le devuelvo la llamada a Barney como me ha pedido.

—¡Salv! ¿Has recibido mi mensaje? ¡Buen chico! ¿Qué te parece si después del turno de tarde nos tomamos una cerveza?

Barney no me había propuesto tomar una cerveza jamás en la vida, ya fuera antes o después, pero lo dejo pasar. Estoy tan relajado como él.

—Verás, hoy lo tengo un poco complicado, Barnes. Un asunto jurídico que es una pesadez. Aburridísimo pero bien pagado. Podría estar a vuestra disposición mañana, si te sirve de algo. A ser posible por la tarde, más o menos entre cuatro y ocho.

Estoy tanteando, que es lo que requiere mi brillante plan. Barney tantea y yo tanteo. Solo que él no sabe que yo tanteo. Esta vez tarda un poco en contestar. Quizá tiene a alguien junto a su hombro.

—Oye, ¿y por qué no ahora, joder? —pregunta, abandonando la actitud amable que ni en el mejor de los casos es su estilo—. Sacúdete a esos capullos. No les vendrá de dos horas. Nosotros tenemos preferencia, ¿no? Por cierto, ¿dónde estás?

Sabe perfectamente dónde estoy. Lo ve en su pantalla, así que ¿por qué lo pregunta? ¿Pretende ganar tiempo mientras recibe más instrucciones?

—En una cabina —me quejo alegremente—. Se me ha estropeado el móvil.

Otra espera. Barney va a cámara lenta.

—Pues coge un taxi. Añádelo a los gastos. El jefe quiere estrecharte contra su pecho. Sostiene que este fin de semana has salvado a la nación, pero se niega a explicar cómo.

El corazón me da una pirueta doble. ¡Barney me lo ha puesto en bandeja! Pero mantengo la calma. No soy impulsivo. El señor Anderson se enorgullecería de mí.

—Antes de mañana por la tarde, imposible, Barney —digo con serenidad—. El jefe ya me estrechará contra su pecho entonces.

Esta vez la reacción no se hace esperar.

—¿Estás mal de la cabeza? Mañana es miércoles, hombre. ¡La Noche Sagrada!

Mi corazón sigue haciendo de las suyas, pero no me permito el menor tono triunfalista.

—Entonces tendrá que ser el jueves o nada, Barnes. Antes no puedo a menos que me digas que es cuestión de vida o muerte, y ya me has dicho que no lo es. Lo siento, pero es lo que hay.

Cuelgo. No lo siento en absoluto. Al día siguiente tiene lugar la Noche Sagrada, y cuenta la leyenda que el señor Anderson no se ha perdido una Noche Sagrada en veinte años. Por más que Philip y su gente aporreen su puerta, por más que unos blocs de vital importancia hayan escapado a las llamas, por más que unas cintas hayan desaparecido, la noche del miércoles es sagrada y el señor Anderson es el barítono del Orfeón de Sevenoaks.

Estoy a medio camino. Conteniendo el deseo de llamar a Hannah de inmediato al teléfono de Grace e informarla de mi genialidad, marco el número de información y en cuestión de segundos me ponen con la corresponsal de arte del *Sevenoaks Argus*. Tengo un tío, explico astutamente. Es el barítono del orfeón local. Mañana es su cumpleaños. ¿Tendría la amabilidad de decirme dónde y a qué hora se reúne el orfeón el miércoles por la noche?

Ah. Pues... puede y no puede. ¿Tengo idea de si mi tío es «autorizado» o «no autorizado»?

Admito que no.

Esto la complace. En Sevenoaks, explica, nos distinguimos por tener dos orfeones. El SingFest, de ámbito nacional, se celebra en el Albert Hall dentro de tres semanas. Participan las dos corales, ambas claras aspirantes a premio.

Tal vez podría explicarme la diferencia entre las dos, propongo.

Podría, pero no debo citarla como fuente. «Autorizado» significa vinculado a una iglesia respetable, preferiblemente la anglicana, pero no obligatoriamente. Implica tener profesores y directores con experiencia, pero no profesionales porque no hay dinero. Implica emplear única y exclusivamente el talento local, sin invitar a cantantes de fuera.

¿Y no autorizado?

No autorizado, aunque tampoco aquí debo citarla como fuente, significa sin iglesia, o sin una iglesia conocida, implica dinero nuevo, implica comprar, coger prestado o robar a todo aquel de fuera a quien pueda echársele el guante, cueste lo que cueste, implica que el lugar de residencia no es requisito indispensable y que se gestiona el coro prácticamente como un equipo de fútbol profesional. ¿Ha sido clara?

Sin duda. El señor Anderson no ha hecho nada no autorizado en su vida.

Al regresar a la pensión del señor Hakim en lo que Maxie llamaría territorio táctico, me faltó tiempo para telefonear a Hannah sin más intención que ponerla al corriente de mis logros hasta el momento. Respondió Grace, que tenía una noticia inquietante.

—Hannah está muy deprimida, Salvo. Esa gente de la beneficencia... tienen tantos problemas que una se pregunta de dónde sacan la caridad.

Cuando se puso Hannah, apenas le reconocí la voz. Hablaba en inglés.

—Si fuéramos solo un poco menos negros, Salvo, si tuviéramos alguna excusa blanca en la sangre... No tú, tú ya estás bien. Pero nosotros llamamos la atención. Somos negros negros. No hay vuelta de hoja. —Se le quebró la voz y al momento se recuperó—. Teníamos a tres niños alojados con una tal señora Lemon. Ni siquiera han llegado a conocer a la buena de la señora Lemon, pero la quieren. ¿Vale?

—Vale.

—Dos noches en su pensión al lado del mar, eso es un sueño para ellos.

—Claro que lo es.

Otra pausa mientras se serena.

—La señora Lemon es una cristiana, así que no iba a cobrar. Amelia..., es una de mis niñas de catequesis... Amelia hizo un dibujo del sol brillando sobre el mar, y el sol era un enorme limón sonriente, ¿vale?

—Vale.

—Pues ahora la señora Lemon no se encuentra bien. —Levantó la voz con ira al imitar a la señora Lemon—. «Es el corazón, querida. No debo alterarme. Pero es que no lo sabía, entiéndelo. Creíamos que los niños solo pasaban privaciones.»

Grace vuelve a coger su móvil y emplea un tono tan mordaz como el de Hannah.

—Hay una buena cafetería a medio camino de Bognor. Aceptan autocares. Hannah y yo llegamos a un acuerdo con esa buena cafetería. Treinta buñuelos de pollo, incluidas las comidas de las cuidadoras y el conductor. Un refresco por persona. Cien libras. ¿Te parece justo?

—Muy justo, Grace. Muy razonable, por lo que cuentas.

—El conductor ha estado llevando a grupos a esa buena cafetería durante quince años. Colegiales, toda clase de niños, solo que blancos. Cuando el dueño se ha dado cuenta de que los nuestros iban a ser negros, ha recordado que tenía una nueva norma. «Son los pensionistas —nos dice—, vienen por el silencio. Por eso no aceptamos a niños si no son blancos.»

—¿Sabes una cosa, Salvo? —Vuelve a ponerse Hannah, esta vez con ánimo combativo.

—¿Qué he de saber, amor mío?

—Quizá el Congo debería invadir Bognor.

Me río, se ríe. ¿Debo contarle mi magnífico plan y arriesgarme a causarle mayor inquietud o dejarlo para más tarde? Lo dejo para más tarde, me digo. Con preocuparse por Baptiste, tiene ya de sobra.

Mi magnífico plan requiere que me siente a la mesa a escribir.

Durante cinco horas, sin más alimento que un trozo de lasaña fría, trabajo con mi portátil. Valiéndome de fragmentos escogidos de mis cintas y blocs, que traduzco cuando es necesario al inglés, además de una selección de citas textuales de las conversaciones de Philip por el teléfono por satélite, elaboro un resumen condenatorio de la conspiración que, según me aseguró el señor Anderson, era en interés de nuestro país. Rechazando el tradicional «Querido señor Anderson», inicio mi diatriba con: «Sabiendo como sé que es usted un hombre de honor y gran integridad…» Sabiendo asimismo que es un lector lento y meticuloso, con especial predilección por el inglés llano, me limito a ofrecerle una meticulosa recopilación en veinte páginas, que incluye como colofón un allanamiento en Norfolk Mansions. En una floritura final, titulo mi obra conclusa *J'Accuse!*, inspirándome en la vehemente defensa del capitán Dreyfus redactada por Émile Zola, una historia sobre la tenacidad moral muy preciada por el hermano Michael. Hago una copia en disquete y me apresuro a bajar a ver a la señora Hakim, una entusiasta de la informática. Después de guardar de nuevo los blocs y las cintas robados, junto con mi copia de *J'Accuse!*, en su escondrijo detrás de nuestro endeble armario y, por razones de seguridad, destruir discretamente el disquete y encomendarlo al cubo de la basura de la cocina de la señora Hakim, pongo el informativo de las seis y compruebo complacido que aún no hay noticias alarmantes acerca de una «cebra» loca fugitiva.

Los planes operativos para nuestra cita con Baptiste no me impresionaron, pero tampoco lo esperaba. Como se negaba a revelar su dirección actual, Hannah y él habían acordado por su cuenta que ella me llevaría a Rico's Coffee Parlour en Fleet Street a las diez y media de esa noche. Desde allí, un compañero de armas sin nombre nos conduciría a un lugar de encuentro sin nombre. En lo primero que pensé fue en las cintas y los blocs. ¿Los llevaba o los dejaba en su escondite? Me resultaba inconcebible entregárselos a Baptiste nada más conocerlo, pero por lealtad a Hannah sabía que debía llevarlos.

Dados su contratiempo de esa mañana y sus esfuerzos de la tarde, esperaba encontrarla desanimada, pero, para mi alivio, no fue así. La causa inmediata de su buen humor era Noah, con quien había mantenido una larga conversación hacía solo una hora. Como de costumbre, primero había hablado con su tía por si había alguna noticia preocupante, pero su tía le había dicho: «Ya te lo contará él mismo, Hannah» y lo había puesto al teléfono.

—Es el tercero de su clase, Salvo, ¿te das cuenta? —explicó, radiante—. Hemos hablado en inglés y ha hecho grandes avances. Estoy asombrada. Además, ayer su equipo de fútbol ganó la competición de alevines de Kampala y Noah casi marcó un gol.

Compartía su euforia cuando un BMW de color malva con las ventanillas abiertas y música rap a todo volumen se detuvo con un chirrido en la calle. El conductor llevaba gafas de sol y una barba puntiaguda como la de Dieudonné. El africano fornido que iba a su lado me recordó a Franco. Subimos rápidamente y el conductor pisó el acelerador. Con un giro imprevisto tras otro, nos dirigimos hacia el sur a toda prisa sin tener muy en cuenta semáforos ni carriles de autobús. Dando tumbos, entre vertederos de neumáticos, atravesamos un páramo industrial de firme irregular, y en una bocacalle el conductor tuvo que dar un volantazo para esquivar a tres niños amontonados en una silla de ruedas que llegaron al cruce a toda velocidad con los brazos extendidos como acróbatas. Nos detuvimos y el conductor anunció: «Ahora». El BMW maniobró para cambiar de sentido y se alejó, dejándonos en un hediondo callejón adoquinado. Por encima de las chimeneas victorianas, grúas gigantescas como jirafas nos miraban desde el cielo nocturno anaranjado. Dos africanos se acercaron parsimoniosamente a nosotros. El más alto lucía una levita de seda y mucho oro.

—¿Este es el tío sin nombre? —preguntó a Hannah en suajili congoleño.

«Solo hablas inglés, Salvo —me había advertido ella—. Cualquiera que hable nuestras lenguas despierta demasiado interés.» A cambio, la había obligado a aceptar que, durante la entrevista, éramos conocidos, no amantes. Yo era el causante de su implicación en aquellos acontecimientos. Estaba decidido a mantenerla lo más alejada posible.

—¿Qué hay en la bolsa? —preguntó el hombre de menor estatura, también en suajili.

—Es algo personal para Baptiste —replicó Hannah.

El hombre más alto se acercó a mí y, con sus largos dedos, sopesó y palpó el contenido de la bolsa, pero no la abrió. Con su colega en retaguardia, lo seguimos por una escalera de piedra hasta la casa, donde nos recibió más música rap. En una cafetería con luces de neón, africanos de avanzada edad con sombrero veían a una banda congoleña tocar con toda su alma en una pantalla de plasma de tamaño gigante. Los hombres bebían cerveza; las mujeres, zumo. En mesas aparte, chicos encapuchados conversaban cabeza con cabeza. Subimos por una escalera y entramos en un salón con sofás de chintz, papel pintado de terciopelo con relieve y alfombras de nailon que imitaban la piel de leopardo. En la pared colgaba una fotografía de una familia africana endomingada. Los padres estaban en el centro, los siete hijos, de estaturas descendentes, a ambos lados. Nos sentamos, Hannah en el sofá, yo en un sillón frente a ella. El hombre alto se quedó en la puerta, moviendo el pie al ritmo de la música del café.

—¿Quieres un refresco o algo? ¿Una coca-cola o algo así?

Negué con la cabeza.

—¿Y ella?

Un coche silencioso se detuvo enfrente. Oímos el ruido metálico de la puerta de un coche caro al abrirse y cerrarse, y pasos que subían por la escalera. Baptiste era un Haj sin la elegancia de este. Atildado, de rasgos hundidos y extremidades largas, vestía ropa de diseño: cazadora de ante, collares de oro y botas camperas con sombreros de vaquero bordados, además de unas gafas de sol Ray-Ban. Tenía algo de irreal, como si no solo la ropa sino también el cuerpo acabaran de ser comprados. Llevaba un Rolex de oro en la muñeca derecha. Al verlo, Hannah, con súbita alegría, se levantó de un salto y pronunció su nombre. Sin responder, él se quitó la cazadora, la colgó del respaldo de una silla y masculló «Aire» dirigiéndose a nuestro guía, que desapareció escalera abajo. Plantado con la pelvis al frente y los pies separados, extendió las manos, invitando a Hannah a abrazarlo, cosa que ella hizo tras un momento de desconcierto, y luego se apartó riendo.

—¿Qué te ha pasado en Estados Unidos, Baptiste? —protestó ella, en inglés, como habíamos acordado—. Se te ve… —buscó la palabra— ¡tan rico, así de pronto!

Tras lo cual, todavía sin decir nada, él le dio unos besos de una manera que se me antojó en exceso posesiva, mejilla izquierda, mejilla derecha, mejilla izquierda una segunda vez, y entretanto me evaluaba.

Hannah había vuelto a su sitio en el sofá. Yo estaba sentado frente a ella, con la bolsa a mi lado. Baptiste, más relajado que cualquiera de nosotros dos, se había repantigado en un sillón de brocado con las rodillas extendidas hacia Hannah, como si se propusiera rodearla con ellas.

—¿Y cuál es el quebradero de cabeza? —preguntó con los pulgares metidos en su cinturón Gucci al estilo Blair-Bush.

Procedí con cautela, muy consciente de que mi primer cometido era prepararlo para la conmoción que estaba a punto de infligirle. Con toda la delicadeza posible —y en retrospectiva, lo admito, con algo de la verbosidad propia de Anderson—, le advertí que lo que iba a decirle probablemente alteraría ciertas lealtades suyas, así como ciertas expectativas depositadas en una figura política respetada y carismática del panorama congoleño.

—¿Hablas del Mwangaza?

—Me temo que sí —contesté con tristeza.

No me proporcionaba la menor satisfacción darle la mala noticia, dije, pero se lo había prometido a una persona anónima conocida mía, y debía cumplir. Esta era un personaje ficticio que Hannah y yo, tras muchas deliberaciones, habíamos acordado. Añadiré que pocas cosas me gustan menos que hablar a unas gafas de sol. En casos extremos, he llegado a pedir a mis clientes que se las quiten porque reducen mi capacidad de comunicación. Pero, en atención a Hannah, decidí poner buena cara y aguantarme.

—¿Una persona hombre? ¿O una persona mujer? ¿Qué clase de persona, joder? —inquirió.

—Sintiéndolo mucho, ese es un dato que no estoy en situación

de divulgar —repliqué, dando gracias por esta prematura oportunidad de dejar mi impronta en la conversación—. Llamémosle «él» para
simplificar —añadí de pasada, a modo conciliador—. Y este amigo
mío, que es en mi opinión totalmente digno de confianza y honorable, se dedica a un trabajo sumamente confidencial al servicio del
gobierno.

—¿El puto gobierno británico? —Con una mueca de desdén al
decir «británico», lo que, unido a las Ray-Ban y el acento americano,
me habría sacado de mis casillas si él no hubiese sido un apreciado amigo de Hannah.

—Las obligaciones de mi amigo —continué— le permiten acceder
con regularidad a señales y otras clases de sistemas de comunicación entre las naciones africanas y las entidades europeas con las que
están en contacto.

—¿Las putas entidades de quién? ¿Te refieres a gobiernos o qué?

—No necesariamente un gobierno, Baptiste. No todas las entidades son naciones. Muchas son más poderosas que las naciones y no
están obligadas a rendir cuentas en la misma medida. Además, son
más ricas.

Eché una mirada a Hannah en busca de apoyo, pero ella había
cerrado los ojos como si rezase.

—Y lo que me ha dicho este amigo mío, en total confianza, después de mucho padecer —proseguí, decidiendo ir al grano—, es que
en fecha reciente se celebró una reunión secreta en una isla del mar
del Norte —hice una pausa para que lo asimilara— entre tu Mwangaza... siento mucho tener que decírtelo... y los representantes de
ciertas milicias del Congo oriental —observaba la mitad inferior
de su rostro, atento a cualquier indicio de naciente aprensión, pero
lo máximo que vi fue una tensión apenas perceptible en los labios—
y otros representantes de un cártel anónimo de inversores internacionales. En esta misma reunión se acordó que organizarían conjuntamente, con la ayuda de mercenarios occidentales y africanos, un
golpe militar en Kivu. —De nuevo esperé un asomo de reacción, pero

fue en vano–. Un golpe encubierto. Negable. Empleando las milicias locales con las que han llegado a un acuerdo. Unidades de los mai mai forman una de estas milicias, los banyamulenge otra.

Excluyendo de la ecuación instintivamente a Haj y Luc, eché otra mirada a Baptiste para ver cómo se lo tomaba. Sus Ray-Ban, por lo que pude establecer, enfocaban el pecho de Hannah.

–El propósito aparente de la operación –insistí, levantando la voz– es crear un Kivu democrático, unido, no excluyente, en el norte y el sur. Sin embargo, el verdadero propósito es un tanto distinto. Consiste en apropiarse de todos los minerales del Congo oriental a los que el cártel pueda echar mano, incluidos grandes depósitos ya extraídos de coltan, lo que procuraría millones y millones a los inversores, y absolutamente nada para el pueblo de Kivu.

Ningún movimiento de cabeza, ningún cambio en la dirección de las Ray-Ban.

–Robarán al pueblo, lo desvalijarán, como de costumbre –declaré, sintiendo para entonces que hablaba solo–. Es la historia de siempre. Políticos corruptos con otro nombre. –Había guardado mi as para el final–. Y Kinshasa está metida en el complot. Hará la vista gorda, siempre y cuando se lleve una buena tajada, lo que en este caso equivale a la proporción del pueblo. Íntegramente.

Arriba, un niño gritó y alguien lo calmó. En los labios de Hannah se dibujó una sonrisa distante, pero era por el niño, no por mí. La expresión inescrutable de Baptiste no se había alterado un ápice y su impasibilidad empezaba ya a tener un serio efecto retardado en mis aptitudes narrativas.

–¿Y cuándo se supone que ha ocurrido toda esa mierda?

–¿Cuándo hablé con mi amigo, quieres decir?

–La reunión en la puta isla, tío. ¿Cuándo?

–Ya te lo he dicho: en fecha reciente.

–No sé qué es reciente. Reciente ¿cómo? Reciente ¿cuándo?

–En esta última semana –contesté, porque ante la duda no hay que alejarse de la verdad.

–¿Asistió a la reunión ese tío anónimo? ¿Estuvo sentado en la puta isla con ellos, escuchando mientras llegaban a un acuerdo?

–Estudió los papeles. Informes. Ya te lo he dicho.

–Estudió los papeles. Pensó «¡Anda la hostia!», y fue a verte a ti.

–Sí.

–¿Por qué?

–Tiene conciencia. Vio la magnitud del engaño. Le importa el Congo. No le parece bien que la gente provoque guerras en el extranjero para su propio beneficio. ¿No consideras que eso es razón más que suficiente?

Evidentemente, no.

–¿Y por qué a ti, tío? ¿Es un blanco liberal o algo así y tú eres lo más parecido que ha encontrado a un negro?

–Acudió a mí porque le importa. No necesitas saber nada más. Es un viejo amigo, no te diré desde cuándo lo conozco. Sabía que a mí me unen lazos con el Congo y que tengo el corazón puesto donde es debido.

–Vete a la mierda, tío. Me estás llevando al huerto.

Levantándose de un salto, empezó a pasearse por la habitación; las camperas le resbalaban en la alfombra dorada de pelo largo. Tras un par de vueltas, se detuvo delante de Hannah.

–Es posible que crea a este mamón –le dijo, señalándome con la calavera que tenía por cabeza–. Es posible que piense que lo creo. Es posible que hayas hecho bien en traérmelo. ¿No será por casualidad medio ruandés? Yo creo que es medio ruandés. Creo que eso puede explicar su postura.

–Baptiste –susurró Hannah, pero él no le hizo caso.

–Vale, no contestes. Veamos los hechos. He aquí los hechos. Tu amigo aquí presente folla contigo, ¿no es así? El amigo de tu amigo sabe que folla contigo, así que acude a tu amigo. Y le cuenta a tu amigo una historia que tu amigo te repite porque folla contigo. Tú te indignas con razón por esa historia, así que me traes al amigo que folla contigo, para que pueda contarlo todo otra vez, que es lo que el amigo de tu amigo ha previsto desde el principio. A eso lo llamamos desinformación. A los ruandeses se les da muy bien la desinformación. Tienen gente que se dedica solo a sembrar desinformación. Permíteme que te explique cómo se hace. ¿Vale?

Aún de pie delante de Hannah, dirige hacia mí sus ojos inescrutables y luego otra vez hacia ella.

—Se hace de la siguiente manera. Un gran hombre, un auténtico gran hombre… me refiero al Mwangaza… ofrece un mensaje de esperanza a mi país. Paz, prosperidad, no exclusión, unidad. Pero este gran hombre no es amigo de los ruandeses. Sabe que su visión no se hará realidad mientras los ruandeses empleen nuestra tierra para librar sus putas guerras, colonicen nuestra economía y a nuestro pueblo, y envíen bandas de asesinos para eliminarnos. Así que odia a esos hijos de puta. Y ellos lo odian a él. Y me odian a mí. ¿Sabes cuántas veces esos cabrones han intentado acabar conmigo? Pues ahora intentan acabar con el Mwangaza. ¿Cómo? Sembrando una mentira entre los suyos. ¿Cuál es la mentira? Acabas de oírla. La ha dicho el amigo con el que follas: ¡el Mwangaza se ha vendido al hombre blanco! ¡El Mwangaza ha hipotecado nuestros derechos de nacimiento en beneficio de los peces gordos de Kinshasa!

Alejándose de Hannah, se planta delante de mí. Ha subido la voz una escala, obligado por el volumen del rap que se filtra a través de la alfombra dorada.

—¿Por casualidad sabes hasta qué punto en Kivu una pequeña cerilla de nada puede prender fuego a toda la puta región? ¿Dispones de esa información, la tienes en la cabeza?

Debí de asentir, sí, lo sé.

—Pues bien, tú eres la puta cerilla, tío, aunque no quieras serlo, aunque todas tus buenas intenciones estén donde deben, y esa persona anónima tuya que tanto ama al Congo y quiere protegerlo del invasor blanco es una puta cucaracha ruandesa. Y no pienses que es la única, porque nos ha llegado la misma historia procedente de unas veinte direcciones distintas, y todas dicen que el Mwangaza es el puto anticristo más grande de todos los tiempos. ¿Juegas al golf? ¿El noble deporte del golf? ¿Eres un puto golfista?

Negué con la cabeza.

—Nada de golf —musitó Hannah en mi nombre.

—Y dices que esa gran reunión se ha celebrado en la última semana, ¿no es así?

Asentí con la cabeza, sí, así es.

—¿Sabes dónde ha estado el Mwangaza esta última semana? ¿Todos los putos días sin excepción, mañana y tarde? Consulta su hoja de pagos en el club de golf. En Marbella, el sur de España, de vacaciones jugando al golf antes de volver al Congo y reanudar su heroica campaña para acceder al poder pacíficamente. ¿Sabes dónde estaba yo, del primero al último de esos putos siete días hasta ayer mismo? Consulta mi hoja de pagos en el club de golf. En Marbella, jugando al golf con el Mwangaza y sus abnegados partidarios. Así que tal vez, solo tal vez, deberías decirle a tu amigo que se meta esa isla en el culo, y de paso sus inmundas mentiras.

Mientras Baptiste me hablaba, el Rolex con su cadena de dieciocho quilates y sus fases lunares no había dejado de lanzarme destellos. Cuanto más hablaba él, más grande se hacía el reloj y más se sentía su presencia.

—¿Quieres ir a algún sitio, que te lleven a alguna parte? ¿Quieres un taxi? —preguntó a Hannah en suajili.

—No hace falta —contestó Hannah.

—¿El hombre con el que follas lleva algo en esa bolsa que quiera darme? ¿Textos calumniosos? ¿Coca?

—No.

—Cuando te canses de él, avisa.

La seguí por el café hasta la calle. Había una limusina Mercedes negra nueva aparcada en doble fila, con el chófer al volante. Desde la ventanilla trasera, una chica negra con un vestido escotado y una estola blanca de piel nos miró como si estuviera en peligro.

17

Hannah no era una mujer llorona. Verla sentada en el borde de la cama de la señora Hakim en su camisón de niña de misión a la una de la madrugada, con la cara hundida entre las manos y las lágrimas resbalando entre los dedos, me sumió en unos niveles de compasión hasta el momento desconocidos para mí.

—No podemos hacer nada para salvarnos —me aseguró entre sollozos cuando, tras mucho insistir, la convencí para que se irguiera—. Tenemos un sueño maravilloso. Paz. Unidad. Progreso. Pero somos congoleños. Cada vez que tenemos un sueño, volvemos al principio. Así que el mañana nunca llega.

Después de hacer cuanto estuvo en mis manos para consolarla, empecé a preparar unos huevos revueltos, tostadas y té mientras parloteaba sobre lo que había hecho durante el día. Decidido a no aumentar su dolor con propuestas controvertidas, me cuidé una vez más de omitir toda mención a ciertas llamadas telefónicas, o a cierto documento secreto titulado *J'Accuse!* que había escondido detrás del armario. En menos de doce horas, ella partiría hacia Bognor. Era mucho mejor esperar a que volviese; para entonces yo ya habría puesto en práctica mi plan y todo estaría resuelto. Así y todo, cuando propuse que nos fuéramos a dormir, negó con la cabeza distraídamente y dijo que necesitaba oír otra vez la canción.

—La canción de Haj. La que cantó después de torturarlo.

—¿Ahora?

—Ahora.

En mi deseo de complacerla por todos los medios, saqué de su escondrijo la cinta en cuestión.

—¿Tienes la tarjeta de visita que te dio?

Fui a buscarla. Miró el anverso y consiguió esbozar una sonrisa al ver los animales. La volvió y, con la frente arrugada, examinó el dorso. Se puso los auriculares, encendió la grabadora y se sumió en un silencio inescrutable mientras yo esperaba pacientemente a que saliera de su estado.

—¿Respetabas a tu padre, Salvo? —preguntó después de pasar la cinta dos veces.

—Claro que sí. Muchísimo. Y tú también, estoy seguro.

—Haj también respeta a su padre. Es congoleño. Respeta a su padre y lo obedece. ¿De verdad crees que puede ir a su padre y decir «Tu amigo y aliado político de toda la vida, el Mwangaza, es un embustero» sin ninguna prueba que enseñarle? ¿Ni siquiera las señales en el cuerpo si sus torturadores hicieron bien el trabajo?

—Hannah, por favor. Estás agotada y has tenido un día atroz. Vamos a la cama. —Apoyé una mano en su hombro, pero ella me la retiró con delicadeza.

—Cantaba para ti, Salvo.

Reconocí que esa era mi impresión.

—Entonces, ¿qué crees que intentaba decirte?

—Que había sobrevivido y podíamos irnos todos al infierno.

—Entonces, ¿por qué te dio su e-mail? Está escrito con mano temblorosa. Lo anotó después de torturarlo, no antes. ¿Por qué?

Hice un mal chiste.

—Buscaba clientes para sus clubes, seguramente.

—Haj está diciéndote que te pongas en contacto con él, Salvo. Necesita tu ayuda. Está diciendo: ayúdame, mándame tus grabaciones, mándame las pruebas de lo que me han hecho. Necesita demostrarlo. Quiere que tú le proporciones esas pruebas.

¿Era yo débil o simplemente astuto? Desde mi punto de vista, Haj era un playboy, no un caballero andante. El pragmatismo francés y la buena vida lo habían corrompido. Aquellos tres millones de dólares antes del lunes por la noche eran una clara prueba de ello. ¿Debía yo destruir las ilusiones de Hannah, o debía llegar a un acuerdo con ella que con toda certeza no tendría que cumplir?

—Tienes razón —dije—. Quiere las pruebas. Le enviaremos las cintas. Es la única manera.

—¿Cómo? —preguntó con recelo.

Es muy sencillo, le aseguré. Solo necesitamos a alguien con el equipo necesario: un técnico de sonido, una tienda de música. Convierten la cinta en un archivo de sonido y lo enviamos a Haj por e-mail. Así de fácil.

—No, Salvo, no es así de fácil. —Hizo un mohín al intentar invertir su papel igual que yo acababa de invertir el mío.

—¿Por qué no?

—Para ti, es un gran delito. Haj es congoleño y estos son secretos británicos. En el fondo tú eres británico. Es mejor que lo dejes correr.

Fui a buscar un calendario. Faltaban aún once días para el golpe de Estado de Maxie, señalé, arrodillándome junto a ella. Así que no hay mucha prisa, ¿no?

Supongo que no, coincidió ella, dubitativa. Pero cuanto más prevenido estuviera Haj, mejor.

Pero podíamos aún esperar unos días, contraataqué arteramente. Ni siquiera una semana causaría el menor perjuicio, añadí, recordando en secreto la parsimonia con que el señor Anderson procedía al realizar sus prodigios.

—¿Una semana? ¿Por qué tenemos que esperar una semana? —otra expresión ceñuda.

—Porque para entonces puede que no necesitemos enviarlo. Quizá se echen atrás. Saben que estamos en ello. Quizá cancelen la operación.

—¿Y cómo sabremos si la han cancelado?

No tenía ninguna respuesta preparada para eso; compartimos un silencio un tanto incómodo mientras ella descansaba la cabeza pensativamente en mi hombro.

—Dentro de cuatro semanas es el cumpleaños de Noah —anunció de pronto.

—Así es, y hemos prometido buscarle un regalo juntos.

—Su mayor deseo es visitar a sus primos de Goma. No quiero que visite una zona en guerra.

—No lo hará. Espera solo unos días más. Por si ocurre algo.

—¿Como qué, Salvo?

—No todos son monstruos. A lo mejor se impone la razón —insistí, ante lo que se irguió y me dirigió la clase de mirada que podría haber lanzado a un paciente de quien sospechaba que mentía sobre sus síntomas.

—Cinco días —supliqué—. Al sexto, se lo enviaremos todo a Haj. Eso le deja aún todo el tiempo que pueda necesitar.

Solo recuerdo una conversación con posterior trascendencia. Yacemos el uno en brazos del otro, nuestras preocupaciones en apariencia olvidadas, cuando de repente Hannah me habla de Wojtek, el novio polaco de Grace, un chiflado.

—¿Sabes cómo se gana la vida? Trabaja en un estudio de grabación del Soho para grupos de rock. Graban toda la noche, llega a casa de madrugada totalmente colocado y hacen el amor todo el día.

—¿Y?

—Y puedo ir a verlo y conseguir un buen precio.

Ahora me toca a mí incorporarme.

—Hannah. No te quiero como cómplice. Si alguien tiene que enviar esas cintas a Haj, seré yo.

Ante lo cual no dice nada, y yo interpreto su silencio como sumisión. Nos despertamos tarde y preparamos la maleta atropelladamente. A petición de Hannah, bajo descalzo y ruego al señor Hakim que nos llame a un minitaxi. Cuando regreso, la encuentro de pie ante el endeble armario, con mi bolsa en la mano, que obviamente se ha caído del escondijo a causa de alguna de las sacudidas fruto de las prisas, pero no, gracias a Dios, mi valiosa copia de *J'Accuse!*

—Trae —digo, y aprovechando mi mayor estatura, vuelvo a guardar la bolsa en su sitio.

—Ay, Salvo —dice ella, en lo que interpreto como gratitud.

Todavía está a medio vestir, lo cual es fatal.

El servicio directo ininterrumpido a Sevenoaks, con salida en la estación Victoria, había aumentado la frecuencia de los autobuses para aquellos viajeros en tren que desde los atentados preferían el transporte por carretera. Me acerqué a la cola con cautela, consciente de mi gorra calada y el color de mi piel. Había hecho el recorrido en parte a pie, en parte en autobús, apeándome dos veces en el último momento a fin de eludir a mis hipotéticos perseguidores. La contravigilancia pasa factura. Cuando por fin el guardia de seguridad de la estación de autobuses me cacheó, ya medio deseaba que me identificase y acabar así con todo. Pero no vio falta alguna en el sobre marrón con el rótulo *J'Accuse!* que yo llevaba doblado en el bolsillo interior de la cazadora de cuero. Desde una cabina de Sevenoaks telefoneé al móvil de Grace y la encontré en medio de un ataque de risa. El viaje en autocar a Bognor había tenido sus buenos momentos, por lo visto.

—Esa Amelia, vaya una vomitera, Salvo. Por todo el autobús, por todo su vestido nuevo y sus zapatos. Ahora Hannah y yo estamos aquí con las fregonas, ¡racionalizándolo!

—¿Salvo?

—Te quiero, Hannah.

—Y yo a ti, Salvo.

Había recibido la absolución y ya podía continuar.

El colegio mixto de Saint Roderic se encontraba en los frondosos aledaños del antiguo Sevenoaks. Entre casas caras con coches nuevos aparcados en caminos de acceso de grava, limpios de malas hierbas, se alzaba una réplica del Santuario, con torrecillas, almenas y un amenazador reloj inclusive. El Pabellón Conmemorativo había sido una donación de ex alumnos y padres agradecidos. Una flecha fluorescente señalaba a los visitantes el camino por una escalera embaldosada. Tras los pasos de mujeres voluminosas, llegué a una galería de madera y ocupé mi puesto junto a un anciano clérigo de cabello blanco, tan impecable como el de Philip. Abajo, constituyendo tres de los lados de una formación militar en cuadro, estaba el contingente de sesenta miembros del Orfeón de Sevenoaks (autorizado). Encaramado a un podio, un hombre con una chaqueta de terciopelo y pajarita pronunciaba un sermón sobre la indignación ante su grey.

—Está muy bien sentirla. Otra cosa es oírla. Pensémoslo un momento. Los prestamistas se han instalado en la casa de Dios, ¿qué podría haber peor que eso? No es de extrañar que estemos indignados. ¿Quién no lo estaría? Así que demos rienda suelta a la indignación. Y mucho cuidado con esas eses, en particular los tenores. Empecemos otra vez.

Empezamos otra vez. Y el señor Anderson, en plena expresión de su indignación, hinchó el pecho, abrió la boca y me vio: pero de manera tan completa y directa que cualquiera habría pensado que yo era la única persona en la sala, por no decir la galería. En lugar de cantar, cerró la boca de golpe. Alrededor de él, todos cantaban y el hombre del podio agitaba ante ellos sus pequeños brazos de terciopelo, ajeno al hecho de que el señor Anderson, tras romper filas, estaba junto a él cuan alto era, rojo de vergüenza. Pero el coro no permanecía ajeno al hecho, y el canto se apagó paulatinamente. Lo que sucedió entre el señor Anderson y su director, nunca lo sabré, porque para entonces yo ya había descendido por la escalera y estaba frente a la puerta de la sala principal. Se me acercaron una mujer de mediana edad que vestía un caftán y una adolescente regordeta que, si le quitaban el pelo verde y los aros en las cejas, era la viva imagen de su distinguido padre. Segundos después, el señor Anderson en persona hizo pasar su mole por la puerta y, mirando por encima de mí como si yo no estuviera, habló a sus mujeres con tono imperioso.

–Mary, si no os importa, tendréis que volver a casa y esperarme allí. Ginette, no pongas esa cara. Coge el coche, Mary, por favor. Yo ya encontraré un medio de transporte alternativo a conveniencia.

Con los ojos pintados de negro carbón rogándome que fuera testigo del agravio que se le infligía, la joven Ginette se dejó llevar por su madre. Solo entonces el señor Anderson reconoció mi presencia.

–Salvo. Has interrumpido personalmente mi ensayo con el coro.

Tenía mi discurso preparado. Apelaba a mi aprecio por él, mi respeto por sus elevados principios, y recordaba las numerosas ocasiones en que me había dicho que debía acudir a él con mis preocupaciones en lugar de guardármelas. Pero ese no era el momento de pronunciarlo.

–Es por el golpe de Estado, señor Anderson. Mi misión de este fin de semana. No es en interés nacional ni mucho menos. Se trata de saquear el Congo.

En el pasillo de baldosas verdes colgaban dibujos de los alumnos. Las primeras dos puertas estaban cerradas con llave. La tercera se abrió. En el otro extremo del aula había dos pupitres, uno frente al otro, con mi peor asignatura, el álgebra, en la pizarra detrás de ellos.

El señor Anderson ha oído lo que tenía que decir.

He abreviado mi relato, que es lo que él, como hombre locuaz, prefiere. Ha mantenido los codos en el pupitre y las manos entrelazadas bajo el formidable mentón, sin apartar los ojos de mí ni un instante, ni siquiera al abordar el espinoso laberinto moral que es su terreno: la conciencia individual frente a una causa superior. Tiene ante sí mi copia de *J'Accuse!* Se pone las gafas de lectura y se lleva la mano al interior de la chaqueta en busca de su portaminas de plata.

—¿Y el título es tuyo, Salvo? Me estás acusando a mí.

—A usted no, señor Anderson. A ellos. A lord Brinkley, a Philip, a Tabizi, al cártel. A la gente que está aprovechándose del Mwangaza para su enriquecimiento personal y provocando una guerra en Kivu para conseguirlo.

—Y está todo aquí, ¿eh? Escrito. Por ti.

—Es confidencial. No hay ninguna copia.

La punta del portaminas comenzó a sobrevolar parsimoniosamente el papel.

—Torturaron a Haj —añadí, ya que necesitaba quitarme ese peso de encima cuanto antes—. Usaron una picana. La fabricó Spider.

Sin interrumpir su lectura, el señor Anderson se sintió obligado a corregirme.

—La tortura, Salvo, es una palabra muy emotiva. Te sugiero que la emplees con cautela. Me refiero a la palabra.

Después de eso, me obligué a tranquilizarme mientras él leía y arrugaba la frente, o leía y garabateaba un comentario al margen, o chasqueaba la lengua en señal de desaprobación ante alguna imprecisión de mi prosa. En cierto momento retrocedió unas cuantas páginas, para comparar lo que estaba leyendo con algo mencionado antes, y meneó la cabeza. Y cuando llegó a la última página, volvió a la primera, empezando por el título. Luego, lamiéndose el pulgar, examinó el final otra vez, como para asegurarse de que no se le había escapado nada, o sido injusto de alguna manera, antes de imponer la calificación del examinador.

—¿Y qué te propones hacer con este documento, Salvo, si me permites preguntártelo?

—Ya lo he hecho. Es para usted, señor Anderson.

—¿Y qué me propones que haga yo con él?

—Llevarlo derecho a las más altas instancias, señor Anderson. Al Foreign Office, al primer ministro si es necesario. Todo el mundo sabe que usted es un hombre con conciencia. Los límites éticos son su especialidad, usted mismo me lo dijo en una ocasión. —Como no despegó los labios, continué—: Lo único que tienen que hacer es impedirlo. No pedimos que rueden cabezas. No señalamos a nadie con el dedo. ¡Solo queremos que lo impidan!

—¿Queremos? —repitió—. ¿A quién te refieres ahora de pronto? ¿A ti y a quién más?

—A usted y a mí, señor Anderson —contesté, aunque en realidad no era él en quien pensaba—. Y a todos los que no nos dimos cuenta de que este proyecto estaba podrido de arriba abajo. Salvaremos vidas, señor Anderson. Cientos, quizá miles. También a niños. —Ahora pensaba en Noah.

El señor Anderson extendió las palmas de las manos sobre *J'Accuse!* como si temiese que yo fuera a arrebatárselo, que era lo último que se me habría ocurrido. Respiró hondo, lo que para mi gusto sonó demasiado a suspiro.

—Has sido muy diligente, Salvo. Muy concienzudo, si me permites decirlo, que no es menos de lo que habría esperado de ti.

—Me pareció que se lo debía, señor Anderson.

—Tienes una memoria excelente, como saben todos los que conocen tu trabajo.

—Gracias, señor Anderson.

—Hay citas textuales muy extensas. ¿También te las sabías de memoria?

—Bueno, no del todo.

—¿Te importaría, pues, informarme de a qué otras fuentes has recurrido para esta… acusación?

—La materia prima, señor Anderson.

—Prima ¿hasta qué punto?

—Las cintas. No todas. Solo las fundamentales.

—¿De qué exactamente?

—La conspiración. La proporción del pueblo. La tortura de Haj. Las acusaciones de Haj contra Kinshasa. El trato sucio de Haj. Philip dando la noticia a Londres por satélite.

—¿Y de cuántas cintas hablamos, Salvo? En total, por favor.

—Bueno, no están todas llenas. Spider sigue las reglas de la Chat Room. Es una conversación intervenida por cinta.

—Solo dime cuántas, Salvo, por favor.

—Siete.

—¿Hablamos también de pruebas documentales?

—Solo mis blocs.

—¿Y cuántos blocs son esos?

—Cuatro. Tres enteros. Uno a medias. En mi sistema cuneiforme babilónico —añadí, por compartir la broma.

—¿Y dónde están? Dime, Salvo. En este preciso momento. Ahora.

Fingí no entenderlo.

—¿Los mercenarios? ¿El ejército privado de Maxie? Todavía en espera, supongo. Engrasando las armas, o lo que sea. Faltan diez días para el ataque, así que aún tienen tiempo para entretenerse.

Pero no lo despisté, como debería haber supuesto.

—Creo que ya me has entendido, Salvo. Esas cintas y blocs, y lo que sea que has obtenido ilícitamente. ¿Qué has hecho con ellos?

—Esconderlos.

—¿Dónde?

—A buen recaudo.

—Gracias, Salvo, pero esa es una respuesta bastante tonta. A buen recaudo, ¿dónde?

Mis labios estaban sellados, así que los dejé sellados, y si bien no los apreté en un gesto de rechazo, tampoco los activé, aparte de la corriente eléctrica que circulaba por ellos y me producía un hormigueo.

—Salvo.

—Sí, señor Anderson.

—Se te asignó esa misión recomendado por mí personalmente. Muchos no te habrían aceptado, teniendo en cuenta tu temperamento y tus antecedentes irregulares. No para un trabajo como el nuestro. Pero yo sí.

—Lo sé, señor Anderson. Se lo agradezco. Por eso he acudido a usted.

—¿Dónde están, pues? —Esperó un momento, y luego siguió como si no hubiese preguntado nada—. Te he protegido, Salvo.

—Lo sé, señor Anderson.

—Desde el primer día que viniste a mí, he sido tu escudo y tu protector. Había personas dentro y fuera de la Chat Room que no aprobaban tu colaboración a tiempo parcial, al margen de tu talento.

—Lo sé.

—Había quienes pensaban que eras demasiado impresionable. De entrada, ciertas personas en el departamento de validación. Un muchacho de corazón demasiado generoso para su propio bien, decían. No lo suficientemente manipulador. Tu antigua escuela opinaba que podías volverte rebelde. También estaba la cuestión de tus inclinaciones personales, en la que no entraré.

—Ahora son las correctas.

—Estuve siempre de tu lado a las duras y a las maduras; fui tu paladín. Nunca flaqueé. «El joven Salvo es el no va más —les decía—. No hay mejor lingüista en el medio, siempre y cuando no pierda la cabeza, cosa que no ocurrirá, porque allí estaré yo para impedirlo.»

—Soy consciente de eso, señor Anderson, y se lo agradezco.

—Quieres ser padre algún día, ¿verdad? Tú mismo me lo dijiste.

—Sí.

—Los hijos no solo dan satisfacciones, ni mucho menos. Pero los quieres igualmente por más que te decepcionen. Te quedas a su lado, que es lo que intento hacer por ti. ¿Has recordado ya dónde están esas cintas?

Por temor a acabar diciendo más de lo que pretendía si decía algo, me estiré por un momento el labio inferior con el índice y el pulgar.

—Señor Anderson, dígales que lo impidan —contesté al fin.

Oído esto, cogió su portaminas de plata entre las dos manos y, tras compartir su pesar con él en silencio por un momento, volvió a guardárselo en el bolsillo interior donde moraba. Pero dejó la mano bajo la pechera, al estilo del Napoleón de Maxie.

—¿Eso es definitivo? Es tu última palabra. Nada de «gracias», ninguna disculpa, nada de cintas ni blocs. Solo «Dígales que lo impidan».

—Le entregaré las cintas y los blocs. Pero únicamente cuando les haya dicho que lo impidan.

—¿Y si no les digo eso? ¿Si no tengo ni la voluntad ni la autoridad para impedirlo?

—Se los daré a otra persona.

—¿Ah, sí? ¿A quién?

A punto estuve de decirle que a Haj, pero la prudencia me frenó.

—A mi representante en el Parlamento o alguien así —contesté, lo que suscitó en él un silencio de desdén y nada más.

—Y en tu sincera opinión, Salvo —prosiguió—, ¿qué se ganaría exactamente «impidiéndolo», como tú dices?

—Paz, señor Anderson. La paz de Dios.

Mi esperanzada alusión a Dios obviamente le había hecho mella, porque enseguida una expresión de piedad se extendió por los feos rasgos de su rostro.

—¿Y nunca se te ha ocurrido que acaso sea designio divino que los recursos del mundo, cada vez más escasos, estén mejor en las manos de almas cristianas civilizadas con una forma de vida culta que en las de los paganos más atrasados del planeta?

—No sé muy bien quiénes son los paganos, señor Anderson.

—Pues yo sí —replicó, y se puso en pie. Al hacerlo, sacó la mano, que sostenía un móvil. Debía de haberlo apagado para el ensayo con el coro, porque tenía el grueso pulgar doblado encima, esperando a que se encendiera. Desplazaba su mole hacia mi izquierda, supuse que con la intención de interponerse entre la puerta y yo, así que también yo me moví hacia la izquierda, recuperando de paso la copia de *J'Accuse!*–. Estoy a punto de hacer una llamada crucial, Salvo.

–Lo sé, señor Anderson. No quiero que la haga.

–Una vez hecha, tendrá repercusiones que ni tú ni yo podremos controlar. Desearía que, por favor, me dieras una sola razón, en este mismo instante, para que esa llamada no tenga lugar.

–Hay millones de razones, señor Anderson. Por todos los rincones de Kivu. El golpe de Estado es una acción criminal.

–Un país sin principios, Salvo, un país incapaz de adoptar una forma de vida ordenada, un país que se entrega al genocidio y al canibalismo y a cosas peores, no tiene derecho –da otro paso–, en mi meditada opinión, al respeto de las leyes internacionales –mi vía de escape ha quedado prácticamente cortada–, del mismo modo que un elemento sin principios en nuestra propia sociedad, como tú mismo, Salvo, tampoco tiene derecho a dejarse llevar por su ingenuidad a costa de los intereses de su país de adopción. Quédate donde estás, por favor, no es necesario que te acerques más. Puedes oír lo que tengo que decir desde ahí. Te lo preguntaré una vez más, y será la última. ¿Dónde está el material retenido ilegalmente? Podemos ocuparnos de los detalles después con más calma. Dentro de veinte segundos, a partir de este mismo instante, voy a hacer la llamada, y al mismo tiempo o poco antes, voy a practicar una detención ciudadana. Voy a apoyar la mano en tu hombro como exige la ley y diré: «Bruno Salvador, yo te detengo en nombre de la ley». Salvo. Te recuerdo que no gozo de buena salud. Tengo cincuenta y ocho años y soy un diabético de inicio tardío.

Le había quitado el teléfono de la mano sin que opusiera resistencia. Estábamos cara a cara y yo lo superaba en quince centímetros, cosa que pareció sorprenderle más a él que a mí. Al otro lado de la puerta cerrada, el Orfeón de Sevenoaks se afanaba por expresar su indignación sin el apoyo de su barítono.

–Salvo. Te ofreceré una opción justa. Si me das tu palabra de honor, en este mismo instante, de que tú y yo mañana por la mañana, a primera hora, iremos juntos a donde sea que está escondido ese material, y lo recuperaremos, puedes disfrutar de una agradable cena con nosotros en familia, una sencilla comida hogareña, nada excepcional, y quedarte a dormir en Sevenoaks como invitado mío; está la habitación de mi hija mayor, que ahora mismo no vive con nosotros. A cambio de los objetos recuperados, me encargaré personalmente de hablar con ciertas personas y asegurarles... ten cuidado, Salvo, eso no...

La mano que debía estar deteniéndome estaba en alto para ahuyentarme. Tendí el brazo hacia el picaporte, despacio para no alarmarlo. Saqué la batería de su teléfono móvil y dejé el aparato otra vez en su bolsillo. Luego cerré la puerta en su cara, porque no me parecía bien que la gente viera a mi último mentor en ese menguado estado.

De mis movimientos y acciones durante las horas siguientes apenas tengo conciencia, ni la tuve en su momento. Sé que recorrí el camino de acceso al colegio, primero a paso normal, luego más deprisa; que me detuve en una parada de autobús y, como no vino ninguno en un plazo breve, crucé la calle y cogí uno en dirección contraria, que no es la mejor manera de pasar inadvertido; y que después desanduve el camino y me alejé en zigzag a campo través, tanto para sacudirme el recuerdo del señor Anderson como a mis perseguidores reales o imaginarios; y que en Bromley tomé uno de los últimos trenes a Victoria, y de allí un taxi hasta Marble Arch y un segundo a la pensión del señor Hakim, gracias a la generosidad de Maxie. En la estación de tren de Bromley South, durante una espera de veinte minutos, había llamado a Grace desde una cabina.

—¿Quieres que te cuente algo totalmente disparatado, Salvo?

La cortesía exigió que lo oyese.

—Me he caído de un burro, ya ves tú. De culo; todos los niños me han visto y han empezado a chillar. Amelia ha seguido montada y yo me he caído. Y ese burro, Salvo, ha llevado a Amelia hasta el puesto de los helados en la playa, y Amelia le ha comprado al burro un cucurucho de noventa y nueve peniques y una chocolatina con su dinero, y el burro se ha comido el cucurucho entero y también se ha comido la chocolatina, y luego ha traído de vuelta a Amelia. No te miento, Salvo. No te los voy a enseñar, pero tengo en el culo unos moratones increíbles, en los dos lados, y Wojtek va a partirse de risa.

Wojtek, su novio polaco del mundo de la música, recordé fugazmente. Wojtek, que ofrecería un buen precio a Hannah.

—¿Sabes otra cosa, Salvo?

¿En qué momento tuve la impresión de que estaba jugando conmigo?

—Había un espectáculo de títeres, ¿vale?

Vale, asentí.

—Y los niños se lo han pasado en grande. Nunca en la vida he visto a tantos niños felices tan asustados.

Estupendo. A los niños les encanta asustarse, dije.

—Y la cafetería en el camino de ida, Salvo, ¿te acuerdas? Donde paramos después de rechazarnos en aquella otra porque éramos negritos… Pues estuvieron amabilísimos. Así que se nos ha pasado el disgusto.

¿Dónde está, Grace?

—¿Hannah? —Como si acabara de acordarse de ella—. Ah, Hannah ha llevado a los mayores a un cine en esta misma calle, Salvo. Me ha pedido que te dijera, si llamabas, que en cuanto pudiera volvería a llamarte. Quizá mañana por la mañana, por lo tarde que es. Hannah y yo estamos con familias distintas, ¿entiendes? Y yo tengo que quedarme con el móvil por Wojtek.

Entiendo.

–Porque si Wojtek no me encuentra, se pone como un energú-
meno. Y la familia de Hannah, bueno, tienen teléfono en casa, pero
es complicado, así que es mejor que no intentes llamarla allí. Está
en medio de toda la familia y el televisor. Así que ya te llamará
ella en cuanto pueda. ¿Llamabas por algo en particular, Salvo?

Dile que la quiero.

–¿Le has transmitido ya esa información a Hannah, Salvo, o eso
que estoy oyendo es noticia?

Tendría que haber preguntado qué película había ido a ver
Hannah con los mayores, pensé después de colgar.

No me había dado cuenta de lo pronto que nuestra pequeña habitación trasera se había convertido en nuestra casa, reemplazando en
pocos días todos los años que viví en Norfolk Mansions. Entré y olí,
como si ella aún estuviera, el cuerpo de Hannah, sin más perfume
que el suyo. Con un gesto de camaradería, saludé a la cama revuelta
con su maltrecho aire triunfal. Ninguno de los detalles que ella había
dejado escapó a mi mirada culpable: su peine afro, las pulseras
abandonadas en el último momento en favor de un aro de pelo de
elefante poco antes de salir ya con retraso, nuestras tazas de té medio
vacías, la fotografía de Noah en la precaria mesita de noche, puesta allí para hacerme compañía en su ausencia, y su teléfono móvil
irisado, confiado a mí para recibir sus mensajes de amor e informarme de su hora de regreso estimada. ¿Por qué no lo llevaba encima?
Porque no quería tener nada que la incriminase en caso de una
detención sumaria. ¿Cuándo podía esperar que lo reclamase? A los
padres les habían dicho que estuviesen en la iglesia a la una del
mediodía, pero bastaba con que una niña traviesa como Amelia se
escondiese, me había advertido, o con una amenaza de bomba, o
con un control de carretera, y podía ocurrir que no llegara hasta la
noche.

Escuché las noticias de las diez y visité la lista de los Más Buscados en internet, esperando ver mi foto de archivo mirarme desde encima de una descripción políticamente correcta de mi origen étnico. Estaba desconectándome cuando el móvil de Hannah emitió sus trinos. Grace le había comunicado mi mensaje, dijo. Estaba en una cabina con muy pocas monedas. La llamé de inmediato.

—¿De quién has estado huyendo? —pregunté, esforzándome por mantener un tono jocoso.

Se sorprendió: ¿por qué pensaba yo que había estado huyendo?

—Es solo por tu voz —dije—. Te falta el aliento.

Empezaba a odiar esa llamada. Deseé que fuera posible interrumpirla en ese mismo momento y volver a empezar cuando tuviese los pensamientos en orden. ¿Cómo podía explicarle que el señor Anderson me había fallado exactamente igual que lord Brinkley, pero con mayor hipocresía? ¿Que era otro Brinkley exactamente como ella había previsto?

—¿Cómo están los niños? —pregunté.

—Bien.

—Dice Grace que os lo estáis pasando en grande.

—Es verdad. Están muy contentos.

—¿Y tú?

—Estoy contenta porque te tengo en mi vida, Salvo.

¿Por qué tan solemne? ¿Tan concluyente?

—Yo también estoy contento. De tenerte en la mía. Tú lo eres todo para mí. Hannah, ¿qué pasa? ¿Hay alguien en la cabina contigo? Tu voz suena… irreal.

—¡Ay, Salvo!

Y de pronto, como si obedeciera a una señal, empezó a hablarme apasionadamente de amor, jurándome que nunca había sabido que tal felicidad existiese, que nunca haría nada que me perjudicara, por pequeño o bien intencionado que fuese, mientras viviera.

—Pues claro que no —exclamé, intentando vencer mi confusión—. Tú nunca me harías daño, ni yo a ti. Siempre nos protegeremos mutuamente, en lo bueno y en lo malo. Ese es nuestro acuerdo.

Y otra vez:

—¡Ay, Salvo!

Había colgado. Permanecí allí inmóvil largo rato, con el teléfono irisado en la palma de la mano. A los congoleños nos encanta el color. Si no era para saciar nuestra pasión por el color, ¿por qué Dios nos había dado el oro y los diamantes, la fruta y las flores? Me paseé por la habitación; yo era Haj después de ser torturado, mirándome en los espejos, preguntándome qué quedaba de mí que mereciera la pena salvarse. Me senté en el borde de la cama y apoyé la cabeza en las manos. Un buen hombre sabe cuándo sacrificarse, decía el hermano Michael. Un mal hombre sobrevive, pero pierde el alma. Aún había tiempo, justo el necesario. Me quedaba un último cartucho. Y debía usarlo de inmediato, mientras Hannah se hallaba aún a salvo en Bognor.

18

E ran las diez de la mañana siguiente. Sereno en mi conciencia de que había llegado a una decisión irreversible, recorrí a zancadas el par de kilómetros obligados con un brío casi temerario, el gorro con borla calado hasta las orejas y la bolsa golpeteándome alegremente en la cadera. En una apartada calle secundaria, con coches junto a las aceras, había una vistosa cabina. Marqué el ya más que conocido número y se puso Megan, la amiga de todos.

–Hola, Salvo, querido, ¿cómo va la vida?

Si tenías gripe, Megan te decía que había epidemia, querido. Si te habías ido de vacaciones, Megan te deseaba que lo hubieses pasado bien.

–Dicen que su fiesta fue maravillosa. ¿Dónde se compró ese conjunto? La mimas demasiado, ese es tu problema. Ahora mismo está hablando por teléfono, me temo. ¿Qué puedo hacer por ti? ¿Te dejo en espera, querido? ¿Un mensaje en el buzón de voz? ¿Cuál es hoy la preferencia?

–En realidad, no es con Penelope con quien quiero hablar, Megan. Es con Fergus.

–¡No me digas! Ah, bueno. Vamos a más, pues.

Mientras esperaba que pasara la llamada, imaginé el intercambio que tenía lugar entre Thorne el Sátiro y su sabidamente leal ayudante respecto a la mejor táctica que adoptar para hacer frente a una llamada entrante de otro marido airado más. ¿Estaría Fergus enclaustrado con el propietario? ¿O estaría en una teleconferencia? ¿O debía dar la cara con franqueza y valor y presentar batalla?

—¡Salvo, chico! Por Dios, ¿dónde te has metido? ¿Has destrozado algún otro piso recientemente?

—Tengo una noticia para ti, Fergus.

—¿Una noticia? ¡Cielos! Pues no sé si quiero oírla, Salvo. No si es en detrimento de cierta joven. Las personas adultas toman sus propias decisiones en la vida. Algunos tenemos que afrontar el hecho y seguir adelante.

—No tiene nada que ver con Penelope.

—Me alegra oírlo.

—Es una noticia para el periódico. Una bomba.

—¿Salvo?

—¿Sí?

—¿No estarás tomándome el pelo por casualidad?

—Tiene que ver con Jack Brinkley. Es tu oportunidad para empapelarlo. Él y Crispin Mellows y… —Enumeré los nombres de la flor y nata que había visto reunida en Berkeley Square, pero como yo preveía, solo se interesó en Jack Brinkley, que le había costado al periódico una fortuna y a Thorne casi la carrera.

—Empapelar a ese cabrón, ¿cómo exactamente? No es que te crea, claro, eso por descontado.

—No te lo diré por teléfono.

—Salvo.

—¿Qué?

—¿Es dinero lo que quieres?

—No. Te lo entrego gratis.

Lo había juzgado mal. Si le hubiese dicho cien mil libras o no hay trato, se habría quedado más tranquilo.

—¿Por casualidad es algún tipo de sabotaje absurdo lo que te propones? ¿Arrastrarnos a los tribunales acusados de difamación por otro millón de libras? Porque créeme, Salvo, si es eso…

—Una vez nos llevaste a un club. En el Strand. Un sótano. Debió de ser por esas fechas cuanto Penelope y tú…

—¿Qué pasa con ese sitio?

—¿Cuál es la dirección?

Me la dio.

—Si te reúnes allí conmigo dentro de una hora, tendrás los huevos de Brinkley en bandeja —le aseguré, empleando un lenguaje que él entendía.

El club Casbah, aunque a tiro de piedra del hotel Savoy, no era un lugar salubre ni en sus mejores momentos, pero su punto más bajo era a media mañana. En su entrada de mazmorra, un alicaído asiático pasaba una aspiradora de los tiempos de la guerra de los Bóers. La escalera de piedra me recordó el descenso a la sala de calderas. Entre columnas y cojines bordados, Fergus Thorne estaba sentado en el mismo hueco donde, seis meses antes, en una cena íntima a tres, Penelope se había quitado el zapato y le había masajeado la pantorrilla con los dedos descalzos mientras él me hablaba de lo valiosa que era ella para el periódico. Esa mañana, para mi alivio, estaba solo y, con un zumo de tomate junto al codo, leía la primera edición de su propio periódico. Dos de sus periodistas estrella estaban a un par de mesas: el atroz Jellicoe, alias Jelly, que me había pellizcado el culo en la fiesta de Penelope, y una marimacho entrada en años llamada Sophie, que se había atrevido a competir con Penelope y había pagado el precio. Sin mediar invitación, me senté al lado de Thorne y me coloqué la bolsa entre los pies. Volvió la cara pecosa hacia mí, frunció el entrecejo y de nuevo posó la mirada en su periódico. Saqué la copia de *J'Accuse!* de mi cazadora y la dejé en la mesa. La miró de soslayo, la cogió y volvió a desaparecer detrás del periódico. Cuando empezó a leerlo, vi que la expresión de astucia en su rostro daba paso gradualmente a una manifiesta codicia.

—Esto es una patraña total y absoluta, Salvo —pasó ávidamente una hoja–, lo sabes, ¿verdad? Una fabulación evidente. ¿Quién lo ha escrito?

–Yo.

–Y toda esta gente en… ¿dónde estaban?

–En Berkeley Square.

–¿Los viste?

–Sí.

–¿En persona? ¿Con tus propios ojos? Ahora ve con cuidado.

–Sí.

–¿Habías estado bebiendo?

–No.

–¿Alguna sustancia?

–No tomo.

–Jelly. Sophie. Venid, por favor. Estoy hablando con un hombre que cree que puede traernos los huevos del gran Jack en bandeja y no me creo ni una palabra de lo que dice.

Estamos los cuatro con las cabezas juntas. Todas las reservas que pudiera haber abrigado respecto a nuestra gran prensa británica quedan temporalmente postergadas mientras Thorne apuesta a sus tropas.

–¿Jasper Albin? ¿Ese Albin? Es el mismo gabacho de mierda que mintió descaradamente a nuestros jueces del tribunal de apelación. ¿Y el gran Jack tiene la desfachatez de hacerlo volver para esto? ¡A eso se llama orgullo! Jelly, quiero que lo aparques todo, vete a Besançon y ponlo en la hoguera. Si hay que comprarlo, cómpralo.

Jelly toma notas oficiosamente en su bloc.

–Sophie. Enséñales las tetas a las empresas de seguridad. ¿Quién es Maxie? ¿El coronel Maxie? ¿Maxie qué más? Si es un mercenario, es un ex miembro de las Fuerzas Especiales. ¿Ex desde cuándo? ¿A quién se folla? ¿A qué colegios fue? ¿En qué guerras sucias ha luchado? Encuéntrame esa casa en Berkeley Square. ¿Quién es el dueño, quién paga la calefacción y la luz, quién la alquiló esa noche, a quién, por cuánto?

Sophie lo apunta, sacando la lengua astutamente. Su bloc es idéntico a otros que tengo colocados a mis pies.

—Y encontradme esa isla —a los dos— y quién pilotó un helicóptero desde Battersea hasta Luton el viernes pasado. Comprobad el tráfico aéreo no comercial que salió de Luton, comprobad todas las islas del mar del Norte que se alquilan. Buscad una con una pérgola. Y seguid el rastro a la cesta de Fortnum: quién la encargó, quién la pagó, a quién se le entregó. Traedme la factura. SALMÓN AHUMADO PARA LOS INVASORES DEL CONGO. Me encanta.

—Y a mí —musita Sophie.

—Poesía —dice Jelly.

—Y no os acerquéis a los capitostes. Si Jackie se entera de que le vamos detrás, nos caerá una interdicción cautelar antes que canta un gallo. ¡Menuda hipocresía la de ese hombre! Tan pronto predica la condonación de la deuda a los estados en quiebra, como desvalija a los sufridos congoleños hasta el último penique. Es indignante. Es hermoso.

Si bien el entusiasmo de Thorne es música para mis oídos, considero oportuno recordarle el propósito más amplio de la noticia.

—No solo vamos a por Jack, Fergus.

—No te preocupes, hombre. Sus compinches caerán con él. Si le echan a él las culpas, tanto mejor.

—Me refería a que hay que impedir una guerra. Ha de evitarse el golpe de Estado.

Los ojos inyectados en sangre de Thorne, siempre demasiado pequeños para su cara, me examinaron con incredulidad desdeñosa.

—¿Quieres decir impedir un golpe de Estado y no publicar la historia? UN HOMBRE NO LLEGA A MORDER A UN PERRO. ¿Te refieres a eso?

—Me refiero a que todas las indagaciones que propones… encontrar el helicóptero, la cesta, la isla… van a llevar demasiado tiempo. Solo tenemos nueve días. —Me crecí—. O publicas la historia de inmediato o no la publicas, Fergus. Ese es el trato. Después del golpe será demasiado tarde. El Congo oriental estaría en plena caída libre.

—Imposible. —Me devolvió *J'Accuse!* por encima de la mesa—. Necesitamos pruebas irrefutables. Legítimas de principio a fin. Lo que me ofreces aquí es un puto resumen. Quiero a Jack Brinkley con los calzoncillos a la altura de los tobillos y las manos en la caja registradora. Con menos de eso, será él quien me tenga a mí de rodillas ante sus señorías, ofreciendo cobardes disculpas por mi impertinencia.

El momento que esperaba, y a la vez temía, había llegado.

—¿Y si tuviese aquí las pruebas? ¿Pruebas concluyentes? ¿En este mismo momento?

Se inclinó, apoyando los puños en la mesa. Me incliné. Lo mismo hicieron Jelly y Sophie. Hablé con toda intención.

—Si yo tuviera la voz de Brinkley, una voz clara y fuerte en una cinta digital, autorizando un soborno de tres millones de dólares a uno de los delegados congoleños, por teléfono satélite, en nombre del cártel anónimo, ¿considerarías eso prueba suficiente?

—¿Con quién habla?

—Con Philip. El asesor independiente. Philip necesita hablar con el miembro del cártel con poder para decir que sí a tres millones de dólares. El miembro con ese poder es Jack Brinkley. Puedes seguir el diálogo de principio a fin desde el momento en que el delegado exige el dinero hasta cuando Brinkley autoriza el soborno.

—¡Vete a la mierda, tío!

—Es la verdad.

—Necesito ver esa cinta. Necesito oír esa cinta. Necesito tener esa cinta verificada por un consejo de putos obispos.

—La tendrás. Puedes tenerla. Podemos volver a tu despacho ahora y escucharla. Puedes entrevistarme y te contaré toda la historia con mis propias palabras. Puedes fotografiarme y plantar mi foto en primera plana junto con la de Brinkley. Con una condición. —Cerré los ojos y los abrí. ¿Realmente era yo quien hablaba?—. ¿Me das tu palabra de honor, ante estos dos testigos, de que la noticia saldrá el domingo? ¿Sí o no?

En un silencio que me acompaña hasta el día de hoy, cogí la bolsa de entre mis pies, pero por razones de seguridad la mantuve en el regazo. Los blocs estaban en el compartimento grande, las siete cintas en el más pequeño. Sujetando la bolsa contra el abdomen, abrí la cremallera del compartimento menor y esperé una respuesta.

—Acepto las condiciones —masculló.

—¿Eso es un sí?

—Es un sí, maldita sea. Saldrá el domingo.

Me volví hacia Jelly y Sophie, mirándolos por turno a los ojos.

—Ya lo habéis oído. Sacará la noticia el domingo, ni antes ni después. ¿Sí?

—Sí.

—Sí.

Introduje la mano y hurgué. Una por una, me abrí paso entre las cintas, buscando la número cinco, que contenía el interrogatorio de Haj, y la número seis, que contenía la voz de Brinkley diciendo que sí a tres millones de dólares. Mientras observaba mis dedos ir y venir por encima de la pila, empecé, sin una especial sensación de revelación, a tomar conciencia primero de que había solo cinco cintas, no siete, y luego de que las cintas números cinco y seis habían desaparecido. Abrí el compartimento grande y busqué a tientas entre los blocs. Por mera formalidad, probé en el compartimento pequeño de la parte de atrás, que no es un compartimento en el sentido pleno de la palabra, sino más bien un bolsillo para los pasajes o una tableta de chocolate. Tampoco estaban allí, ¿y por qué iban a estar? Estaban en Bognor.

A esas alturas tenía la cabeza tan ocupada en reconstruir los acontecimientos recientes que no estaba muy interesado en la reacción de mi público que, según recuerdo, osciló entre el escepticismo —Thorne— y un efusivo interés: Jelly. Ofrecí disculpas: tonto de mí, debo de habérmelas dejado en casa, etcétera. Anoté el número de móvil de Sophie para cuando las encontrase. Hice caso omiso de la cáustica mirada de Thorne y sus insinuaciones de que pretendía dejarlo en ridículo. Les dije adiós y hasta luego, pero dudo que ninguno de nosotros me creyese, y menos yo. A continuación, paré un taxi y, sin molestarme en dar al conductor una dirección falsa, volví a la pensión del señor Hakim.

¿Culpé a Hannah? Todo lo contrario. Sentí tal arrebato de amor hacia ella que, aun antes de acceder a la intimidad de nuestro sanctasanctórum, me maravilló su valor frente a la adversidad: yo. De pie ante el armario abierto, observé con orgullo, no con indignación, que la tarjeta de visita de Haj, con su dirección de correo electrónico anotada en el dorso, había desaparecido igual que las cintas. Ella había sabido desde el principio que Brinkley no valía. No le hizo falta ningún curso de un día sobre seguridad para saber que, por lo que a Salvo se refería, se encontraba ante los residuos de una lealtad mal encauzada que se hallaba alojada como un virus en mi organismo y necesitaba tiempo para salir por sí sola. No quería que Noah pasase su cumpleaños en una zona en guerra. Ella había tomado su propio camino igual que yo había tomado el mío. Los dos nos habíamos desviado del mismo sendero, ambos en direcciones distintas, ella hacia su pueblo, yo hacia el mío. No había hecho nada que requiriese mi perdón. Apoyado en la repisa estaba el programa de los niños de catequesis: 12 del mediodía picnic y cantos en el hostal del YMCA... 14.30 Función vespertina de *El viento en los sauces* a cargo del Club de Danza y Teatro de Bognor... 17.30 Tarde con las familias. Cinco horas. Cinco horas antes de poder devolverle el mensaje de amor absoluto e inalterable.

Puse las noticias del mediodía. «Se están redactando leyes para perseguir a los activistas islámicos. Tribunales especiales para ver causas terroristas en secreto. Un presunto terrorista egipcio detenido por una brigada antidisturbios estadounidense en Pakistán. Continúa la búsqueda del hombre de origen afrocaribeño de treinta años a quien la policía desea interrogar en relación con —¡a ver!— el presunto asesinato de dos menores de edad.»

Me preparo la bañera. Me meto dentro. Me sorprendo intentando reproducir la canción de escuela de misión entonada por Haj. ¿Por qué canta un hombre torturado?, me había preguntado ella. Sus pacientes no cantaban, ¿por qué lo hacía Haj? ¿Por qué un hombre adulto entona un canto fúnebre sobre la virtud de una niña cuando ha recibido una paliza?

Salgo de la bañera. Aferrado al transistor, me sitúo en ángulo junto a la ventana, envuelto en la toalla del baño. Por las cortinas de malla, veo una furgoneta verde sin nombre aparcada cerca de la verja del señor Hakim. «Lluvias torrenciales en el sur de la India. Deslizamientos de tierras. Se temen muchas muertes. Y ahora pasamos al críquet.»

Las cinco de la tarde. Recorro mi par de kilómetros, pero, contrariamente a las recomendaciones de los instructores de los cursos de un solo día, utilizo la misma cabina. Echo una libra y preparo otra, pero lo máximo que consigo es el servicio contestador de Grace. Si soy Wojtek, debo llamarla después de las diez de la noche, cuando estará sola en la cama. Carcajadas. Si soy Salvo, tengo su teléfono a mi disposición para dejar un mensaje de amor a Hannah. Intento estar a la altura de su invitación:

—Hannah, cariño, te quiero. —Pero, por razones de seguridad, no añado, como habría deseado: sé lo que has hecho, y has hecho bien.

Utilizando calles secundarias, regreso con desgana a la pensión del señor Hakim. Las bicicletas posteriores a los atentados pasan junto a mí como jinetes ancestrales. La furgoneta verde sin nombre sigue aparcada frente a la verja. No tiene el tíquet del parquímetro. Escucho las noticias de las seis. El mundo sigue donde estaba a las dos.

La comida como distracción. En la nevera del tamaño de un sello de correos, encuentro media pizza de hace dos días, salchichón de ajo, pan de centeno, pepinillos y Marmite para mí. Cuando Hannah llegó a Londres de Uganda, compartió piso con una enfermera alemana y consiguientemente dio por supuesto que todos los ingleses comían knackwurst y chucrut y bebían té de menta. Por eso había un paquete envuelto en papel de plata de lo mismo en la nevera del señor Hakim. Como todas las enfermeras, Hannah lo guarda todo en la nevera, aunque no sea perecedero. Si no puedes esterilizarlo, congélalo: es su axioma. Caliento mantequilla como primer paso para extenderla por el pan de centeno. Extiendo el Marmite. Como despacio. Trago con cautela.

Las noticias de las siete son idénticas a las de las seis. ¿Es posible que el mundo realmente no haya hecho nada en cinco horas? Sin preocuparme por las medidas de seguridad, me conecto a internet y repaso las trivialidades del día. «Terroristas suicidas en Bagdad han matado a cuarenta personas y herido a centenares.» ¿O era al revés? «El recién nombrado embajador estadounidense en Naciones Unidas ha presentado otras cincuenta objeciones a las reformas propuestas. El presidente francés acaba de ser ingresado en el hospital», o ha sido dado de alta. «Sus dolencias están sujetas a la Ley de Secretos Oficiales francesa», pero da la impresión de que tiene problemas en la vista. «Noticias sin confirmar de la capital del Congo, Kinshasa, hacen referencia al inicio espontáneo de hostilidades entre milicias rivales en la región este del país.»

Suena el teléfono irisado de Hannah. Me abalanzo al extremo opuesto de la habitación, cojo el teléfono y vuelvo a mi ordenador.

—¿Salvo?

—Hannah. ¡Cuánto me alegro! Hola.

«Fuentes próximas al gobierno congoleño de Kinshasa culpabilizan a "los elementos imperialistas de Ruanda". Ruanda niega su participación.»

—¿Estás bien, Salvo? Te quiero mucho. —En francés, la lengua de nuestro amor.

—Sí, estoy bien. Muy bien. Solo quiero que vuelvas. ¿Y tú?

—Te quiero tanto que parece mentira, Salvo. Grace dice que nunca ha visto a alguien tan normal enamorarse tan perdidamente.

«Según nos comunican, la franja fronteriza con Ruanda sigue en paz, sin más tráfico que el habitual.»

Lucho en tres frentes al mismo tiempo, cosa que Maxie no aprobaría. Intento escuchar, hablar y decidir si contarle lo que estoy oyendo cuando no sé si es nuestra guerra o la de otros.

—¿Sabes una cosa, Salvo?

—¿Qué, cariño?

—Desde que te conocí he perdido dos kilos.

Tengo que digerirlo, encontrar la razón.

—Achácaselo al ejercicio extra —exclamo—. Achácamelo a mí.

—¿Salvo?

—¿Qué, amor mío?

—He hecho algo que no está bien, Salvo. Algo que tengo que contarte.

«Un miembro de la embajada británica en Kinshasa califica de "fantasiosos y absurdos" los rumores acerca de mercenarios bajo mando británico en la región.»

¡Claro que lo son! ¡Tienen que serlo! ¡Faltan nueve días para el golpe! ¿O dio Brinkley el pistoletazo de salida tan pronto como me marché de su casa?

—Oye, no es así. Has hecho bien. ¡De verdad! ¡Sea lo que sea! ¡No tiene importancia! Lo sé todo. Ya me lo contarás cuando vuelvas.

Penetrantes ruidos infantiles de fondo.

—Tengo que volver ahí dentro, Salvo.

—Lo entiendo. Ve. Te quiero.

Fin de las palabras de afecto. Fin de la llamada telefónica.

«Cuatro técnicos de aviación suizos que se vieron atrapados en el fuego cruzado han solicitado la protección del comandante de la ONU en Bukavu.»

Sentado en la silla de mimbre con el transistor en la mesa a mi lado, inicio un estudio del papel de pared de la señora Hakim mientras escucho a Gavin, nuestro corresponsal en África central, ofrecernos la noticia hasta el momento:

Según el gobierno congoleño de Kinshasa, un golpe militar respaldado por Ruanda se ha atajado de raíz, gracias a una hábil operación de seguridad basada en información de primera clase de los servicios de inteligencia.

Kinshasa sospecha de la complicidad de Francia y Bélgica, pero no descarta a otras potencias occidentales no mencionadas.

Veintidós miembros de un equipo de fútbol africano visitante se hallan retenidos para su interrogatorio tras descubrirse un alijo de armas de mano y ametralladoras pesadas en el aeropuerto de Bukavu.

No se han registrado víctimas. No se ha podido determinar el país de origen de los futbolistas.

Se ha preguntado a la embajada suiza en Kinshasa por los expertos en aviación suizos y esta ha rehusado hacer comentarios por ahora. Las indagaciones acerca de su documentación de viaje han sido trasladadas a Berna.

Gracias, Gavin. Fin del boletín. Fin de cualquier duda que pudiera quedar.

El salón de huéspedes es un espacio soberbio con mullidos sillones y un óleo de un paraíso lacustre con huríes bailando en la orilla. Dentro de una hora será la guarida de vendedores asiáticos, fumadores empedernidos, que ven vídeos de Bollywood en un televisor tan grande como un Cadillac, pero de momento presenta el dulcificado silencio de la sala de una funeraria y veo las noticias de las diez. Los hombres con grilletes cambian de tamaño. Benny se ha encogido. Anton está más corpulento. Spider ha crecido veintitrés centímetros desde que repartió los platos con su improvisado gorro de cocinero. Pero la estrella del espectáculo no es ni el comandante paquistaní de la ONU, ni el coronel del ejército congoleño con su bastón, sino nuestro patrón Maxie en pantalón beis sin cinturón y una camisa empapada de sudor sin una manga.

El pantalón es lo único que queda del traje caqui para todo uso, visto por última vez cuando me entregaba un sobre blanco con los siete mil dólares en concepto de honorarios que, en la magnanimidad de su corazón, le sacó al cártel. El rostro, desprovisto del efecto amplificador de las gafas de Bogey, carece del carisma bajo cuyo hechizo yo había caído, pero por lo demás se ha acomodado a su papel, adoptando una expresión de valerosa entereza que se niega a reconocer la derrota, por muchos días que pase en el poste de los azotes. Lleva las manos a prueba de balas esposadas ante él, una encima de la otra como las patas de un perro. Tiene puesta una bota de media caña de ante, y un pie descalzo, a juego con el hombro desnudo. Pero no es la bota perdida lo que lo lleva a caminar despacio, es otro par de grilletes, con la cadena demasiado corta para un hombre de su estatura, y en apariencia demasiado apretados. Me mira directamente a mí y, por el movimiento injurioso de la mandíbula, está mandándome a la mierda, hasta que caigo en la cuenta de que debe de dirigirse a la persona que lo está filmando, no a mí personalmente.

Tras los talones desiguales de Maxie aparecen Anton y Benny, encadenados entre sí y a su patrón. Anton tiene alguna magulladura en el lado izquierdo de la cara, causada, sospecho, por su impertinencia. La razón por la que Benny parece por debajo de su tamaño real es que las cadenas lo obligan a encorvarse y a andar con pasos cortos. La coleta gris ha quedado reducida al uno de un machetazo, dando la impresión de que lo han preparado para la guillotina. Después de Benny viene Spider, improvisador de picanas y mi compañero ladrón de sonido, encadenado pero erguido. Le han permitido conservar la gorra, lo que le da cierto aire de descaro. Como acróbata que es, tiene menos problemas que los otros con el paso corto. Juntos, parecen ejecutar torpemente una conga, balanceándose los cuatro atrás y adelante a un ritmo que no acaban de coger.

Después de los blancos, vienen los futbolistas, unos veinte en una fila descendente de sombras negras y tristes: «Veteranos, no disidentes. Los mejores combatientes del mundo.» Pero cuando busco nerviosamente a un Dieudonné o a un Franco, ante la remota posibilidad de que de alguna manera, en el caos de una operación fallida, hayan sido atrapados durante la principal refriega, veo con alivio que ni la mole del viejo guerrero tullido ni el espectro del demacrado líder munyamulenge están entre los prisioneros. No busqué a Haj, porque sabía por alguna razón que no estaba allí. Un detalle que contaron los comentaristas con regodeo fue que Maxie —llamado de momento el «presunto cabecilla»— consiguió tragarse la tarjeta sim en el momento de la detención.

Vuelvo al dormitorio y reanudo el estudio del papel pintado de la señora Hakim. Por la radio, entrevistan a una subsecretaria del Foreign Office:

—Gracias, Andrew, pero tenemos las manos limpias como una patena —informa a su inquisidor con el desenfadado lenguaje del Nuevo Laborismo en su máxima transparencia—. El Gobierno de Su Majestad no pinta nada aquí, créeme. Vale, alguno que otro de esos hombres es británico. ¡No se pasen de la raya! Imaginaba que nos respetarían un poco más, sinceramente. Todo apunta a que esto ha sido una chapuza de una empresa privada. No sirve de nada preguntar continuamente «¿De quién?», porque no sé de quién. Lo que sí sé es que lleva la palabra «aficionados» escrita por todas partes y, piensen lo que piensen, nosotros no somos aficionados. Y también creo en la libertad de expresión, Andrew. ¡Buenas noches!

Maxie ha recibido un nombre. Una de sus ex esposas lo ha visto por la televisión. Un hombre encantador que se negaba a crecer, hijo de párroco. Formado en Sandhurst, dirigió una escuela de montañismo en la Patagonia, trabajó con contrato para los Emiratos Árabes Unidos, comenta, animada. Se cree que un profesor universitario congoleño que se hace llamar el Iluminador es el cerebro detrás del complot, pero ha pasado a la clandestinidad. La Interpol ha iniciado una investigación. En cuanto a lord Brinkley y su cártel anónimo de financiación multinacional y sus proyectos respecto a los recursos del Congo oriental, nada. En cuanto a asesores libaneses corruptos e independientes y sus amigos, nada. Estaban todos jugando al golf, cabe suponer.

Tumbado en la cama, escucho el reloj de latón de la señora Hakim dar las medias y los cuartos. Pienso en Maxie encadenado al poste de los azotes. Amanece, sale el sol y sigo en la cama, sin cadenas. De algún modo llegan las siete, luego las ocho. De algún modo el reloj sigue dando los cuartos. El teléfono irisado trina.

—¿Salvo?

Sí, Grace.

¿Por qué no habla? ¿Está pasándole el teléfono a Hannah? Entonces, ¿por qué Hannah no lo coge? De fondo se oyen murmullos confusos. Una voz femenina imperiosa con acento norteño llama a un hombre. ¿Quién demonios es «Cyril Ainley»? Nunca he oído hablar de un Cyril ni de un Ainley. ¿Dónde estamos? ¿En el hospital? ¿En la sala de espera de algún sitio? Solo transcurren unos segundos. Milisegundos, mientras robo cada retazo de sonido que me llega.

—¿Eres tú, Salvo?

Sí, Grace. Soy Salvo. Su voz suena amortiguada. ¿Acaso telefonea desde un lugar en que los teléfonos están prohibidos. Oigo telefonear a otras personas. Tiene la boca muy cerca del micrófono, tanto que el sonido se distorsiona. Lo tapa con la mano ahuecada. De pronto las palabras salen a borbotones: un monólogo enloquecido, con la respiración entrecortada, que no puede interrumpir aunque quiere, y yo tampoco puedo.

—Se la han llevado Salvo sabe Dios quiénes son estoy en la comisaría denunciándolo pero no puedo hablar mucho la cogieron en volandas de la acera a mi lado justo enfrente de la iglesia acabábamos de dejar a los niños y Amelia fingía una rabieta y su madre decía que la habíamos mimado y Hannah y yo íbamos cuesta abajo muy enfadadas por la ingratitud cuando se para un coche y dos hombres uno negro y otro blanco de aspecto normal Salvo y una conductora blanca que mantiene la vista al frente a través del parabrisas sin volver la cabeza ni una sola vez en todo el tiempo salen y el negro dice Hola Hannah y le rodea la cintura con el brazo como si fuera un viejo amigo y la mete en el coche y se van y ahora una amable mujer policía me está preguntando qué clase de coche era y enseñándome fotos de coches desde hace horas Hannah a mí no me ha contado nada no ha tenido tiempo y la policía dice que quizá quería irse con esos chicos quizá era un hombre con el que ya salía o pensaba que a ella le gustaría ganarse unas libras con los dos en la cama como si Hannah fuese a hacer algo así se la llevaron en la calle y la amable policía dice que bueno quizá ella estaba de acuerdo y a lo mejor tú eres igual Grace hay una cosa que es hacer perder el tiempo a un agente de policía sabes que es delito Grace quizá deberías estar enterada entonces he estallado por qué no ponen un puto cartel le he dicho no se toma en serio a los negros y ahora le habla a todo el mundo menos a mí.

—¡Grace!

Lo repetí. Grace. Tres, cuatro veces. Luego la interrogué tal como uno interroga a los niños, intentando serenarla en lugar de asustarla. ¿Qué ha pasado? No quiero decir ahora, quiero decir en Bognor, cuando estabais juntas. Quiero decir la primera noche que pasasteis allí, la noche que me dijiste que ella estaba en el cine con los mayores. Esa noche.

—Era una sorpresa para ti, Salvo.

¿Qué sorpresa?

—Estaba grabando algo para ti. Un archivo de sonido, lo llamó, una música que a ella le encantaba y quería regalarte. Era un secreto.

¿Y adónde fue a hacerlo, Grace?

—A donde le dijo Wojtek, en lo alto de una cuesta, en un sitio sin tráfico. Llamamos a Wojtek a su estudio. Estos chiflados de la música tienen amigos en todas partes, Salvo. Así que Wojtek conocía a alguien que conocía a alguien en Bognor, y Hannah fue a verlo, mientras yo lo mantenía en secreto, y eso es todo. Dios mío, Salvo, por lo que más quieras, ¿qué está pasando?

Cuelgo. Claro, Grace. Gracias. Y tras convertir las cintas cinco y seis en un archivo de sonido, lo introdujo en un ordenador, sin duda el amigo de Wojtek tenía uno, y lo mandó a la dirección de correo electrónico de Haj para mayor ensalzamiento de su espíritu, para ayudarlo a hacer entrar en razón a su padre, a quien tanto respeta, pero resulta que no tenía por qué molestarse, porque para entonces la operación se iba ya a pique, y los oyentes y espectadores y todas las demás personas a quienes en otro tiempo tomé por amigos se congregaban alrededor de ella para entrar a matar.

Para atrapar a un pecador, decía siempre el hermano Michael, uno debía descubrir al pecador que llevaba dentro, y en el transcurso de unos instantes, eso era lo que yo había hecho. Me acerqué al armario donde tenía colgada la cazadora de piel. Saqué mi propio teléfono móvil, el que me había prohibido utilizar excepto para oír los mensajes, y lo encendí, y sí, como preveía, tenía un mensaje nuevo. Pero esta vez no era de Penelope, ni de Barney, ni de Hannah. Era de Philip. Y Philip no me hablaba con su voz cordial y cautivadora, sino en la versión iceberg con la que ya contaba:

«Tengo un número para que llames, Salvo. Noche y día. También tengo un trato que proponerte. Cuanto antes llames, más fácil será para todos.»

Marqué el número y me contestó Sam. Me llamó Brian, como en los viejos tiempos. «¿Tienes un lápiz, Brian, querido? ¿Y un bloc? Claro que sí, bendito seas. Aquí tienes la dirección.»

19

Confieso ya que en los siguientes diez minutos mis actos no fueron del todo racionales, oscilando entre el delirio y las necesidades organizativas. No recuerdo sentimientos violentos de rabia o ira, aunque existen indicios posteriores de que estas y otras emociones afines bullían por debajo de la línea de flotación. En primer lugar pensé —una de las muchas cosas que pensé en primer lugar— en mis anfitriones los Hakim, con quienes Hannah y yo habíamos entablado una afectuosa relación personal que se extendía a sus dos hijos, un granujilla llamado Rashid, que era la niña de los ojos de Hannah, y Diana, más renuente, que se pasaba la vida escondida detrás de la puerta de la cocina por si yo pasaba. Aparté, pues, un buen fajo de mis riquezas mal ganadas y se lo entregué a la desconcertada señora Hakim.

También en primer lugar pensé, partiendo de la idea de que no volvería a poner los pies en la casa durante un tiempo considerable, si es que alguna vez volvía, que debía dejarlo todo lo más limpio y recogido posible dadas las circunstancias. Como persona obsesivamente ordenada que soy —Penelope, bajo la orientación de Paula, había calificado esta tendencia mía de rasgo «anal»—, quité las sábanas de la cama, saqué las fundas de las almohadas, ahuequé las almohadas, añadí las toallas del baño y dejé el pulcro rebujo de ropa sucia en un rincón de la habitación.

De manera muy especial me preocupó qué ponerme. A este

respecto tenía en el primer plano de mi cabeza el destino que acababan de correr Maxie y sus hombres, quienes a todas luces se verían obligados a pasar muchos años con un único conjunto. Por tanto, me conformé con un par de recios vaqueros de pana, mi fiel cazadora de piel, a la que le quedaban aún bastantes kilómetros por recorrer, unas zapatillas de deporte, mi gorra con borla y tantas camisas, calcetines y calzoncillos limpios como cupieron en la mochila. A esto añadí mis efectos personales más preciados, incluido el marco con la foto de Noah.

Para acabar, saqué la fatídica bolsa de su escondite detrás del armario y, tras comprobar una vez más su contenido y confirmar la ausencia de las dos cintas –porque en el transcurso de las últimas cuarenta y ocho horas fantasía y realidad habían encontrado a veces el modo de cambiarse de sitio a mis espaldas–, cerré la puerta de nuestro efímero rincón en el paraíso, pronuncié entre dientes mi último adiós a los perplejos señores Hakim y entré en el minitaxi que me esperaba para trasladarme a la dirección de Regent's Park que me había dado Sam.

Mi reconstrucción de lo que sucedió después es tan fiel como lo permite la memoria, dadas las desfavorables condiciones en que trabajaban a la sazón mi vista y demás facultades. Al detenerme ante una elegante casa en Albany Crescent, NW1 –un par de millones de libras no habrían bastado para comprarla–, apareció ante mis ojos la imagen de dos jóvenes en chándal lanzándose una pelota medicinal en el jardín delantero. Cuando llegué, dejaron de jugar y se volvieron para observarme. Impertérrito ante su interés, pagué al taxista, cuidándome de añadir una generosa propina, y me encaminé hacia la verja, momento en que el chico que estaba más cerca preguntó con desenfado si podía ayudarme en algo.

–Pues quizá sí –respondí con igual desenfado–. Resulta que he venido a ver a Philip por un asunto personal.

–En ese caso has venido al lugar indicado, amigo –contestó él, y con exagerada cortesía se apoderó de mi mochila mientras el segundo chico me echaba una mano con la bolsa colgada al hombro, dejándome por tanto libre de carga.

El primer chico me condujo por el camino de grava hasta la puerta de entrada y la abrió de un empujón para franquearme el paso, en tanto que el segundo, silbando una melodía, se rezagaba. La despreocupación de nuestro intercambio tiene fácil explicación. Eran los mismos chicos rubios que, ataviados con chaquetas blazer abotonadas de arriba abajo, estaban detrás de la mesa de recepción en la casa de Berkeley Square. Por consiguiente, sabían que yo era sumiso. Era el hombre dócil que Bridget había puesto en sus manos. Les había dejado mi bolsa de viaje como me ordenaron. Me había sentado en la galería donde me dijeron que me sentara, me había ido con Maxie. Conforme a la psicología de su oficio, me consideraban un pelagatos inofensivo. Eso me proporcionó, como ahora creo, el factor sorpresa que necesitaba.

Cuando entramos en el salón, el primer chico me precedía a más de un metro de distancia, estorbado por el peso de mi mochila. Achulado por naturaleza, tenía el andar ligero, los pies poco firmes en el suelo. Bastó con una embestida para hacerlo volar. El chico detrás de mí cruzaba en ese momento la puerta de entrada. En Berkeley Square había observado en su actitud cierta reticencia hosca. Dicha actitud saltaba ahora a la vista. Quizá sabía que, al cogerme la bolsa, se había adjudicado el primer premio. Un certero puntapié en la entrepierna puso fin a su complacencia.

Quedó así expedita mi vía de acceso a Philip. Me planté en el otro extremo de la habitación de un salto y al instante le rodeé el cuello con las manos, pugnando con la grasa infantil de su papada. Qué otros propósitos de mayor amplitud me rondaban por la cabeza es algo que ignoro ahora como lo ignoraba entonces. Recuerdo que vi, detrás de él, el manto de ladrillo de color avena de la chimenea, y pensé que podía aplastar contra este su agraciada cabeza blanca. Vestía traje gris, camisa blanca de algodón y una corbata roja de moaré, obviamente cara, que intenté usar, en vano, para agarrotarlo.

¿Habría podido estrangularlo? Sin duda la locura se había adueñado de mí, como habría dicho mi querido y difunto padre, y poseía la fuerza necesaria para hacerlo, hasta que uno de los chicos me privó de ella con lo que fuera que tenía a mano: una cachiporra o algo parecido, nunca lo supe. Tres meses después tengo aún, entre otras escoriaciones, un chichón del tamaño de un huevo de gallina pequeño en el lado posterior de la cabeza. Cuando volví en mí, Philip estaba sano y salvo delante de la misma chimenea de ladrillo, al lado de una venerable anciana de pelo cano vestida de tweed y calzada con unos cómodos zapatos que, aun antes de decir «Brian, querido», no podía ser otra que Sam. Era de los pies a la cabeza la clásica juez de silla que uno ve sentada en lo alto de su escalera en Wimbledon, recomendando a los jugadores a dos metros por debajo de ella que vigilen sus modales.

Tales fueron mis impresiones al despertar. Al principio, me desconcertó la ausencia de los dos chicos rubios, hasta que al volver la cabeza tanto como pude, los avisté por la puerta abierta, sentados al otro lado del pasillo, viendo la televisión sin volumen y oyendo la retransmisión por la radio. Era un partido de críquet internacional y los australianos perdían ante nuestra selección. Al volverla en dirección opuesta, advertí, sorprendido, la presencia en el salón de un ángel registrador, pues así lo interpreté, de sexo masculino. Estaba instalado tras un escritorio en el saliente de la ventana, que por un momento confundí con la ventana de nuestra habitación en la pensión del señor Hakim. Envuelto en la luz del sol, y por ello con apariencia divina, pese a la calva y las gafas, su escritorio era la mesa de campaña del tío Henry, con las patas en aspa que podían plegarse antes de salir corriendo hacia la próxima batalla. Como Philip, vestía traje, pero reluciente como el de un chófer, y estaba encorvado sobre la mesa a la manera de un oficinista dickensiano temeroso de ser sorprendido haraganeando.

—Este es Arthur, del Ministerio del Interior, Brian, querido —explicó Sam, observando mi interés—. Arthur ha tenido la gentileza de resolvernos el problema a nivel oficial, ¿verdad que sí, Arthur?

Arthur no hace amago de contestar.

—Arthur tiene poderes ejecutivos —añadió Philip—. Sam y yo, no. Solo somos asesores.

—Y Hannah está en muy buenas manos, por si temías lo contrario —prosiguió Sam con su tono cordial—. Se pondrá en contacto contigo en cuanto llegue a casa.

¿A casa? ¿Qué casa? ¿La del señor Hakim? ¿La residencia de enfermeras? ¿Norfolk Mansions? El concepto mismo de casa, como es lógico, me confundía.

—Mucho nos tememos que Hannah ha incumplido las condiciones de su visado —explicó Sam—. Por eso tenemos aquí a Arthur. Para constatarlo todo, ¿verdad, Arthur? Hannah vino a Inglaterra para ejercer de enfermera, y para examinarse, bendita sea. Y para ser útil a su país cuando vuelva. No vino aquí para participar en agitaciones políticas. Eso no constaba en la descripción de su empleo, ¿verdad que no, Arthur?

—Ni remotamente —constató Arthur, hablando con una voz nasal desde su aguilera en el saliente de la ventana—. Era «solo enfermera». Si quiere agitar, que lo haga en su país.

—Hannah se manifestó, Salvo —explicó Sam con tono compasivo—. Y más de una vez, me temo.

—Se manifestó, ¿dónde? —pregunté a través de la neblina que se arremolinaba en mi cabeza.

—Por Irak, que no era asunto suyo ni mucho menos.

—Un claro incumplimiento —observó Arthur—. Y por Darfur, que tampoco era asunto suyo.

—Por no hablar de su viaje a Birmingham, que fue totalmente político —dijo Sam—. Y ahora esto, me temo.

—¿Esto? —pregunté, en voz alta o en silencio, no lo sé.

—Material reservado —dictaminó Arthur con satisfacción—, que adquirió, tuvo en su posesión y entregó a una potencia extranjera. Más no podía haberse involucrado. Si a eso le añadimos que el receptor de dicho material estaba implicado en milicias no gubernamentales, nos hallamos ante un acto de terrorismo declarado.

Iba recobrando lentamente mis facultades.

—Intentaba impedir una guerra ilegal —vociferé para mi sorpresa—. ¡Los dos, ella y yo!

Philip, siempre tan diplomático, intervino para aliviar la tensión.

—La cuestión no es si aquí o allá, desde luego —reprendió con delicadeza—. Londres no puede ser refugio de activistas extranjeros. Menos aún cuando han venido con un visado de enfermera. Hannah lo aceptó plenamente, al margen de los detalles legales, ¿no es así, Sam?

—En cuanto le explicamos el problema, estuvo totalmente dispuesta a colaborar —concedió Sam—. Estaba triste, como es natural, pero no solicitó abogado, no se puso pesada ni armó el menor escándalo y firmó los documentos de renuncia sin rechistar. Eso es porque sabía lo que le convenía. Y lo que te conviene a ti. Y a su hijo, claro, su orgullo y su alegría. Noah. Qué nombres tan encantadores eligen, ¿verdad?

—Exijo hablar con ella —dije, o quizá grité.

—Ya, bueno, sintiéndolo mucho no disponemos de instalaciones para charlas en estos momentos. Está en un centro de detención, y tú estás dónde estás. Y dentro de unas horas saldrá del país voluntariamente con destino a Kampala, donde se reunirá con Noah. ¿Qué podría haber más hermoso?

Fue Philip quien señaló la moraleja:

—Se fue tranquilamente, Salvo —dijo, mirándome—. Esperamos que tú hagas lo mismo. —Había adoptado su voz blanda como la mantequilla, pero con un leve regusto oficial—. Por mediación de Arthur aquí presente, cuyas investigaciones han sido de extraordinaria utilidad… gracias, Arthur…, ha llegado a conocimiento del Ministerio del Interior que el hombre que se hace llamar Bruno Salvador no es ni ha sido nunca súbdito británico, ni leal ni de ninguna clase. En resumidas cuentas, no existe.

Concedió dos segundos de silencio en memoria de los difuntos.

—Tu nacionalidad británica, con todos sus derechos y privilegios, fue obtenida mediante un subterfugio. Tu partida de nacimiento era falsa. No fuiste un niño abandonado y tu padre no fue nunca un marino de paso con un bebé del que deshacerse, ¿a que no? —prosiguió, apelando a mi sentido común—. Por lo tanto, solo nos queda suponer que el cónsul británico de Kampala, en el momento de tu nacimiento, sucumbió a los incentivos de la Santa Sede. El hecho de que en rigor no tuvieses edad para participar en el engaño, sintiéndolo mucho, no te exime ante la ley. ¿Tengo razón, Arthur?

—¿Qué ley? —repuso Arthur en un tono vivaz desde el saliente—. No la hay. No para él.

—La cruda realidad, Salvo, es que como bien sabes, o deberías saber, has sido un inmigrante ilegal desde que, a los diez años, pusiste los pies en el muelle de Southampton, y después nunca presentaste solicitud de asilo. Te limitaste a vivir como si fueras uno de nosotros.

En ese momento lo lógico habría sido que mi furia, que iba y venía por propia iniciativa, me hubiera arrancado de la silla para otro tiento a su cuello o alguna otra parte de su anatomía, tan flexible y ultrarrazonable. Pero cuando uno está atado como un puto mono, por usar las palabras de Haj, con las manos y los tobillos sujetos con cinta adhesiva, y el cuerpo entero amarrado a una silla de cocina, las oportunidades para el lenguaje corporal están muy mermadas, como Philip fue el primero en apreciar, pues ¿por qué, si no, se habría arriesgado a exhibir una sonrisa displicente y a asegurarme que no hay mal que por bien no venga?

—En pocas palabras, los congoleños, según hemos sabido de fuentes fidedignas, están dispuestos en principio, dejando pasar un tiempo, obviamente, por razones administrativas —sonrisa indulgente—, y con una palabra a la persona adecuada por parte de nuestro embajador en Kinshasa, y una partida de nacimiento más representativa de las realidades históricas, por decirlo de alguna manera

—sonrisa aún más indulgente—, a acogerte como ciudadano. Bueno, más bien, a volver a acogerte, ya que en rigor nunca los has abandonado. Eso solo si tú le ves sentido, claro. Estamos hablando de tu vida, no de la nuestra. Pero para nosotros tiene mucho sentido, ¿no es así, Arthur?

—Por nosotros, puede ir a donde quiera —constata Arthur desde el saliente—. Siempre y cuando no se quede aquí.

Sam, con su estilo maternal, coincide de todo corazón con Philip y Arthur.

—También Hannah le ve pleno sentido, Salvo. Además, ¿por qué habríamos de acaparar a todas las mejores enfermeras? Allí las necesitan desesperadamente, y la verdad, Salvo, cuando te paras a pensar, ¿qué tiene Inglaterra que ofrecerte sin Hannah? No te habrás planteado volver con Penelope, imagino.

Dando por zanjados estos asuntos, Philip se apropia de mi bolsa, abre la cremallera y cuenta los blocs y las cintas encima de la mesa uno por uno.

—Estupendo —declara, como un prestidigitador satisfecho con su truco—. Y con las dos de Hannah suman siete. A menos, claro está, que hayas hecho copias. Entonces ya no tendrías salvación. ¿Las has hecho?

De pronto estoy tan adormilado que él no oye mi respuesta, así que me obliga a repetirla, supongo que para los micrófonos.

—No habría sido seguro —vuelvo a decir, e intento dormirme otra vez.

—Y aquella era tu única copia de *J'Accuse!*, supongo. La que le diste a Thorne —prosigue con el tono de alguien que ata los últimos cabos.

Debo de asentir con la cabeza.

—Bien. En ese caso lo único que nos queda es destruir tu disco duro —dice con alivio, y hace una seña a los chicos rubios en la puerta, que me desatan pero me dejan en el suelo mientras vuelve a circularme la sangre.

—¿Y qué tal le va a Maxie últimamente? —pregunto, con la esperanza de hacer subir el color a las tersas mejillas de Philip.

—Ah, sí, en fin, pobre Maxie. ¡Cuánto lo siento por él! —exclama con un suspiro, como si le hubiese recordado a un viejo amigo—. Es de lo mejor en lo suyo, según me dicen, pero hay que ver lo terco que es. Y tonto de él… no tenía que haberse adelantado a los acontecimientos.

—Tonto de Brinkley, querrá decir —insinúo, pero el nombre no le suena de nada.

Levantarme del suelo se las trae. Después del golpe en la cabeza, peso más que antes, y un solo chico no puede conmigo. Cuando estoy de pie, el propio Arthur se sitúa frente a mí y se tira oficiosamente de los faldones de la chaqueta. Se lleva la mano al bolsillo interior, saca un sobre marrón con el rótulo AL SERVICIO DE SU MAJESTAD, me lo pone en la mano y yo no opongo resistencia.

—Ha aceptado este aviso en presencia de testigos —anuncia a todos los presentes—. Tenga la bondad de leerlo. Ahora.

La letra impresa, cuando por fin consigo fijar la vista en ella, me dice que soy una persona non grata. Arthur me ofrece una de las plumas Parker de Haj. Hago un par de floreos con ella y plasmo una versión deshilvanada de mi firma. No hay apretones de manos, somos demasiado británicos, o lo éramos. Me coloco entre los dos chicos. Salimos al jardín y me acompañan a la verja. Hace un día bochornoso. Con las amenazas de bomba y media ciudad de vacaciones, apenas se ve un alma en la calle. Una furgoneta de color verde oscuro sin nombre y sin ventanillas se ha detenido frente a la casa. Es idéntica a la furgoneta que esperaba ante la pensión de los Hakim, quizá la misma. Cuatro hombres en vaqueros se apean y vienen hacia nosotros. El jefe lleva una gorra de policía.

—¿Este ha dado problemas? —pregunta.

—No, ya no —contesta un chico rubio.

20

Un intérprete, Noah, incluso uno acreditado, cuando no tiene nada que interpretar excepto a sí mismo, es un hombre a la deriva. Por eso he escrito todo esto sin saber bien a quién se lo escribía, pero ahora sé que es para ti. Pasarán unos cuantos años hasta que te llegue el momento de descifrar lo que el señor Anderson se complacía en llamar mi sistema cuneiforme babilónico, y cuando lo hagas, espero estar a tu lado, enseñándote en qué consiste, lo que no será un problema, siempre y cuando sepas suajili.

Guárdate, mi queridísimo hijo adoptivo, de todo aquello que en tu vida lleve el sello de ESPECIAL. Es una palabra con muchos significados, y ninguno bueno. Algún día te leeré *El conde de Montecristo*, una de las novelas preferidas de mi difunta tía Imelda. Trata del prisionero más «especial» de todos. Hoy día en Inglaterra hay muchos Montecristos, y yo soy uno de ellos.

Una furgoneta «especial» no tiene ventanillas, sino ciertos dispositivos especiales en el suelo para detenidos especiales que, para su seguridad y confort, viajan amarrados a ellos durante el trayecto de tres horas. Por si acaso se les ocurre alterar el orden público con gritos de protesta, se suministra sin coste adicional una mordaza especial de cuero.

Los prisioneros especiales tienen número en lugar de nombre. El mío es Dos Seis.

Un bloque de acogida especial es un conjunto de barracones repintados, construidos para nuestros aguerridos aliados canadienses en 1940 y rodeado de alambre de espino suficiente para mantener a raya a todo el ejército nazi, lo cual ya está bien para los muchos británicos que todavía creen que combaten en la Segunda Guerra Mundial, pero no tan bien para los reclusos del Campamento de María.

Se desconoce la razón oficial por la que nuestro campamento recibió el nombre de la madre de Cristo. Algunos cuentan que el primer comandante canadiense fue un católico devoto. El señor J. P. Warner, antiguo miembro del Cuerpo Real de la Policía Militar y ahora Oficial Especial de Acogida, cuenta otra historia. Según él, María era una mujer de la localidad de Hastings que, en los días más sombríos de la guerra, cuando Gran Bretaña estaba sola, atendía a toda una sección de zapadores canadienses, en una misma noche, entre la última revista de tropa y el toque de queda.

Mis primeros roces con el señor Warner no auguraban la afectuosa relación que se desarrollaría entre nosotros, pero a partir del día en que se sintió capaz de participar de la munificencia de Maxie, se estableció el lazo. No tiene nada contra los negritos, me asegura, pues su abuelo sirvió en la Fuerza de Defensa de Sudán, y su padre, en nuestra distinguida policía colonial de Kenia durante los disturbios.

Los reclusos especiales disfrutan de derechos especiales:

- El derecho a no aventurarse más allá de los límites de nuestro recinto.
- El derecho a no sumarse a los otros reclusos en la visita al pueblo al amanecer, a no vender rosas sin aroma a los automovilistas en los semáforos, a no limpiar los parabrisas de sus BMW a cambio de unas palabras insultantes.
- El derecho a permanecer en silencio a todas horas, a no hacer ni recibir llamadas telefónicas, ni enviar cartas, y a recibir solo objetos entrantes que hayan sido previamente aprobados por la

autoridad y me sean entregados a continuación como un favor personal por el señor J. P. Warner, cuyas responsabilidades, me asegura, son abrumadoras.

—No te escucho, Dos Seis —le gusta advertirme, blandiendo el dedo ante mi cara—. Sentado a mi lado, solo hay aire —añade, aceptando otra copa de mi Rioja—. No un ser de carne y hueso. —No obstante, el señor Warner es un oyente sagaz que ha nadado en todos los mares de la vida. Ha supervisado prisiones militares en lejanos puestos de avanzada; y hace mucho tiempo, por faltas que se niega a divulgar, incluso probó su propia medicina—. Las conspiraciones, Dos Seis, no son un problema. Todo el mundo conspira, y nadie pringa. Pero si hay que ocultarlo a toda costa, que Dios nos asista.

Hay cierto consuelo en saber que uno es un caso único.

Volviendo la vista atrás, era inevitable que mi reclusión en el Campamento de María tuviese un mal comienzo. Ahora me doy cuenta. El mero hecho de llegar a recepción con el sello ESPECIAL estampado por todas partes bastó para disparar todas las alarmas. Si a eso se suma la sigla PV junto al nombre, como era mi caso —PV hoy día significa POTENCIALMENTE VIOLENTO—, pues bien, uno recibe lo que se merece, como supe cuando, con espíritu solidario, me uní a una sentada de somalíes en el tejado de la vieja vicaría empleada como oficinas del Campamento de María. Nuestro mensaje al mundo era pacífico. Teníamos esposas y niños de catequesis vestidos con colores chillones. Las sábanas que sostuvimos ante el haz de los reflectores del campamento llevaban pintarrajeadas palabras conciliatorias: ¡SEÑOR BLAIR, NO NOS ENVÍE A CASA PARA QUE NOS TORTUREN! ¡QUEREMOS QUE NOS TORTUREN AQUÍ! Sin embargo, en un sentido fundamental, yo difería del resto de los manifestantes. Mientras que ellos suplicaban de rodillas permiso para quedarse, yo estaba impaciente por ser deportado. Pero en la reclusión, el espíritu de equipo lo es todo, como descubrí a mi costa cuando un contingente de policías sin nombre con cascos de motorista nos dispersó valiéndose de bates de béisbol.

Pero nada en la vida, Noah, ni siquiera unos cuantos huesos rotos, carece de recompensa. Mientras yacía en aquella enfermería, esposado a las cuatro esquinas de la cama y pensando que había pocos motivos por los que vivir, entró el señor J. P. Warner con la primera de las quince cartas semanales que he recibido de puño y letra de tu querida madre. A condición de irse discretamente, con la destreza que la caracteriza, había sonsacado a sus captores una dirección a la que poder escribirme. Gran parte de lo que escribió no es apto aún para tus tiernos ojos y oídos. Tu madre, aunque casta, es una mujer apasionada y habla con libertad de sus deseos. Pero una noche fresca, cuando seas muy mayor, y hayas amado como yo he amado, espero que enciendas un fuego, te sientes al lado y leas cómo, con cada página que tu madre me escribió, hizo correr lágrimas de alegría y risa por mis mejillas de preso que se llevaron consigo todo asomo de autocompasión y desesperanza.

Los pasos que da ella en la vida compensan con creces mi inmovilidad. Ya no es la simple enfermera diplomada Hannah, sino la enfermera jefa Hannah de un pabellón universitario recién construido en un hospital de Kampala, el mejor con diferencia. Y aun así, encuentra de algún modo el tiempo para proseguir sus estudios sobre procedimientos quirúrgicos sencillos. Por consejo de Grace, me cuenta, se ha comprado una alianza de boda provisional para mantener a raya a los lobos hasta el día en que yo pueda equiparla con la versión definitiva. Y cuando un joven interno la toqueteó en el quirófano, le soltó tal rapapolvo que él se disculpó durante tres días seguidos, y después la invitó a pasar el fin de semana en su chalet, así que le cayó otro rapapolvo.

Mi única preocupación es que quizá no sepa que la he perdonado por sacar las cintas cinco y seis de mi bolsa y enviárselas a Haj sin mi conocimiento. ¡Si al menos entendiera que nunca hubo nada que perdonar! Y si no lo entiende, ¿me volverá la espalda, como una buena chica de misión, en favor de un hombre que no tenga nada que reprocharle? Tales son los ingeniosos terrores que se autoinfligen los amantes encarcelados en las interminables horas de la noche.

Hubo una carta, Noah, que al principio, por falta de valor moral, me resistí a abrir. El sobre era grueso, marrón aceitoso y ligeramente arrugado, clara advertencia de que el ultramundo secreto británico estaba a punto de hacer sentir su presencia. Por razones de seguridad, llevaba un sello normal de primera clase en lugar del logo impreso donde se declaraba que era del Servicio de Su Majestad. Mi nombre, número y la dirección del campamento, correctos en todos los detalles, aparecían escritos en una letra que me era tan familiar como la mía propia. Durante tres días me contempló desde el alféizar de la ventana. Al final, fortalecido por una velada en compañía de J. P. Warner y una botella de Rioja procurada con las riquezas mal ganadas de Maxie, cogí un cuchillo flexible de plástico, diseñado para evitarme autolesiones, y lo degollé. Primero leí la nota introductoria. Papel Din A4 blanco corriente, sin membrete, con la dirección LONDRES y la fecha.

Querido Salvo:

No conozco oficialmente al autor de la carta adjunta, y tampoco he examinado su contenido, que está en francés. Barney me asegura que es de carácter personal y no obsceno. Como sabes, creo que no hay que entrometerse en los dominios privados a menos que los intereses de nuestra nación estén en juego. Deseo sinceramente que algún día recuerdes nuestra colaboración bajo una luz más propicia, ya que es esencial que el hombre esté siempre protegido de sí mismo.

Un saludo,

R. (Bob) ANDERSON

Para entonces, claro, mi mirada ya había recaído en el segundo sobre al que la nota introductoria del señor Anderson hacía tan cautivadora alusión. Era voluminoso e iba dirigido con letra impresa a *Monsieur l'interprète* Brian Sinclair, en su apartado de correos de Brixton. El nombre del remitente, grabado al dorso en color azul celeste, era Comptoir Joyeux de Bukavu: un juego de palabras, deduje enseguida, del nombre completo de Haj, Honoré Amour-Joyeuse. El contenido no era tanto una carta como un conjunto de anotaciones al azar realizadas en el transcurso de días y noches. Cuando cerré los ojos y olfateé el papel, juro que percibí una vaharada de aroma de mujer, y J. P. Warner dijo lo mismo. El texto estaba en francés, escrito a mano con un meticuloso estilo académico que ni siquiera en circunstancias precipitadas lo abandonaba, como tampoco su vocabulario escatológico.

Querido Cebra:

Las cintas no eran necesarias. Vosotros me jodisteis, yo los jodí a ellos.

¿Quién coño es Hannah?

¿Por qué me viene con todo ese rollo médico y me dice que me haga mirar el culo por un urólogo?

¿Y por qué me dice que me mantenga al lado de mi venerado padre Luc y aquí está la prueba para ayudarme a hacerlo?

No necesitaba ninguna puta prueba. En cuanto llegué a casa, dije a Luc que si no quería acabar muerto y en bancarrota, lo primero que debía hacer era dejar plantado al Mwangaza.

Lo segundo que debía hacer era comunicar a los mai mai y a los bunyamulenge que estaban haciendo el capullo.

Lo tercero que debía hacer era confesarse ante el mandamás de la ONU que tuviese más cerca, y lo cuarto era tomarse unas largas vacaciones en Alaska.

Dice Hannah que estás con la mierda hasta el cuello en Inglaterra, lo que, conociéndote, no me extraña. Ella reza para que algún día puedas venir al Congo. Bueno, quizá si lo consigues, me comporte como los mejores sinvergüenzas y conceda una dotación para un puesto docente en la universidad de Bukavu, actualmente zona catastrófica. Y me importará un carajo si enseñas idiomas o a beber cerveza.

Y date prisa, porque ni todos los angelitos del Señor a las puertas del cielo protegerán la virtud de Hannah de las garras de su perverso tío Haj cuando ella regrese a Kivu.

En Bukavu todo sigue igual que siempre. Llueve nueve meses al año, y cuando los desagües se atascan, la plaza de la Independencia se convierte en el lago de la Independencia. Casi todas las semanas podemos ofrecer disturbios, manifestaciones y tiroteos, aunque los horarios son imprevisibles. Hace un par de meses, el equipo de fútbol de la ciudad perdió un partido importante, y la muchedumbre linchó al árbitro, y la policía abatió a tiros a los únicos seis que no hacían absolutamente nada. Ninguno de estos hechos disuade a esos evangelistas americanos perfectamente peinados que, a golpes de Biblia, nos dicen que amemos a George Bush y que no follemos más porque a Dios no le gusta.

Hay aquí un viejo sacerdote belga al que hace unos años le pegaron un tiro en el culo. De vez en cuando se deja caer por uno de mis clubes nocturnos para tomarse una copa gratis y hablar de los viejos tiempos. Cuando menciona a tu padre, sonríe. Cuando le pregunto por qué, sonríe un poco más. Yo diría que tu padre folló en nombre de toda la misión.

Mi casa en el distrito de Muhumba es el palacio colonial de un cabrón belga a la orilla del lago, pero debió de ser un cabrón aceptable, porque construyó un Jardín del Edén hasta el agua, con todas las flores de las que has oído hablar y algunas de las que no has oído hablar en tu vida. Árboles de la cera, callistemon, árboles de áloe, buganvillas, hibiscos, jacarandas, agapantos y arrurruces, pero mis orquídeas son una mierda. Tenemos arañas del tamaño de ratones, y aves ratón con la cabeza esponjosa y cola larga, por si lo has olvidado. Nuestros pájaros tejedores tienen una gran técnica para atraer a las chicas. El macho teje un nido en previsión y convence a la chica para que entre. Si a ella le gusta lo que ve, follan. Cuéntaselo a tus evangelistas.

Quería decirte que este jardín tiene un bungalow. Lo mandé

construir para mi bendita ama de cría, que le echó un vistazo y se murió. Fue la única mujer a la que he querido y no me he follado. Tiene el tejado de hojalata y una veranda y actualmente está ocupado por un millón de mariposas y mosquitos. Si alguna vez consigues llegar a Bukavu, tuyo es. El queso de Goma aún es aceptable, hay apagones tres horas al día, pero nadie apaga las luces de las barcas de pesca de noche. Nuestros líderes son unos capullos absolutos, incapaces de pensar más allá del nivel de un niño de cinco años. Hace no mucho, nuestros amos del Banco Mundial llevaron a cabo un estudio de los estilos de vida en el Congo. Pregunta: «Si el Estado fuese una persona, ¿qué le harían?». Respuesta: «Lo mataríamos». Tenemos conciencia negra, pero todos los vendedores ambulantes de la ciudad ofrecen lociones para aclarar la piel con la garantía de que son cancerígenas. Los jóvenes congoleños hablan de Europa como la tierra prometida, así que cuidado: si consigues venir aquí, parecerás una cebra rechazada. Las elecciones no nos proporcionan soluciones, pero son nuestras. Tenemos una Constitución. Tenemos niños con polio y niños con la peste que se sienten más ricos gracias a tres millones de dólares de dinero sucio. Un día puede que incluso tengamos un futuro.

HAJ

Aquí también estamos en la costa, Noah. Mi corazón se eleva cada mañana con el sol del otoño. Se hunde cada noche. Pero si acerco la silla a la ventana, y brilla la luna, distingo un pedazo de mar a un par de kilómetros más allá de la alambrada. Y es allí donde termina la Inglaterra de ellos y empieza mi África.

Agradecimientos

Mis más sinceras gracias a Stephen Carter, mi infatigable investigador; a Brigid y Bob Edwards por su asesoría periodística y espiritual; y a Sonja y John Eustace por cuestiones de medicina y enfermería. Estoy muy en deuda asimismo con Jason Stearns del International Crisis Group por sus conocimientos únicos y su orientación durante mi breve visita al Congo oriental; a Al Venter, renombrado veterano y cronista de las guerras mercenarias; y a Michela Wrong, autora de los espléndidos *Tras los pasos del señor Kurtz: el Congo al borde del colapso* y *No lo hice por ti: cómo el mundo traicionó a una pequeña nación africana*, por dar en general tan generosamente su sabiduría y su creatividad editorial. Es lo común en estos casos declarar que las opiniones expresadas en esta novela son, al igual que los errores, solo mías. Tal es el caso, como diría Salvo. Igualmente cierto es que, sin mi esposa, Jane, seguiría a trompicones en la página dieciséis, preguntándome cómo habían volado dos años sin enterarme.

JOHN LE CARRÉ
Cornualles, 2006